文芸社セレクション

梨衣と琉衣

～鏡の中のもう一人の私～

騎士 比呂

KISHI Hiro

文芸社

目次

第1章　高校三年生・春（前半）

1

「ねえ琉衣《るい》、聞いてよォ始まっちゃったよォ私ィ」梨衣《りい》が不満そうに僕に言う。

三年生になったばかりの春、暖かな日差しが降り注ぐ放課後。部活動の部員や帰宅組の生徒たちを遠くに見ながら、僕たちは校庭の片隅で二人だけの時間を楽しんでいる。

「でも梨衣は軽いほうなんでしょう？」毎月聞かされるこの言葉に僕は、又かよと表面的には装いながらも、少しだけ羨ましいと思いながら答える。

「そうだけれど、やっぱり煩わしい」梨衣はそう言いながら校庭の隅の段差のブロックを平均台に見立てて、バランスを取りながら両手を水平に広げて少しだけよろめきながら僕に近付いて来る。

「何ワザとよろけるフリしてるの？　梨衣はその程度で落ちないよね」僕は読んでいた本から目を上げて梨衣を見る。

「あっ！　バレてる？」梨衣がピョンっと僕が座っているベンチの横に降り立った。女子高生の平均身長より少しだけ高いが目立つのはそのせいばかりではない、健康そうな笑顔と元気が伝わって来る弾むような仕草が人を引き付けている。

眩しい。僕は梨衣を見る時にいつもそう思い、そう思う中に安らぎを感じている「わざとらしい、だいたいスポーツ万能の梨衣が特定の運動部にも入らないでこんな所にいるから、あっちこっちの運動部が泣いてるんだよ」僕はため息交じりに少しだけ皮肉を言う。

「知ってるぅ」梨衣は少しだけ語尾を伸ばして、小悪魔っぽいけれど健康的な笑みを向ける、そして「今度は何を読んでいるの？」と僕の隣に座り僕が膝の上で開いたままの本を覗き込んで顔を近付ける。僕のすぐ横の梨衣の顔は丸顔に二重のクリっとした目が可愛くて、その上の整った眉が目の可愛さを強調している。少しだけ色っぽくなって来た唇に対して子供っぽい小鼻がアンバランスで、それが少女と大人の中間の、今の時期にしか見られない美しさを演出している。

自分の姉ながら美人の部類だと思っているが、普段の僕は素直にそれを口に出来ない。僕がもう一度、姉の梨衣の顔を見ると、まるで鏡を見ている錯覚に陥る。

そう僕たちは双子。

男女の性差はあるけれど、僕も殆ど同じ容姿を持っているから、いくら何でも自画自賛のような発言は他人の前では出来ない。僕の方が少しだけ卵型で切れ長の目をしているので、少しだけ落ち着いた顔立ちをしているが、それも自分達だからそう感じているだけで他人には見分けられない程度の違いでしかなかった。

そして男性であるはずの僕は、この女性のような顔立ちを素直に受け入れている。自分の目、眉、鼻、唇、頬、輪郭、鏡を見る自分にも、梨衣を見つめる時と同じような安らぎを感じている。

しなやかな髪は肩まで伸びていて二人同じだけれど、梨衣はポニーテールを地味めのシュシュで束ねているので印象は違っていた。ただ最近、アップの梨衣の項に色気を感じるのは、やはり僕が男だから？

姉の梨衣はスポーツが得意で陽気、少々気が強いのが玉に瑕。性格も社交的で友達は男女問わずに多くいる、成績は中の上位だけどあまり真面目に勉強しないでの成績なので、それはそれで凄いと思う。多分集中力がいいんだと思う。

僕は弟で、梨衣とは逆にスポーツは苦手で一人で本を読んでいる方が好き。性格は梨衣に言わせると「かなりおっとりしている」と言うけれど僕はそれ程とは思っていない。成績は梨衣より少し上で一緒に勉強している時は、もっぱら僕が教師役。もっとも梨衣はふざけてばかりで一緒に勉強していても、いつの間にかじゃれ合いになって行くのが二人の日常だ。人付き合いが下手な僕の友達は殆どが梨衣の友人。梨衣を通して友達になるので結局は共通の友達が出来るので良かったと言えば良かったのだろう。

「どうせ、推理小説でしょう？　こんな分厚いのじゃ、読んでる内に最初の方の事忘れちゃうでしょう？」梨衣はそう悪態をつきながらも僕に笑顔を向ける。目がクリッとしている梨衣の笑顔は可愛くて、綺麗で僕の心を癒してくれる。

「梨衣、綺麗だヨ」僕たちはある理由があり普通の姉弟以上に仲が良いと思う。なので本人に向けてならこんな言葉も素直に言える。

「何言ってるの、同じ顔の琉衣に言われても実感わかないヨ」梨衣は上を向いて陽気に笑い飛ばす。「私が何処の部にも入りたくない事、琉衣は知ってるでしょう？」梨衣が唐突にさっきの話題に戻す。「琉衣こそ、美術部に殆ど顔を出さないじゃあない？」梨衣が肩を寄せるように僕を押す。恋人同士の仕草だけれど顔だけ見れば女性同士の戯れに見えるだろう。でも梨衣が女子用の制服でスカート、僕が男子用の制服でズボンを穿いているので、やはり恋人同士に見えると思う？

「ちゃ〜んと幽霊部員として籍は置いてあります、時々だけれど顔も出してるし、それに家にも描けるスペースがあるから。絵は一人の方がゆっくり気楽に描けるから」単に他人の中にいるより梨衣とだけ過ごしたいだけなのに、僕は何処か言い訳じみた回答をしていた。

「美術の佐川《さがわ》先生、泣いてたなあ」梨衣は膝を組み、その上で頬杖を突いて軽い口調で空を見る。そんな仕草の一つ一つが女の子らしくて、爽やかで、とても悩みを持っているようには見えない。穏やかな放課後、通り過ぎる風が優しくて気持ち良い。

「梨衣こそ、沢山の運動部泣かせてるでしょう？」僕はせめてもの抵抗を返す。

「私だって時々は後輩の練習に付き合っているヨ。今日だって琉衣が本を読んでる間にバスケ部の後輩の指導をしてたんだから。少しだけだけど」

「あれェ？　なんか話が逆になってる、梨衣が久しぶりに部活に出たいって言うから、こうして本を読んで待っててあげたんでしょう？」僕は読んでいた本を閉じて梨衣の前に付き出した。

「まあ、どっちだっていいじゃない？　待っている理由は別にあるんだし」梨衣はその本の表紙絵の若い探偵の顔を指先ではじく。「それより、大学は決めたの？　琉衣なら美大でも行けば良いのに」

「絵で食べて行くのは大変だし、それに絵は趣味で自由に描きたいだけで、勉強とかで人から色々と言われたくない、それに集中して色々と忘れたい時があるだけから」僕は少しだけ俯いた。

「そうだね」梨衣は僕の方に顔を向けて優しい瞳でそう言ってくれる。

「梨衣こそ、体育系の大学に行かないの？」僕は話題を梨衣に向ける。

「それこそ余計なお世話。体を動かしている時には少しだけ忘れられるから運動は好きだけれど」梨衣は立ち上がり寂しそうな瞳で青い空を見上げる。

　僕だけが知っている梨衣の秘密。運動神経抜群で、時には男子にも引けを取らない梨衣が何処の運動部にも所属しないでフリーでいる理由。それは他の女子に裸を見られたくないと言う理由。だから、今日みたいに少しだけ練習に付き合うのも制服のまま。そして梨衣が裸を見られたくない理由それは、梨衣が自分の体に違和感を持っているから。自分の体が嫌いだから、いや正確には自分の女性の体に違和感を抱いていて自分の女性の体に嫌悪感を持っていて、好きになれない自分の体を見られたくないと言うのは男性でも女性でも同じだと思う。

トランスジェンダー！

唐突だと思うだろう、美人で健康的で社交性もあり明るく陽気な梨衣が、そんな悩みを抱えているなんて誰も気づかないと思う。事実、明るくて友達の多い学校での梨衣に陰りは見られない。梨衣がトランスジェンダーを自覚したのは高校一年生の時で、以来秘密を知っている僕でさえ学校にいる時の梨衣を見ていると、とても悩みがあるようには思えない。母親でさえ、気づいている様子はないと思う。その理由は……。

僕と言う、梨衣とそっくりのもう一人の自分が近くにいるから、すぐそばに梨衣が持ちたい性を持つ僕が近くにいて自分を僕に透過する事で、自分の中の違和感に折り合いをつけているから。梨衣は僕をよく正面から見つめて言う。「琉衣を見ていると鏡の中の自分を見ている気持ちになれる」梨衣はそう言うと、そっと手のひらを僕の胸に当てる。普通の男性の胸の感触を確かめて自分の性に折り合いをつけている。

利発な梨衣は自分の体の違和感との共存にいくつもの対応方法を見つけ出していた。さっき僕に言った「始まっちゃった〜〜！」も、その一つで、梨衣は生理の時に一番違和感が強くなるようで、それをため込まない為に僕にだけ聞こえるように、僕に向かって吐き出すように、でも明るく伝えるのが生理の時の梨衣の対処方法だった。

いっくら仲が良いと言っても一般的な兄弟姉妹の場合、異性の兄弟に生理の事を話す事は多分ないと思う。いや僕達共通の女友達の殆どが「恥ずかしい」と兄弟には話していないと言っている。だからトランスジェンダーの事も含めて梨衣と僕の関係は特別な関係なのは理解しているし、そう言う僕達だけの関係、他人に言えない事が沢山ある。

だから僕達は誰よりも仲が良くて、誰よりも二人の距離が近くて、誰よりもお互いを大切にしている。なので口の悪い連中の中には僕たちが「姉弟で出来ている」と揶揄する者もいたが気にもしていなかった。

「何、真剣に考えているの？」空を見上げていた梨衣がクルッと半回転して上から僕を見ていた。

「別に！」梨衣の笑顔が爽やかで眩しい、やはり梨衣に憧れている自分を再認識する。

2

「琉衣ィ〜〜！」そう言いながら校舎の方から駆け寄って来たのは羽生《はにゅう》桜《さくら》、今の僕の彼女と言う事になっている。一応、友達以上恋人未満の関係と言う事にはなっているが、手をつないだ事もない。一緒にお茶をするくらいだけれど本が趣味な所が共通の話題で、好きな作家が同じで意外に話は盛り上がる。

「どうしたの？　そんなに走って？　大丈夫？」桜は僕のそばで両膝に両手をついて、息を整えている。梨衣とは逆に運動は苦手で「走るのは嫌い」と言っていた。

「大丈夫です」桜は一度大きく深呼吸をしてから僕に笑顔を向ける。「梨衣さんもこんにちは」桜は横に立っている梨衣にチョコンと言う感じで笑顔を向ける。

「こっ、こんにちは」梨衣の声は少しだけドギマギしている。

「でっ？」僕が促すと「それがですね」桜は少しだけ躊躇いながら話し始める「体育祭の準備委員会が延びてしまいまして」少しおっとり系の桜の話は中々進まない時が多いのでいつも僕が話を勝手に進める。

「分かった、先に帰っていればいいんだね」僕がそう言うと「はい、そうですごめんなさい」と大げさにお辞儀をする。

梨衣より少し背の低い桜を見上げながら、実は桜に対しては好きとも嫌いとも感情のない僕は「じゃあ、桜も帰り道、気を付けてね」と右の手のひらをかざす。

「はい、ありがとうございます」桜はそう言いながら、僕がかざした右手にタッチを返すとそのまま校舎の方に走り出して行く。

僕は或る理由があって桜との握手は苦手なので代わりに良くハイタッチをする。その後ろ姿を追う梨衣の瞳が寂しそうだ。

「可愛いよね、桜」僕が桜とタッチした右の手のひらを梨衣に差し出す。すると梨衣が恥ずかしそうに僕の手の平を握る。そう、心の中に男性が息づいている梨衣の憧れは女性。活発で勝気な梨衣は桜のような少し天然系の可愛い少女風の女の子が好きなようだが、梨衣に言わせると「おっとりしている所が琉衣に似てて好き」と話していた。

3

そんな僕たちの出会いは高校二年生の秋、放課後の図書室だった。

「珍しいネ梨衣が図書室に来るなんて」僕たちは連れだって人気のない図書室に入る。

「別にィ、たまにはいいかなって、でもなんか煤けた匂いがする私やっぱり苦手」梨衣が額にたて皺を立てながらあたりを嗅ぐような仕草で見渡している。

「普通の本の匂いでしょう、梨衣もタマには本でも読めば」僕はお気に入りの探偵物の作家のコーナーに向かう。

「読んでるよ、私！」「いつ〜？」「毎日！」「毎日？　うっそ〜！」「嘘じゃないも〜ん」梨衣はそう言いながら僕に顔を寄せる、キスが出来そうな距離まで近づきながら。

そして「もう一人の私が毎日読んでる」そう言って楽し気に微笑んだ。

「まったく」僕は小さくため息をついた。「知識はつかないよ！」と皮肉を言う。

「つくよ、琉衣についた知識は全部私も感じられるから」梨衣はクルッと半回転して後ろを向いて顔だけを僕に向ける。後ろ手に絡めた指先が小さなお尻の所で戯れている。

「まったく梨衣のへ理屈には勝てない」そう言って本棚の角を曲がった時、お気に入りの作家の本が並んでいるコーナーに先客がいた。人がいないと勝手に思い込んでいた図書室に人がいたので少しだけ慌てた上に、何処か見覚えのある横顔に更にドキッとする。

「鏡原《かがみはら》さん」そんな僕に声をかけて来たのは先客で同じクラスの羽生桜だった。

　僕も慌てて返事をする。「羽生さん？」羽生桜とは同じクラスだけれど、あまり話をする事はなかった。別に嫌っている訳でも何でもなくて単にクラスで属しているグループが違うだけで、沢山いるクラスメイトの一人として認識はしていた。彼女自身あまり目立つタイプではなく、僕の友人は梨衣経由なだけなので、今まで話す機会が無かっただけだった。

「鏡原君も好きなんですよねこの作家？」そう言いながら、彼女は手にしていた本を僕に向ける。

「うん、そうだけど何で知っているの？」

「だってよく教室の机の上に置いてあるから、誰だって知ってますよ」彼女はそう言ってコロコロと猫がじゃれつくように笑った。

　僕は教室の自分の机を思い返す。確かによく机の上に置いてあるが、正確には置かざるをえないと言うのが正しい言い回しだ。それは簡単な理由で、同じクラスの梨衣が本を読んでいる僕を突然攫うように引っ張って行くので、ついつい本を机の上に置き去りにしてしまっているからだ。そう僕は梨衣に振り回されるような事があるのだけれど、梨衣から受ける恩恵も多くあるので楽しいシチュエーションの一つでもある。「羽生さんもこの本好きなの？」僕は気を取り直して聞く。

「はい、大好きになりました、鏡原君のおかげで」

「僕？」自分を指す。

「はい、いつだったか、鏡原君の机から落ちていた本を拾った時に、ちょっとだけ読んで……ごめんなさい」彼女は小さく舌を出して首をすくめた。仕草が子供っぽくて新鮮で可愛く感じている。

「いや、いいよ、ああそうか、拾って戻してくれたんだ、ありがとう」僕は照れながらお礼を伝える。

「そんな……」彼女の目が落ち着きなくあたりを見渡し始め、少しだけドギマギしているのが伝わって来る。そう伝わって来たのは分かったけれど何故そうなったのかは理解出来ないでいると、「キャッ！　ヤダ」彼女は図書室の壁の時計を見て、そう叫んでいた。

「どうしたの？」僕もつられて慌ててしまう。

「ママとの約束、ヤダ早く帰らなくっちゃ」彼女はそう言って帰ろうとするが、何となく帰りづらそうにしていた。

僕は僕で結局どうすればいいのかよく分からずに、その場で立ちつくしている。こんな時、必ず助けてくれるのが梨衣で、僕は梨衣に何とかして欲しくて梨衣を横目で見る…と、何故か珍しく梨衣が恥ずかしそうに下を向いていた。

僕と彼女の間に流れる微妙な空気、どう動き出したらいいのか分からない。こんな時打開してくれるはずの梨衣までが、その空気の中で珍しく動けないでいるので、僕は少しだけ勇気を振り絞る。「羽生さん！」声が上ずっているのが自分でも分かる。

「はい」少しだけ背筋を伸ばしたようだ。

「今度、ゆっくりこの本の話をしませんか？」僕は彼女が持っている、僕も好きな作家の本を指差した。

「はい、是非」それで呪縛のようなものが解けたのか彼女はそう笑顔で答えると、「それでは失礼します」と大袈裟にお辞儀をして図書館を慌てて出て行った。

彼女が出て行って、急に静寂が戻って来る。別に騒いではいなかった、僕たち三人の口数だってたかが知れている、五月蠅い事は何ひとつしていない、ただ彼女との会話をしている時の微妙な空気の高揚感が体をざわつかせて、自分の中で騒がしいと勘違いをしていたのだ。それにしても妙だ。僕は梨衣を見た。こんな時必ず打開してくれるはずの梨衣が、何も言わない事が不思議だった。その梨衣は彼女を羽生桜を追うように図書室の出口の方を見ていた。

「梨衣？」僕がもう一度、名前を呼んだ時、梨衣が僕の手を握って急に走り出した。

「図書室は静かに、走らないで」そんな中年女性司書の言葉は耳に入らない。

「梨衣どうしたの？　ねえ？」僕は梨衣に引っ張られるまま、校舎の出口まで二人で走って来た。僕たちは上履きのまま校舎の出口で立ち止まり校庭の反対側にある校門を見る。校門には足早に出ていく羽生桜の後ろ姿があり、そしてすぐに見えなくなった。梨衣は羽生桜が消えた方向を見つめながら小さく息を弾ませている。

「梨衣？」僕がそう小さく呟いた時、梨衣の手が僕の手から離れた。

「どうしよう？」梨衣はそのまま近くの校舎の壁に寄りかかる。

「制服、汚れちゃうよ！」僕は近づいて同じように校舎に寄りかかる。

「琉衣だって」梨衣はそう言って俯いた。そして続けた。「これって何？　琉衣とあの子が話しているの見てたら、急に胸がドキドキしてきて、何か躰が温かくなって来て、何を話せばいいのか分からなくなって来て、それでいていなくなったら急に寂しくなって、それで……」普段弱みを見せない梨衣は、そんな告白のような事を話すのが恥ずかしいと感じている事を僕だけは理解していた。だからそんな時は梨衣を見ないで話だけを聞いてあげる。

「これって……私？　もしかして？　まさか……ねえ？」梨衣は自問自答をする。但し、答えるのは僕、梨衣のもう一人の自分である僕。

「好きになった」僕は空を見上げながら自然に答える。

「誰を？」梨衣は向こうを向いて、ワザと否定的に聞き返す。

「羽生桜さんを」

「誰が？」

「鏡原梨衣が……」その瞬間、梨衣の顔が赤くなっていくのが分かった。

「そんなの変だよ、変、だって、だって、だって」梨衣の言葉は続かないけれど、梨衣が言いたい事は理解出来た。トランスジェンダーだけれど、もう一人の自分である僕がいる事で性と躰について折り合いをつけている梨衣にとって人を好きになる事自体が怖かった。まだまだ性についてはマイノリティの存在には生きにくい時代、恋愛はする方もされる方も、やはり一定の覚悟が必要になる。そう考えているから、人を好きになる事はないように生きて来た。

「でも、人が人を好きになる事は悪い事じゃないし、大切な事だから」

「でも」梨衣がまたしても口ごもる。

「でも？」

「でも彼女、絶対に琉衣の事が好きだよ」恋する乙女の口調でサラっと言われた。

「え〜〜〜っ！」今度は僕がマジに驚いて梨衣を見る。

「間違いないよ、桜は琉衣の事が好き。琉衣が今度本の話をしようって言った時、とっても嬉しそうだった」梨衣はまだ恥ずかしそうに珍しい乙女口調で唇を尖らせながら言う。

そして、「琉衣は？」と聞いて来た。

「僕はぁ、特に何も感じなかった、可愛いなってくらい、同級生だけれど何か妹みたいだって、やっぱり梨衣と比べているからかなあ？」これは率直な感想だ。

「変だね、やっぱり私たち」梨衣が無機質に言う。

「変かなあ？」僕はわざと平坦に答える。

「変だよ、あの子が好きなのは琉衣で、琉衣はあの子に女性は感じなくって、あの子が気になるのは私で」梨衣は彼女の事が好きな事はいつの間にか認めているようだ。

「なら、こうしよう」僕は校舎の壁から離れて、一歩前に出て梨衣に振り返る。

「どうするの？」梨衣は壁にもたれたまま、目だけで僕を追っている。

「三人でお茶しよう！」「三人？」「そう、三人でお茶しながら話すの、本の話したり、本の話したり、本の話したりィ」

「本の話ばっかり」梨衣が拗ねたように横を向く、眉間のたて皺が濃い。

「だって彼女・桜さんも本が好きだよ」僕は横を向いた梨衣の視界の正面に移動する。

「私はあまり読まない」梨衣は小さく舌を出してべーをする。

「あれ？　僕が読んだ物は感じてるんじゃあなかったっけ？」僕はそう言って二〜三歩あとずさると、梨衣が壁を蹴るように駆け出すのに合わせて、僕は逃げるように走り出す。

学生も少ない時間、早くなった夕暮れの中、梨衣が淡い初恋を実感した一日が暮れようとしていた。この高校二年の秋の出会い以来、僕と桜がハイタッチをして、僕がその手を梨衣に差し出す、そして梨衣がその手を慈しむ。何度となく繰り返される光景であり、梨衣の心の安定の為の小さな小さな儀式にもなっていた。

4

「ふう〜〜」梨衣が僕の右手に合わせていた自分の右手を左の手のひらで包み込みながら

自分の胸に当てる。梨衣は目をつむったまま、もう一度深い深呼吸をしてから目を開けて僕を見る。あの秋の出会いから半年、三年生になっても変わらずに続く儀式。「ありがとう、琉衣」その言葉が女性の梨衣なのか、男性の梨衣なのか僕には判断出来なかった。「男性として、彼女を好きなんだよね？」目の前の可憐な梨衣を見ていると、余りにも変な質問だと思いながらも、やはりそう聞いてしまう。

「うん」梨衣は自分に言い聞かせるように力強く頷く「私はレズビアンじゃないよ、それだけは言える」梨衣は息を整えて続けた。「まだ、色々な迷いはあるけれど」

梨衣が言った迷いとはトランスジェンダーの部分についてなのは理解出来た。「そうだね、受診していないし」

「まだ、ドキドキしてる」梨衣が僕の右側でベンチに座る。梨衣が右で僕が左。これが何故か小さい頃からの二人の基本的な位置関係になっていた。桜には申し訳ないと思うけれど、梨衣の淡い恋心の為の部分があるのも事実で、実は僕が少しだけ心を痛めている部分でもある。

「ゴメンね、琉衣」梨衣がそう言うのは、梨衣が僕のその気持ちを知っているからで、それでも止められないのも、大人みたいにドライに割り切れない今の心が揺れる時期特有な想いなのは、何となく理解が出来た。

5

「鏡原」僕たちの感傷に入り込んで来たのは野球部で同級生の津山圭吾《つやまけいご》の声だ。

「どうしたの？　圭吾？　練習終わったの」答えたのは気持ちを切り替えた梨衣だ。

「それが、これから新レギュラー選抜の為のミーティングが入って」高校球児とは言えない程、色白で甘いマスクの圭吾は、それなりに女生徒の人気も有る。汗臭さもなく男子特有の不潔感も感じさせないのも人気が有る理由だろう。

最近の球児の髪は結構自由で、圭吾も今風の髪形で練習に臨んでいる。ただ、その容姿とは裏腹に意外と言っては失礼だけれど先々の事はしっかりと考えている。例えば自分の野球の実力からこの先プロやノンプロで通用するとは考えていないが、それでも野球にかかわって行く道として大学ではスポーツ心理学を専攻したいと話してる。

そんな梨衣と圭吾の出会いは、僕と桜との出会いよりも少しだけ遅く、少しだけ寒くなり始めた頃だった。

6

　桜と梨衣と僕、奇妙な三人でのお茶が自然に感じられるようになった高校二年の初冬、何処の運動部にも属していない梨衣だけれど、時々少しだけ制服のまま参加する練習は元々の実力も有って、後輩の指導や面倒見も良く後輩に人気があった。僕は梨衣の後輩指導を例によってテニスコートのベンチに座って見ていた、いつものように一緒に帰る為に。

　そんな時、女子テニス部のコートの真ん中に野球部の硬球が飛び込んで来た。幸い部員には当たらなかったが全員が驚いたのは事実で、硬球でもありもし直撃すれば軽い怪我では済まされないだろうと誰もが思っていた時だった。そこに野球部の一年生が一人「ボールが入ってすみません、失礼します」と入って来たのだが、これが通り一遍と言うのか真剣味が薄いと言うのか、誠意の伝わらない謝罪の言葉に正義感の強い梨衣が、その一年生に対して文句を言い始めたのだ。

「ちょっと、君、一年生、もっとちゃんと謝りなさい」梨衣は硬球を拾いあげると硬球を持ったまま正面に立ち一年生を指差す。

　一年生とはいえ身長は完全に梨衣を見下ろしている。梨衣は見上げながら睨みつけている、並の女子なら前に立ちはだかる事さえ臆してしまいそうなシチュエーションでも、梨衣は決してひるむ事はない。

「ちゃんと謝りましたが」そう言った一年生の目はソッポを向いていた。多分〈打ったのは俺じゃない〉とでも言いたいのだろう。

「その言葉使い…いえそもそも、まずは帽子位取りなさいヨ」梨衣が少し飛び跳ねるように一年生の帽子のつばを指先ではじく。

「だって、俺が打ったんじゃぁないし」この一言が梨衣の怒りの火に油を注いでいた。

「カッチーン！」梨衣がそのままの言葉を口にして一歩詰め寄る。「何その態度」僕には梨衣の次の行動が理解出来ていたので梨衣に駆け寄る。梨衣は別に喧嘩をする事はない、暴力に訴える訳でもないが、かなり相手に詰め寄って文句を言う時がある。肩ぐらいは平気で押す事も有るが、今回の体躯差では何が起こるか分からないので梨衣を落ち着かせる為に近くに行く。

「何スカ?」一年生は完全に不貞腐れているのが見え見えで、片手を尻のポケットに突っ込んで完全に態度に出している。

「君ね、その態度いい加減にしたら、硬球で人が怪我したらって考えたらどう？　謝り方だってあるでしょ？」梨衣は手にした硬球を、一年生の鼻先に突き付けながら話すも、相手は完全に自分の事とは思っていないようで、〈早く終わらないかな〉と思っているのが手にとるようにわかる。

「梨衣、そう矢継ぎ早に言っても伝わらないよ」僕は梨衣の横顔に訴えかける。

「伝わる伝わらないの問題じゃあないの、態度と誠意の問題なの」梨衣は一年生を睨みながら僕に力説する。

　言ってる事は正論だけれど、多分こんな正面攻撃のようなやり方では逆効果だと思うのだけれど今の梨衣の耳には入っていない。それでも僕の介入で梨衣は必要以上に詰め寄るのはやめていたが、それがかえって三すくみ状態になってしまっていた。

　そんな膠着状態の時だ。「申し訳ありませんでした」いつの間にか横に立っていて、直立から帽子を取って九〇度に腰を曲げ、謝罪を行う声と姿が見えて梨衣も僕も、一年生もそちらを見る。

「津山先輩」「あんた誰？」一年生の安堵の声と、梨衣の怒りの質問は同時だった。

「僕は津山圭吾、野球部の二年です、この度は硬球が飛び込んでしまい申し訳ありませんでした、又、うちの一年が失礼な態度を取ってしまい申し訳ありませんでした」津山圭吾と名乗った男子はもう一度謝罪をすると、「皆さんお怪我はありませんでしたか？」と周りに気づかいの言葉を投げかける。

　津山圭吾の出現で場の雰囲気は一変し、以降は穏やかな話し合いが進んで行く。津山圭吾は甘いマスクや韓流スターもどきの髪形とは裏腹に、折り目正しい対応で悪い所は悪い、違う所は違うと筋道を立てて説明や対応を行っていて、その大人の対応に梨衣は和解し、僕は何故だか魅かれていた。

　和解したあと二人はコートの外で、いつの間にかプロ野球の話で盛り上がっている、一年生は硬球を持って改めて謝罪してコートを出て行った、僕は一人でベンチに座り二人を…いえ津山圭吾を見つめていると、仲間に呼ばれてコートを後にする津山圭吾に、僕の心がドキッとなり圭吾の後ろ姿を自然に追っていた。

「琉衣」ぼーっとしていた僕は誰かに呼ばれたようだが上の空だ？

「琉衣ィ」梨衣が僕が目で追っていた圭吾との視界の間に入ってきた。

「梨衣？」瞬きをする僕に、「どうしたの圭吾ばかり見て？」梨衣がニヤリと覗き込む。

「さては？　ははあ～ん！　成程ね」

「何々？　何一人で納得してるの？　梨衣？」

「あれ？　琉衣は気づいてないの？」梨衣もベンチに座る、いつもの通り僕の右に。僕が何かを言う前に、梨衣が僕の心臓を指差す。「持ってかれた？」

「えっ？？？　持っ、てっ？　え～～？　まさかぁ？」慌てて僕は僕の胸に手を当てると、少しだけドキドキしていた。

「好きになったの？」梨衣が悪戯っぽく見つめる。

「ないない」僕は首を横に振る。「ないよ絶対に」好きになったのかもしれないけれど、そう認めるのも何だか少し違うような気がした。

「じゃあ、心魅かれた？」その言葉を聞いた時、僕は図星を言い当てられて、顔が火照って来たのが自分でも分かった。

「あっ赤くなった」梨衣の言葉に否定も肯定も出来ない自分がいた。初めて感じる心の動揺、これをときめきと呼ぶには少しだけ抵抗感があった。

　以降、梨衣と圭吾の二人は好きなスポーツの話で意気投合。圭吾が梨衣に気持ちがあるのに気づいたのは僕で僕がそれを梨衣に教えた。以来梨衣と圭吾は友達以上恋人未満の間柄だけれど手もつないでいない。ただそれは梨衣がトランスジェンダーであり、男性を愛せない心をもっているのだから当然と言えば当然であり、圭吾は少し不満そうだけれど仕方のない事だった。

7

　では何故、梨衣と圭吾が付き合っているかは少しだけ置いておいて、以来僕たち四人はWデートをする事が多くなっていた。

　下校の時も、帰宅組の僕たちが圭吾と桜を待って四人で帰る事もこの半年の間、週に一～二回のペースで続いている、今日も三年になって急に忙しくなった圭吾と桜を持っていたけれど、結局は二人で先に帰る事になってしまった。

「そう、なら仕方ないから先に帰ってる」梨衣が立ち上がり右手をグーにして軽く突き出すと、圭吾も右手を拳にしてグータッチを返して来た。

「じゃあ」圭吾はそう言うと野球部の部室がある方向に走り出す。その後ろ姿を二人で見送ると、梨衣がその右手を僕の胸の前に差し出してくれる。

　僕は……少しだけ躊躇いながら梨衣の右手を両手で優しく包み込んだ。ドキドキして来た、体温が少しだけ上がった気がする。少しだけ胸が高鳴った。顔がほてる。

「琉衣」梨衣の声が聞こえて我に返る。僕はゲイではない、今ときめいたのは僕の中にいる女性の僕。あの日、梨衣と圭吾の出会いの日、圭吾にときめいたのは梨衣ではなく……僕だった。

　そう、僕もトランスジェンダー！

「帰ろう琉衣」いつも先に歩き出すのは梨衣、そして梨衣が僕に手を差し出す。その手を摑んで遅れないようについて行くのが僕。

　僕たちは高校三年生、六月生まれの十七歳。僕たちだけしか知らない、他の誰にも話していない二人だけの秘密。トランスジェンダーの心を、お互いの存在で相殺しながら、共鳴させながら今を生きる道を日々模索している僕たちだけれど、多感な年齢であり、小さな事で心が揺れる年頃の僕たちは、心魅かれる自分の心の異性に胸を時めかせてもいた。

　淡い初恋…なんて言葉を使う事自体恥ずかしいけれど、表現方法としてはやっぱり一番しっくりしている。

　女性の梨衣の中の男性の心は桜が好きで、桜は男性の僕が好きで、男性の僕の中の女性の心は圭吾が好きで、圭吾は女性の梨衣が好きで。

　四人でお茶をしたり、出かけたりするようになって数カ月が過ぎていた。

未だに梨衣と圭吾、僕と桜は手もつないでいない。なので梨衣は圭吾に、僕は桜に対してそれぞれ少しだけ贖罪の気持ちはある。でも、それ以上に梨衣を通して触れ合える圭吾に僕、そして僕を通して桜と触れ合える梨衣、僕たちの心の異性を思う心は今の淡い交際をやめられないでいる。

「圭吾って優しいよね、韓流スターのようでモテるのに、手もつながない私を大切にしてくれる」梨衣は自分の顔の前で左手を翻しながら呟いた。

「それなら桜だって、彼氏候補はいっぱいいるのに、こんなに女性っぽくて手もつながない僕に甘えてくれている」そう言って僕は右手を目の前で翻した。

「勝手だね、私たちって」梨衣が呟く。

「勝手かなあ？」僕も呟く。

「勝手だよ、自分勝手」梨衣が立ち止まって空に叫ぶ。

「自分勝手…？」僕は俯いて立ち止まる、右手を見つめながら。

まだ、空は明るいはずの時間なのに右手が翳って見えた。僕が翳った右手を見つめているると梨衣が優しい瞳を僕に向けたので僕も見つめ返す。

鏡の中にいるような、もう一人の僕。僕は梨衣のこの瞳にいつだって癒されている。

梨衣の左手が僕の右手にそっと重なると、僕たちはお互いの指を絡めるように手をつなぐ恋人同士のような指の絡め方で。

「もう少しだけ……」梨衣はそこまで言って歩き出す。

肩を寄せている僕も一緒に歩き出す。「そう……」何の言葉を続けたいのか分からない梨衣の質問と、YESともNOとも分からない僕の返事。全てが僕たちの心のように取り留めもなく揺らいでいた。

さっき、僕が手のひらを見て翳ったと感じたのは気のせいではなかった、春の陽は傾き僕たちの影はいつの間にか長く伸びていた。影だけを見れば恋人同士、制服を見ても高校生の恋人同士、でも僕たちは双子の姉弟、顔だけ見れば姉妹に見える。

そして僕達は二人共トランスジェンダー。


人気の少ない堤防。僕たちは夕陽を浴びながら家に向かって他愛ない話をして歩く。最近の授業の話、アイドルの話、流行りの曲やアニメの話、僕たちの話題に特別なものは何もなく一般的な高校生の会話と何も変わらない。ただ時々男性と女性の言葉がごちゃごちゃになるだけで、それだってふざけているだけと言えば、それまでの事だ。

そんな他愛ない会話の途中で梨衣が立ち止まり、不意に僕を呼んだ。「琉衣！」その瞳は何処か不安そうで、甘えているようにも見える、自分の立っている場所が分からないかのような孤立感が伝わって来る、夕陽に映し出される梨衣はそのまま夕陽と一緒に沈んで行ってしまいそうに儚げで、怯えているような感じも伝わって来る。

「琉衣！」梨衣がもう一度、僕を呼んだ声は少しだけ震えている。さっきまでの明るく元気で軽快な会話からは想像も出来ない程の小さな声。そして、僕はその理由を知っている。

「琉衣、こっちに来て」数歩分、梨衣の前で向き合っている僕を、梨衣が悲鳴のような声で呼ぶ。逆光の中の梨衣は、自分が作った影の部分に吸い込まれるのではないかと思える程に、消え入りそうに見えた。

「梨衣」僕は梨衣に近付いて真正面に立つ。鏡のように。

辺りを見渡しても人影はない、タイミング良く途切れているけれど梨衣には関係なかった。今の梨衣には周りを見る余裕はない、梨衣は今自分の中の男性の心を鎮めるのに必死だから。

生理になると自分の躰に対する嫌悪感が増大して来て、自分で自分をコントロール出来なくなる梨衣。そんな不安定な時に、自分の中の男性を鎮める梨衣の儀式が……僕に生理を告げる事、そして……もう一つ。

「琉衣」梨衣はそう言って持っていた学生カバンを落とすと、ポニーテールに着けているシュシュとゴムを外し荒々しく首を振り艶やかな黒髪を肩までおろすと、僕たちは制服以外は見分けがつかなくなる。

そうして梨衣は、真正面に立っている僕の胸にそっと右手を添えた。

「梨衣」それが合図のように僕も左手の学生カバンを落とすと、僕の胸に添えられている梨衣の手のひらの上から僕の左手をそっと添える。

「琉衣」梨衣の瞳は怯えながらも潤んでいる、まるで男性を誘っているようにも見える大人の女性の瞳で、少しだけ物憂げで何かを訴えるように僕の瞳を見つめる。

僕は、そんな怯えた梨衣の瞳を自分の瞳のように見つめ返す。僕たちの目線は同じで、それは見つめ合う恋人同士に見えるだろう。

「琉衣」梨衣が必死に高揚感を鎮めているのが、梨衣の右手を通して僕の左の胸に伝わって来る。今、梨衣は生理で心がざわついている、そして僕の心は梨衣の心に共鳴するようにざわついている。梨衣が深呼吸をする。「鏡の中の私」梨衣は男性の僕の胸を手の平に感じる事で、それが自分だと思う事で、かろうじて今の自分を保つ事が出来ている。

普段の僕たちは二人共、お互いの存在を感じて、お互いをお互いの性に、自分がなりたい性に透過する事で、なんとか折り合いをつけているのに、この女性にしかない生理が月に一度、梨衣の心をかき乱している。

僕は僕で梨衣ほどではないけれど、梨衣の生理の時にはつられて、少しだけ心がざわついてしまう。だから梨衣が僕に生理が始まった事を言葉で告げられる時、梨衣がイライラを吐き出す時に、僕はそれを受け止める事で何故か不思議と心が躍り出している。

「鏡の中の私」鏡の中の梨衣が切迫してきている。

「鏡の中の僕」僕は開いていた右手で梨衣の頬を撫でる。僕は人前で梨衣の胸を触る事はない、それくらいは自制出来る、でもこんな時、僕もやっぱり梨衣に触れたくなってしまう。梨衣の頬は弾むようで健康的だけれど、その上の瞳が心の翳りを映し出している、そのアンバランスな様子が同居する梨衣の顔に、より一層引き寄せられる僕がいる。

「琉衣」「梨衣」僕たちは同時に、鏡の中のもう一人の自分を呼び合っていた。

「「鏡の中の私（僕）」」僕たちは同時に求め合っていた。
自分達がトランスジェンダーだと気が付いて理解したのは高校一年生の時。
入学式の直後だった。

第2章　高校一年生・春と中学入学の想い出

この時の僕たちは、まだ自分たちがトランスジェンダーだとは気づいていなかった。そんな言葉がある事くらいにしか考えていなかった。まさか、それが自分たちの事になるとは考えてもいなかった。

1

「まったく、蘭《らん》も私たちの入学式くらい休めないのかしら?」そう言ったのは梨衣で、内容だけ聞けば不満の爆発のように聞こえるけれど梨衣は別に怒ってはいない、ただ事実を言っているだけで、楽し気な口調で笑っている。

「仕方ないと思うよ、看護師はシフト制の交代休で働く母親が多い今の時代入学式は重なるから、それに男だって仕事を休んで入学式や卒業式に出るのが当たり前の時代だし」僕は僕で、その事を知っていながら真面目に回答していた。

今日は高校の入学式、今年も既に堤防の桜は葉桜の姿で僕たち新入生をお祝いしてくれている。

「もう高校生なんだから、二人で大丈夫でしょ？　だって、蘭も私たちの意見、聞きやしないし」梨衣は母の事を蘭と名前で呼ぶ。いつからそう呼ぶようになったのかは覚えていない、気が付いたら梨衣は蘭と呼んでいて、僕はお母さんと呼んでいる。

「まあ、中学の入学式と卒業式には来てくれたんだもの、それで良しとするしか無いよね」桜の開花は早まっても、まだ肌寒い四月の朝、僕たちは堤防の道を今日入学する光《ひかり》北《きた》高校に向かって歩いている。商店街の中を抜けていく方が少しだけ早く着くけれど、この堤防の方が歩いていて気持ちが良いと、三十分二人で話しながら通学しようと相談して基本の通学路に決めていた。

「まったく琉衣はどこかさっぱりしているよね」梨衣が一歩前に出て、僕に振り返り後ろ向きに歩く。

「その制服、梨衣に似合うね」あまり変わり映えのしないブレザーの制服だけれど、うちの高校の女子の制服のスカートのチェック柄のラインには濃いピンクのラインが入っていて、その少しだけ明るい配色が梨衣の明るさを引き立てていた。

「あ・り・が・と」梨衣は又半回転して僕の横に来る。「でも、男子のブレザーは普通だね、面白みがな〜い」と言いながら肩を肩で押して来る。

「別に、今はまだ、これでいい」僕は自分のブレザーの袖口を見ながら、そう答えた。

「今はだって、なんか意味深な言い方」梨衣が俯いていた僕を下から覗き込む。「でも、琉衣は最近急に私に似て来たから、なんか男子のブレザーが似合わないィ」

「そうかなあ？」

「そうだよ、私と一緒に女子のブレザー買って貰えば良かったのに…なんてネ」梨衣は自分だけで話を進めて数歩前を歩いて行く。僕は、そんな梨衣を目で追いながら何故か少しだけ胸が締め付けられていた、理由は分からないままで。

「でも、琉衣の髪も伸びたね、髪質も同じだから、ますます私と似てきてる」

「それは……」梨衣に聞こえない程度で呟いて言葉を飲み込んだ（それは僕が梨衣に憧れているから）の言葉を。代わりに僕は梨衣に聞いた。「梨衣は何で今日からポニーテールにしたの？　シュシュは可愛いけれど」梨衣は僕と同じくらいの、肩までかかるストレートの黒髪をシュシュでまとめていた。

「イメチェン！」梨衣は一言でそう言って、クルッと僕の横で一回りする楽し気に。梨衣のスカートの裾がアンブレラのように広がり、梨衣のスカートの中が見えそうになるが、見ているのが僕だけのせいか梨衣は気にする素振りも見せない。その姿が又、眩しくなって見とれてしまった。

「それにしても」梨衣が急にトーンを下げて話題を変える。「何で、うちには父親の物が一つもないんだろう？」梨衣は僕の横に並んで少しだけ遠くを見ながら、思い出したように質問をして来た。

「父親？」急に話を変えるのは梨衣の十八番で、僕はいつでも振り回される。振り回されて結局はオウム返しする事が殆どだった。

「そう」梨衣は一度頷いて続けた。「蘭は、小さい頃に死んだって言っていたけれど、それにしても写真の一枚もないんだよ、普通子供を産むくらい愛した人なら写真の一枚や二枚、いえ何か想い出の物くらいあるものじゃぁないの？　それとも言えない何かの理由があるのかしら、例えば不倫とか、蘭に聞いてものらりくらりと何故か話題をずらして行くし」梨衣は好奇心旺盛な探偵のような瞳で前を見ながら話している。

「そうかなあ、考え過ぎだよ梨衣は」これまでも時々、梨衣が思い出したように振って来る話題、今までの僕は引きずられるように考え込んでいたけれど、何故か今日は自分の意見を言う事が出来た。「仕方ないよ、人にはお墓まで持って行きたい秘密の一つや二つあると思うよ、ちゃんと僕たちの事、愛してくれているし、それ以上は大人の秘密」今度は僕が梨衣を追い越して少しだけ前を歩く。

「あっ！　それってわかるぅ〜お墓ねえ？」梨衣が追いついて続ける。「でも何か琉衣って達観してるって言うのか、悟っているって言うのか？　背が伸びたせい？　中三の秋になってようやく私に追いついて大人になった？　いやいや妖怪さとりだったりして」梨衣が悪戯っ子の仕草で斜め下から覗き込む。

「僕はちゃんと人間です」少しだけムッとした言い方をして、梨衣の額を指先で押して、普通の位置に戻す。「僕は冷静に物事を見つめているだけ、絵を描く時もそう……そうだ梨衣、今度絵のモデルになってよ、梨衣の絵を描きたい」

「それなら自分を鏡に映して描けば、思った通りのポーズで、思った時に、思った通りに描けるんじゃあないの？」梨衣は嫌がっている訳ではない、思った事を素直に言っているだけだ。「私、じっとしているの苦手だし」これは本音だ、いずれにしろ陰日なたなく素直に伝えるのは梨衣の特徴であり、周りに好かれている理由でもある。

「梨衣それは違うよ、人にはそれぞれ個性がある、僕たちの顔が同じで、たとえ同じ服を着ていても内面から滲み出て来る雰囲気や美しさはまったく違う、男女の性差以上に、梨衣を描くときっと、明るさの中にも微妙な翳りをもった女性と少女、女子と男子の中間的な魅力が描けると思う」

「中間的ねえ…」梨衣は軽く握った手を頬に当てながら考えて、「分かった」そのまま僕を見て、「モデル、考えといてあげる」そう言った瞳は大人びて魅力的だった。「それにしても琉衣は、急に大人になったたね、今の話なんかかなり大人びていて、中学入学の時の琉衣からは想像も出来ないわ」クスリと笑う仕草も大人の仕草になっていた。

「又、その話するの？」僕は小さなため息をついていた。

2

中学三年生の秋までの僕は小さくて、双子なのに先に成長した梨衣の学年違いの弟に間違われる程に小さく鼻たれ小僧でただのガキだったのが、急に成長期を迎えて、ようやく梨衣に身長で追いつき、そして顔も瓜二つになった時から、たびたび聞かされている話だ。

小五で梨衣が急に成長した。

「女の子は成長するのが早いねエ」誰が言った言葉なのかは覚えていない。僕たちは双子で小さい頃からよく似ていた。仲も良く、いつも一緒で二人でいる事が自然で離れている時間の方が少ないくらいだった。梨衣の女の子そのものの顔立ちに、男の僕もよく似ていて母はやっぱり同じ服を着せて、しかもスカートもズボンと同じように着せて楽しんでいたので「可愛い双子の姉妹ね」と近所の人達に良く言われていたくらいだ。

小五で急に成長した梨衣は急に大人の女性になったようで、綺麗で眩しくて、そしていつの間にか輝いていて僕の憧れになっていた。急に大人びた梨衣に比べて、僕は精神的な成長も遅く中学入学の時期になっても梨衣の後をついて回る頼りない子供だった。

そんな中学の入学式の日、母の蘭と梨衣と僕は光第二中学校に向かっていた。

「琉衣の制服はダボダボだね」一歩前を歩いていた梨衣が振り返り笑いながら話しかけて来る。制服姿の梨衣はやっぱり眩しくて、そしてダボダボと言われたのが悔しくて僕は俯いてしまった。

そんな様子を見かねたのか返事をしたのは母の蘭だった。「あら〜、三年間制服を買い替えないで済むかと思うと助かるわ、梨衣にももう一回り大きいサイズを勧めたのに、その時になったら新しいのを買ってって言ったのは誰だったかしら？　ねえ琉衣ィ」そう少しだけ語尾を伸ばして、少しだけ甘えるような口調で振り向く母は梨衣以上に眩しくて、やっぱり僕の憧れだ。

母は梨衣より少しだけ背が高いだけで、梨衣を一回り大きくした感じだ。母娘だから似ているのは当然だけれど、母は実際の年齢（もっとも母は自分の年齢ははっきり言わないので推定年齢だけれど）よりも若く、見ようによっては二十代にも見える。太っているのではないが丸く弾むような可愛いイメージで健康的な所が梨衣によく似ている。ただ、当然大人の母には、積み重ねて来た大人の女性の魅力がにじみ出ているが、それとは逆に疲れのようなものは感じない代わりに、何か秘密めいた神秘的な憂いのようなものも感じられた。目尻や肌に小じわがないのも若く見える理由の一つだろうが、これは普段の肌の手入れの他に持って生まれたものだと思う。

母はベージュ地に、上品な藤色や薄い黄色のリボンのような柄が流れるように描かれているマキシロングのかなり上品なワンピースを纏うように着ていた。胸元の大きめのフリルは逆に少女を感じさせていて大人と少女を行き来するような母は、とても綺麗だった。

「お母さん、その服、素敵だね、似合うヨ」僕は梨衣にベーをしてから母に囁いた。

「琉衣は素敵だね、女性の心が分かるのネ」母はそう言って僕の頬を撫でてくれた。母の顔が近付いて普段はあまり見ない母の赤い唇が綺麗で、やはり普段は感じない母のお化粧の香りが鼻腔をくすぐる。

「蘭、琉衣、早く」先に走って行った梨衣が呼ぶ。そして三人で中学校の校舎の入口に張り出してあるクラス割りの紙を見た時だった。
「あら～～残念、梨衣が一組で琉衣は二組ね」母が少しだけ考え込む様に言う。
「本当ォ残念！」梨衣は口では残念と言いながらも楽し気に僕を見る。
　その事実を告げられた僕は急に寂しくなり、何故だか虚しくなり、悲しくなってしまい、
「帰る」そう言って梨衣の腕を摑んで、梨衣を引きずるように校門に向かって歩いて行く
時には何故だか涙が溢れ出てた。
「痛いよ琉衣、だめだよ、急にどうしたの？　離して」僕の勢いに引きずられながらも、
梨衣なりの抵抗をする。
「やだ、もういい、帰る、学校には行かない」僕は梨衣の腕を更に引っ張って行く。
「何でよ、たかがクラスが違う位で」梨衣は呆れたと言いたげだがそれは流石に飲み込ん
でいた。
「たかがじゃない…」僕がそこまで言った時だった。母が僕の手を摑んで、ぐいぐいと校
舎の方に引っ張って行く。僕はその母の力に気押されしてしまい梨衣の腕を放していた。
　僕の様子に母は何か、唯ならない物を感じ取ったのだろう。「梨衣も一緒に来て！」と
梨衣も連れて校舎に向かって行った。
　僕達は訳もわからないまま何処かの部屋に連れて行かれ、校長先生と母とが何かを話し
ている所に梨衣と僕がいると言う構図になっていた。しゃくりあげるように泣いている僕
は母と校長の話は覚えていないが、かなり後になって梨衣に聞かされた話では、母が同じ

クラスにするように直談判していたとの事だった。

直談判の内容はかなりストレートで、「琉衣は子供でまだ自分をコントロール出来ていない。梨衣が面倒見ないと周りに迷惑がかかる。小さい時から二人一緒にいて梨衣が琉衣の面倒を見ていた。特に琉衣はまだ一人になれない。それに琉衣のような容姿ではイジメにあう可能性もある」と、普通の母親なら、もう少し遠回しに言うだろう内容も、何の躊躇いもなく直球で言われて突き付けられれば、学校としては考えざるをえないのも又事実なのだろう。

更に母は、「入学前の家族面談で一緒にした方が良いとお伝えしておいたはずです、あの時は確か考えておきますとおっしゃっていたと思いますが、ご検討頂けたのでしょうか?」母は冷静かつ有無を言わせぬ口調で話す。

二十代にも見えそうな幼いイメージとは裏腹に物事をはっきりと言い切り、感情に任せるのではなく冷静に現状を伝える母に校長先生も学年主任の先生も完全に気押されるしかなかったようだ。

「まあ、何ですなぁ入学前から不登校になっても困りますので」とはこの校長先生の英断だろう。前代未聞の入学初日のクラス変更が行われ、僕はめでたく梨衣と同じ一組の生徒になったのだった。更にクラスでの席も隣同士のお墨付きまで母は取り付けていたのだ。以降三年間、僕たちは何の疑いもなく同じクラス、隣の席で過ごす事が出来ていたのだ。

クラスが同じなら必然的に常に一緒に行動が出来ていた、トイレと体育以外は。

3

「まあ、あの時はあの時の事として」僕は苦笑いをするしかなかった。実際にあの頃の僕は今とかなり違っていた、中学三年の秋に梨衣に背で追いついて、今の僕になった僕自身でさえ、あの頃の僕は恥ずかしく感じる程にチビで情けない子供だった。

「まあ、そうよね、あの時はあの時だよね、今は…」梨衣がキスが出来る位に顔を近付ける。「素敵になりすぎて」目線は同じだ。

「なりすぎ？」僕が小首を傾げると、キスを受けるような角度と仕草になってしまう。

「いいじゃあないの？　素敵になったのに変わりはないんだから」梨衣はそう言うと、僕のサイドの黒髪をサラリと撫でるように流す。「そう言えば琉衣の声、中三の秋に私に追いついた時に、声変わりしたけれど、その時少しだけしゃがれたけれど、今は全然だね？もう変声期終わったのかな？」梨衣が又話題を変える。

　僕は声変わりはしたけれど変声期もすぐに終わり、声は少し低くなったようだけれど、他の男子よりは少しだけ声質が柔らかかった。喉ぼとけも未発達で優しく話すと女性の声にも聞こえる。そしてやはり梨衣と声質も似ているのだろう、男女の差はあるはずなのに「紛らわしい」と話す友達も多かった。

光北《ひかりきた》高校に着くと親子連ればかりだった、今の時代一番多いのは両親が一緒の新入生で、母子の二人連れは次に目立つ、父子連れは流石に稀で、一組だけ両親+祖父母の新入生がいたが、新入生だけと言うのは流石に僕たちだけだった。

「僕たちだけだね」「だね！」僕たちはこれだけで通じていた。一緒に入学式に来てくれる家族がいなくても、二人なら何も寂しいとは感じなかった。

そして、もう一つ目立つのがビデオカメラを手にした親の姿だ。「時代だねぇ」「ねえ！」これも二人なら通じ合えている、別に動画に収まらなくてもお互いの姿を、お互いの動きを直接感じながら記憶する事の方が僕たちにとっては尊い事だったから。

先祖から受け継いだ土地に祖父が建て替えた家で借金はないし、母も看護師として一生懸命働いているので人並みの生活は出来ている。ただ昔から我が家には文明の利器は少なかった。もちろん必要な物は買うが必要以上は買わない、ただそう言う生活スタイルなだけで、あまり使わないけれど一応三人ともスマホは持っているが使用頻度は少ない。

だって僕たちはいつも一緒にいるし、母は必要以上に干渉はしないのでスマホに頼る必要もなかった。お互いに信じあえていたから。そして三人での生活が幸せだから。

「今年の光北高校、私たちの中学から行く子、少ないみたいだよ」梨衣が思い出した様に話す。

「そうみたいだね、何か今年は光南《ひかりみなみ》高校の方が人気あったみたい」僕が答える。

「何人くらいうちの中学から来るんだろう？　知ってる？」梨衣が見つめて来る。

「知らないよ」僕も見つめ返す。

「珠代《たまよ》と千秋《ちあき》は進学系の私立に行っちゃったし」親しい友達と別の学校になり、梨衣は少しだけ寂しそうにつぶやいた。「涼子《りょうこ》なんか凄いよね、建築にかかわりたいって言って、五年制の工業高専いっちゃった、明確に自分の夢があるんだね」

「でもいいよ、兎に角二人一緒なら…どこだって」そう二人同時に呟いていた。


クラス分けの張り紙は六枚貼ってあったが、どれも込み合っていた、僕たちはその内の人が少ない張り紙に向かう。

「クラスが別になっても中学の時みたいに助けてあげないから」梨衣の悪戯心満載の言い回しに僕は少しだけ意地になって答える。

「別に、あの時助けくれたのは、お母さんだし」梨衣の反対側を向く。

「まあ、蘭が掛け合ったのは事実、私が言いたいのは私がいたと言う事実と、入学後の事」まるで僕の事を相手にしていない梨衣の言い回しに僕は何故だか腹が立っていた。

「別に、もう助けてなんて言わないしィ」僕は更に意地になって腕組みをする。

「何か？　冷静な琉衣にしては珍しい？」梨衣は小首を傾げる。

「冷静だよ、僕は」声が荒くなっていた。

そんな感じで二人の仲が微妙に行き違った時に限って二人の名前を見つけていた。

僕が一組で梨衣が二組である事実を見た時、かなり寂しい気持ちが一気に込み上げて来ていた。僕が情けない顔で梨衣を見つめた時、梨衣も悲しそうな瞳を僕に向けていた。「別々になっちゃったネ！」梨衣が寂しそうにそう言った時、僕は何故か素直になれていなかった。「僕は平気」心とは真反対の言葉を無理に吐き出していた。

それは中学一年の時の自分を思い返しても、かなりみっともない状態だったと自分でも感じていたし、それをいつか何処かで取り返したいって心密かに思っていた事、そしてついさっき梨衣に言われた事に対して、多分必要以上に強がって無理していた事も自分でも理解していたが、それでも意地になっていたのは若さゆえの過ちか、それとも成長過程の反抗期なのかは自分でも分からなかった。

「あっそう、どうぞ、ご勝手に！」そう言った梨衣の瞳は素直に寂しさを湛えていた。

4

講堂での入学式が終わり明日以降の確認事項の為に、そのままクラスごと順番に自分のクラスに移動する時、一組の僕が先に移動する。二組を見ると梨衣が寂しそうに僕を見つめていたが、やはり強がっていた僕はソッポを向いてしまった。そのまま一組に入って初めて僕は一人になった事実に急に寂しさがこみ上げて来て不安になる。

僕は順番で決まっていた窓際の席に座った時、不安の他に後悔の気持ちが急に大きくなって来ていた（何であんな事、言っちゃったんだろう）。そう後悔していると担任が、「忘れ物をした」と言って生徒だけになった時だった。

「おいおい、俺らと同じ制服着てっけど、間違っていませんか？」かなり人を揶揄する口調で、隣の男子生徒が椅子に座ったまま、乗り出すように距離を詰めて来た。最初は誰の言葉で、誰に向けられた言葉なのか分からなかった僕も、それが自分に向けられた言葉だとすぐに理解したが、何て返せばいいのか分からずに、ただ黙って前を向くしかなかった。ただその些細な行動が相手の気に障ってしまったようだ。

「おいおい、無視は酷いよなあ？　折角お友達になろうとして、気弱な僕が必死で声を掛けているのに、なあ？」とても気弱そうには見えない男は男性アイドルグループのような容姿とは裏腹に、何かの格闘技でもやっているのではないかと思える太い二の腕が制服の上からでも窺えた。更に胸の前でこれ見よがしにボキボキと鳴らす指は太くて、それだけで僕を威圧して、更に何も言えない状況を作り出していた。

「お～い、せっかく篠丸《しのまる》さんが声をかけて下さっているのに、な～～んにも言わないなんて失礼ですよねェ」篠丸と呼ばれた男の後ろの席から、いかにも取り巻きのような猿のような男がこれ又揶揄う口調で続いて来る。

「イヤイヤ須田《すだ》、これは俺が悪いわ」そう言うと僕の前の席の男子生徒を手荒に追い払い、その椅子に横向きに座り、僕の真正面から顔を近付けて来る。

　その余りの近さに僕は体を引いて身構えたが、篠丸と呼ばれた男は慣れた手つきで僕の顎に手を伸ばすと、そのまま指先で僕の顔を上げさせる。「彼女ォ、俺と付き合って♡」とこれ見よがしに唇を近付けて来る。

「止めて」僕は更にのけ反るように背中を逸らし、右手で篠丸の手を押し払おうとした時、今度は篠丸にその手を絡め取られる。

「指も綺麗だ、まるで女の手だ、声も可愛いし本当は女の子なんだよなあ？」真剣には言ってない、男子の制服で男なのは承知の上で揶揄っているのが分かった、篠丸の声が、目が、態度がそう示している。

「僕は、お……！」僕は何故かそこで口ごもってしまった、（僕は男だ）の一言が何故か言えないでいると更に揶揄われる。

「僕は女？　って言いたかったの？」篠丸の一言で、クラス中から失笑がおきた。小さな細波のような笑いが、人から人へ、波が波を呼ぶように小さく低く、しかし確実にクラス中に広がって行く。

僕がクラスを見渡すと、まるで何か別次元のものを見るような瞳が、あざ笑うように僕を見ていて、初めて感じた視線とクラスの雰囲気に僕は言葉を失っていた。そしてクラスに入って最初に感じた不安と孤独感が大きくなって行って。

中学の時には梨衣がいつも一緒だったのもあるけれど、最初は背も小さな子供だった僕が、だんだんに成長して行くのをクラスの友達が見ていたので、女性っぽくなった僕も友達みんなは自然に受け入れてくれていた。そしてそれを僕は当たり前の事だと思っていた。

　でも、この新しい学校では、中学の時の友達のいないここでは違っていた。それどころか嘲笑の対象になっているのが現実だった。そんな、自信のない態度が余計に反感を買うのはよくあり「キモイ」女子生徒のそんな心ない一言が更に嘲笑を呼び、僕は俯き何も言えずに耐えるしかない状況に陥ってしまう。

「すまんすまん、遅くなって」担任が戻って来た。「おう、何か面白い事でもあったのか？」

「いえ、友達になりたいって話していました」クラス中に響くように答えたのは篠丸だ、担任はクラス全体が穏やかに笑いに包まれているのを良い雰囲気と解釈していた。

篠丸はそう言いながら自分の席に自然に流れるように戻り着席する。

「篠丸君、そんな趣味有ったの？」そう囁くように、でも僕に聞こえるように聞いて来たのは篠丸の向こう側に座っている女子生徒だ、多分同じ中学出身なのだろう。

「あるわけないだろう、俺は普通に女性の味方さ」そう答えてから、ワザとらしく僕を一瞥する。

「出席を取るぞ、顔を覚えたいから大きな声で返事をしてくれ」この高校の出席番号は男女混合で、僕の出席番号は五番だった。「鏡原琉衣」そう言って担任が僕を見た時少しだけ珍妙な顔になり、何度か出席簿と僕を見比べていた。

「男……だよな？」今の時代、禁句に近い言葉だったけれど、僕の顔形と制服と出席簿に書かれているだろう性別に違和感を覚えてしまい思わず言ってしまったのだろう。そして僕は、うんともすんとも言えずに、完全に俯くしかなかった。

そんな僕を尻目に答えたのはやっぱり篠丸だった。「先生失礼ですよ、彼は男性ですよ、それとも女子生徒に見えるのですか？」この一言で一組は完全に篠丸中心のクラスになっていた。元々アイドルのような目立つ容姿に、軽快な話術、周りの女子との距離感の保ち方、そして教師に対する態度も好意的に行うので敵対する事自体がありえない存在になっていた。

「あっ、まあそうだな、失礼失礼、許してくれ」担任はそう言って頭を掻いて、六番目の生徒の出席を続けた。

担任の出欠の間中、静かな細波のような嘲笑は続き、言葉は分からないが僕に向けて、クラス中の生徒が何かを言っているのが肌に伝わって来ると僕はもう、何も言えなくなっていた、何も聞こえなくなっていた、何も考えられなくなっていた、そして訳が分からなくなっている。

気づくと帰りの時間になっていて「起立」の号令でノロノロと立ち上がった時に、自分がようやく戻ってきていた。

「じゃあ明日も宜しくな琉衣君」篠丸がそう言いって僕の肩をたたいて教室から消えて行く、さっきの女子生徒の肩を抱きながら。

篠丸が出て行った向こうに、梨衣が心配そうに立っていた。僕が近づいて行くと「琉衣、大丈夫？　何かボーッとしてる、何かあったの」と図星を指されてしまい、これが又僕自身を殻に閉じ込めてしまう原因になってしまっていた。

入学式の前に少しだけ梨衣に対してムッとして意地になってしまい、クラスで揶揄われて笑われた事も辛かったけれど、僕が一番不安になったのは「僕は男だ」の一言が言えなかった事だった。あの時、大きな声でそう言おうとした時に、何故か心の中からストップをかけられたような気がして急に声を出す事が出来なくなっていた、何故だろう？　その疑問は今でも続いている。

そして今、梨衣に図星を指された僕は、更に意地を張ってしまっていた。

「何でもない」そう不愛想に言いながら、早足で梨衣の前を通り過ぎて行く。

「何でもない訳がない」梨衣はそう言うが、僕は既に意地になり、拗ねてしまい、更に心に殻をかぶっていた。少しだけ冷静になれば、きっと何でもない事なのだろうけれど、悪い方に回り始めた歯車は中々元には戻らない。元々、仲が良くて僕たちは喧嘩をした事がなかった、姉弟なら喧嘩位はあるかと思うかもしれないけれど、僕たちは常に二人でいるのが自然で、もう一人の自分がそばにいるのが当たり前だった。

なので喧嘩をした事がないから、当然仲直りをした事もない、その必要性もなかった。いや、もっと正確に考えれば喧嘩以前にズレを感じた事もなかった。なので今日初めて二人の間にズレを感じた時、その修復の仕方が分からなかった。分からない所にクラスでの出来事が僕の心にのしかかり仲直りの機会を失ってしまっていた。

一度機会を失うと不思議なもので、修正の機会や方法を見出す事が出来なくなってしまっていた。僕たちは朝、楽しそうに二人で新しい学校生活に、希望に胸を膨らませながら歩いた堤防を、足早に無言で帰路についていた。僕が急ぎ足で先に歩き、梨衣が心配そうに後に続く。いつもなら二人で前になり後ろになりながら歩くのに、僕が先で早足なのはやっぱり、今でも耳に残るクラスでの嘲笑から逃れたい為だったのは言うまでもない。「琉衣、朝の事は謝るから、ゴメンネ！」梨衣が後ろから僕の癇に障らないようにオズオズとした口調で語り掛けて来る。僕は一回立ち止まり、少しだけ振り返り梨衣を見ると、かなり悲しそうな梨衣の表情が目に入る、僕はそれでも素直になれなかったけれど、僕は僕なりに何とか関係を修復したいと考えていたので、軽く瞬きをしてからゆっくりと歩き出す。

「琉衣」梨衣も続いて歩き出して続ける。「そのままで良いから聞くだけ聞いて」少し間を空けるが、僕が何も言わないので梨衣は構わず続けた。「琉衣が学校で何かあったとしても、言いたくなければいいよ、言わなくても。でもお願い私の話を聞いて」梨衣は哀願する様に続ける。「私ね、二組で一人になった時、とっても不安だったの、不安で不安でとっても寂しくて、どうしたら良いのか分からなくなって、ただただ時計ばっかり見ていた、早く終われ終われって時計ばかり見ていたの、先生の話なんか耳に入らなかったの、だから…」高ぶった気持ちを落ち着かせていた梨衣が続けた。「琉衣に逢えた時、とっても嬉しかったの、安心出来たの、だから素直に謝れたの、ゴメンね！」梨衣はそう言って立ち止まった。

付いて来る梨衣の気配が遠ざかるのが僕にも不安が教えてくれたので僕も立ち止まる。

そして梨衣が近付いて後ろから僕の右手に、左手で手をつないで来た。

僕はその手を握りしめると梨衣も握り返して来る。「朝はゴメン」僕の小さな声に梨衣が頷いたのが見えた。「僕も不安を感じた、同じだよ」梨衣は嬉しそうに頷いた。「でも後は言いたくない」僕がそう言うと梨衣は「分かった、聞かない」そう言って僕の右腕に恋人のように左腕を回して寄りかかる。僕が中学三年の秋に梨衣に背も見かけも追いついてから、梨衣が時々見せる甘えた仕草で。

それまでは、ダメな弟を引っ張るような関係だった僕たちが、恋人同士のような大人の仕草が増えていった時期だった。

僕は（僕は男だ）の一言が言えなかった事が引っ掛かっていた、それに理由は分からないけれどクラスでイジメられたような事が何となく惨めで、梨衣にも言いたくなかった。

それにまだイジメと決まった訳でもなく、少しからかわれたのを自分で勝手にそう思い込んでいるのも嫌だったので、もう少し様子を見てから話したかった。

5

入学二日目、昨日の夜も今日の朝も母はいなかった。夜勤も有り休みも不定の看護師の母は働いていているのか？　何処かで遊んでいるのか？　それとも自分の部屋で寝ているのか？　それすら分からない事も多く三〜四日顔を見ない事もよく有る事だった。

「じゃあ、頑張ろう！」僕たちは手の平と手の平を合わせて、一緒にそうお互いを励まし合った。場所は一組と二組の間の廊下、始業のチャイムが鳴り始めた。僕たちは昨日、二人共一人が不安だったのは共通項だったので時間ギリギリに教室に入れるように、時間を調整しながら登校した。少しでも不安に感じる時間を少なくする為に。

僕が後ろのドアから一組に入った瞬間全員が僕を見る。担任が入って来る前だったので、まだ立っている生徒、集まって雑談している生徒、授業の準備をしている生徒と様々だったけれど全員が動きを止めて僕を見ていた。そして一瞬だけ静まり返ったあと、又細波のような囁きが広がって行くのが分かった。

クラスのほぼ全員が僕を見ながら、僕には聞こえないように囁き合っているのが理解出来た。

昨日の事は、イジメは、やっぱり！　そんな言葉が頭をよぎった時「琉〜〜衣君、どうしたのそんな所に突っ立って、早く座らないと先生来ちゃうよ」昨日にもまして揶揄うように声を掛けて来たのは例の篠丸で、篠丸は取り巻きのような男女四人の真ん中の自分の席から、そう僕に声を掛けた瞬間クラス中が笑いに包まれる。

僕は不安を感じる前に激しい孤独感にさいなまれ、イジメに遭っていると言う現実を突きつけられると直ぐに頭が真っ白になり、惨めな気持ちが湧き起こり、何が何だか分からなくなっていた。

「おい、須田」篠丸が僕の方に向かって叫ぶと「はい～～何でしょう」昨日の猿のような取り巻きが僕の横で返事を返している。「琉衣君を案内して差し上げろ、女の子を扱うように優しくな」その瞬間又笑いが起きた。

「ささ！　お席はこちらになります」須田が僕の前に手を差し出した時、僕は両手を躰の後ろにを引っ込めていた。

「アハハお前は趣味じゃないってよ、良かったな」篠丸のその言葉に又笑いが起こる。

「なら退散します」須田はそう言うと短髪を掻きながら自分の席に向かう、それを見ながら立ちすくんでいる僕の胸を撫でるように触って来た手を思わず払った時「ないぜ！」鳥のような頭のその男は続いて僕の股間を力まかせに握って来た。「痛い」そう叫ぶのとクラス中の嘲笑は既に同時だった。

「何だ楽しそうだな」教室のドアの開く音と、入って来た担任の声と全員が椅子に座るのはほぼ同時だった。そして、僕だけが動けずに立ちすくんでいた。

「鏡原？　どうした？　座れ」頭が真っ白でどうすれば良いのか分からなかった僕は、担任のその言葉にようやく自分の次にするべき行動を見出す事が出来た。僕がよろよろと歩き出すとお決まりのように足が出て来て、僕はその足に引っ掛かってしまい、絵に描いたように転がされる。

「痛い」ゴンっと言う鈍い音と共に前のめりに倒れ込んだ時、足を出した男子生徒はバカにしたような笑みで僕を見下ろしている。

「どうした?」担任は黒板に向いて何かを書いて、転がされた僕を見ていなかったのだろう状況把握が出来ていない。

「大丈夫か?　琉衣君」そう言って近付いて来たのは篠丸だ。篠丸は僕を助け起こしながら言った。「琉衣君気を付けないと、瀬戸《せと》君も足が長いからって、ちゃんと前を向いて座らないと人の迷惑だよ、今みたいに」

「篠丸さん、すみません、琉衣君もゴメンね」そして又嘲笑の笑いが湧き立つ。出来レースとはこの事だ、だけど僕はその出来レースに乗る事も逆らう事も出来ずに、篠丸の腕を無理矢理振りほどいて自分の席に何とか座る。

「まあ、なんて言うか」宮川雄一《みやかわゆういち》と言う名の若い教師は歯切れ悪く、オドオドと願うようにクラスに向かって話し始める。「みんな仲良くやっているよなあ、さっきも楽しそうに笑い声が聞こえたし」担任がクラスを見渡すとみんな笑顔で頷くので、それで安心しているようだ。「イジメなんてないと思うが、もしそう言う事を見たり聞いたり、そして遭ったりしたら、迷わず先生に相談に来なさい」この事無かれ主義が見え隠れする若い担任に相談は出来ないと、こんな僕でも理解出来た、出来てしまった分、孤立感と孤独感が心の中の殆どを覆っていくのも同時に感じる事しか出来ない現実まで突き付けられていた。

「今日の一時限目はホームルームです、一年生で使う教科書を渡します」担任が右手に置いてあった大きな段ボール箱を指す。「昨日伝えていますが大きなバッグは持ってきましたか?」僕はバッグは持って来ていなかった。昨日この教室に入った瞬間からイジメに遭い、必死に耐えて、ただ時間が過ぎるのをひたすら待っていただけの僕は、昨日の担任の話は一切聞いていなかった。帰ってから梨衣にも聞いたが、梨衣は梨衣で心細さと寂しさで、「あまり聞いていなかった」とこれまた心もとない返事だった。

「鏡原」呼ばれて取りに行くと、確かに大小様々な大きさの十冊以上の教科書をわたされた。他の生徒は家から持参した大きめのバッグや丈夫そうな紙袋に入れている。

「琉～衣君」例によって篠丸が絡んで来る。「どうしたのまさかバッグ忘れちゃったの？」僕はその言葉を無視した。仕方ないので教室の後ろの扉のついていない個人別の収納棚に取り敢えず入れておく。

その後は学級委員長やその他の役職の選出が行われていたが、何故か篠丸の言葉が中心に話が進むので、頼りない担任は「篠丸は頼りになるなあ」と変に持ち上げて、話し合いがテンポ良く進む事に満足していた。逆に話し合いにも参加せず、身を固めるように俯いたままの僕を「話し合いに参加しなさい」と無意味に肩を叩いて行った。僕は肩を叩かれた瞬間更に身を固くしていた。この信用が全く出来そうにない担任が、篠丸の仲間のようにも感じてしまっていたからだ。

ようやく休憩時間が来た、周りの様子を窺うと篠丸を中心に数名の生徒が車座になって何か話しているのが見えて、僕はひっそりと抜け出すように教室の出口に向かう、出口を見ると梨衣が中をのぞいているのが見えた。

ただ素直にさっきの状況を伝えた方が良いのかどうかほんの一瞬悩んでいる内に梨衣の

方から切り出された。「琉衣、私用具係になっちゃって」「用具係？」「そう、一組でも選んだよね？」「そう言えば…」確かに何かの選出をしていた事だけは覚えている。

「次の授業で使うプリントを取りに行ったり、大きな道具を運んだりする係、今日はこれから次の授業の世界史に使う大きな世界地図を準備室に取りに行くの、琉衣は何か係になったの？」梨衣は無邪気に話す。

「僕は…」僕が口ごもっていると「鏡原」と、廊下の向こうから梨衣の担任らしき男性教師が呼んでいた。

「はあい、大和《やまと》先生今行きます」梨衣は僕に向き直り、「準備室を教えてもらうの、じゃあ後でね」そう言うと足早に僕から離れて行く。梨衣が離れれば離れて行く程に僕の孤独感が大きくなって行くのが分かる、梨衣が廊下を曲がって姿が見えなくなると、もう何も考えられなくなっていた。そんな僕はそこで梨衣を待つしか出来なかった、とにかく次の授業が始まる前に、もう一度梨衣に逢ってだけおきたいと、まるで恋人を待つように廊下の壁にもたれかかりながら待っていた。

(梨衣、遅いな)そう思った時「一組の生徒は教室に入って」と殆どが白髪の初老の教師が前の入口から一組に入って行った。

(チャイム前なのに？)そう思いながら、梨衣に逢えない寂しさに後ろ髪を引かれながら教室に入ると、その理由は生徒の噂話ですぐに分かった。

「数学の黒岩《くろいわ》先生、とってもせっかちな先生で必ずチャイムが鳴る前に来るから気を付けてってお姉ちゃんが言ってた」僕は慌てて席に座り、布製のペンケースをカバンから出して机に置くと数学の教科書を後ろの収納棚に置いてあるのを思い出す。

「先生」僕は恐る恐る手を挙げる。「収納棚に置いてある教科書を取りたい…」僕が語尾を言い終わる前に「早く」と睨まれるような目つきでぶっきら棒に返って来る。

僕は出来るだけ周りと、特に篠丸とは目を合わさないように後ろに行く。「数学の教科書は…これだ?」手にした瞬間、どことなく違和感を覚えたが、黒岩先生の目が怖くてすぐに数学の教科書を抱きしめるようにして席に戻る。

「あれ?」僕がそう呟いたのは、さっき出したはずのペンケースが見当たらなかったからだ。（変だな?）と思いながら出し忘れたのかと思い再度カバンを開けるがない? 机の中を覗いても見当たらない。

「早く教科書を開いて」黒岩先生のピシャリとした言葉で仕方なく教科書を開いた時に、僕は驚きながらも「グッ!」と一瞬うめくような言葉が短く漏れてしまったが、黒岩先生の注意が怖くてそれ以上は我慢して言葉を飲み込んでいた。

僕の教科書は落書きがされていた。赤や青のマジックや各色のマーカーで、色々な字が書かれていた。スケベ、変態、男色、チ○ポ付女、ニューハーフ、これらはまだましな方だった、中にはもっと卑猥で直接的な言葉や、女性の性器や男性器を模した絵なども描かれていた。ページをめくればめくる程に別の新しい卑猥な絵や言葉が目に入り、僕は目を逸らしたくても逆にそれらから目を逸らす事が出来ないでいる。更に数ページめくるとページが切り裂かれていて、それを見た時、僕の心も切り裂かれたように痛み出した。

自分がイジメに遭う事すら信じられない事なのに、今時こんな証拠が残る直接的なイジメがある事が尚更信じられなかった。

ただ一つ、収納棚で教科書を手にした時の違和感がこれだった事にだけ気づく事が出来ていた。貰ったばかりでまだ開いてもいないはずの教科書に開かれたような感触があった事に違和感を持った事を。

そんな僕の心を見透かしたように篠丸が静かに声を掛けて来る。「琉衣君、落としものだよ」そう言って僕のペンケースをわざとらしく優しく机の上に置いた時のその顔は、上から目線でニヤついている。布製のペンケースを見ると歪に歪んでいるのが見て取れる。「ここから先、大切な所だから必ずノートに取りなさい」厳しい先生の情報が伝わっているのだろうか？　あの篠丸までもが真面目にノートを取り始めるので、僕は仕方なく、意を決してペンケースのチャックを開ける。

案の定だった、シャーペンもボールペンもマーカーも消しゴムまでもが、ぐしゃぐしゃに折られていて、更に鼻をかんだティッシュが何枚も詰められていて、それが布製のペンケースを歪にしていたのだった。

（これだけイジメの証拠があるのであれば）僕がそう思って顔を上げた時には運悪く黒岩先生が黒板に向かって数式を書いていた。

そして、言うタイミングを逃した僕にすかさず篠丸が近づいて耳元で悪魔のように囁く。

「つまんない事言わない方が身のためだよ」顔は笑っているが目は笑っていない。「男同士の茶目っ気だろう?」そう言いながら僕から離れる、黒岩先生が生徒側に向き直る。

僕は篠丸が言った男同士の言葉に引っ掛かっている、昨日僕が言えなかった（僕は男だ）の一言と重なり、そのまま下を向いてフリーズしてしまった。

下を向くとボロボロの教科書とペンケースが目に入る、入ると今度は泣きたくなって来たが、フリーズした僕はそれらから目を逸らす事も出来なくなってる。目を逸らせないから泣きたくなる、泣くと自分が余計に惨めになりそうで自己制御のように涙は出てこない。なのでやはり目の前の現実を見つめるしかないと言う悪循環が繰り返されていた。

そんな時、頭に何かがぶつかった気がするが、それすら確かめられずに俯いていると、今度は何かが顔にぶつかり机の上を転がって行く。つまみ上げると小さくちぎった消しゴムだった。

イジメ…僕はこの現実を必死で否定しながら数学の時間を耐える事しか出来なかった。

二回目の休憩時間、僕は耐えきれずに梨衣に逢いたくて急いで立ち上がった時に、篠丸と須田そしてその他二人の男子に行く手を遮られる。その向こうで長い巻き物のような物（多分大きな世界地図なのだろう）を二人で運んで行く梨衣の小さくなる姿が見えた。

「ごめん」謝っている訳ではなくて、僕がそう言って四人の間を抜けようとした時に篠丸に腕を絡め取られた。

「あの…」僕の呟きは聞いてもらえず篠丸が言った言葉「連れションでもどお?」顔がひ

くついたのが自分でも分かったのけれど、僕の言葉を聞く気もないのだろう、たとえ嫌だと言っても許す気もないのだろう。僕は半ば強引に男子トイレに引きずり込まれる。

「あれ？　女子トイレの方が良かった？」篠丸の言葉に三人は楽しそうに笑う。

中学生の頃は普通に男子トイレを使用していたし小便器も使っていた。特に三年の秋までは完全に男の子だったので当たり前のように使っていて、秋に梨衣に似て女性っぽくなっても、光第二中学では僕は自他ともに認める男子だったので自然に男子トイレを使い、友達もみんなそれを普通に思っていた。

実は昨日高校に来て初めての場所で少しだけ思いあぐね、考えがまとまらないでいたのに、その考えもまとまらない内に男子トイレに引きずり込まれてしまい、僕の心に大きな不安感の他に何故か大きな違和感が染み出して来たのを感じていた。

（ここは僕の居場所じゃない）そんな心の声が聞こえた気がして「出して！」と出口に駆けだした時、篠丸に制服の後襟を摑まれ、そのままトイレの床に引き倒される。

「おいおい、危ないなあ気をつけなくっちゃ」篠丸はそう言うと一人涼しそうに小便器で用を足す。取り巻きの二人が続き、須田はトイレのドアにもたれかかり僕が逃げないように、そして外からも入れないように見張り役についていた。

僕は篠丸たちの用を足す姿を見た時から急に見てはいけない光景を見ている…と感じている自分に気がついていた。そう感じ始めた時、何故か恐怖よりも何か得体の知れない初めての不安感に苛まれ始め、その正体が何なのかが分からない事の方が余計に不安で恐怖を感じ始めていた。そして次第に寒気がして来ると、何故かブルブルと躰が震えているのが分かる。恐怖で震えているのではない、得体の知れない自分の中から湧き起こる何かに震えているのだ。そう、自分の中に何か別のものがいるような、何か眠っていたものが目覚めて来るような、奇妙な初めてのこの感覚に震えが止まらずに、僕は自分の両腕で自分の躰を抱きしめていた。転がされたトイレの床で横座りになりながら。

その姿を見た篠丸の声は何故だか鮮明に聞こえて来る。「あれえ？　この仕草、やっぱり女だろう？」答えが続いて聞こえる。「いやいや、さっきはしっかり付いてたぜ」そう言った男子生徒は僕の股間を握った男だった。

「僕は…」それ以上言えなかった、昨日以上に（僕は男だ）の一言が言えない自分自身に愕然とするしかなかった、いや昨日以上にその言葉を言わせない、抑制する何かが心の中から湧き立った事を今は自覚している。

（何故？）そう思っても答えは出ない、出ないが考えている時間もない今の状況の僕に声をかけたのはやはり篠丸だった。

「沢渡《さわたり》がさっき摑んだのはオモチャだろう？」「胸もなかったぜ」「ぺちゃぱいなだけだろう？」「んな訳あるかい！」二人は喧嘩はしていない、単に僕を肴に掛け合いを楽しんでいるだけだ。

「お前、女だろう？　女ならキスしてやってもいいぜ、中々美人だし」篠丸の顔が近い。

こんな男は男性であろうと女性であろうと人として嫌いだ。それだけは間違いない、ただ女だろう？　と聞かれた時に、自分の中で何かが揺れた気がした。

「篠丸さんモテますから！」須田のヨイショは男女に関係なく虫唾が走る。その瞬間篠丸の手が僕の男性器を握る。握られた瞬間寒気が走る、ただそれは男性に握られた為の寒気とは何処か違うような気がした。朝、沢渡と呼ばれた男に握られた時には感じなかった、何か別のものが僕の中で膨れて大きくなっているのに、この時の僕は気づかずに変な違和感だけを抱いているのだった。

「あるけれど、まあ本物かどうか確かめるしかないだろう」

「篠丸よお、確かめるってまさか？」

「沢渡、俺たちは友情を深めにトイレに連れションに来ただけだろう？」

「ああそうか！　そうだよなあ」篠丸と鶏のトサカのような髪形をした沢渡、この二人は気が合うのだろう、又対等な関係の上、お互いの行動を熟知しているようでアイコンタクトで僕は二人に両側から両腕の自由を奪われて立ち上がらされた。

「だめ、やめて下さい、お願いします」そんな言葉が聞き入れられる事はないのは承知しているが、それでも儚い抵抗はする。

「須田、チャックを下ろして差し上げろ」「嫌ですよ僕は、いっくら篠丸さんの命令でも男のチ○ポなんて見たくありませんから」須田がチ○ポの言葉をハッキリ言った時、僕の中にかなり強い嫌悪感が湧きたっていた。

「なら瀬戸、お前がやれ」須田と同じく格下扱いの少し犬に似た瀬戸と呼ばれた男が僕の前に来て「僕を恨まないでね、言われて仕方なくするんだから、恨むならこの二人でお願い」そう興味なさそうに言った。

「四の五の言わずに早くやれ、次の授業がはじまっちまう」篠丸と違い沢渡の言葉は凶暴で、それだけで気持ちが委縮するけれど、今はそれ以上に何か別の不安が頭をもたげている。

「じゃあ、失礼」瀬戸はそう言うと僕のベルトに手をかける。

「いや！」哀願するように首を振るとサイドの髪が綺麗に揺れる。

それを見た篠丸は、「やっぱ男にしておくのもったいねえなあ」そして「まったくだ」沢渡が続く。僕は腰を引くが抵抗の内にも入らず、チャックまで下ろされるとズボンが下がり下着があらわになる。

「可愛いパンツだな」普通のボクサーパンツを穿いていただけで揶揄われる。

その時僕が思った事（あれ、ここに何があるんだっけ?）。

「じゃあ、御免ね」瀬戸がそう言って僕の下着に手をかけた時に出た僕の言葉。「見てはダメ！」そう言って僕は目をつぶり見ないようにするが、下半身に涼しさを感じた時に歓声が上がる。

「普通だなあ！」もうどっちの言葉か分からない、分からないけれどもうそれはどうでもいい事だった。

…と同時に僕の心の中から何か別の声が聞こえて来た（僕のじゃない!?）。

「僕のじゃない！」聞こえた言葉をそのまま静かに口に出しただけだった。

「お前、何言ってる？　お前のだろう？　これ」沢渡が下品にも僕の男性器を引っ張った、沢渡に引っ張られて、僕は初めてそこに何かがある事を認識していた。ただ認識すると何故か全身にザワザワっと寒気を感じている。感じながらも自分の下半身に何かがついている事を認識してしまい、それが何なのか無意識に確かめる為に目を開いて…自分の股間を見た。いや凝視していた。

それは異物に見えた。それまでトイレや風呂で普通に見ていた見慣れたはずの男性器が何故か異物に見えたのだ。自分にはついていてはいけない物だと思った。まだ半分皮をかぶったそれは縮こまり、わずか数㎝程度に小さくなっている、その左右に有るはずの二つの丸い物も、それを包む袋状の物が縮こまり、小さな棒状の物の陰で更に小さくなっていた。この一本と二個が僕には異物に見えていて何故か自分のではない気がしていた。いや自分のではないと信じ込もうとしているのだった。ただ薄い陰毛には何故か異物感は感じていないのが又不思議だった。

「僕のじゃない！」泣きそうな声で、そう小さく呟いて首を弱々しく左右に振る。

「何言ってるんだ？　お前のだろう、そのチ○ポ」篠丸に言われて少しだけ心が動いた。

「僕の？」篠丸にそう聞く僕に篠丸が変な顔をする。「これ？　僕の？」放心したような僕の言葉、ただ意味不明な言葉に篠丸が少しだけたじろいでいるようでもあった。

「あっああ、お前のだろう、当たり前じゃあないか」さすがに迫力がなくなっている。

「僕の？」今度は沢渡に聞いた。沢渡はあからさまに嫌な顔になり、僕の腕を解き「そうだよ」とだけぶっきら棒に言って離れていく。

「これが、僕の？」僕が薄く笑うと、篠丸まで手を離した。

自由になった両手を僕は恐る恐る自分の男性器に当てる、軽く添えるように当ててその存在を認識した瞬間、体の中から何か別の何かが突き上がって来るのを全身で感じた。

「あ！　あ！　あ！　あ！　あ！　あ！」何とも奇妙な叫びをあげている。「これ、僕のじゃない、僕のじゃないよね？　ねえ？　そうでしょう？」僕は篠丸にそう聞いていた。

篠丸は既に僕から遠ざかり、ただただ何か得体の知れない変な物を見る目で僕を嫌悪感丸出しで見ている。僕は、今僕の男性器に触れた両手を見つめながら、躰の中から何かが湧き起こる物を感じている、いや心の中の何かが目覚め外に出ようとする感覚、何かが弾けるような感覚、ただ自分の男性器に感じる異物感に変わりはなく、次にどうすれば良いのも分からない。

「どうしよう？　どうすれば良いの？　僕？」更に篠丸に詰め寄ると僕の奇妙な行動と言葉に既にイジメる気持ちが失せた篠丸は、この思わぬ展開と反応に目を丸くしていた。

「しまえば？」「しまう？　何を？」僕は情けなくも下半身をそのままに篠丸に近付いて行く、何か訳の分からない物に心を支配された僕には羞恥心が欠落している状態だったので、篠丸にそう下半身を指されて、ようやく自分の下半身を見る。

見た瞬間、「違う違う違う違う」そう小さく繰り返しながら、壊れた人形のように首を振る事しか出来ない僕を、それでも助けてくれたのは瀬戸だった。

「ゴメンね！」瀬戸はそう言うと後ろから、僕の下着とズボンを上げてくれた。下着とズボンが上がり、自分の男性器が隠れて異物に感じた男性器が見えなくなって、僕は少しだけ落ち着いたような気がした。僕は何も言わずにズボンのチャックを上げて、ベルトをするがYシャツの裾はだらしなくズボンからはみ出していた。

「いいか、今日の事は忘れろ、俺たちも言わないでいてやる」強気なのか弱気なのか、まったく分からなかったが、僕はそれ以上に自分自身が分からなくなっている。そして篠丸たちは逃げるようにトイレから出て行くが、瀬戸が最後に出て行く時に言った。「今日はこのまま帰ったら？」

パタンとトイレの扉がしまって一人になった時、寂しさとか孤独感は感じなかった、感じたのは「ここは僕のいる場所じゃない！」そう感じた僕は、そのまま男子トイレを出て、校舎を出て、校門を出て、兎に角家に向かって走った、走ると言っても全速力は出ない、小走りや早歩きを繰り返しながら、それでも息を切らしながら家に向かった。家に向かいながら、頭の中は真っ白だった、何も考えていなかった、違和感の事も、イジメの事も…そして梨衣の事も。

自宅に着いた。元々鍵っ子の僕たちは、それぞれズボンやスカートのポケットにお揃いのアクセサリーを付けて入れているのでカバンがなくても、自宅に母がいなくても取り敢えず家には入れる。

家に入り、二階の自分の部屋に上がる。六畳ほどの部屋にはベッドと本棚に勉強机に衣装タンス、多分ありふれた一般的な高校生の自分の部屋に戻った。

6

家についてベッドに座り、上がっていた息が整って行く、真っ白だった頭に思考が戻って来る。少しだけ冷静さが戻って来る。冷静になって少しずつ物が考えられるようになって、考えたのは梨衣の事だった。

「梨衣！」自然に口をついて出た自分の言葉に、僕はいきなり大きな不安感を感じた。生まれ落ちて十五年間、殆ど一緒に過ごした梨衣と、イジメから逃れる為とはいえ、ほぼ初めて離れ離れの空間で過ごしている現実。小さい時なら当たり前かも知れないけれど、中学生になっても僕たちは一緒だった。中学校も母の直談判で同じクラスになり、買い物も遊ぶのも一緒。体育などは少しだけ離れる事はあっても、それでも同じ学校の敷地内にいるので、いつでも顔を見に行ける距離感だった。修学旅行の時の夜も結局は一緒にロビーで寝てた。どちらかが病気の時も一緒に学校を休むのを母は許してくれていた。

僕たち、梨衣と僕は常に一緒にいて一緒のものを感じて、そしてそれに安心感を感じていた。中学三年になって僕が成長して梨衣とよく似てきた時には鏡を見るように、もう一人の自分と話している事に、多分他人には分からない安心感を二人一緒に持っていた。

なので今みたいに梨衣が学校で僕が自宅にいる状況は初めての状況だった。歩いてたかが三十分と他人は言うだろうが、この距離は他人の言う三十分以上に遠く感じる距離感で、まるで地球の裏側に大切な人が行ってしまったような絶望感すら感じる距離に感じていた。そう言う現実が冷静さと共に理解出来るようになって来ると、今度は心が寂しくなって来る。

「寒い」春、昨日今日と穏やかな日が続いていて寒いはずはないのに、僕は心の中から寒さが湧き上がって来るのを感じている。「寂しい」梨衣のいない不安、梨衣のいない現実が容赦なく僕の孤独感を掻き立てる。今更ながら、梨衣が近くにいる事で安心していた自分を認識すると、余計に梨衣のいない現実が迫って来て僕の心を押し潰して行く。

僕はベッドの上に座り、毛布を頭からかぶるけれど、心の中から込み上げて来る孤独感と言う寒さは膨れ上がる一方で、それはとうとう僕の心の中から染み出し、北極で氷が膨れ上がるように僕の体を覆って行く感触を自覚させられる。

「寒い」その氷につつまれる奇妙な感覚と一緒に湧き起こるのは、梨衣がいない不安感と焦燥感と何故か抑えきれない…何か？

その何かの正体は分からないが、一つだけ何となく理解が出来る。この訳の分からない何かは梨衣がいないから出て来た事を。梨衣が常にそばにいて梨衣を感じているから、僕の心の中でその何かは眠りについていたのだけは、何故か本能的に理解が出来た。

「寒い寒い寒い…………」僕がそう言いながら毛布を抱きしめるように纏っても、少しも暖かくはならない、いやそう思えば思う程余計に寒さが増して行く。僕が孤独感と言う極限の寒さに耐えかねた時、壁の時計が目に入った。目に入って感じたのは「四時間目だ」つまり、梨衣と一時間以上離れている事を現実の時間として、目の前に突き付けられた時……。

僕の眠っていた何かが耐えきれずに噴き出して来た。

「あ〜〜〜〜〜〜〜〜〜〜〜！」今までの寒さが嘘のように汗が噴き出して来た。

「う〜〜〜〜〜〜〜〜〜〜〜〜」躰の中で何かがうごめき出したの感じた時、僕の視界は視界でなくなっていた。僕の部屋にいるはずなのに、僕の勉強机が見えるはずなのに、好きな本が沢山並んでいる本棚が見えるはずなのに、僕の視界には今まで見た事のない、何か奇妙で不可解な物が見えていた。そしてそれと同時に、躰全体で、全身で何か不快な物を纏っているのを感じていた。

僕の目に映り、肌に直接感じる不快な物、それは……それは何かブヨブヨしていて、何か生暖かい大きなスライムの塊のようで、表面はヌメヌメとした粘液のような物に覆われている物の中に僕がいて上下左右前も後ろも僕の全身をスライムが覆いつくしている。

そのスライムのような物を押すと、やはりボヨンボヨンで押してもズブズブっと手が入って行き、入った手がまたそのスライム状のものに纏わりつかれて、生暖かくてヌメヌメしていて気持ち悪さを増大させる。慌てて手を引きぬいてもヌメリが手について来て、その手が又気持ち悪くなる。何処かに逃げ道はないのか、気持ち悪さを我慢して周りを見渡していると、スライムの半透明のボディ全体がうっすらと赤いのに気づき、それが余計に気持ち悪さを膨らませる。ただそれが赤いのはそれ自体の赤さでなかった。そのスライムのヌメヌメの肉状の中に無数の管状の物が上下左右ランダムに張り巡らされていて、その中を赤い何かがドクンドクンと流れているのが見えた。その管状の物は僕に近い程太くて、赤い液体の流れも速い。その管状の物は僕がいるあたりから離れて行くに従って枝状に分かれて行った。分かれると細くなり、又枝分かれして更に細くなり、赤い液体の流れは少なくなっているようで、管状の枝の先は先が見えない程に細くなり、透明なスライム状の肉のような物に吸収されているようにも見えた。

「ここ何処？？？」ようやく少しだけ思考が出来た。ただ思考が出来てもどうすれば良いのか考える事が出来るのではなく、ただ今の感じる現実を理解させられるだけで気持ち悪さをより突き付けられているだけだった。

「気持ち悪い」言っても虚しく自分に帰って来る。「臭い」匂いは感じていないはずなのに、なぜかそう脳が信号を送って来る。「暑い」これは躰が感じている。僕は、何か異物の中にいると直感した。僕の躰全体が、何か自分でない別の何か違う器の中に収められていて、それがヌメヌメヌメヌメヌメ、ドロドロドロドロと生臭く感じる程に不快感を送り続けている。

ドックン！　何か大きな音が鳴った。

　ドックン！　又聞こえる。

　ドックン！　今度は自分の中からも聞こえて来て、耳から聞こえた音と共鳴して、三半規管を刺激して眩暈すらして来た。

　ドックン！　今度は吐き気までして来る。

　ドックン！　頭が締め付けられる、気持ち悪さと生暖かさと気色悪さが纏わり付く感覚が僕を覆いつくした時、僕の中から何かが飛び出して来た。

「アーーーーー！」現実に引き戻された場所は僕の部屋、僕のベッドの上で、僕はさっきの状態のまま全身ずぶ濡れのような汗を掻いて座っていた。

「ここは？」そう思ったのも束の間だった、僕はさっきの全身を覆う気持ち悪さが突きあげて来て着ている物全てがその気持ち悪いスライム状の肉のように感じていた。「嫌だ！」僕はさっきのスライム状の肉を引きちぎって脱ぎ捨てるように毛布を払い、制服のブレザーを脱ぐ、Yシャツを脱ぐのにボタンを外すのももどかしくボタンを引きちぎって汚い物を払うように脱ぎ捨てる。白い下着も脱いで床に捨てる。ズボンはベルトとチャックを急いではずすと水泳のクロールのバタ足のようにさせて脱ぐ。最後に残ったボクサーパンツと靴下を一緒に脱ぎ捨てて行くと、何故か気持ち悪さが少しだけ収まった気になり、ベッドの上で膝立ちになって息を弾ませている自分に気づく。

「はあはあ」肩で息をしていて少しだけ自分に戻ったような気にはなったが、それ以上に何か大きな違和感が押し寄せて来る。「何？　何？　何なの、この感じは何？」僕は生まれて初めて感じる自分が自分でないような不思議な感覚に頭を抱えて、見慣れているはずの自分の部屋を見渡す。いつもの部屋、いつもの家具類、いつもと変わらないはずなのに、何かが違う、何かが変だ。「何が？」そう自分に問いかけた時、答えが心の中から帰って来た。

〈僕のじゃない！〉

さっき、何度も無意識に言った言葉が、今は初めて心の中から聞こえたのを自覚した。

〈僕のじゃない！〉その言葉を理解した時、僕は違和感の理由を悟っていた。

「何これ！」僕は裸のまま膝立ちしていて、そして今、自分の男性器を知覚したその時、僕はさっきの心の言葉の本当の意味を理解させられていた。

「違～～～う、この躰は僕のじゃない」………僕は発露した。

この躰は本当の自分の躰ではない事に気が付いてしまった。気が付いてしまった時、僕の前に付いている男性器がとても汚らしく、いやらしく、醜い物に感じてしまい、引きちぎって何処かに投げ捨てたい衝動に駆られる。ただ引きちぎるには触らなければならず、逆に触りたくない感情も湧き起こり、まるで自分の尻尾を追いかけます仔犬のように、ただただ滑稽に自分の男性器を振り払おうと腰を振りながらベッド上を虚しく転げ回る事しか出来ないでいた。その間中僕は「ひい！」とか「ぎゃあ！」とか「いやア！」とか、小さな悲鳴ばかりを繰り返していた。

そんな恐怖ばかりを感じて叫んでいた僕を助けてくれたのは枕だった、何かの弾みで枕が僕の男性器を隠した時、男性器が視界から消えた時、少しだけパニックから戻る事が出来たが、それでも心の中の何かが収まった訳ではなかった、今度は自分の胸がのっぺりと、膨らみがない事に、無限の寂しさを感じていた。

「僕の胸」そう言いながら自分の胸に手を当てる僕の仕草は、セミヌードの女性の写真集のようなポーズになっていて、そのポーズに満足しながらも胸がない寂しさの両方を一度に噛みしめている自分に気が付いていた。「何故？　何故僕の胸がないの？」そう思った時、もう僕は自我を保つ事が出来なくなっていた。

「梨衣いいいいい！」僕は無意識に梨衣を呼んでいた。「助けて！　梨衣助けて！」もう後は言葉なのか叫びなのか自分でも分からなかった、ただこの躰は自分の躰ではない事だけを実感しながら、その理由も分からずに、ただ違和感や不安感や嫌悪感に苛まれながら、虚しく梨衣を呼びながらベッドの上を転げ回る事しか出来ない自分がいた。

「梨衣梨衣梨衣梨衣梨衣ぃーーー！」「琉衣」僕の断末魔の嗚咽の中に梨衣の声が聞こえた気がした。

「梨衣」そう叫んでベッドの上で上半身を起こした時、どたどたどた、誰かが階段を駆け上がって来る足音が聞こえた。

「琉衣ぃーーー！」叫ぶような梨衣の声が聞こえる。

「梨衣」心が躍る、無意識に感じた事、僕が帰って来た…と心が認識していた。

バタン！　手荒に廊下のドアが開き飛び込んで来た梨衣の顔は、泣きそうで、寂しそうで、不安そうで、何か嫌な事に遭遇したような、今までに見た事のない必死な切羽詰まった表情の梨衣だった。そして、梨衣のその表情を見て僕は直感的に理解出来た、梨衣も同じで僕が必要なんだ、同じ事に苛まれていた事を理解していた。カバンも何も持っていない梨衣はドアを入った所で息を弾ませながら佇んでいて、しばし見つめ合うようにお互いの姿を見つめ合う。

「梨衣」「琉衣」二人同時だった。そしてそれが合図だった。梨衣はさっきの僕と同じようにブレザーの上を脱ぎ捨てると、ブラウスのボタンを引きちぎりながら脱ぎ捨てる、パラパラコロコロとボタンが床でダンスを踊る。梨衣は構わずにスカートと白のソックスを一緒に脱ぎ捨てると下着姿のまま、僕に飛び込んで来る。「琉衣」梨衣が僕に覆いかぶさる。瞳が潤んでいる。「梨衣」僕は裸のまま梨衣を受け止める。

見つめ合うと鏡を見ているような錯覚に陥る。後はもう覚えていない、ただ無我夢中でお互いの存在を確かめ合い声を掛け合っていた。姉弟でＳＥＸをしたい訳ではない、ただお互いの存在が、お互いが考えていた以上に大切で、お互いがそばにいるからこそ自分が自分でいられた事を痛感させられていた。

「梨衣」「琉衣」「僕」「私」「鏡の私」「鏡の僕」「寂しい」「辛い」「一緒」「ずっと」「離れない」「離れない」「琉衣」「怖かった」「梨衣」「私の躰」「僕の躰」「一人はいや」「私」荒れ狂う海に漂う小舟のように、激しすぎる感情の凹凸に僕たちの心は翻弄されている。

「琉衣、琉衣」「梨衣ィィイ」「苦しかった」「今も怖い」「離れない」「二人一緒」「この躰」「この躰」もうどっちの言葉なのか自分でも分からなかった、いやもうどっちが発した言葉でも良かった、僕の言葉は梨衣の言葉であり、梨衣の言葉は僕の言葉でもあり、姉弟も男女も超えて二人共お互いの存在を確かめ合っていた。

そう自分の躰が自分の躰でないと認識して、不安感と嫌悪感に苛まれ別の何かが心の中で目覚めた時、僕はもう一人の僕、もう一人の自分の梨衣を求めていた。

男女の関係を求めていたのではなく、本当は梨衣になりたいと思った自分の心が、自然に梨衣の全てを求めて一人の寂しさが極限に達した時、梨衣が現れて僕は梨衣の中に入り込みたい衝動に駆られて、梨衣を受け入れ梨衣を呼び、梨衣に触れて梨衣が近くにいる心の安息を貪る為に激しい男女の営みのように求め合い、ただただ抱きしめ合っていた。

「梨衣」「琉衣」見つめ合う。

「梨衣」「琉衣」頬をさすり合う。

「琉衣」「梨衣」頬と頬を合わせる。

「私」「僕」抱きしめ合う。

「僕」「私」「もう離れない」「離さない」どれくらい一つだったのだろうか？　お互いを感じて、お互いの存在を確かめ合い、相手がいる安心感を実感し、二人でいる事が自然である事を確信すると、僕の心の中で湧き立っていた得体の知れない何かは何処かに静かに消えていた。いや心の中で消えてはいないのは分かった、そこにいるのが分かる、ただ梨衣がいればそのまま眠ったようにしているのも同時に分かった。なぜならば心の中のそこで眠りについている物、得体の知れない何かと思ったそれも又、紛れもなく僕自身だと感じていたから。

二重人格ではない、理由は簡単で二重人格の場合の殆どはその自覚はないが僕にはもう一人の僕の認識はある。僕の中の寝ている物は、この僕の心の一部なのは理解出来たけれど、それが何なのかは、まだ僕の中で整理は出来ていなかった。

そして、僕たちはどれくらい抱きしめ合っていたのだろうか？　既に午後の日差しが窓から差し込んでいた。

「琉衣」落ち着きを取り戻した梨衣が不安そうに声を掛けて来た。

「梨衣」僕も同じだよは言葉にしなくても梨衣は理解して少しだけ安堵の表情になる。

7

「落ち着いた？」僕は自分自身に問いかけながらも梨衣にも聞いた。

「うん大丈夫！」いつものように勝気な素振りはするが、その声は少しだけ震えていた。

僕たちは、ベッドの上に座り一緒に壁に寄りかかる。梨衣が右で僕が左のいつもの並びで、一枚の毛布にくるまりながら中で手をつなぎ合う。

部屋の中は衣類が散らかっていた。二人の制服に引き裂かれたブラウスにYシャツに下着類。引きちぎられて飛んだボタンも見え隠れしている。

僕は丸裸で、梨衣はショーツとお揃いの薄いピンクのブラジャーだけはつけていたが、ブラジャーの左のストラップがズレて左の発達途中の乳房が見えていた。

梨衣は部屋の中を呆然と見渡しながら、ストラップをゆっくりとした仕草で戻す。僕は僕で何処から何をどう話せば良いのか整理がつかず、やっぱり脱ぎ捨てられた制服たちを見つめながら呆然とするしかなかった。

「ああ～～」僕が無駄に言葉を漏らした時、それでもやっぱり話し始めたのは梨衣だ。

梨衣は梨衣でやはり聞いて欲しかったのだろう二時間目の後の休憩時間からの事、つまり僕が男子トイレに無理矢理に引っ張り込まれていた時からの事を語り始めた。

梨衣の話の構成は余り上手ではない、印象的な言葉や事象を誇張ではないが、印象的な部分を中心に話すので、時間軸が前後して分かりにくい所はあるけれど僕はその全てが理解出来るのだった。

梨衣の話を聞くと、やはり梨衣にも僕と同じ事が起こっていた。梨衣は3時間目が始まる時、チャイムがなってから二組に戻ったので僕が一組にいないのは分からなかったと話す。ただ、それは自分が遅かっただけで僕が既に中に入っていると思って、自分も二組に入って授業を受けていたそうだ。

そうして二十分三十分と時間が進むに連れて、急に寒さと孤独感が大きくなって行ったけれど、何故そう感じるのか理由は分からないで、ただただ躰を抱きしめるように耐えるしかなかったと話していた。そんな風に寒さと孤独感に耐えていた時に、フッと頭をよぎったのが「琉衣がいない」のイメージだった。

それが直感なのか？　他人の言葉なのか？　自分の心の中からの言葉なのかは分からないけれど、隣の一組に僕がいない事を何となく理解した時に口から出た言葉は「寂しい」だった。それでも梨衣は身じろぎもせず次の休み時間までは頑張って我慢したが、授業が終わる時には心も躰も凍るように冷たかったのを覚えていたと話していた。

それでも用具係の仕事はキッチリこなしていたとは、僕は梨衣の負けん気の強さに改めて驚かされた。

僕の姿が見えない事に、これまでにない不安と孤独と焦燥感に駆られた梨衣は一組を覗いてみたが、窓際の僕の席に僕がいない事を知った瞬間、今度は急に全身から汗が噴き出して来て何も考えられなくなっていた。梨衣は僕の事が心配で誰かに聞き質そうとした時、四時間目のチャイムが鳴り運悪く声を掛けられてしまったと言った。

「おい、そこの二組の生徒始まるぞ」そう言って招き入れたのは次の数学の黒岩先生だった。梨衣は今日は午前授業だから…と自分に言い聞かせて座るしかなかったと話す。

それでも一度噴き出した汗は止まらずに、それは時間がたつにつれて不快感に変わり、途中から授業を聴く事も見る事も出来ないくらい何か別の物に囲まれている、何かヌメヌメとしてブヨブヨとした気持ちの悪い物の中にいる錯覚に入り込んでいると話してくれた、そして自分の中の何かが目覚めたと感じた事、自分の躰が自分のものでない感覚に襲われて、胸も女性器もとても汚い物に感じて、それらを感じた時間も一緒だった事を梨衣に告げると梨衣は梨衣でその事を少しだけ嬉しそうに理解して頷いていた。

梨衣はその後、保健室に行くように促され、このままでは授業にならないと思い教室を出た。ただ梨衣が向かったのは保健室ではなく僕がいるであろうこの家だった。僕が学校にいない事、家にいる事を自然に理解出来て迷う事なく家に向かって走ったと話してくれた。学校で気持ち悪いものを感じている時にも、別の何かが発露した事を感じた時にも、梨衣はズーッと僕を求めていて、僕と一緒にいられればこれは収まると何故だかそう感じてカバンも持たずに家に帰って来たと話してくれた。

梨衣が僕を求めて帰って来た時、僕を見てもう一人の自分に会えた気持ちになって、安心感に心が満たされたのは共通認識で、あれほど抱きしめ合ったのも当たり前の共通事項で、お互いの中の何か別のものの発露も、それがお互いの存在で眠るように静かだけれど、その心の中の別の何かは紛れもなく自分の一部なのも同じものだと理解し合える事が出来ていた。つまり僕たちは違う場所にいながら、同じ時間に同じように何かを感じて何かの発露を認識して、いつのまにか惹かれ合うようにお互いの存在を求め合い、自分が思っていた以上にお互いの存在は必要不可欠な存在だった事を、自覚した時になっていた。

「梨衣、落ち着いた？」僕は散らかった制服たちを見ながら聞いた。

「私たち、どうしちゃったんだろう？」梨衣は何処か力なくそう聞き返して来た。

「そうだね、でもゴメン」「どうしたの？」「ちょっと、トイレ…」落ち着いた僕は人の自然の生理現象である急激な尿意を催していた。

「ああ、トイレ？」梨衣と僕はつないでいた、いや握りしめ合っていた手を離したが、離した瞬間、不安と寂しさが込み上げて来て、それは梨衣も同じだったのだろう、直ぐに手をつなぐ。

「その、トイレの所まで一緒に、お願い」いくら小さい頃から一緒の双子でも、男女の性差がある以上トイレまでは一緒でなかった。なかったが今日はそれ以上に一人になる事の方が怖かった、たとえそれが同じ家の一階と二階だったとしても、さっきの恐怖のような違和感の後では少しも離れたくなかった。この感じは梨衣も同じだとすぐに感じる事が出来た。僕たちはお揃いの室内着にしている色違いのTシャツと同じ白色の短パンを身に付けて、自然に手をつないで階段を下りてトイレに向かう。

一緒に行動する事は普段に戻っていても少しだけ普段と違う事がある。それは僕たちが手をつなぐ時は大抵梨衣が先になり、僕をグイグイと力強く引っ張って行くのに対して、今日の梨衣は完全にオドオドしていて、何かに怯えるように僕に手を引かれながら恐る恐る階段を下りていた。

静かで誰もいないのは僕たちにとっては普通の事だった。

トイレに着いて「近くにいてくれる？」さすがの僕でも中に一緒に入ってとは言えないのでそう言うと、「モチ」と梨衣は情けなさそうな笑顔でそう言いながら気だるそうにトイレの横の壁にもたれかかり、そのまま脱力したようにズルズルっと廊下に座り込んだ。

「じゃあ」意味のない言葉と知りつつ、何か言わないと不安に駆られる僕は、トイレに入って短パンを下ろそうとした時に躊躇った。さっきの自分の男性器に感じた違和感が頭をもたげると途端に何かザワザワしたものを感じ始める。

梨衣が近くにいるおかげだろうか？　一人だった時のような焦燥感や恐怖感はないが、それでも違和感や嫌悪感も男性器に感じている

このまま立ったまま、自分でつまみ出す勇気が出てこない、でも尿意は確実に限界に近づいている。

僕は小では初めて洋式便座に座る事にした。僕は目をつぶり自分の男性器を見ないようにして便座に座る。僕はそのまま排尿に集中するが、最後に尿が出て行く場所を否応なしに考えると、又嫌悪感が増して来て、膀胱はいっぱいなのに排尿する事が出来なくなっている。

（どうしよう？　どうすれば？）下腹部を押すと排尿したい膀胱と、男性器を通させまいとする何かがせめぎ合い、排尿も出来ずに益々膀胱の痛みだけが膨れ上がって行く。

（あ～～～～～！）僕は神頼みのようにトイレのドアを少しだけ開けて右手だけ出して、「梨衣ィイイ！　お願い」僕の必死の叫びに梨衣が即座に反応してくれた。

「何？　どうしたの」梨衣の声も驚きを隠せないでいる。

「お願い！　手をつないで！」「手を？」「お願い、早く！」僕の叫びのような言葉に梨衣は飛びつくように僕の右手を両手で握ってくれた。

（落ち着いた）ほんの少しだけ気持ちに余裕が出来た僕は、もう一度排尿に集中する、一瞬右手に力が入り梨衣の手を強く握ると程なく少しだけ尿を出す事が出来た。そして一度、出始めると逆にもう止まらない。

一気に出し切ると「梨衣、ありがと」僕は右手を引っ込める。排尿も終わりボクサーパンツと短パンを上げる。今までは自分の男性器を振って、雫を切ってそれでしまう行為も今は出来ずに、そのまま下着の中に押し込めた。

トイレを流して出ると、梨衣がドアの前に立っていた。

「どうしたの？」僕が聞くと「私も！」「ああ」僕が離れようとした時、梨衣が僕の手を握る「近くにいて、お願い」横を向いて恥ずかしそうだけれど、必死な様子が理解出来る。そして梨衣も僕と同じなのが理解出来ていた。「ああ」僕はさっきの梨衣のように少しだけ情け無さそうな笑みを返して、気だるそうにトイレの横の壁にもたれかかり、そのまま脱力したようにズルズルっと廊下に座り込む。

「ありがと」梨衣がトイレに入る。入って直ぐに水洗が流れるのは音消しの為なのは理解出来るが、しばらくして、もう一度流れる音がするが中の動きがない。

（もしかして？）そう思った時だった、トイレのドアが開いて梨衣の右手が伸びて来た。

「琉衣ィいるよね？」声が必死だったので僕は理解出来た。さっきの僕そのままな事が、梨衣が自分の女性器に違和感や嫌悪感を感じて排尿出来ない事が理解出来て、自然の流れで僕は梨衣の右手を両手で強く握っていた。

握ると梨衣もすぐに握り返して来る。ただ、僕の体がトイレのドアに向いた関係でドアの隙間から梨衣と目が合ってしまった。「向こう向いて」必死さの上に哀願と羞恥心も混ざっている。

「ハイ」慌てて僕は転がるように反対の壁を向く。

梨衣の右手に力が入る、僕も力を入れた時「琉衣、耳をふさいで」更に必死な梨衣の訴えの理由は聞くまでもなく理解出来る、理解は出来るが梨衣の右手を握っている以上不可能な事でもある。

「耳？　なら手を」力を緩めると「手も離さないで」更に必死な訴え。「そんな無茶な」何とかしてあげたいけれど僕の腕は二本しか無い。

「じゃあ歌を唄って、大きな声で、早く！」「うた？　うたって何？」意味が分からない。

「歌ヨ歌、何でもいいから早く唄ってよ」握っている腕まで激しく上下に振る。

「うた？　ああ歌か！」僕はようやく言葉の意味を理解した、理解したが何を唄えば良いのか、それこそ焦って真っ白になった頭は何も浮かばない。

「早く～～」梨衣の必死の訴え、その時だった。「もしもし亀よ亀さんよォ世界で一番お前ほど」とっさに出たのは普段一緒に唄う流行りの曲でもなければ二人お気に入りのアニメソングでもない、昔々小さい時におばあちゃんに教わった童謡、もう既に忘れかけていた、もしカメだった。そんな童謡を一人寂しく虚しく歌っていると、梨衣の手の力が抜けていき脱力感が伝わって来た。

排尿が出来たのだと思い歌を途切れさせた時「止めないで」の声。「もしもし亀よ亀さんよ〜………」結局僕は一番しか知らないもしカメの歌を二回唄い終わった時にようやく梨衣の手が離れ、歌を唄う事から解放された。程なくトイレットペーパーホルダーの紙が擦れる音が聞こえ、水が流れる音がした後、恥ずかしそうに下を向いた梨衣が出て来た。

「アリガト！」その声は恥ずかしさと安堵感が混ざっていた。

「僕の方こそ、ありがと」僕も梨衣以上に恥ずかしさと安堵感の含まれた声で返すと、「同じだね」梨衣が薄く微笑んで、僕はその笑顔に癒されて、より安心感が大きくなって行く。すると不思議なもので自然に笑顔になると梨衣も自然な笑顔になって行く。

こんな二人のスパイラルはよくあるが、今日は特に強く感じていた。

「何か飲もう、喉渇いた」僕の言葉に同調した梨衣は更に笑顔になっていた。

8

台所に入ると僕が冷蔵庫から二ℓの水のペットボトルを取り出して梨衣が食器棚からグラスを取り出す、僕たちは阿吽の呼吸でグラスを水で満たし見つめ合いながら一気に飲み干した。

「ふ〜〜〜」一息つくのも一緒で、見つめ合い笑顔になるのも一緒、いつもの自分たちのペースが戻って来ているのを感じ合う。

僕たちはお気に入りの五〇〇㎖のペットボトルを持って二階に向かう。梨衣がスポーツドリンク、僕は微糖の紅茶、そして下りて来た時とは違い手をつないだ僕の手を梨衣が力強く引っ張って二階に上がる、僕たちのペース、僕たちの立ち位置で…。

二階の僕の部屋、僕のベッドの上に一緒に座る、壁にもたれ梨衣が右で僕が左、薄い毛布一枚を二人で分け合い体に掛ける。そうしてお気に入りの飲料水を一口ずつ飲むと、ようやく二人の静かな時はやって来た。

僕たちは静かになった中、毛布の中で手をつなぐ。そして、その静かな時が来ると自然に浮かび上がる言葉がある、さっきのあれはなんだったのか？　あの感覚は何だったのか？

「琉衣」梨衣の心配そうな声は僕と同じ事を心配している事を察する事が出来た。

「僕も考えていた」僕は宙に向かって答えると「何を？　何を考えていたの？」梨衣が食い入るように見つめて来る。

梨衣は純粋にさっきの二人の体験が何なのか？　を心配しているが、僕は少しだけ違っていて、僕には今日の僕たちの体験の答えは何となく出ていて、後はそれをどう伝えるのかを考えていた。

「梨衣、まずは確認」「確認？」「僕たちが今日体験した事？　…ううん感じた事は同じだよね？」「感じた事？」「そう例えば…、ヌルヌルヌメヌメした体感」僕は自分で話して自分で不快感が蘇り、一瞬戻しそうになるのを必死でこらえて何でもない振りをする。

「うん」梨衣は一度目をつぶり、頷いてすぐに気を取り直すが、同じ不快感がよぎったのは感じている。

「自分の中から何かが目覚めた気がして、今はそれが眠っていると感じていて、でもそれは紛れもなく自分の一部…いえもしかしたら自分自身かもしれないと感じている？」僕は梨衣に確認しながら同時に自分自身にも確認をする。

「うん」梨衣は首を振りながらも肯定していた。

「そして、その心の中のもう一人の自分が言った言葉」少しだけ躊躇って続ける。「この躰は僕の、私の…じゃあない」

「うん」梨衣は両手で額と目を覆いながら否定するように頷く。

「実際に自分の持っているもの…」僕はつないでいる右手はそのままに、左手を梨衣の胸にTシャツの上からそっと添える、そして自分の股間のあたりに移動させて言葉を続ける。

「汚い、自分のではない…何でこんなのが付いている？」梨衣の僕を握っている左手に力が入る。

「自分の躰が自分のではないと言う違和感」僕は自分自身の事であるはずなのに、何処かサディスティックな感覚に囚われてもいる。梨衣に投げかかる言葉の一つ一つ、その全てが自分にも向けているはずなのに何故かその状況を受容し、この状況の理解を深めようとしている自分は、謎を解く為に必要悪に従う低俗な魔術師のような小さな高揚感にも心を委ねている、ただその一方で梨衣の反応を楽しむ事で、冷静でいられる小心者の悪魔のような気持ちも芽生えている。でもそれは結局はただ、理解しがたい現状に必死で対応する僕の心の儚い抵抗なのも理解出来た。

「うん感じている、今でも琉衣といるから？　今は平気でいられるけれど何でなの？　何か違う物を着ているこの感じは？」状況を思い出すにつれて梨衣の焦燥感が強くなっていく。ただ、その反動なのか？　僕は違う物を着ていると言う同じ感覚には囚われているが、何故か冷静に物事を考えられている自分にも気が付いてもいる。

「梨衣？」微笑む様に優しく問いかける。

「なぁに？」梨衣は怯えている。

「梨衣はあの時、本当は自分は男性なんだって思ったでしょう？」僕は加虐的な心を抑えながら、天使の微笑みで聞いた。

「え？　何々？　何て言ったの？」梨衣は小さなパニックを起こしているようで僕の言葉の整理が出来ていない。

「僕はあの時、僕は感じたヨ、僕は女性なんだって」そばに混乱している人間がいると、それに引きずられる人間と、逆に冷静になれる人間がいるが、どうやら僕は後者の方だったようだ、梨衣を意図的に慌てさせてその分、自分は冷静になっていく。ただこれは梨衣に意地悪をしたくて、そうしているのではなくて結局は二人の為になるように、二人が現状の理解が出来る為のプロセスを引いているに過ぎなかった。
「琉衣が？　女の子？」僕の事に対しては、梨衣はしっかりと言葉を理解してくれた。
「そう、僕は女の子になりたいって心が言ってた」僕は右手を胸にそっと添えて続ける
「トランスジェンダーって言うんだ？　聞いた事あるでしょう？」僕は特別に意識して
ネットや本で調べた事はなかったけれど、一般常識の範囲（どこからどこまでが一般常識
かは分からないが、基礎的知識とこの際しておこう）で聞いた事はある。
「トランスジェンダー？　って？　あの、その」梨衣も基本的な知識としては知っている
のは今の様子から窺えたので話を進める。
「そう、生まれ持った性と自分が自認する性に違いがある人の事、程度の差こそあれ意外
と多いみたい」
「ちょっと待って、私がそれなの？　琉衣もなの？　えっ？　どうして琉衣はそんなに冷
静でいられるの？　知ってたの？　私たち病気なの？　どうするの？　どうすれば良い
の？」梨衣は僕の方に向き、両手で僕の右手を握り怯えるように震えながら矢継ぎ早の質
問をして来る。
　いきなり自分がトランスジェンダーだと突き付けられれば当然の反応だと思う、今僕が
冷静でいられる事に僕自身が不思議な位なのだから。
「梨衣、落ち着いて！　順番に話すから」僕も両手で梨衣の両手を握り返して額をそっと
梨衣の額に合わせる、熱を測る時のような仕草でおまじないを唱えるように。

少しだけそのままでいると、「落ち着く？　うん！　大丈夫！　落ち着いた」梨衣は頷きながら額を離すと、いつもの可愛い笑顔を向けてくれた。その笑顔に僕は癒され、更に心を落ち着かせる事が出来る。

「梨衣の笑顔は僕の心を癒してくれる、ありがとう♡」

「そんな、私は何も」少し照れくさそうだけれど、梨衣が落ち着て来たのも伝わって来る。

梨衣が落ち着けば僕も落ちつき、そして二人で冷静になれるのが僕たちの強みだ。

「まず、トランスジェンダーは病気じゃないから」「病気じゃない？」「ただ、マイノリティな存在なだけ」「マイノリティ？」「そう言う人が少なくて、知っている人が少ない存在」「何か、難しい」梨衣が少しだけ不貞腐れた言い方をするが、こう言うのは梨衣のペースが戻っている証拠だ。

「ＬＧＢＴＱって聞いた事あるでしょう」

「まあ、一応聞いた事くらいは」

「そう言う事だよ」

「そう言う事？」

「今の梨衣の答えが今の世間一般の認識」

「ああ、ああ、そう言う事」

「まあ、ＬＧＢＴＱの基本的な事は知っているようだから、今は飛ばすけれど、性的マイノリティ、少数派なのは確かだよね」

「少数派」梨衣が少しだけ落ち込んだようなので話を変える。

「まあ、その事は一旦置いておいて、僕が冷静でいられたのは梨衣のおかげだよ」

「私？」小首をかしげる。

「梨衣がパニックの分、そばにいる僕が落ち着いて対処出来た」

「パニックって」梨衣がムッとする。

「落ち着いて、僕たちはいつだってそうだったよね必ずどちらかが冷静に対処して、二人で色々と対応して来た。もっとも中三の秋に僕が身長で追いつくまでは全部が梨衣だったよね、それを今日は僕が対処出来ただけ」

「まあ、そう言う事なら」梨衣は何処か割り切れないところはあるようだけれど僕は続けた。

「僕は今日、自分のそれを知ったよ…初めて知った」僕はもう一度前を向いて梨衣と並ぶ位置になる。「でも、自分が本当は女の子なんだって感じた時、妙に安心してしっくりしている自分にも気が付いた。梨衣は？　感じない？」僕は梨衣を覗き込む。

「私が？　男の子？」梨衣は両手を自分の胸に当てて目をつむる、瞑想に入るように。

ほんの数秒、静かな時間が流れた後に聞く。「どう？」

「うん」梨衣は目を開ける。「分かる、男の子の私、分かる、うん、安心出来る」梨衣は女の子の瞳と笑顔で僕に頷く。「でも」それでも一概に納得は難しいのも分かる、こうやって冷静に話しているはずの僕だって微妙なバランスの上で、崖の先で片足でバランスを取っているような気分にもなるのを必死で抑えて冷静に話を続けているのだから。

「梨衣、四時間目に感じた事覚えてるよね？」僕は共通の言葉で時を示す。

「覚えてる、あのブヨブヨしたスライム状の肉の中、ヌメヌメヌメヌメした」梨衣の顔は如何にも気持ち悪いと皺が寄っている。「生暖かい何かに包まれているあれでしょう？」

「そう、あれ、その感覚」

「あれがどうしたの？」まだ顔を撫でている、何かが付いているのを引きはがすような仕草で。

「あれを感じたのは僕たちの中の本当の性を持った僕たちだとしたら？」

「本当の性？」梨衣の言葉に僕は頷く。

「梨衣の中の男の子が、僕の中の女の子が、今のこの肉体は違う、違う物を着せられているって感じたとしたら……あの時に感じた不快感の説明がつくと思うんだけれど？」

「つまり、この躰」梨衣は自分の胸に両の掌を当てて続ける。「…は、私の本当の躰ではないから、心の中の男の子の私が何かのきっかけで目覚めて、違う違うよって、気持ち悪いよォって感じたから？」元々利発な梨衣は冷静になれば状況の理解は早い。

「そうだと思う…多分…きっと」やはり言い切るには、少しだけ躊躇いは残っている。

「じゃあ、私たちってトランスジェンダーなんだ」こうなると元々が天真爛漫な梨衣は、好奇心が先に立つのだろう無邪気な仕草でスマホを取り出すと何かの検索を始める。

トランスジェンダーの検索だろうと高を括っていたら「何これエ！　嫌あああ」悲鳴

に近い梨衣の声に覗き込むまでもなくスマホを突き付けられた。梨衣が検索で見つけたのは、トランスジェンダー用の物販サイトだった。そこにはシリコンだろうか男性器を模した物がぶら下がるパンツ状の物とか、ブラジャーの中に入れるのだろう女性の乳房状の物、いや乳房その物がブラ状になっているのまで、大小様々なグッズがこれでもかと言わんばかりスワイプで出て来た。

「私、私、私はこんなの嫌、こんなのを付けたい訳じゃない、こんなの付けるのなら……」せっかく落ち着いた梨衣が又興奮する、確かにこのサイトは僕としても違うと思う、僕が身に着けたい物ではないのは梨衣と同じだと感じている。

「待って、待って梨衣落ち着いて」

「だって……」梨衣は半べそ気味だ。

「だから、これも嗜好品の一つだよ」

「嗜好品？」キョトンとした丸い瞳がとっても可愛い。

「そう身に着けたい人が着ければいいだけで、着けたくない人は着けなくて良い、要は自己アピールする為の道具の一つだから」僕の言葉に「あっそう！」と梨衣は素直に興奮を鎮める。

「それにしても難しい事が書いてあるよね、歴史とか、何とか運動とか、解放の始まりとか」梨衣が検索している時に僕も手早く検索していた。

「そう」梨衣はそう言う事には興味なさそうに答える。

「これって今の僕たちに関係あるのかな?」梨衣が力強く首を振ると髪が乱れる。

「だよね、関係ないよね」僕がそこまで言った時だった。

「何で?　何で今日急にこうなっちゃったの?　何で今は何ともないの?　二人でいるから?」梨衣の質問はやはり唐突感は有るが、それでも問題の核心は突いているので必要な話は進めやすかった。

　僕は少しだけ考えてから慎重に言葉を選んで答えた。

「今にして思えば、あれが予兆だったと思う」僕は遠くを見ながら記憶を呼び覚ます。

「あれ?　予兆?」梨衣が繰り返す?

「覚えてる?　中二の夏?」

「ああ…覚えてる」その一言で梨衣の記憶がある事を思い出している事が伝わって来る。

僕たちは同じ回想の中、今日のトランスジェンダーの予兆と思える記憶の中に一緒にタイムスリップする。

第3章　中学二年・夏休みの記憶

1

夏休みも始まったばかりの酷暑のある日、母は仕事で不在、僕たちは二人で「今日は何をしよう」と夏休みの宿題の事はまだ気にもしないで遊ぶ事ばかりを話し合っていた。

僕の部屋で、お互いに好きなペットボトルのドリンクを飲みながら思い思いに、ようやく訪れた長い休みの一日を楽しんでいる時だった。

「あれ?」梨衣が読んでいたファッション雑誌から目を上げる。

「どうしたの?　急に?」少女から大人の女性に変わりゆくほんのひと時、そのどちらでも有り、そのどちらにも属さない、今しかない何処か消えてしまいそうな儚い存在とも思える、そんな何かの狭間で健気に咲く可憐な花を思い起こさせる梨衣。

その梨衣に対して、この頃の僕は顔こそ似ていたけれど、背は十cmも低いチビで、何処か粗野で、ただのガキだったけれど梨衣を綺麗だと思い憧れる気持ちは大きかった。

「ちょっとトイレ」梨衣はそう言って恥ずかしそうに一階へ。程なく戻って来た梨衣は部屋に入ると「私、来ちゃった!」舌をチロっと出して、はにかんだ笑みを僕に向ける。

「来た？」僕には意味が分からなかった。

「生理！　初潮！」双子とはいえ、男子の僕に当たり前のようにそう話す。

「ああ…そう言う事」僕は僕で当たり前のように聞いていた。普通小学生の高学年で初潮を迎えるのが多いみたいだけれど、少数だけれど中学の後半まで来ない女の子もいるが、当然個人差であり、特別な場合を除いては心配する事ではない。

　では何故、男子の僕がこんな事を知っているかと言えば、中学の入学式の一件以来僕たちは常に一緒のクラスで一緒に行動をしていた。一部の授業で男女が別になる時以外は常に一緒に行動をしていた。無論、トランスジェンダーの発露前の事なので、普通にそれぞれ男女の中で着替えていた。なので一緒に行動すると言ってもむしろ、引っ込み思案の僕が梨衣の後をついて回ってただけで、自然と梨衣の友達の中で過ごす機会も多く、それが自然な状態になると女性特有の話題の中にも普通に交じっていた。なので、梨衣の初潮が遅い方なのも知っていたし、今日梨衣にそれが来た事も自然に受け入れる事が出来ていたと、その時の僕は迷わずそう信じていた。

「私、意外と軽いかもしれない、良かった」そう弾むような梨衣の報告にも違和感を覚えない僕。

「何言ってるの、最初はおしめり程度ってみんな話していたでしょう？　千秋なんて、二回目の時には死ぬかと思ったって言ってたよ」話し方は何処となく女の子っぽい僕だけれど、紛れもなく自然についた知識だった。

「だってェ、ショーツに少しだけおしめり程度で、痛くも何ともなくって、ナプキン当てて、ハイお終い…って感じ」梨衣は両手を上げておどけていた。

「まあ軽いに越した事はないよね」僕が再び好きな探偵小説に目を落とした時だった。

「でもね」梨衣がそう言いながら、僕に後ろから抱きついて来た。「なんかざわつくの」

声が少しだけ怯えているように聞こえるのは気のせいか？

「ざわつく？」そう聞き返す僕の心が共鳴するようにざわついた。ほんの少しだけ。

「何なのか分からないんだけれど、何か不安なの」梨衣はそう言って僕に抱きついている腕に力を込める。

「梨衣、痛いよ」僕はそう言いながらも、梨衣が感じている何かを共有出来た感じがして少しだけ高揚感を感じている。

　梨衣の遅い初潮、この時はこれだけだった。少女が違和感と不安感から迎える思春期の迷いのようなものと思える程度の事だったのに、まさか二回目の時にあんな事が起きるとは、この時の僕達は知る由もなかった。

2

　初潮から約一カ月後、今日も母は仕事で不在。看護師でシフト制、僕たちが小学校高学年になってからは普通に夜勤も入っている、母が夜勤明けに部屋で寝ている事も多く三〜四日会わない事も多かった。そんな夏休みも終盤の猛暑真っ盛りの中、エアコンのきいた部屋で僕たちは山と残った宿題に追われていた。もっとも僕は計画的に宿題を進めていたので殆ど残ってはいなかったけれど、割と無計画な梨衣の宿題が山と残り、結局梨衣の分まで僕が手伝っていた。

「兎に角、読書感想文だけは自分で書いてネ、面白そうな短編を紹介してあげるから」

「まったく、今時国語の宿題が読書感想文だなんて、ねえ」梨衣はシャーペンを鼻と尖らせた唇の間に挟み変顔で弄ぶ。

「何言ってるの問題集と読書感想文のどちらがいいのか、生徒の希望に合わせてくれる先生なんて今時先進的だと思います。それより梨衣の宿題なんだから、手を止めないで」

「ハぁ〜イ！」……「あれ？」

「どうしたの？」宿題撲滅の戦場にふさわしくない梨衣の素っ頓狂な一言が、場を白けさせる。

「始まったかな？」梨衣がおもむろに立ち上がり、一階に駆け下りる音がする。

「二回目か」気の抜けた僕はペットボトルの紅茶で喉を潤しながら思考する。（まったく梨衣は無計画なんだから）（今日も軽いのかな？）そんな雑多な事を考えて梨衣を待ちながら一休みを決め込んでいた。

ところが五分たっても十分たっても梨衣は戻って来ない。さすがに心配になって一階に下りる。

下りると梨衣はトイレのドアにもたれかかりながら立っていた、いや寄りかかっている、壁に支えてもらっていたと言う表現の方があっていた。トイレのドアにもたれかかりながら少し俯き脂汗を掻いているようだ。「梨衣?」呼びかける僕の言葉に反応しない、それどころか、「ううう」と言う低い唸り声のような声が梨衣から聞こえて来る。

「梨衣?」僕は恐る恐る声を掛ける。

「ううっ」変わらずに低く唸るだけの梨衣の目はきつく閉じ、何かに耐えるように微動だにしない。

「梨衣? どうしたの? 何処か痛いの?」この時の僕は正直どうすれば良いのか分からなかった、触って良いのか? 悪いのか? 声を掛けてはいたけれど、それで良いのかさえも? 分からずに、腫れ物に触る思いとはこのことで僕は梨衣から二~三歩の所で立ち止まり、立ちすくむ事しか出来ないでいた。

(どうしよう)その言葉が頭をよぎった瞬間、それは突然に現れた。突然、殻を破って中から何かが飛び出すように僕の目の前に現れた。悪魔なのか獣なのか? 何かが梨衣と言う殻を破って飛び出して来たように僕は感覚的にそう感じていた。

ガクンと梨衣が膝から落ちた瞬間だった。「ああああっ!!!」梨衣は頭を抱えながら突然叫び出した声は梨衣の声に聞こえない。確かに目の前の梨衣の口をついて発せられてはいたが、梨衣の声ではなかった、別次元の、別の何かが叫んでいるような声、悪魔の唸りにも、獣の咆哮にも聞こえる慟哭に僕はその場にへたり込んで尻もちを搗いていた。

そんな僕が上目使いで梨衣を見ると、膝立ちで俯いている梨衣と丁度目線が合う。梨衣はカッと目を見開き、その目は僕を睨みつけている。牙を見せつけるかのように開いた口元からは、獲物を目の前にした獣のようによだれがたれている。

「ヒッ！」襲われると思って小さな悲鳴が漏れた。蛇に睨まれた蛙、ライオンの前の子兎のように体がすくんで動けなくなる。

「あああっ！」梨衣が叫ぶような悲鳴を上げると、僕は更に恐怖心が高まり完全に委縮していたが、梨衣はそのままのけ反るように自分の両手で自分の両腕を抱きしめて何かに耐えるような仕草で止まった。

「あれ？」その瞬間、僕は何故か梨衣が苦しんでいるようにも感じた。「梨衣、大丈夫？」ようやく声が出せた、僕は床にへたり込んだままの情けない姿勢のまま、声だけはなんとか掛ける。

「ああああっ！」梨衣は変わらない叫びとも悲鳴とも取れる咆哮と共に、自分を抱きしめながら床に落ちるように転がり、そのままうつ伏せに倒れ込む。床に転がった梨衣の躰は痙攣でもするかのように時々、ビクンっビクンっと引きつっている。何かの映画で見た地球外生命体の断末魔の苦しみのようだ。

「どう…どうしたの？」僕は変わらずに、へたり込んだままで情けない声で、そう聞く事しか出来なかったが、床に転がったままの梨衣が何かを言っている。「……う！」

梨衣の荒い息遣いは、最初はよく聞こえなかったが梨衣が二度三度と繰り返すうちによ
うやく梨衣の言葉が理解出来た。
「違う？」確かにそう聞こえた。「違う、違う、これは違う」梨衣は駄々っ子のように床
をのたうち回る。梨衣の呼吸は乱れている。髪が振り乱れて鬼気迫る形相が髪の狭間から
垣間見える。ただ、最初は恐怖に駆られていた僕も、梨衣が僕に襲い掛かる事はないと理
解出来ると、ようやく呪縛から解放されるように手足を動かす事が出来た。
「梨衣」僕はそっと梨衣の肩に手を添えて梨衣に優しく触れた瞬間、梨衣の躰が強く反応
して動かなくなった。いきなり静かになり、僕は逆に不安になり梨衣の名前を連呼しなが
ら梨衣を揺する。「梨衣梨衣梨衣梨衣」の声に梨衣の声が交じる。「琉衣」…と。
梨衣の肩に当てて揺すっていた右手を梨衣が痛い程の強い力で握りしめて来ると、もう
一度名前を呼ばれた。「琉衣…」、その僕を呼ぶ梨衣の声がいつもの優しい声に戻っていて
さっきまでの恐怖心が薄れて行く。普段の梨衣の声に気が抜けると、今度は心配する心が
一気に大きくなって来る。「大丈夫？　ねえ？　大丈夫なの？」僕は半べそをかきながら
名前ばかりを繰り返す事しか出来なかった。
「大丈夫？　うん大丈夫だから」梨衣はあがった息を整えながら僕の腕を手繰り寄せる。
「梨衣？」「琉衣！」同時だ。
「お願い琉衣、そばに来て」「傍にいるよ？」「ううん、もっと近くに来てお願い」僕は梨
衣に導かれるようにトイレの前の床で梨衣の隣で横になる。梨衣は不安一杯の瞳で僕を見

つめると「琉衣」と求めるように呼んでから僕を強く強く抱きしめる。

「梨衣？」僕は少し戸惑っている。

「琉衣、お願い抱きしめて」抱きついている梨衣の腕に力が入る。僕を抱きしめる梨衣の全身は微かに震えていた。「お願い、早く」言われて僕が梨衣を抱きしめると、「良かった」安心したような梨衣の声が腕の中から聞こえて来た。

「大丈夫なの？」梨衣を抱きしめながら聞く。

「もう少しだけ、このままで」梨衣の甘えるような声。

何分間そうしていたのだろう。おもむろに梨衣が呻くように、そして囁くように言った。

「何でだろう？　何で私に生理なんかあるんだろう？」一人事のように続ける。「何だか私の躰じゃないみたい」

僕が答えられないでいると梨衣は静かに続ける。「トイレに座って、トイレットペーパーについた血を見た瞬間、何が何だか分からなくなって、何か急に躰の中から熱くなって来て、心の中から何かが飛び出してくるような感じに襲われて」梨衣は少しだけ言葉を切った、言葉を選んでいるようだ。「後は良く覚えていないの、気が付いたら琉衣にしがみついていたの」「僕に」「そう、琉衣が私に触れた瞬間、感じたの」「感じた？」僕はオウム返しに聞き返す。

「そう、私が帰って来た…って！」

「私が？　帰る？」この時の僕にはその言葉の意味は分からなかった、分からなかったけれど安心は出来た。

「琉衣」梨衣の安心した甘えるような声。「何?」「今度、琉衣の躰、私に貸して」お伽話のような事を真剣に話す梨衣の言葉は弾んでいて楽しげだった。まるでその時を信じて待つ純真な子供のように。

「いいよ!」僕も何のためらいもなく、そう答えていた。そう答えながら頭に浮かんだ言葉（ああ、そうすれば替わりに梨衣の躰を借りられるんだ）と、僕はそこに小さな喜びを感じていた。姉弟だけれど、憧れていた梨衣になれるんだ…と。

双子だから小さい時からよく抱きしめ合っていた。多分他の兄弟姉妹、双子以上に良く抱きしめ合っていたと思う。でも今日の抱擁は今までのどれとも違っていると感じていた。お互いが今まで以上にお互いの躰が大切に感じて、大切な躰を慈しむ為に、いつも以上に包み込むように抱きしめ合っていた。

（離れたくない）共通の思いが自然に伝わって来る。（離したくない）同じ気持ちが通じ合っている。真夏の昼下がり、エアコンの効いていない廊下の床の上で、いつまでも抱きしめ合っていた。床から伝わるヒンヤリした冷気が心地良かった事は今でも鮮明に思い出される。

ただ、その日以降はこの時みたいな鬼気迫る梨衣は現れる事はなかった。梨衣は生理が始まる時から自然に僕に寄り添い、生理が始まると人目を避けるように僕を抱きしめ、僕も梨衣を抱きしめる。

　そうしていつも言う梨衣の呪文「琉衣の躰、私に貸して？」「いいよ！」この時は、梨衣が何故あんな事になったのか僕は何も理解出来ていなかった。ただ、その事実だけを事実として心の中にしまっていただけだった。

　ただそれとは別に、僕の中にあるものを感じてもいた。それは…「僕も梨衣になりたい」ただ、その想いはやはり単なる憧れとして自分の中で処理をしていた。綺麗で眩しい存在の梨衣に姉弟を超えて単純に憧れているだけだと、この時の僕はそう迷わずに信じ込んでいたのだった。

第4章　高校一年生・春（後半）

1

「そっかあ、あの時からかあ…気づかなかったなあ…私」梨衣は宙を見ながら回想を続ける、「でも、あの時の事、本当によく覚えてないんだ、ただ何か不思議な感じだけがあって、そう何か違う物を躰の中に感じたかなあ？　…なんて伝えば良いのかよく分からなくって、結局思い出すのをやめたんだよね」

「確かに」僕も梨衣と同じ辺りの宙を見ながら続ける。「僕もあの時の梨衣が、すっごく怖くって、そうまるで梨衣じゃないみたいな怖い顔をしていたから、思い出したくなくって、やっぱり話すのを、思い出す事をやめてたと思う」

「私って、そんなに怖い顔してたの」梨衣は恥ずかしそうに向こうを向いて聞く、三年前の事を今更に。

「うん、すっごく怖かった、悪魔かなぁ？　いやあの顔は鬼みたいだった」僕は鬼の角を模して両手の指を頭にかざす。

「もうやめて」梨衣は潤んだ瞳を向けて、強引に僕の指を下げさせて疑問を続ける。「でも、あの時はその一回だけだったし、仮にあれが予兆だったとしても何で今まで出なくって、今日急にこうなっちゃったんだろう？」やはり梨衣は鋭いと思った、疑問でありながらもいきなり核心をついて来る。

「梨衣はあの時言った言葉、覚えてる？」

「言った言葉？」

「ほら、最後にトイレの前の床で寝転びながら、言った言葉」

「もちろん、あれから私の生理の度に言ってる、あれ（言葉）でしょう？」

「それ、その言葉が梨衣があの時以来、変な感じにならない為の、おまじないになっているから」

「でも、それだけじゃあ」不安顔の梨衣。

「もちろん、それだけじゃあないよ」少し得意気な僕。

「何？」「二人一緒にいたから」「二人一緒？」

「いっつも二人一緒にいて、本当の自分の性を持っている、もう一人の自分がそばにいたからって仮定したら…どう？」

「どうって？」梨衣は口元に丸めた指を当てて考え込む。

「でも、そう仮定すると、もう一つ解ける謎があるよ！」僕も丸めた人差し指を同じように口元に当てる。似た仕草、ただ梨衣は右手で僕は左手、もう一方の手は毛布の中でいつの間にかつないでいる。

「謎？　探偵みたいだね」梨衣が本棚を見る、そこには僕のお気に入りの探偵小説が並んでいる。「…で、謎が解けるって、どう言う事？」

「今日の発露の事」

「発露って、トランスジェンダーの？」

「今日、僕たちは学校と家で、離れていた」

「離れていたって言っても、歩いて三十分の距離ヨ？」

「でも僕たちはそんな距離を離れていた事ってないと思う、中学生の時も一緒に行動していたし、ほらどちらかが風邪を引いた時にも一緒に休んだよね」

「確かに、いつも一緒にいた。中学の修学旅行の時も夜は一緒にロビーのソファーで寝てた、確かにたかが三十分って言っても、琉衣を追っかけて帰って来る時、気が遠くなる程の距離に感じていた」

「そう言う事だよ、単に時間や実際の距離の問題ではなくって、二人の求め合う距離感の問題だから」

「ん〜〜〜〜」梨衣は頭を掻いて、そのまま髪を掻きあげながら質問を続ける。「距離の話は分かる、理解出来るわ、トランスジェンダーの話は、まあもう少しゆっくり考えるとして、琉衣」

「なあ〜に♡」僕はわざとまったりと返事をする。

「っんっ！」梨衣は一瞬詰まりながらも続ける。「凄い色っぽいワね、まあいいわ、それより琉衣は何でそんなに冷静なの？　さっきは私のおかげなんていったけれど、本当にそれだけなの？」

「その事なんだけれど、今にして思えば」

「思えば？」梨衣が乗り出して来る。

「今までは言ってなかったけれど、梨衣が僕の躰を貸してと言うでしょう？　生理の時に」梨衣はだまって瞬きで返事をする。

「その時の僕は僕で、感じていたんだ」

「感じてたって？」更に乗り出して来る。

「梨衣の躰、僕も借りられるんだ…って」僕は幸せな言葉を、好きな言葉を伝えられる幸せを、今の自分の言葉の音色に乗せて素直な気持ちを梨衣に伝えていた。

「私の躰を？」梨衣は丸い可愛い目を更に丸くして僕の言葉を反芻する。

「そう、あの頃は単に梨衣に憧れているだけだと思っていた、ううん今でも憧れている。でもそれだけじゃあないって、今日気づく事が出来た」

「気づく事が出来た？」梨衣は疑問詞で繰り返す。

　僕は頷いて続ける。「憧れている以上に、梨衣になりたかったんだ……って」それは僕の告白だった。女性が男性に、男性が女性に、もしかしたら同性同士でもあるのかもしれない恋心を伝える、それは恋心に似たような、少しだけ違うような気もしたが、やっぱり恋心を伝えるような告白を今……間違いなく僕はしていた。そんな僕の告白に梨衣は戸惑いながらもときめいたようだ。少しだけ頬を赤くして瞬きが速くなり、心臓の鼓動が速くなっているのが伝わって来る。

元々純粋な梨衣は、この手の免疫はないのは常に傍にいる僕が一番よく知っている。ほんのり赤くなった梨衣は、お伽話の中のお姫様のように可愛くって綺麗だった。そんなお姫様の梨衣が俯いて何かを思っている。そこから目を上げる梨衣は恥ずかしそうで、でも何か切なさと思い詰めた瞳で僕を見上げる。そうして梨衣から出て来た言葉、「私も、多分同じだったと思う、けれど気づいていないだけだった、私も琉衣になりたかったんだ……って……」梨衣の言葉に僕の心が躍り出す。待ち焦がれていた告白の言葉を聞いたように一気に心が高揚して行く。

「梨衣♡」「琉衣♡」やっぱり同時だった、そして見つめ合う。毛布の中で握り合う力が強くなる。二人だけの秘密が出来て二人だけの世界が広がって行く。

「分かったワ！　二人一緒だから今までは何もなかった、いえ、感じなかった！　気づかなかった！」一瞬だけ間があって梨衣は続けた。「今日急に離れて、何の前触れもなく離れて…その、何て言うの？」梨衣が頭を掻いて僕を見る。

「制御を失った」僕は微笑みながら言葉を綴る。

「そう、それ、やっぱり琉衣は頭良い…制御出来なくなって、私たちの中の何かが暴走…発露って言ったっけ？」僕は黙って頷くと梨衣が続ける。「違う自分、持って生まれた躰と性の違う私たちが目覚めて来た」梨衣は少しだけ上を向いて人差し指を小鼻にあてながら確かめるように続ける。「でも、二人一緒なら…大丈夫、今も」僕が頷く。「これからも」二人同時に頷いた。頷き合って、嬉しくなって、肩を寄せて笑い合う。いつもの僕たち、いつもの二人に戻っていた。

「これからも一緒にいよう」僕たちは双子の姉弟で恋人同士ではない。ないけれど恋人以上にお互いが大切な存在なのを確信していた。

2

「でも～～」踊り出したい気持ちと同じ位、不安な事も残っている。「私たちって本当にトランスジェンダーなの？」梨衣の質問、半分は納得、でも残りの半分は疑心暗鬼なところが残っているようだ。

「そうだね！」僕は毛布の中で膝を立てて、そこに肘を乗せ頬杖を突いて梨衣を見つめる。

「今直ぐに答えを出すのは抵抗があるね」

「そうだよ！　そう！　そう！」梨衣は、やっぱり少し不安な表情で頷く。

「ちょっと待ってて！」僕は再度、手早くネットで検索をした。トランスジェンダー、マイノリティ、ＬＧＢＴＱ、性同一性障害等々。その間の梨衣は借りて来た猫のように僕の傍らで僕を見つめている。

僕が「あれ?」と発すると、「えっ?」と答えたり。

僕が「んんん?」とスマホを覗き込むと一緒に覗き込んだり。

僕が「ええっ」と頭を掻くと不安そうに僕を見つめている。

僕がふざけて右手を出すと、「ニャン」と言って両手を乗せるだけの余裕は残っているようだった。

五分なのか十分なのか? 手早く検索しても、余り前向きな内容は出てこない。いや事実は事実で書かれているのだろうけれど、どうも不安を掻き立てる内容ばかりが目立ち何故か心が折れそうにもなる。それに読んでいて僕がある事に気が付いた。何に気が付いたのか? それは……。

前例がなかった事に気が付いた時に(これ以上検索しても無駄だ)と気づいた時に、僕はベッドの上にスマホを投げ出していた。

「どうしたの? 琉衣? スマホ…」僕の唐突な行動に梨衣の方が驚いていた。

「いやあ」苦笑いしかない。「なんて言うか、その~、違うなあって感じて」僕は痒くもない鼻を掻いていた。

「違うって? 何が違うの? ねえ、琉衣ィ、一人で納得していないで教えて、ねえ教えて」梨衣の聞き方は駄々っ子のようで可愛かったので可笑しくてつい笑ってしまった。

「何が可笑しいのよ! 最近の琉衣はいっつも一人で納得してばかり、何か一人で達観したような顔をして私を置いて行くんだから、ちゃんと教えて、ねえ!」この怒りながら拗ねるところが可愛くって、ついつい焦らしてしまうのが最近の僕の悪い癖だ。

「分かってるよ、もちろんちゃんと話すから」そう言いながら、又毛布の下で手を握ると梨衣も安心したように手を握り返す。

僕たちは深呼吸をしながら、ならんで壁に寄りかかり仕切り直しをする。「まず、今の僕たちは…僕はトランスジェンダーだと思っている」そこで一拍置くが梨衣は反論しない。

「理由は二つで、一つは今検索してても、やっぱりその言葉が検索のワードになるし、周辺の検索からもトランスジェンダーには行きつく事が多い事」梨衣は静かに頷いた。

「もう一つ、僕自身はトランスジェンダーと言う言葉にそれ程違和感を抱いていない、いえむしろ今の僕の状態を表すのに分かりやすい言葉だと思えるから」梨衣は納得半分、疑問半分の顔で首を捻りながら頷いている。

「別に、これを梨衣に押し付けるつもりはないよ、こう言う事は誰かに押し付けるものでもなければ、逆に押し付けられる物でもない、自分が納得して使う言葉だと思うから」梨衣の難しい顔が、必死で考えているのが伝わって来る。「梨衣、こうしたらどうだろう？」

「なあにィ」梨衣が甘えた様に返事を返して来る。

「今は、整理の為に…ああ、整理整頓の整理だから」

「分かってるわ」梨衣は少し頬を赤くしながら、フンっと言う顔になる。

「仮にトランスジェンダーって事にしておけば？」「仮に？」「そう、ここであれこれ考えていても話は進まないし仮にでも答えがあれば、そこから先に進めると思わない？」

「仮に…ねえ」「そう、仮に」「でも間違っていたら？」梨衣の心配は当然だ。「間違っていたら、そこで修正すればいい」「そんなあ！」「でも、トランスジェンダーだとしても、間違っていても二人一緒にいる事に変わりはないよ！」僕の言葉に梨衣はハッとして、真ん丸の目を更に大きく見開いていた。

「そっかあ！　そうだよね、確かに琉衣と一緒って決めたばかりだもんネ」梨衣はクスクス笑いながら僕の肩にもたれかかって来た。

「そう言う事」「そうだね、何でも良い…いいえ、何でも良くない、でも仮で良い、琉衣と一緒ならそれで良い」梨衣の切り替えの早さは僕より早い。そして決めたら揺るがない強さもある。

「それと僕はもうこの事、トランスジェンダーの事で必要以上に検索しない事にしたよ」僕は提案するように梨衣に告げた。

「琉衣がそう決めたなら、それで良い文句は言わない、いっつもまかせっきりだから、でも理由だけは教えて」梨衣の瞳からはさっきまでの不安はなくなっていた。今は逆に好奇心旺盛な悪戯っ子の瞳に変わっている。

「ああ、もちろん」僕は少しだけ居住まいを正す。「理由は…さっき検索していて気が付いたんだけれど、前例がないんだ」「前例？」思いもかけない言葉だったんだろう梨衣の反応が速かった、いや前向きになった梨衣の反応は、いつでも速い事を思い出す。

「トランスジェンダーについては、もちろん色々と書かれているよ。読んで行けば参考になる事だって載っている」梨衣が頷く。「でも」梨衣を見ると「でも？」と先を促される。「僕たちのように二人で、双子で、姉弟でトランスジェンダーについての前例は出て来なかった」僕が言い切った瞬間、梨衣の顔が煌めいていた。「それに、悩みだとか、社会適合のような言葉ばっかりで何か気も滅入る事ばかり書かれていて。それなのに二人一緒にいるから出来る対処方法や、考え方は何一つ載っていない…だから」「だから？」梨衣が更に乗り出して来る。「僕は、いえ僕たちは、僕たち二人で考えて行きたいと思う」「二人で？」梨衣が少しだけ心配顔になっているが構わず続ける。「ネットばかりに頼って、この記事ばかり気にするのは僕は嫌だ、なんて言うのか…そう、誰か知らない人に自分たちの運命を握られたくない、ましてや訳の分からない誰かの言葉で僕たちの生き方を決められたくない」梨衣の瞳がキラキラと輝き始める。「僕たちの生き方は僕たち二人で探そう」梨衣を見つめると一二〇％の笑顔で頷いている。きっと僕たち二人の言葉が梨衣を前向きにしているのが伝わって来るけれど、少しだけ目尻を下げて不安も口にする。「でも、その決める事が間違っていたら？」梨衣の質問は当然だった、でも僕には確信がある。「間違えるはずはないよ、だって誰も僕たちみたいな事に直面した人はいないんだから、だから誰も答えを出した事がないんだから。だから僕たちが見つけた答えを間違っているって言える人はいない、正邪を計れる人はいないんだから…ネ！」ネを言い終わる前に梨衣が抱きついて来た。

「琉衣って素敵ィ」そのままベッドに倒れ込む、恋人同士なら間違いなくキスに移るシチュエーションだけれど、僕たちは楽し気に抱きしめ合いベッドの上を転げ回る。

僕は嬉しかった。梨衣が僕の出した答えを喜んでくれた事が、とっても嬉しかった。実際、自分で話して説明していたけれど、でもやっぱり何処か不安で心配で、正直正しいとは言い切れないところもあった…かと言って、必要以上に考え過ぎてもきっと答えは出ないと思うので、僕は僕で梨衣に伝えながらも自分に言い聞かせて納得していた。

そして、それを梨衣が理解してくれているのであれば、もう僕に迷いはなかった。今日の出来事で二人でいるのが自然な事と思えていた、そして「二人でいなさい」…と神様に、そう言われた気がして、もの凄く嬉しい気持ちにもなれていた。

3

気づくと外は暗くなっていた。

「お腹空いたね！」梨衣の言葉に僕もつられるように頷く。

「確かに今日は色々あったしね」思い出したくない事もあるけれど、その後に重大な事が次々と押し寄せて来て高校でのいじめの事が少々ぼやけている。

「そう言えば蘭は？」

「さっきメールが入っていたよ、夜勤者に急病人が出て日勤からそのまま夜勤するって！

お母さんってすごいよね」僕は正直な気持ちを口にする。

「今夜も自作かぁ！」梨衣のその一言を合図に二人で台所に下りる。

母はいる時には普通に食事を作ってくれる、可能な範囲で作り置きもしてくれる。でも忙しい時や今夜みたいな突発の時には中学生の頃から二人で料理をしていた。無論スパゲッティとか親子丼とか、簡単な物しか作れないけれど二人で作って二人で食べれば、どんな物でも美味しく感じる。二人一緒の食事は最高のスパイスだ。

今夜は食パンにハムやチーズ、レタスや薄焼きの卵を挟んだサンドイッチを作って、僕の部屋の僕のベッドに持ち込んで、やはり二人で体を寄せ合いながら食べた。食パン一斤分のサンドイッチが瞬く間になくなって行く。普段なら、あれこれと他愛もない話をしながら楽しんで食事をするのに今夜は黙って貪るように食べていた。見つめ合ったまま。食事量がとりわけ多い訳でもないけれど、高校一年生の食べ盛り、それでも一斤を食べ終わるとようやく言葉が出て来る。

「疲れたぁ！」梨衣の言葉には実感が有り僕も素直に続く。「疲れた！」やっぱり二人の実感は同じだった、あの不快な感じが全身を覆いつくしていた時、きっと全身の筋肉を使っていたんだと思う、物凄く汗をかいていた事からも、物凄い全身運動をしていたんだと実感している。

「明日、筋肉痛かな？」僕は両腕両足をさする。

「琉衣は運動不足だから、私は大丈夫」梨衣は右手で小さくガッツポーズをする。

「かなあ?」半分認めながらも右肩で梨衣の左肩を押すと「そうそう」と梨衣も押し返して来る。

「どうしよう? 私たち」梨衣が僕の右手を握る。

「明日考える」僕も握り返す。

「それで、いいの?」梨衣が僕の右肩にもたれかかる恋人同士のように。「心配事はあるよ、でも今日、本当の自分を知る事が出来たから。何かもやもやしていたものが何となく理解出来たから」僕も梨衣の頭にもたれかかる、やっぱり恋人同士のように。

「そうだね…私も…アフ」梨衣が小さな欠伸をすると、つられて僕も欠伸をする。

昔っからそうだった、こうなると僕たちはお互いを引きずり込み合うように眠りに落ちて行く。二人でいれば、寝るのも楽しくて安心出来て深く深く眠る事が出来た。

僕は、深い睡魔に襲われながら、今日ネット検索したトランスジェンダーについて三つだけは頭の片隅に置いておく事にした。
①:トランスジェンダーと性同一性障害は基本的には別。同列に並べる場合もあるが、トランスジェンダーはその人個人の有り方であって病気ではないが、性同一性障害は診断名であってその診断の元、性転換手術を行うかどうかが問われると言う事。
②:トランスジェンダーと言っても様々な状態がある事、自分の性に違和感を持ちながらも、それと共生出来る状態の人から、自分の性とは異性の服を着る事で生活出来る人、そして性転換を望む人まであり、性自認についても自分の躰の異性を自認する人もい

れば中性だと自認する人まで、結局人それぞれの症状があり、対応方法も千差万別、一言では語れない事。

③：最後に、トランスジェンダーの定義や考え方は時代や国・地域によって変わるもので、今も刻々と変化しているのだから今の情報が全てとは考えない事。

この事は、いつか梨衣にもゆっくり説明してあげよう……。

（おやすみなさい梨衣）（おやすみ琉衣）今夜も、寝落ちしてからそう心の中で言葉を交わしていた。

4

「梨衣、琉衣」朝、母に起こされる。

「蘭!?」「お母さん」僕たちは、夕べ眠りに落ちた時の状態で二人肩を寄せ合いながら眠りに落ちていたようだ。

「よく寝てたわネ！」そう言う母の声は優しくて安心出来る。実際、母の姿を見て安心している僕がいる。

「ああ～～」いち早く起きた梨衣はベッドの上で頭を掻きながら胡坐で座る。寝起きの梨衣がよくやる仕草で、凡そ女の子らしくない仕草だけれど、何故か梨衣がするとそれも様になっている。

「おはよう、お母さん」横になったまま見上げる母は変わらずに美しかった。相変わらずの年齢不詳、普通に考えて四十前後のはずだけれど、そうは見えない可愛さと美しさが同居している。春らしいベージュのパラシュートパンツとシンプルなブラウスが若さを強調している反面、薄手のシックな春用のコートが大人の女性を演出していて余計に年齢をぼやけさせている。昨日、日勤からそのまま夜勤までこなして帰って来たはずなのに、疲れややつれた様子は微塵も感じさせない。仕事中は頭の上に固くまとめている髪をほどくと、胸まで伸びて魅惑的に揺れている。梨衣もいつかこんな素敵な女性になるんだ…と漠然と感じながら母に見とれていた。

「…で？　今日は学校は休むの？」母は自分の左腕の時計を見ながら咎めるでもなく、怒るでもなく、フラットにそして自然に僕たちに問いただしている。

「休むって？」梨衣が眠そうに自分のスマホに手を伸ばしている時、僕は昨日のイジメの事を思い出す。いや思い出したと言うよりも、昨日のイジメの後の沢山の衝撃的な出来事の前で、霞んで滲んでいた記憶がおもむろに蘇って来たと言った方が正しいだろう。そしてその事を認識した僕は、学校に行かないと言う思いだけが頭を占めて心を固く閉ざしていた。

そんな状態の僕とは別にスマホを手にした梨衣が素っ頓狂な声を上げている。「10時ィ！　うっそォ！」梨衣が向き直り僕を見て、「あっ！」と短く言って動きを止める。

梨衣が動きを止めた瞬間、ベッドの上の時間が一瞬だけ止まり僕と梨衣はゆっくりとした動作で、自然な感じで肩を寄せ合い壁に寄りかかりベッド上に座り直す。

そのまま二人で毛布をたくし上げると毛布の中で手をつなぐ。母はゆったりとした所作で自分の頬に右手をあてながら僕たちの行動を見守るように、しかし観察するように見つめている。

僕たちは一度二人で見つめ合い毛布の中の手を更に強く握り合いながら母を見上げた。

「ふ〜〜〜ん」母は目を細めながら頬に当てた華奢な指を移動させて口元を覆う。

(見透かされている)母の目を見ていてそんな感じが伝わって来る。

「話したい事？　有る？」母は昔からそうだった、全て悟っているようなのに必ず僕たちに言葉にさせるのだった。親として、母として子供の事は理解していても、それを先回りせずに僕たちに話させて、それがたとえ嘘でも、そのままを受け入れてくれていた。

当然小さな嘘はすぐにばれるのに、後になって言われた言葉が「あなた達の言葉を信じてる」だった。なのでいつの頃からか母には嘘はつけなくなってもいた。

ただ僕も梨衣も僕たちがトランスジェンダーだとは言えなかった、昨日はまだ仮の答えを出しただけだし、これから二人で考えていこうと決めたばかりで、まして世間一般的には衝撃的な告白を、いきなり親に出来るものでもなかった。

そうかと言って中途半端な言い訳が通用する訳もなく、ましてや嘘は言えない親子関係は出来上がっている。いや必要に迫られて嘘を言っても一瞬で看破されるのは自明の理だった。但し、母は看破しながらもそれを信じるのだから却って嘘はつけない。

（どうしよう？）僕は目まぐるしく頭を回転させるが答えようとすればする程に、何と答えれば分からなくなっていて、それは梨衣も同じなのだろう、結局は二人で黙っているしかない時に母から切り出して来た。

「そう、何もないのなら良いわ」母の右手が口元から左の二の腕に流れて行く。

少し背の低いモデルのような仕草に心を奪われた時、梨衣が叫ぶ。「琉衣が！」母が出口に向かおうとするのをやめて僕たちを優しい目で見つめる。「琉衣が」僕も梨衣を見た、梨衣も僕を見てから母に訴えた。「琉衣が学校でイジメにあっているの」梨衣はゴメンと瞳で言っていた。ただ、僕自身はその事を言われて怒ってはいなかった、梨衣が知っている事に、ただ驚いていた。

母は、黙って成り行きを見守っている。

「ゴメンね琉衣。でも入学式の日から気づいてたの、でも、でも、琉衣が何も言わないから私も言わないようにしてたの。誰かに…琉衣のクラスの人に聞いたんじゃあないよ。本当だヨ！」梨衣は何故か必死に謝ってくれるが僕は怒ってはいない、むしろ気づいてくれていた事が嬉しかった。そして梨衣もトランスジェンダーの事は口にしていないから、その事についての思いは僕と同じなのが理解出来た。

「そうなの？　琉衣？」母の質問は穏やかだった。普通、自分の子供がイジメに遭ってると聞けば穏やかでいられる親の方が少ないと思う。いや圧倒的少数派だと思う。ただ母は間違いなく、その少数派だった。それは愛情が少ないからではないのは僕たちが一番よく知っている。母はただ冷静に取り乱す事もなく、現状を把握しようとしていた。あくまでも僕を主体として。僕もトランスジェンダーの事は伏せていた、ただ梨衣が言った事は事実なので黙って素直に頷いていた。

「そう」それでも母は静かに問いかけて来る。「…で、どうしたいの？　琉衣は」

「僕は…」俯いて考える、ただ答えは決まっている。

「答えは出てるんでしょう？」母の投げかけは鋭かった、僕は下を向いたまま頷く。

「そう？　でっ？　自分の言葉で言いなさい」優しいトーンの中にも、毅然とした響きが伝わって来る。

　僕は母を見て、一度深呼吸をして答えた。「学校、行かない！」…と。

「そう！」母は短くそれだけを言うと、黙って髪に手櫛を通している。母が何かを考える時の癖だ。それにしてもイジメの状況や相手の名前を聞き出す行為はしない、むろん聞かれて答える事も思い出す事もいやな事、母はそこに解決の糸口はない事は理解しているのだろう。

「梨衣はどうするの？」梨衣に対しては詰め寄るように近付いて聞く。腰に当てた両手が優雅だ。

「私も」梨衣は即答する。「琉衣が学校に行かないのなら、私も行かない、辞める」こう言う時は梨衣の方がストレートで、母は分かりやすいと以前に話していた。

ただ僕は梨衣の「辞める」と言う言葉には少なからず戸惑っていた。僕は「行きたくない」とは言ったが「辞めたい」にはまだ心が揺らいでいる。そんな僕を、やはり母は見透かしていた。「琉衣、もう一度聞くわ、学校…辞めたいの?」母は僕に聞く時は少し離れて、立ったままで頬杖を突くような仕草で優しく聞く。

やっぱり、見透かされていた、僕は小さく横に首を振る。

「そう、それなら、まだ打開出来るわ」母はそのまま梨衣に向き直ると「担任の事教えて」と言いながら梨衣の横に座る。梨衣は自分の担任の大和先生の事、どこで聞いたのか僕の担任の宮川先生の事を端的にまとめて母に伝えていた。

「琉衣が……その、クラスでどう言う状況かは……詳しくは…」梨衣は言いにくそうに僕を見ながらそう母に言うと「ああ、それはいいわ、その事実だけで、後は向こうで問いただすから。じゃあちょっと行って来るから」母はそう言うと飛び跳ねるように立ち上がる。

「『行くって?』」梨衣も僕もそう言いながら母を目で追う。

「あらあ~♡学校に決まってるでしょう」母はそう言ってバッグから取り出したスマホをひらひらと振る。「昨日から何回も着信が入っていたから、何か話したいんでしょう。まだ掛けていないから直接話して来るわ」そう言うと楽しそうに階段を下りて行く。

「行っちゃった」「うん、行っちゃった」あまりにも急激な展開に僕達は呆気に取られて、その一言だけをようやく口にしていた。

「蘭、元気だね、夜勤明けなのに」母の行動力は昔から折り紙つきで、今も中学の入学式の時を思い出す。

「又、直談判？」「そう……だよね？　やっぱり」「だよね？」「又ぁ？」僕たちはどちらの言葉なのか分からない短い単語だけで、進まない会話をしていた。余りにも見事な母の行動力に、僕たちは完全に置いてけぼりの状態で、何かホワホワした感じの中で、無為に待つ事しか出来なかった。


母は、一時間ほどで帰って来た。母は只今…も言わずにドアを開けると、おもむろに切り出した。「琉衣、明日っから梨衣と同じ二組だから、それなら行けるわね」まるで当たり前の事を伝えるかのような深刻さの欠片もない明るい声だった。

「え～～？」うんともすんとも言えない展開に目を丸くしている僕から梨衣に目を移す。「梨衣も、琉衣が一緒なら学校辞めないわね？」質問形になってはいるが、答えは聞いていなかった。

それに対して梨衣は臆せずに答える。「もちろん、大丈夫」

「そう、それなら後は二人で宜しく、私はシャワーを浴びて寝るから」そう言って部屋を出ようとした時に、僕はようやく言葉を出せた。「お母さん、その～」

「ああ大丈夫、大和先生は信用出来る人だから、安心して」そう言って一旦部屋を出て、母は直ぐにドアを開けて上半身だけを中に入れて続けた。「梨衣の席、窓側の一番後ろでしょう？」梨衣が頷く。「その後ろに琉衣の席を作ってくれるって」僕を見る。「それとこれ置いておくね」母は僕たちのカバンを室内の壁に立てかけておく。「あと、その他の荷物は大和先生が二組に移しておいてくれるって、良い先生だねえ」自分の言いたい事だけ言うと母はさっさと出て行ってしまった。

自由奔放、傍若無人、誉め言葉になるのか、けなし言葉になるのか、良い意味で強引な母が嵐のように来て、嵐のように解決して、嵐のように去って行った。僕たちに悩む時間も、必要以上に考える時間も与えないまま、母の手のひらの上で転がされて、結局は落ち着く場所に落ち着かされていていた。

そして、いつの間にかイジメの深刻さも忘れているのに気が付いた。もしかしたらこれが母の思惑なのかどうかまでは分からなかったが、いずれにしろ僕たちの高校生活は明日から仕切り直す事になった事だけは間違いない事実になっていた。

第5章　高校一年生・不安と手探りの高校生活

1

入学三日目、僕の二組初登校の日。

朝、挨拶に職員室に行ったが緊急の職員会議とかで先に二組行くように言われた。二人で手をつないで教室に入ると、やはりそれなりに冷ややかな視線を感じるが、ただそれは昨日までの一組で受けた敵意ある視線ではなく、どうしたらいいのか分からない…と言う戸惑いのような視線に感じられた。

そんな中途半端な目線の中、僕は窓際の一番後ろの席、梨衣の後ろの席に座る。僕の席には一組に置きっぱなしだった教科書やテキストが山と積まれていた。僕がその本の山を、家から持参した大きなバッグに詰めていたら教室の中でざわめきが起こった。

「よう」聞き覚えのある声に顔を上げて顔を見た瞬間、僕の躰が強張る。そこには一組の篠丸が平然と立っていた。

僕が目線をずらした時、梨衣が間に割って入る。「何か御用で？」梨衣は自分よりも背の高い相手にひるむ事もなく睨み返している。

「いやあ」揶揄うような口調だ。「琉衣君がクラスを間違えたようだから迎えに来てあげた」篠丸はそう言いながら僕に近付く、梨衣が盾になる、僕は躰を小さくする。

「残念ネ、琉衣は今日から二組です、どうぞお構いなく」梨衣が篠丸を押し返す。

「そんなの聞いてねえ、ってか、有る訳ないだろう」篠丸が更にすごんで距離を縮めに来た時だった。

「お前に言う必要はない」毅然とした声が教壇の方から聞こえて来たので、見るとそこには担任の大和先生が颯爽とした態度で立っていた。三十代後半、優しさと厳しさが滲み出る、どこか体育会系のノリを思わせる背の高い教師が立っていた。「篠丸、ここはお前のクラスではない、ホームルームの時間だ、さっさと自分のクラスへ戻れ」大和先生は篠丸を見もせずに、クラス名簿を見ながらそう言い切った。まるで（お前なんか眼中にない）と言わんばかりに。

「ちっ！」篠丸は小さく吐き捨てると出口に向かい、篠丸が教室から出ようとした時に大和先生が追い打ちをかける。「篠丸、お前が何人の女の子と付き合おうと俺は知らん、だがあまり薄っぺらな事はするな」そう言いながら一瞥だけして、直ぐにクラス名簿に目を落とす。やはり眼中にないと伝えているのが分かった。この一連の様子を見て、僕はようやく高校生活を続ける自信が湧いて来た。

　正直、昨日の今日でもあり、あそこまでされた事は少なからず心に傷は残っている。ただ、それに負けたくないと言う気持ちもあるし、それ以上に梨衣と一緒に考えなくてはならないトランスジェンダーの事もある。なので正直に言って高校生活は続けたかった、今の環境のまま色々と考え、色々と悩み、色々と挑戦してもみたかった。だから学校は辞めたくなかった。なので、今日の大和先生の対応が嬉しくて少しだけ心が熱くなっていた。そんな僕の気持が分かるのだろう、梨衣が僕の手を握ってくれる。

「さて、鏡原琉衣、前に来てくれ」大和先生の声に導かれるように僕は教室の前、大和先生の横に立つ。大和先生は前を向き、クラスの生徒に向かって語りかける。

「みんな聞いてくれ！」声に淀みがない。生徒を正しい道に導きたい、そんな気持ちの表れなのだろう。「見ての通り、今日から急遽だが、鏡原梨衣の双子の弟の鏡原琉衣も、このクラスの仲間になった」静寂の中、大和先生は静かにクラスを見渡している。「入学三日目のクラス変更は先生の教師生活でも、もちろん初めての事だ」大和先生は教壇に両手を掛けながら僕に優しい目線を送ってくれる。（心配するな）と目で言ってくれている。

「当然みんなも理由は知りたいだろう、いや隣のクラスの事だから少なからず知ってもいるかもしれない…、ただこれは個人的な事なので学校から正式に伝える事は出来ない」少しだけ間を置いて、全員の気持ちを確かめてから続けた。「本当に申し訳ない」大和先生はそう言うと深々と生徒に向かって頭を下げた。

　ガタンと椅子がズレる音がした、見ると梨衣が立ち上がっていた。自分の事でありながら雰囲気に飲まれて何も出来ない僕の代わりに梨衣が言おうとしてる…（先生が謝る事ではありません）そう言おうとした時、大和先生の右手が梨衣を制していた。

先生は何事もなかったかのように話を続ける。「但し、学校が必要な措置と判断したのも又事実だ。だからみんなには理解して協力して欲しい」そう言うと、もう一度深々と頭を下げた。僕はどうする事も出来ずに、その場に立ちすくんでいる。梨衣も立ったままだ。

「学級委員長、相田《あいだ》。どうだ?」先生は一番前の女子生徒に向けて言った。

その言葉に眼鏡をかけた、おかっぱに三つ編みの如何にも学級委員長が似合う、カーディガンを羽織った、少しだけ固そうな女子生徒が立ち上がる。背は低いが凛と背筋を伸ばした出で立ちのせいか、見た目より背が高く感じられる。

相田と呼ばれた委員長は自分の席で後ろを向くと全員に目配せをする。すると小さく囁くような声をクラスの仲間に向かって言っているが、僕にはよく聞き取れない。そんな僕を余所に委員長が声を出した。「せえ～のお～!」に続いて全員の声「ウェルカム・ルイイ～～～」その瞬間拍手が沸き起こったが、僕は何が起こったのか分からずに、ただただ目を丸くするしかなかった。そんな僕を尻目に後は口々に歓迎の言葉を送ってくれる、女子も男子も、クラス中から。

「ウェルカム」「歓迎するよ」「仲良くしてね」「一緒にお茶しよう」僕はみんなに引かれて僕の席、梨衣の後ろの席に座る。

「さあ、いつまでも浮かれていないで、出席をとるぞ」大和先生の掛け声に、ムードが切り替わる。このクラスは一つだ、いや一組もある意味では一つだったと思う、ただそれは僕と言う生贄の上に成り立つ一体感であって、そこは硝子のような脆さが見え隠れしていた。それに対してこの二組の一体感は違っていた。一人一人の個性を大切にするムードがあった。いやそれが普通に感じられるのは、間違いなくリーダーである大和先生の存在の大きさにある事は人生経験のまだ少ない僕にでも理解が出来た。いや経験が少ないからこそ、比べられる物が少ないからこそ、リーダー（教師）の有り方一つで、全員の考えが大きく変わる事が痛い程に身に染みて理解出来た。

一組の宮川先生の事無かれ主義の対応、篠丸の強引な仕切りを良しとする考え方。それ自体を目の当たりにする事は少ないと思うので、貴重な体験になったと僕は考える事にした。そうして自分のこれからについても、しっかりと考えさせられる出来事だったと、僕にとっては辛い二日間だったけれど、色々と学ぶ事が出来た機会でもあったと、前向きに捉える事と整理する事にした。

いずれにしろ一組の事は過去の事であり、いつまでも囚われているのも良い訳がない、この日僕と梨衣は大和先生の庇護のもと、相田委員長を中心とした二組のクラスメイトのおかげで、普通に高校生活のスタートを切る事が出来るようになっていた。

その後一組は僕以外の生徒をイジメの対象として、一時的にはまとまったようだけれど、そんな状態が長く続く訳もなく、篠丸の暴走を宮川先生が止められないまま、早々に学級崩壊に向かって行き、一学期の終わりには急遽、副担任が就くようになるのは、もう少し先の話である。

2

今週は午前授業が続くので四時間目が終了した放課後、僕たちは大和先生に呼ばれて職員室横の面談室で、梨衣と二人一緒に面談する事になった。

「その…」朝、あれ程歯切れの良かった大和先生が少し言いにくそうにしているのが、何となく可笑しくて笑いをこらえながら先生の言葉を待つ。梨衣に至っては目を丸くして、ワクワク乙女感満載の瞳で大和先生の言葉を待っているが、その梨衣の仕草で余計に大和先生が切り出しあぐねているのが僕には見て取れた。

なので僕から切り出した。「母の事ですね」僕の問いかけに、さすがの大和先生も一瞬ひるんだようだけれど、切っ掛けが出来たのだろう気を取り直すようにネクタイの首元を緩めて話し始めた。

「まあ、そうなんだが」それでも、何か言いあぐねている。

「いきなり、核心をついて来たんですよね？　きっと？」僕の言葉に大和先生と一緒に梨衣も驚いていた。

「聞いていたのか？」大和先生はマジで驚いている。

「もちろん、聞いていません母の性格から推測しているだけです」

「はア～～、琉衣は……ああ、二人は下の名前で呼ぶぞ」先生はそう言って続けた。「琉衣は分析が冷静だな、梨衣は勝気で篠丸に向かって行くし」多少ため息交じりだ。「梨衣は母似です、母は梨衣より勝気な女性です」僕は説明を補足する。

　大和先生が昨日の事を説明してくれて、やはり昨日は概ね母のペースだった事を知る。校長先生と大和先生だけが呼ばれて、いきなり今後の改善策について問い質されたと話してくれた。校長先生が琉衣の担任の宮川先生を呼ぼうとしたら、「あの先生に私の子供の人生を預けるつもりはありません、なので呼ばないで結構です、責任者として校長先生のお考えを言って下さい」と言って既に宮川先生は眼中にない事を表明していたそうだ。

　校長が把握している状況を伝えた上で、イジメについて「調査して報告の機会が欲しい」と言うのに対して、「報告は結構です、既に答えは出ています、やっぱりその宮川先生に篠丸って言う生徒は抑えられないと思います、早めに手を打たれた方が宜しいかと思います。それより今後の琉衣に対する対応策は決まっていますか？」想像が出来る、言葉は丁寧だけど妥協を許さない内容を、少しだけ艶めかしく問い正していたのだろう、多分頬を指先でなぞるような仕草をしながら。それを想像する僕は心の中で苦笑する。

「それこそ、もう少しお待ち頂きたい、まだ調査も終わっていない」

「今更調査なんかしなくても、もう結果は出ていますが、それより何かしら、事態を好転させる策がおありですか？　あるのでしたら今すぐお聞かせ頂きたいのですが？」母はきっとソファーから乗り出すように聞いていたと思う、両手の指先を妖しく絡めながら。

男性には我慢するのが辛くなる仕草を、母は自然と行っているのが容易に想像出来る。

「まあ、そんなこんなで終始、二人のお母さんのペースで…なあ」先生は母の持つ独特な雰囲気、大人と子供が同居する容姿と、それにそぐわない艶やかな微笑みと、妖艶な仕草、そんな毒気のような物に中られたのだろう顔の筋肉が意味不明に動いている。

「蘭、カッコイイ」「まあ、お母さんらしい」僕たちは口々に言って苦笑いになった。

「蘭って言うのか？　お母さんの事？」大和先生が耳ざとく聞き返す。

「そうよ」梨衣は当たり前と言わんばかりに返す。

「いつの頃からか、梨衣は母の事を名前で呼んでいます、僕はお母さん…だけれど」

「そうか、まあいい、話を戻そう、まあイジメの事は事実だから校長も折れるしかなかった」先生はそこで話題を変えた。「細かい事は言えない事もあるが、まあ許してくれ。今日呼んだのは、これからの事だ」

「「これからの事？」」僕たち二人の答えは普通に同期している。

「そう、お母さんは琉衣のクラス変更だけ確認したら『後は二人と決めて下さい』と言って早々に帰ってしまってな…」と何とも情けない表情になっていたが、それがより親しみを感じさせる。ただ何となく分かった、母のペースは独特で強引だから、きっと校長先生も大和先生も口をポカンとしている内に部屋から出て行ってしまったのだろう。

それにしても中学の入学式の時と同じだと二人で笑いを押し殺すのに苦労した。

「……で、どうするんだ、二人は」僕たちの胸中とは別に大和先生は話を進める、足を組んで軽い雰囲気を演出しながら両の手の平で僕たちを促す。

僕たちは二人で見つめ合い、頷き合ってから逆に僕が質問をする。「何か特別に決めなければいけない事があるのですか？」

そう言われた大和先生の顔は何かにたどりついたような表情になった。「そう言えば？」とグーにした右手を口元に当てる。「そう言えば二人のお母さんに、二人に決めさせろって言ってはいたが、確かに今何かを決める事は……ないなあ？」そう言って教室の天井に目を移す。「ただ、そうだ何か言いたい事とか希望とかは？　有るのか？」その辺の切り替えは流石だと感じた。気を取り直しての質問は的確だった。

梨衣が僕の袖を引く、これは二人の内緒話の時の合図だ。僕は躰を梨衣に寄せると梨衣は僕の右の耳に語り掛ける。梨衣の吐息が耳に直接かかり、近くにいる事を実感する。

「うん、それＯＫ」僕は左の人差し指と親指で丸を作る。

「何だ？」大和先生が乗り出して来た。

「先生！」梨衣が宣言するように大きな声で先生を呼んで続ける。「私たち、体育の授業には出ません、見学します」梨衣の宣誓するような言葉に妥協の余地はなく、僕はニッコリと頷くだけだった。

「体育を見学だって……」大和先生は一瞬だけ、驚きながら難しい顔をしたが直ぐに考え込んでしまった。

確かに梨衣の宣言は普通に考えて「はいそうですか」と言える内容ではないのは誰でも

分かる、だから大和先生の驚きも、難しい顔も当然だと思う。ただ、やはり大和先生の対応は一歩上を言っている、永年の教師としての経験や、生徒に一人一人と向き合う真摯な気持ちが見えて来る。「一応、理由を聞かせてくれ」真剣な眼差しを僕たちに向けながら、聞く耳を向けてくれている。

「一組と一緒ですよね、体育って男女とも」梨衣はふざけている訳ではないが、自然と悪戯っ子のような笑顔で答えている、このあたりの愛くるしさが梨衣の特権で、羨ましいところで、僕と違って友達が出来やすいところだ。

「まあ…そうだな」大和先生は僕を見る。そして梨衣に向き直る。「琉衣は理解する、でも梨衣、君が体育をやらない理由にはならない、だから成績にも響くぞ」脅して言っていないのはその目と口調で分かる、本当に梨衣の事を心配していた。

ただ、そんな心配を余所に梨衣の答えはあっけらかんとしていた。「構いません、琉衣と一緒にいたいだけですから」梨衣が笑顔で返すと、大和先生は又僕を見るので、僕は笑顔で頷き返した。

無論、僕がイジメにあった事は事実で一組と合同で行われる体育の不参加は理由としては充分だった、どの先生でも納得出来るだろう、ただそれは僕にとっては隠れ蓑でしかなく、実際には人前で服を脱ぐ事が出来なくなっている事に気が付いたのだった。

大和先生と話している内に、色々と高校生活を想起している内に、二人でたどり着いた答えであり、それを梨衣が言葉にしてくれただけだった。なので梨衣が体育の授業を受けない理由は、学校の理由としてはないが、僕たち個人としては大きな理由が有っての宣言になっていた。

「ふう～～」大和先生は頭を掻きながらため息をついていた。「分かった、体育の吉村《よしむら》先生には俺から話しておく」

「いいんですか？」梨衣は素直に喜んでいる。

「いいも悪いも、もう決まってんだろう？」そう言いながら僕たちを順番に見つめる。

「モチィ」「はい」やはり二人同時に回答していた。

「まったく、お母さんが二人と話せって言ったのはこの事だったのか？」それは僕たちに質問していると言うより、自分自身に聞いているような呟きだった。「まあ、いい。それより他に何かあるか？」

先生の質問に、そうそう何かがある訳でもなく何となく静かな時間が漂い始めていた。

「又、相談が有る時に相談して良いですか？」僕は終わりにしましょう…のメッセージを乗せて聞いた。

「まあ、そうだな、今日が始まりだったな、分かった又いつでも相談に来てくれ」

「は～～～い」挨拶を済まして僕たちは手をつないで面談室を後にする。いつものように梨衣に僕が引かれるように。こうして始まった僕たちの高校生活。入学式直後のバタバタはあったが、始まってしまえばありふれた高校生活…のはずだが、それでも多少の事はついてまわるのだけれど。

その一つ一つを楽しみながらも、僕たちは二人で生きる道を模索し始めるのだった。

まずは高校での学生生活と言う人生経験を積む事で、これからの自分達の生き方を考える時である。まだ色々と分からない事は沢山あるけれど唯一つはっきりした事がある。

それは、あの日…トランスジェンダーが発露したあの日以来、より二人でいる事が自然で、二人でいる事が安心で、二人で行動する事が一番自分の為、自分の中のもう一人の自分の為、それが最良の選択である事に気づき、お互いが今まで以上に大切な、唯一無二の存在である事を深く理解し合った事だった。

3

高校に入ると選択科目がある。技術・書道・美術の中から入学前にアンケートがあり、そんな中から僕たちは書道を選択していた。

理由は二人共、最近流行りのＤＩＹにはまったく興味がなかった、いやむしろ苦手の部類だった。それでも僕には多少の知識はあったけれど梨衣に至っては、カンナと聞いて「女優だよね」と答える始末だ。ちなみに鋸の事はクワガタだと言い張っていた。

美術を選択しなかった理由は、まったくと言っていい程違っていた。

僕の場合は中学生の時に母の両親、つまり僕たちの祖父母の遺品の中から祖父が使っていた古い油絵の道具を見つけたのがきっかけだった。祖父は僕たちが生まれる前に既に他界していて母や、僕たちが中学生の時に亡くなった祖母から断片的に聞いただけだったけれど、その当時としてはモダンな人で、何にでも興味を持っては何でも購入していく、それもそれなりの物を購入するので、財産を食いつぶしていたような事も聞いていたが母はその事で特には何も言ってはいない。

昔はこのあたりの土地持ちで、中々羽振りが良かったようだけれど、地元の開発と祖父の放蕩でそれなりの財産を使い果たし今住んでいるこの土地だけが残っているようだ。

まあ借金は残っていないので贅沢しなければ食うには困らない…と母が笑っているので僕たちも安心して暮らしている。そんな祖父の残した油絵の道具一式を目の前にして、何となく風景画を描き始めたのが僕と絵の出会いになっていた。

ただ中学生の時から誰かに教えて欲しいと思った事はなく、むしろ静かに自分の気が向いた時に、好きなペースで描きたかったので中学でも美術部には入っていなかった。元の祖父母の部屋は家の奥の方で、僕と梨衣は普段は殆ど行く事はないけれど、小さな庭に面していて、あまり手入れはされていないけど古い樹もあり、風景画の制作には落ち着いて向き合う事が出来る部屋でもあった。なので僕がそこで絵を描きながら、梨衣は持ち込んだ漫画やファッション雑誌を見ながら二人で過ごす事もある。

梨衣が美術を選択しなかった理由は一八〇度違っている。

元々、絵が苦手な梨衣は未だに子供の描くような絵、例えば顔から直接手足が伸びている人の絵を平気で描く。梨衣に言わせると「絵の才能は琉衣の為に全部置いて来たんだから」と多少押しつけがましい言い訳をしている。

そんな訳で二人共書道を選択して今日、初の選択授業を受けているのだった。

書道の担当は日桶道麿《ひおけみちまろ》と名乗っていた。五十代で多少気難しい顔つきに、あまり手入れの良くない白髪交じりの剛毛の頭髪が爆発したように頭を大きく見せているが、そんな強面の様子とは裏腹にユーモアもあり優しさが、その話からも滲み出ている。ある生徒が質問をした時の事だ。

「質問です」先生の自己紹介直後に手を挙げたのを、この先生は気軽に指名する。

「何だい？」語尾がおどけている。

「先輩から聞いたんですが、先生はヒッツーて呼ばれているんですか？　それともニッツーって呼ばれているんですか？」その質問に三クラスから集まった生徒に笑いが起きる。

「何だ、知っているのか？」日桶先生も楽し気に質問調で答える。

「日桶道麿、まあ珍しいし呼びにくいだろうなあ？　特に名字の方は」の問いかけに教室内の生徒が全員頷く、梨衣も僕も。「まあ、学生の頃からでなあ、日桶の日と道麿の道をつなげて、ヒッツーって呼ばれたり、ニッツーって呼ばれていた。どっちも同じ位だけど。まあ、だからみんなも、呼んでくれて構わない」ここまでは笑顔だったのでクラス全員がリラックスした様子だったが次の一言で教室が引き締まった。「但し…」それは優し気だけれど宣言するような口調だ。「人を呼ぶ時にはそれが名字だろうが下の名前だろうが、はたまた愛称だろうが、それは尊厳を持って呼ぶべきだと先生は思っている。どんなに敬語を使っていても、その言葉に敵意だったり蔑んだ気持ちがこもっていたら、それは言葉ではない、人を傷つける武器になる。だから相手を呼ぶ時も、今の時代の言葉で言えばリスペクトする気持ちで呼ぶべきだし、逆にそう言う気持ちでいれば、名字だろうが下の名前だろうが愛称だって構わない」そこでニッツーは一旦生徒を見渡して、「まあ、宜しく頼むワ」とかなり砕けた笑顔で笑い、生徒全員が緊張から解き放たれた。

僕は思った、この先生も大和先生とタイプは違うけれど生徒を正しく導きたいと考えている人だと。なので選択科目で書道を選んで良かった……と思っていた時、ニッツー先生が横に座っている梨衣の書道用紙を覗き込んで頭を抱えていた。

僕も覗いて先生の様子を理解した。梨衣の書はとても書道と呼べる代物ではなかった。

元々、書道にも才能はない事は中学の時から理解していたが、今日のそれは既に書道の域をはるかに逸脱していた。梨衣は、ただ直線を立て横斜めに組み合わせるだけで、用紙からはみ出すのも気にせずに書きなぐっているのだった。普段のノートにシャーペンや鉛筆で書く文字は丸っぽくて、女の子らしい可愛い字を書くのに、書道だけは何故か小学生の時からそうだった。ニッツー先生は梨衣の書を見て頭を掻いて、腕を組んでため息をついて、しばらく悩んで今度は僕が書いている書を覗き込んだ。

「君は書画を習っているのか？」と驚いていたが、もちろんそんな物を習った訳ではないので僕は首を振ると「はあ～！」と何とも珍妙な顔で更に覗き込んで来た。

僕は今日の題材の「風林火山」の字を、そのまま書道用紙に四分の一ずつ綺麗に書くのは面白くないと思って僕なりにアレンジを施していた。まずは山の字を土台のように書道用紙の下半分を中心に一文字で山を表現する、真ん中の縦棒を上まで蛇のようにくねらせて伸ばすのがポイントだ。次に林の字を沢山、木に見立てて山の中にも外にも溢れるように書きながらも、その半分は火の文字で浸食させる。更に風の文字を流れるように崩しながら、火や林の中を駆け巡るような構図で風林火山を表現していた。

「いけませんか?」男子の学生服を着た僕、顔は梨衣に似て女性っぽい僕の、そんなアンバランスな笑顔に戸惑ったのかニッツー先生はただ目をパチクリさせるだけだった。

「琉衣凄い、面白い」梨衣が割り込んで来る。ニッツー先生はそのまま、他の生徒に呼ばれて去って行った。

僕たちは書道の授業の後、二組に戻りながら今の僕たちに同じように芽生えているあるものに二人同時に気づいていた。

それは自由でありたい、束縛されたくない、何かの型にはめられたくないと思う気持ちだった。人にはそれぞれ、色々な自分らしい表現方法があって良いのではないか? そう考えて、それが二人の行動原理になっているのを共通で考えていた。

あの日、トランスジェンダー(仮)に直面した自分達だからこそ、自分たちなりの生き方を考えて良いのだろう。当然、人には迷惑を掛けない前提の下で、僕も梨衣もある意味ではそんな自由奔放な自分たちを見守ってくれる、ニッツー先生の下、楽しめる教科が増えた事に高校生活の充実を実感する事が出来ていた。

4

高校生活が始まって十日ほどがたった頃、僕たちは放課後体育館二階の観覧席で女子バスケ部と女子バレー部の練習を見ていた。今日は体育館を真ん中を天井から吊したネットで区切り、この二つの部活が半分ずつ使用していた。

例の発露の件があり僕たちは帰宅部を決め込んでいたが、それでも興味がない訳でもなく、見てるのだって楽しいので時々だけれど部活見学もしている。今日ここを選んだのは元々梨衣が一番好きなバスケ部の練習があるからだった。ちなみに二番目がバレーボールで三番目はテニスで、僕は運動は苦手なので見学オンリーを決め込んでいる。

新入生の部活はと言うと、希望の部活に即入部している一年生もいれば、仮入部としている一年生もいる時期で、各部活は新入生獲得に躍起になっていて、僕たちも何度となく勧誘を受けているが丁重にお断りをしていた。ただ、仮入部の受付は今月いっぱいあるようなので、逆に言うともう少し続くのだろう事は理解して諦める他になかった。

「琉衣、女子バスケの方は、練習試合が始まるみたい」部活動は断念した梨衣が、少しだけ残念そうに女子バスケの方を指差す。

「本当だね、でも何かビブスを付けてる方が大きい人ばかりで、付けてない方は何かバラバラって感じ」僕は観覧席で膝を組んで、そこに頬杖を突いている。

「あら、中々可愛いわよ、そのポーズ、女子の制服を着せてあげたいわ」梨衣は観覧席の上で胡坐をかきながら腕組みで僕をからかう。スカートの裾の下が危ういのは気にしていない様子で。

「それは、ありがとう」と僕の言葉を梨衣が上書きする。「あれは」梨衣がバスケ部の方を指差す。「多分、新入生歓迎の練習試合でしょう」そう言いながら腕組みに戻る。

「歓迎？」「そう、最初から練習ばかりだとつまらない部活って思われて辞められても困る、更に楽しみながら試合をしつつ、上級生の実力を示して、これからの指導をやりやすくする為の儀式…だよ多分」と梨衣が言っている間に、ビブスを付けた方は速攻でゴールを決めていた。

「ほら、もう2対0」と言っている間に、リスタート後のボールをパスカットして、早々に4対0になる。「成程」と言ってる間に3ポイントシュートが決まり7対0。「先輩方も、もう少し手加減すればいいのに、ねえ」と梨衣は楽し気に僕に振るが、その横顔は少しだけ寂しそうだ。

実はそれも仕方のない事で、中学時代の梨衣はバスケ部の中心選手だった。僕はあまり詳しくないけどポイントカードと言う攻守の要で試合を作る、視野の広さと的確な判断力が要求されるポジションで試合をコントロールしていた。

梨衣の身長は女子バスケの選手としては、さほど高くないが、このポジションは身長よりもシビアな試合勘が要求される分、梨衣に向いていた。ただ僕たちが通っていた光第二中女子バスケ部の実力はそれなりで、毎年都大会に行けるかどうかのレベルだった。

梨衣は高校に入ったら「全国を目指す」と言っていた。事実僕たちが進学したこの光北高校は公立ながら、地区大会では常に上位に入るレベルだったので梨衣も入学まではバスケ部への入部を決めていた…が。

例の件で梨衣は断念していた。理由は体育を見学するのや、人のいるトイレに入れないのと同じ理由で、特に部活となれば僕と離れる事もあり、ましてや大会に出れば家を空ける事にもなる。なので「決めた！　部活動はしない！」梨衣がそう僕に宣言したのは、僕が二組に移り大和先生と話した帰り道だった。

その時の僕は梨衣の寂しそうな後ろ姿を、黙って見つめる事しか出来ずにいると、夕陽で逆光だった梨衣が振り返り僕に語り掛けた。「琉衣ィ」逆光で顔はよくは見えないけれど、泣いているのが僕には分かった。

「なあ〜〜にィ」

「一緒に、いてね、ず〜〜っと一緒だよう」僕まで貰い泣きしそうになったけれど、そこは我慢した。「勿論、僕の方こそ、お願いします」僕は軽く会釈をする。

「もっちろ〜〜ん」の梨衣の返事は泣き笑いの声になっていた。

そうこうしている間に、最初の歓迎練習試合が終了していた。十分程で二十点以上の差が開いていたが後半、上級生チームは完全に流しているのが見てとれた。

「…にしてもだらしないなあ」梨衣が胡座に頬杖をついて、小さな怒りをあらわにしている。この梨衣が胡座をかく仕草は、心の中に異性を感じるようになってからではなく、それ以前から梨衣が時々するポーズだ。ただ少女のような可愛さのある梨衣がするので、より可愛さが引き立つポーズなの、僕は何気に気に入っている。

「まあまあ、興奮しないで」「してないわ、怒っているだけ」僕は目が点になる。（同じでしょう?）を言うのはやめた時、コートから手を振る新入生がいた。

「梨衣ィ！」梨衣より少しだけ背の高そうな女子生徒が両手を振って、小さくジャンプを繰り返している。

「あれ、美咲《みさき》」「美咲?」僕が聞き返す。「そう、中学のバスケ部の、美咲もここに来てたんだ」梨衣は、そう言うと笑顔で美咲に手を振り返す。

「梨衣、チョットだけ来てよ」下から両手をメガホンにして梨衣を呼ぶ。

「ゴメ〜〜ン、私、部活はしないの」梨衣も両手をメガホンにして返す。

美咲は少しだけ呆気に取られていたが、すぐに切り替えて呼びかけてくる。「仮仮入部でいいから、少しだけ手伝って、見てたでしょう、このままじゃあ試合にならないよォ」

美咲は両手を合わせて梨衣を拝んでいる。

元々バスケが好きな梨衣が昔のチームメートのお願いを断れる筈がない事は僕が一番よ

く分かっているので、いつＯＫを出すのか横目で楽しみながら成り行きを見ていた。

「じゃあ、先輩に仮仮入部をお願いしておくから」美咲はそう言って、上級生のいる方に走り出す。

「美咲ィ」と言いながら梨衣は僕を見る、答えを求める子供のような目で。

「仮仮入部でしょう、少し暴れて来たら？　このところ、色々あったし気分転換も兼ねて」

「そうかなあ？」

「十分位でしょう？　着替えないでもいいいんじゃあない？　スカートだけ何とかすれば」

僕がウィンクを送ると、僕の着替えなくても良い…の言葉に触発されたようで、梨衣は制服のブレザーを僕に投げ出すと同時に駆け出していた。

美咲が上級生の許可を取りつけたのだろう、制服のままの梨衣が美咲と同じチームで上級生チームとの試合が始まった。

ポイントゲッターの川村《かわむら》美咲とゲームをコントロールする攻守の要の梨衣とが組んだ試合運びは、光二中の中心で他校の脅威だった。ただ美咲は怪我が多い選手で、大会も度々欠場していた。その為か光二中は大会では思う様に成績を伸ばせないのも事実だった。

今日も梨衣がポイントカードに、美咲がシューティングガードの位置に入ると、試合が始まって間もなくボールを持った梨衣が、先輩をフェイントでかわしてノールックパスを美咲に送り、美咲がゴールを決めて難なく先制する。

上級生が呆気に取られながらも、苦笑いでゴール下から攻撃を開始するが、まだ本気を出す気はないようで、ちんたらパス回しをしている時コートの中央で梨衣が一瞬のスキをついてパスカットから、ドリブルで切り込み、そのままスリーポイントシュートを決めると上級生チームの目の色が変わった。以降は親善試合の気楽な雰囲気は消え、両チームどころか、見学していた全女子バスケ部の面々も真剣に応援を送り始めていた。

梨衣や美咲と一緒になった他の三名もそれなりに動けるプレーヤーではあったが、いかんせん初対面であれば、お互いのプレースタイルも癖も長所も分からないので、連携面では上級生チームに後れを取ってしまう。それでも最後まで試合はもつれ、終わった時には21対20と1点差の惜敗だった。

当然、梨衣に対してバスケ部の勧誘は強かったが、梨衣は逃げるように二階の観覧席に上がって来て僕の横に座る。「お疲れ様！　楽しかった？」僕はカバンに入れていたスポーツタオルを梨衣に手渡す。

「やっぱりスポーツは楽しい、夢中でボールを追いかけていれば、何もかも忘れられる」春とはいえ十分間の全身運動、制服のブラウスが汗で透けているのが色っぽい。

「ところで、途中から余計な歓声が混ざっていたのって、気づいていたの？」僕が水のペットボトルを差し出しながら聞く。

「歓声？　余計な？　って？」梨衣は受け取った水で美味しそうに喉を潤している、可愛い顎をつたう汗が健康的に光り、少女のみずみずしさが伝わって来る。

「やっぱり気づいてないんだ」僕はやれやれと言う表情で梨衣を見つめる。

「だからなあ～に？」入学式からのもやもやが少しでも晴れたのだろう、梨衣の笑顔が澄んで見える。

「スカート」僕は梨衣のスカートの裾をつまみ上げる。

「スカート？」梨衣が僕の指を追う。

「ひらひら」つまんだスカートを揺らす。

「ひらひら？」僕の揺らめく指を目だけでなく、顔で追いかける仕草が小動物っぽくて可愛かった。

「ひらり」僕が梨衣のスカートの裾を少しだけ上げる。

「あっあぁ～～！」梨衣はようやく気づいたようだった。

「試合の後半から寝転がって観戦する男子が沢山いたよ、梨衣が切り返したりしてスカートが翻る度に歓声がおこるんだよ、もう僕の方が恥ずかしくなった」つまんだスカートの裾を離す。

「何で琉衣が赤くなるの？」梨衣は屈託なく笑顔を返す。

「赤い？　僕が？」僕は自分の頬に手のひらを当てると確かに少しだけ火照っているように感じる。

「ああ～～！　その仕草、可愛いィ」梨衣が口元に手を当てながら更に笑顔になる。

「もお、やめて僕を揶揄うのは、梨衣の事を話してるんだよ」少しだけむくれて腕を組んで抗議すると、梨衣は遠くを見つめながら言った。

「ゴメン、気を付けるから…でも楽しかった、久しぶりで夢中になれて」そう言った瞳はやっぱり少しだけ寂しそうだった。運動は好きだけれど着替えを見られたくない、トイレも他人と共有出来ない僕たち。文化系の僕はさほど支障は感じないけれど、運動が大好きな梨衣にはそれこそ大問題なのかも知れない。梨衣は愚痴らないけれど、もしかしたら僕より大きな何かを捨てたのかも知れないと、少しだけ胸を締め付けられる思いがした。

「梨衣」僕は梨衣を見る。

「大丈夫だから」僕を見る梨衣の瞳は笑顔に戻っている。自由奔放にふるまっているけれど、人一倍周りの人に気を使う梨衣。今は僕に心配を掛けまいと振る舞っているのが痛い程に伝わって来る。

「何、情けない顔しているの、同じ顔が横で変な顔していると、私がそんな顔になっているかと思うからやめて」何か無茶苦茶な理屈で文句を言われた、けれど言ってる意味は理解出来る。僕も横にいる梨衣には笑顔でいて欲しい。確かに梨衣が笑顔だと僕も自然に笑顔になれるのだから、梨衣が同じ事を要求するのも自然な事なのだろう。

その後、運動部による梨衣争奪戦の狼煙が上がる事となった。きっかけはバスケ部に続いて飛び入り自由の女子バレーボール部でも活躍をした事に始まり、テニス部では上級生が来る前に強引に割って入ってコートを元気いっぱいに走り周り、他の一年生を寄せ付けないプレーを見せた事だった。

そんな梨衣のスーパーガールぶりが噂になり、しかもまだどこの部活にも属していない事が知れ渡れば、梨衣獲得競争は過熱して行くのは当然と言えば当然だろう。ただ、そんな周りの喧騒を余所に、「ごめんなさい、部活はしないのが死んだおばあちゃんの遺言なの」とこれまた訳の分からない事で煙に巻く。そんなふざけた事を言っても、何故か許されるのが梨衣の持つ、人懐っこい愛嬌なのは天性のもので羨ましかった。

梨衣はアドバイスも上手で、後輩には手取り足取り教えるのだから、いつの間にか部活の臨時コーチのような立場で参加、出入り自由になっていくのは、もう数週間後の事だけれど運動を封印しかけていて、落ち込み加減だった梨衣に一筋の光明が見いだせ、僕の方が安心出来たのも同じ頃の出来事になっていた。

ただ、以降の梨衣は運動用の短パンをカバンに入れておいて、臨時参加の時には制服のスカートの下に穿く。ただ穿いてもスカートのチラリズムは別な事で梨衣が運動部に参加する度に男子生徒が集まり、歓声が上がるのも光北高校の名物になっていった。

僕は、そんな梨衣を待ちながらグラウンドの隅や、体育館の観覧席で好きな本を読んでいる時間を楽しむようになっていた。

5

梨衣が女子バスケ部で活躍した数日後の事だ。放課後、梨衣はグラウンドの運動部の練習を金網越しに見ている。僕はそんな梨衣の後ろ姿を見つめながらグラウンドの隅にあるベンチに座っている。

「今日も何処かの運動部に紛れ込むの？」

「まさかぁ、そうそう乱入ばかりしたら嫌われちゃう」梨衣は何故か背伸びをして、グラウンドの遠くの陸上部を見ている。背伸びをしても変わらないと思いつつ、僕は何故か苦笑してしまう。

「そうかなあ？　別に梨衣なら大丈夫だと思うけれど」僕は何となく女性っぽい絡めるような足の組み方でベンチから声を掛ける。

「まあ、又気が向いたら」と言いながらも目は運動部の方から離さない。

「もう、しょうがない」梨衣の気持ちは痛い程分かる僕が、梨衣が飽きるまで待っていようとカバンから大好きな探偵小説を引っ張り出した時。

「失礼、鏡原琉衣君だよね？」そこには黒いTシャツに茶のブレザーにベージュのチノパンと少々ラフないでたちで、少しだけ年の老けた好青年っぽい男性が立っていた。

「はい?」学校の敷地内だから、この高校の教師だとは思うけれど、一通り受けた授業の中のどの教科の教師でもなかった。

「あはは、失敬失敬」その教師は頭に手をあてながら朗らかに笑う。

「誰?　琉衣?」梨衣が近づいて来て、僕にそう聞いたのも同時だ。

「ああ、僕は美術の教師で佐川《さがわ》と言います。初めまして」その自己紹介で顔を知らない理由が分かった。選択科目で書道を選んだ梨衣と僕が、同じ選択科目の美術の先生と初対面なのは当然だった。

「美術の先生ですか?　初めまして」僕が立って挨拶をすると「ども」と梨衣もつられて軽く会釈をする。

「ああ、そんなに畏まらないで、気楽にして下さい」佐川と名乗った先生は僕が座っていたベンチに座ると、僕にも座るように促してくれた。そんな言葉の一つ一つがとても気さくで僕は素直に隣に座ると、梨衣も僕を挟んで佐川先生の反対側にチョコンと座る。

「そのう」佐川先生は言いにくそうに切り出す。「すまん、男子の制服だから男子……だよなあ?」佐川先生は僕の顔を見て素直に聞いただけだろうが、その言葉に僕の心が少しだけ揺らめいていた。揺らめいて心が躍り出して、どう答えようか悩んでいるのを察したのだろう、梨衣が助け船を出してくれる。「先生はどうして琉衣を知ってるの?」おおよそ教師に使う言葉でないが、これも梨衣の持っている良さなのだろう、何故だか許される雰囲気になってしまう。ただ、今回はそれ以上に佐川先生が気さくで、そう言う事を気にしない性格なのだろう何の支障もなく話が進む。

「ああ、去年のこの地区の中学生の展覧会…覚えているだろう？　あれにイラストの絵を出品していただろう？」佐川先生は邂逅するように空を見てから僕に目を移す。確かに去年、美術の授業の自由制作で、鉛筆だけで描いた風景画を、美術教師の依頼で地区の展覧会に出された事があった。

「はい確かに、美術の先生が、半ば強引に出品していましたが…あれをご覧になったのですか？」僕は少し恥ずかしくなっていた。

正直に言うと、あれは決して真面目に描いた作品ではなかったからだ。時期は僕の身長が梨衣に追いついた秋頃、美術の二時限を使って自由に何かを完成させるのが課題として出されていた。

大半の生徒が水彩画で思い思いの絵を描いていた。梨衣に至っては例によって、何の絵なのかよく分からない絵を適当に描き上げて「後はフリータイム」と他の生徒にチョッカイを出しては美術の先生に怒られていた。

僕は僕で絵は好きだけれど絵は自由に描きたいだけで、その時には絵を描きたい気分ではなかったので、美術教室から見える裏庭の木々を鉛筆だけでスケッチしていていた。ただ、単純に写生するのは面白味がなかったので、木の一本一本に人格を与え、男性と女性と大人と子供に見立てて、みんなで会話をしているように自由に描いていたので、何となく楽しくなっていたのは、何となく覚えていた。

「そう、あの時君の絵を見て、何か楽しくなったのを覚えている」そう言って笑顔を向けてくれる。

「楽しい…ですか？」そう聞き返すと、佐川先生は又、笑顔で頷いてくれる。正直に言って、自分の描いた絵で誰かが「楽しい」とか「幸せ」と言ってくれるのは描き手としては、とても幸せな事だ。実際に絵にはそう言う力があるはずだと思うし、そうありたいと考えた事だってある。ただ、やっぱり絵で人を幸せにするのは大変な事である事も理解はしているつもりなので、今まで多くを望んではいなかった。それが今日、急にそう言われて嬉しい気分になっている自分がいた。「ありがとうございます」素直な気持ちで、その場でお辞儀をする。

「いや、本当の事だから」佐川先生は片手で制してから「ただ」その手を自分の口元に中てる。

「ただ？」僕は嬉しくて続く言葉を待っている。

「いや、その」少しだけ言いにくそうだったが、意を決したのだろう両膝に両肘を乗せて、両手の指を絡ませながら前を向いて続ける。「そう、絵を見ていて感じたんだが、男子が描いているようであり、女子が描いているようでもあり、その何て言うのか、その両方でもあるような、何と言うか……分からない、いやそう自由な、何にも囚われない自由なイメージが伝わって来て…な。それに名前を見ても男子とも女子とも取れる名前だったので」佐川先生はそこで言葉を切った。

先生はもしかしたら、僕に対して失礼な言葉を言っているのだろう、でも僕は佐川先生の言葉が嬉しかった。時期的にはトランスジェンダーを発露する前の話だけれど、今考えればあの頃から何かもやもやする、言葉にならないものは時々感じていたのも事実で、その理由が分かった事、そして自分の作品に両方の性を感じていた事実は何故か素直に受け入れられて嬉しかった。なので自然と笑顔になっている自分がいた。

「琉衣、何かすっごく、良い事言われてるよね？　よく分からないんだけれど」梨衣が僕の肩に顔を乗せながら割り込んで来ると、佐川先生が驚いて僕たちに向き直る。

「ねえ先生、琉衣の絵ってそんなに良かったの？」梨衣は自分の事以上に喜んでいる。

「良いも何も、あんな表現方法は他にいない、見た事がない」首を軽く横に振る。

「だからぁ、それって良い事なの？」梨衣はまどろっこしい…と言わんばかりに、今度は僕の肩から乗り出すように詰め寄る。

「ああ…そう、良い事、もちろん良い事だ」梨衣の迫力に佐川先生が気おされしているのが可笑しかった。

「それで、僕に声を掛けて下さったのですね？」僕が話を元に戻す。

「ああ、新入生名簿の中に君の名前を見つけて、美術を選択してくれるかと思っていたんだけどな」

「それが本音ですね」

「まあそうだな、鋭いな」

「…で、美術部への勧誘ですか？」

「読みが深い、分かるか？」

「そうよ」一度は引っ込んでいた梨衣が又僕の肩越しに、しかも自分の事のように自慢気に語る。「琉衣は頭良いの、賢いの、物事の本質を見極めるのが上手なの」

「梨衣、言い過ぎ」僕は梨衣の小顔を摑む様に肩から押し返す。「普通です」と佐川先生に言いながら。

「仲が良いな、羨ましい」佐川先生のため息のような言葉を受けて、後ろで梨衣がＶサインを出しているのが感じられる。

「でも、ごめんなさい、僕は自分が好きな時に、好きなように絵を描くのが好きなんです。家にも油絵の道具が一式ありますし、亡くなった祖父母の部屋から見える小さな中庭を見ながら、一人で…」僕は後ろを見て梨衣と目を合わせてから佐川先生に向いて続ける。

「梨衣と二人で時間を過ごしながら描くのが好きなんです」そうして、僕の横に仔猫のような姿勢で顔を出した梨衣と頷き合う。

「まあまあ直ぐに入部してくれなんて言わない、ただ部室ぐらい案内させてもらえないか？」そう言って校舎の方を指差す。

「そうですね」僕が梨衣を見ると、好奇心旺盛な梨衣の方がその気になっているのが、仔猫のような目で分かった。

「どうぞどうぞ琉衣を案内してあげて下さい、案内だけならタダですのでご自由にどうぞ」梨衣はそう言いながら既に立ち上がり、僕の手を引っ張って立たせる。

苦笑いの佐川先生に案内されたのは僕たちが人目を避ける為に密かに利用している人気が少ないB棟で、美術室は二階の一番隅にある。ちなみに一階の教室は物置でそこのトイレが一番人気が少ないので僕たちは密かに利用していた。

美術教室と書かれた古い札が、廊下に突き出すように下がっている。

「当然だが選択の授業でも使っている」ドアを開けて中に入ると生徒が四名いて、口々に顧問の佐川先生に挨拶をしている。その内の二名の女子生徒は大きな美術机の所で美術書を見ながら何かを話している。一人の男子生徒は壁際に置いてある石膏用の制作台で石膏の準備をしている。

デッサン用の白い胸像が数体、教室の隅の台に並べられている、顔だけのも一体ある。その横には大小様々なイーゼルが立てかけてあって、横の棚には美術書や生徒の制作物を収める為の横長の棚が並んでいた。

美術室はどこも同じだなあ…と思いながら室内を見渡していると、佐川先生が僕たちを紹介してくれた。「鏡原琉衣君と梨衣さん、美術部の見学に来たから」と、簡単に紹介されると、さっきの三人は口々に挨拶をしてくれるが、一人だけ最初から僕たちには目もくれずにキャンバスに向かい続けている男子生徒がいた。その生徒は目の前の銀のお皿に載った果物の模型の盛り合わせを描いている。かなり真剣な目つきで、その目が鋭くて少しだけ怖さを感じている。

「さっきの三人は二年生で彼が唯一の三年生、美大志望の岡田正樹《おかだまさき》だ」佐川先生が優し気に紹介した途端、噛みつくような顔で否定する。

「だった……です」目が佐川先生を睨んで更に怖さを増して来る。

「ああ、分かった分かった、だけどまだ時間はあるから……」佐川先生が言い終わる前に言葉尻を奪う。「ありません！　時間も！　才能も！」断定的な言葉で話を切る。

そんな佐川先生と岡田先輩の間に挟まれて立ちすくんで動けない僕、そして佐川先生を睨む岡田先輩に対して、佐川先生は優し気な目で岡田先輩を見つめている。

二人の話の成り行きで岡田先輩は元々美大志望で頑張っていたが、何らかの理由で最近その目標を諦めているようだけれど、美術を一緒にやって来た佐川先生は「諦めるのは、まだ早い」と励ますも岡田先輩の決意も固いようだと知る。

そんなチョットした三すくみを打ち破ったのは、いつも陽気な梨衣だった。

「わ〜〜！」梨衣の感嘆の声が岡田先輩の向こうから聞こえる。見ると睨み合う佐川先生の反対側から絵を覗き込んでいる。「この絵の果物、上手、美味しそう」無邪気な声だ。

「何だ、勝手に見るなよ」岡田先輩が左の肩で梨衣の肩を押す。

「でもォ」梨衣は受け流しながら続ける。「私は琉衣の絵の方が好き」それだけ言うとクルッと回りながら離れて僕の後ろに回り込む。

「ダメだよ梨衣、絵は比べる物じゃあないよ」僕がたしなめるが、梨衣は僕の後ろから顔だけ覗かせると、こちらを睨んでいる岡田先輩にベーをしている。その子供っぽい仕草に相手にするのも嫌になったのだろう、岡田先輩の矛先が僕に向く。

「お前、絵を描くのか？」睨まれる。

「いえ、たしなむ程度です」苦笑いで受け流す。

「佐川先生にスカウトされてるの、だから今、部活見学に来たの」梨衣が僕の陰からチャチャを入れる。勝気で男子にも負けない梨衣が岡田先輩を怖がって僕の陰に隠れているのではない事は僕が一番よく分かっている。梨衣は岡田先輩が梨衣を追い立てる勇気も気概もない事が分かっているので、逆にこんな態度に出ているのだった。

「どう見る？　この絵」岡田先輩は僕に向かって自分の絵を顎で指す。

「やめろ、岡田」「先生は黙ってて」「いいから言えヨ」岡田先輩は声だけで返す。

「僕に人の絵の批評なんて…」言葉が終わる前に切り返される。

正直に言って岡田先輩からは言葉程の怖さは感じていない、それは梨衣も同じなのだろう、だからこその梨衣のこの対応だ。ただ、それよりも岡田先輩の絵に対する情熱は伝わって来るし、何処か助けを求めているような目が印象的だった。

いずれにしろ、このままでは話が進みそうにないので僕は改めて岡田先輩の絵に向き合った。岡田先輩の絵を改めて見てみると、それぞれの果物の特徴をよくつかんでいた。一つ一つ丁寧に線を入れて、果物のそれぞれがそこに本物があるかのような錯覚に囚われる程に瑞々しかった。それでいて、決して模写のようにそのままの写生のような絵でもない、果物の個性を大切にしながらも全体のバランスも申し分ない、それこそ僕なんか足元にも及ばない絵の完成度だと感じている…ただ一点だけ気になる点を除いてだけれど。

「どうだ？」声には不安が混ざっている。

「とっても素敵な絵です、僕が批評するなんておこがましい位です、全体のバランス、それぞれの果物の美味しさも伝わって来ます」横目で見ても岡田先輩は嬉しそうだ。誰だって自分の絵を褒められれば嬉しいのは当たり前だろう。「すぐにでも食べたい感じです…だけど」僕は口元にL字にした右手を当てて更に覗き込む。

「なんだ？」声が上ずっている。

僕は一度岡田先輩を見てから絵に向き直り感じた事を伝える。「美味しそうなんだけれど」言っていいのか躊躇いがあって佐川先生を見ると、佐川先生は二度三度頷いていた。

「この絵、美味しそうなんですけれど、何か触るなって言われているみたいです」僕はわざと明るい口調で言い切った。

「触るな？　だって？」思いがけない言葉だったのだろう、岡田先輩は呆気に取られた顔で僕と自分の絵を見比べていた。

「ハイ、お預けをされた犬の心境です」そこで僕は両手を顎の下で軽く握って小犬のように「ワン」と犬の鳴きまねをするのに続いて「ワン」と、僕の後ろにいた梨衣まで真似をして続いて鳴いた。

その様子に岡田先輩の顔色が変わっていく、ただそれは怒ると言うより困惑の度が増して来たと言った方がいい様子だった。

「もういい、帰る」そう言うと岡田先輩は自分の絵筆やパレットを近くの棚に押し込んで、学生カバンを持ち、どたどたと教室を出て行ってしまった。

「岡田、気を付けて帰れよ」佐川先生は普通の事のように声を掛ける。きっと、最近の日常なのだろう、他の三人も気にする事もなく自分達のやりたい事を続けているので、そう確信出来た。

「すまんな、まあ気にしないでくれ、スランプみたいなものさ」佐川先生はそう言いながら岡田先輩の絵を見つめると「お預け…か、旨い事を言う」何気に立ちすくんでいる僕たちにそう声を掛けてきた。

「だから言ったでしょう、琉衣は頭良いんだからって」何故か梨衣が自慢して、僕の方が恥ずかしかった。

「ありがとう琉衣、ヒントになった」佐川先生はそう言うと僕たちを準備室に誘う。

「ここには、多くの卒業生が置いていった道具が沢山置いてある」美術室特有の煤けた匂い、テレピン油の混ざった独特な香りが漂っている。見渡すと沢山のキャンバスにパレット、大小様々な形の絵筆、お決まりのテレピン油、彫刻用に彫金用の器材その他諸々の器材が、一応ざっくりと整理されて所狭しと置かれている。

「この中には掘り出し物もあるぞ」と手招きをされた大きな木箱を覗くと、大小様々な使いかけだけれど、色々な色の油絵用の絵の具が雑然と放り込まれていた。中にはかなり古びた物も多く有る。

「凄いですね」僕は素直に感嘆の声を出していた。

「何これ、こんな古いのが使えるの？」梨衣の疑問はある意味では素直な疑問だろう。

「ああ、中には今はもう製造されていない貴重な色もあるからな。琉衣も気に入った色があればもって帰って構わないから」佐川先生の目は宝箱を開けた子供のようにキラキラしていた。きっと純粋に美術が、きっと油絵が好きなんだろうと感じて、急に親近感を覚えている僕がいた。

「ありがとうございます、ただ絵の具の種類にこだわる程、まだ絵は描いていません、でも気になる時には相談させて下さい」僕は今の素直な気持ちを伝える。

「ああ、いつでも」佐川先生はそのまま梨衣に向くと「梨衣も絵を描くんなら、その辺りにあるパレットや絵筆を持ってっていいから」と気さくに話しかけて来る。

「残念、絵の才能は生まれた時に、全〜〜んぶ、琉衣に置いて来たから」腰に両手を当てて気取ったポーズで楽し気に笑う。

「置いて行ったんじゃあなくって、忘れて行ったんでしょう！」僕がそう言い終わる前に「五月蝿い」と肩で肩を押される時、佐川先生はそんな僕たちを、優し気に見守るように笑ってくれていた。

　教室の出口まで送ってくれた佐川先生が言った。「ウチの活動は月曜日と木曜日の週二回、一応放課後の五時まで、その他の曜日は同じ時間で自由開放しているから、気が向いた時だけみんな自由に使っている。もっとも今は岡田を入れて四人だけだ…それに自由にと言っても最近は誰も使っていないようだ」そう言った佐川先生の顔は寂しそうだった。

「どうかしましたか？」僕の問いに佐川先生が苦笑いをする。

「まあ…」少しだけ口ごもってから続ける。「正直に言うと部員不足だ」頭を掻いて上を向く。「三年生の岡田が抜けると二人だ、一年が一人入部希望を出してくれているが、既定の五人に届かない」少しだけ区切って続ける。「まあ、伝統のある部だから学校側もすぐに廃部にする事はないが…それでも」佐川先生が言いにくそうにしていたので僕が続けた。

「予算…ですね」僕も佐川先生が見ている方に目を向ける。

「まあ、そう言う事だから、一応気が向いたら声を掛けてくれ、じゃあ」佐川先生はそう言うと僕たちに手を振る。

僕たちは並んで美術室を後にした。二人で並んで歩いていると梨衣が僕の肩を肩で押して来る。僕たちには時に言葉にしなくても通じる時がある。今のは梨衣の合図で（入ってあげなよ）の…肩押し！

僕は肩で押し返す（いいの？）と…。

梨衣がニッコリと微笑んで頷く。きっと佐川先生の人柄に引かれたのだろう、僕がそうであるように。

（分かった）僕は梨衣に目で合図してから後ろを振り向く。「佐川先生」

古びた教室のドアの立て付けの様子を見ていた佐川先生がこちらを向いた。「何だ？」

「幽霊部員で良ければ入部します、ただ、部活にどれくらい参加するかは、もう少しだけ時間を下さい」両手をメガホンにして声をかけると「本当か、ありがとう」と喜びの声が返って来る。

「じゃあ、入部届は近いうちに持ってきます」と言って、梨衣に引っ張られて階段を下りながら、後ろから佐川先生の声が聞こえる。「頼むぞ」…と。

こうして、ひょんな事から美術部に籍を置く事になった僕は後に佐川先生と話して部活はフリーの開放日を含めて参加は自由、但し高校の美術部が参加する作品展には僕が家で制作した物でも構わないので出品をする事。そして何故か梨衣も楽しそうに応援してくれるので、僕の高校生活の充実の一端になっているのは間違いのない存在になっていた。

6

佐川先生の声を聞きながら一階に下りて、帰ろうと下駄箱に向かって歩いている時に、大和先生に声を掛けられた。少しだけ深刻そうな顔つきの大和先生と、先週入った例の面談室で僕たちは向かい合って座っていた。

「佐川先生と何か話していたのか？」まずは無難な話題から入って来る。

「いえ、美術室を案内して頂きました、何でも僕の中学の時の作品を見ていて下さったようで、声を掛けられました」僕が今日の成り行きを簡潔にまとめて伝える。

「そう」梨衣が乗り出して来る。「それと、琉衣が幽霊部員になったの」何とも楽しそうだが、大和先生は少々複雑な顔になる。

当然、学校生活では部活動を通して生徒を健全に導いて行くもので、基本的に幽霊部員はあってはならない存在である。それを楽し気に率先して言い出す裏表がないのも、まあ梨衣の良さと言えば良さだろう。なので僕の方が額に手を当てながら面目ない顔で続ける羽目になる。「まあ、そう言う事です、活動方法はこれから相談して決めていきます」

呆気に取られた目で梨衣を見ていた大和先生が僕を見て「まあ、琉衣がそう言うなら大丈夫だろう」とため息をつく。

「何で何で？　何で琉衣なら大丈夫なの？」と梨衣が口を挟んで来たが「まあまあ」と、僕が入ると梨衣は拗ねたように向こうを向く、但し聞き耳だけは立てているのは分かる。

「それで、何のお話でしょうか？」僕が話を進める。

「ああ、そうだな。その事だが単刀直入に伝えるが…」の言葉にソッポを向いていた梨衣も乗り出して来た。

「トイレだ」やはり少し言いにくそうだ。

「トイレェ？」「トイレですか？」梨衣と僕の声は同時だった。

「ああ、あれだろう？　二人でトイレに行って授業…遅刻しているだろう？　日に一回？か二回？」大和先生は梨衣と僕を交互に見る。

　僕たちは、トランスジェンダーを発露した日以降、人のいるトイレが使えなくなっていた。その上、僕は男子のトイレに、梨衣は女子のトイレに対して、それぞれ違和感を覚えている。かと言って安直に反対の性別のトイレに入りたいと考えている訳でもない。ただ自分の中にある、自分の性に対する疑問が、トイレを使用する自分を他人に見られたくないと叫んでいた。特に一人では、そう言うトイレに入ると言う行動自体がままならないが、もう一人の自分が近くにいれば、それは緩和されている。

　なので僕たちは生徒がいなくなる、つまり授業が始まった直後、B棟一階の倉庫と化した教室近くの人気のないトイレに行って交互に用を済ませていた。なので当然授業は遅刻してしまうので、神妙に謝りながら静かに教室に入るが、やはり当然だが咎めるような目線はついて回っている。

「そうなんだろう？」大和先生の声は怒ってはいない、目も優しいが、有耶無耶には出来ないと言うものは伝わって来るが、それに対して僕たちは下を向いて黙るしかなかった。僕たちにとっては問題解決の為の名案だと思っていたが、考えてみれば当然の事であり、今日呼ばれている理由も納得するしかない。なので答える義務も有ると思うけれど、答えられる訳もなかった。

　発露の日に「これから二人で考えて行こう」と決めていたが、トランスジェンダーの事はまだ他人には話したくはなかった、もっとも僕たちは仮の結論としているだけで決まってないとも考えていた。それに二人一緒なら何ともない事も含めて他人には俄かには信じてもらえないとも考えている、もっと嫌なのが「医者に行って来い」と言われるのが嫌だったので余計に二人だけの秘密にしている。それでもやはり二人でいれば、何ともないのも確かだから。

僕たちが黙っていると大和先生が続ける。「言いにくいんだが苦情が来てるんだ、先生方から、しっかりと指導して欲しいと」言葉は穏やかだけれど困っているのは明白だ。先生の言っている事は正論だし、僕たちはしっかり説明したいが、やっぱり今の段階では言える内容ではなかった。梨衣は完全に俯いてしまい、僕の右手をしっかりと握って離す事が出来ないでいる、梨衣の手に汗がにじんでいるのも伝わって来る。

「すみません」僕は僕で、やはり下を向いたままそれしか言えなかった。

「理由は…言いたくないのか？」大和先生の優し気な質問にも上を向く事が出来ない。

僕は少しだけ目を上げるが、大和先生の目を見た瞬間、下を向いて出た言葉は同じだった。「すみません…」と。

「そうか」大和先生は頭を搔きながら、机越しに乗り出すのを止めて、椅子に深く座り直して腕を組んで考え込んでいた。

「先生」僕が声を掛けると大和先生が僕を見て、僕は又同じ事を言う事しか出来なかった。

「すみません」と。

「言いたくなければ無理には聞かない、ただなあ」そう言うと又乗り出して、机に片肘を突いて話す。「その…先生の中には、授業態度が悪いと言って成績を落とす先生もいるから。二人は体育の見学を決め込んでいるし、これ以上減点にならないようにしたいと思ってなあ」大和先生の思案顔が嬉しかった。

「「先生」」嬉しくなって、ようやく二人同時に声を出せた。でも続いた言葉は同じだった
「「ごめんなさい」」も今度は二人同時だった。

「分かった、今は聞かない」大和先生が真正面から僕たちを見つめている優しい瞳で。

「ただ理由は必要なんだ、入学当初の後遺症で…と言う事にしておくが、それでいいか？」僕たちは即座に頷いていた。本当の理由は別にあるけれど、ある意味ではあの日の出来事が始まりなのに変わりはないのだから、先生がそう言ってくれるのであれば、それに越した事はなく僕たちに異存はなかった。

「ただなぁ」そこで再度思案顔になってから言葉を続けた。「ただ、やっぱりトイレで授業に遅れる事を繰り返すと心証は悪い、微妙に成績に影響する事もあるだろう」

「それは仕方ありません」僕たちは納得している事を伝える、梨衣は力強く頷く。

「そうか、まあ」大和先生は顔を近付けて声のトーンを落として続ける。「これは参考にしてくれ、トイレに行って遅れるのは出来れば俺の授業の時にしなさい、俺はその事だけでは成績は決めない、二人の担任だし」そう言われて僕たちは素直に頷き合う。

「ただ、俺の授業だけでは足りないだろうから、そう言う授業態度での評価を余りしない先生の時にトイレに行った方がいいだろう」少しだけお伽話のような話し方だ。

僕たちは顔を見合わせて、大和先生の次の言葉を待った。

「数学の黒岩先生、英語のカレン先生、美術の佐川先生、ああ二人の選択は書道だったな、その日桶先生なら授業態度より成績重視だから、出来るだけその時に行く方がいいだろう」大和先生はそう言ってから、ニッコリと笑った。

「先生」僕たちが乗り出すと、大和先生は口元に人差し指を立てて「しー」と静かにするように僕たちをいさめる。「いいか、この事は秘密だぞ…二人の」顔が少しだけ悪戯っ子の顔に見えたのは僕の気のせいか？

僕は素直に感動していたが、梨衣は無邪気に喜び右手を小さく挙げて、「は〜〜い」とおどけた返事をする。この返事の仕方は梨衣の独特なポーズで恥ずかしい時、嬉しい時、しょうがないけれど返事をしなくてならない時、色々な時にするポーズで、何故かその可愛らしいポーズに周りが癒されて、許されて、それで良い雰囲気で話にピリオドが打てるのだった。今も丁度そんなタイミングと雰囲気で僕たちの面談は終了していた。


「良い先生だね大和先生って」高校からの帰り道、いつもの堤防を歩きながら梨衣が弾む様にそう切り出した。

「佐川先生もニッツー先生もね！　ちゃんと僕たちの事を見てくれているヨ」僕は僕で心が軽くなっているのが分かる、本当に入学式直後のあれは何だったのか？　正直に言って、大和先生のたくましさが嬉しくて、高校生活が楽しく過ごせそうな事に感謝している、それはきっと梨衣も同じだと思う。

「でも意外なのが体育の吉村先生だよね」梨衣が立ち止まったので、僕も立ち止まって聞き返す。「吉村先生？」

「そう、何か難しそうな顔して腕を組みながら言ってたじゃない」梨衣はそう言うと腕を組んで、吉村先生の真似をしているつもりなのだろう超低音で話す。「お前たち、体育を見学する事は認める、梨衣が琉衣と一緒に男子の見学をするのも認める、それなりの事情があるのだろうから、但し漫然と見ているのは認めない、制服のままでも出来る事はあるはずだ、用具出しや片づけは率先してやれ、タイムを計るとか距離を測るとか、やれる事は自分たちで考えて手伝え、いいな、だって〜〜〜（笑）」最後は梨衣の声に戻っていた。

「そうだね、今出来る事を考えてする。やっぱり僕たちはまだまだ、覚える事は沢山あるね」そう言って歩き始めると、梨衣が駆け寄って来る。

「だって、私たちはまだ高校一年生だもん」

「そうだね」梨衣の笑顔に僕も素直に笑顔になれる。

「ただ、琉衣は私より大人になったね」僕を抜かして前を歩きながら何となく寂しそうにそう言う。

「僕が？　そんな事ないよ……」僕の言葉を梨衣が遮る。「ううん、琉衣は急に大人になっている、中三で背が追いついてそう思ってたけど、あの日に琉衣の話を聞いていて確信した。琉衣は凄い成長してる」

　梨衣の言う、あの日とはトランスジェンダーを発露した日の事で、僕を大人と言ったのはあの日の、仮の答えの出し方の事を言っているのは当然理解出来る。「ありがとう、でも、それもこれも梨衣が」僕は梨衣の後ろ姿に叫んでいた。「梨衣がそばにいてくれるからだよ。梨衣が笑顔でいてくれるからだよ」梨衣を追いかけ続けて、中三の秋に梨衣に背が追いついたあの時のように、梨衣を後ろから追いかけて…横に並ぶと梨衣が切なそうに聞いて来た。「私たちって、矛盾してるかなあ?」「矛盾?」どうしてそんな質問をしたのか意図が汲めないが、今感じている事は伝えられる。「多分、矛盾しているね」梨衣が悲しそうに僕を見つめるが僕は構わず続ける。「でも矛盾していて良い事なのか、悪い事なのか誰にも分からないヨ。正しい答えを持っている人なんて誰もいない。だからもし本当に矛盾していても、イコール間違いとは言えない、もしかしたら矛盾している事、その中にこそ正解があるかも知れないい」「よく分からないけれど、矛盾はあるけれど悪い事だけじゃあないって事だよね」梨衣が僕を見つめて僕が頷くと、「やっぱり、琉衣は賢いなあ~、良かった良かった」安堵の笑顔を向けて、最後は変な言葉で締めくくっていた。「梨衣、何か変わった?」双子の姉でありながら、天真爛漫でどこか子供っぽい梨衣に僕は、不意にそんな質問をしていた。「変わんないよォ私は私、あの日みたいな事があっても私と言う人間は変わらない、ただ成長をするだけ、そしてそれに見合う生き方を見つけるだけ、たとえ……」梨衣はそこで言葉を切ると遠くに目を送って続けた。「……だったとしても」その瞳に悲愴感はなかった、それどころか今を生きる強ささえ感じる事が出来た。

「そうだね、梨衣の言う通り」僕たちは手を握り合い堤防の道を歩いて行く。

僕は思った、二人なら色々な事を分かち合える、二人なら支え合って色々な事に対処していける。そして、そんな僕たちのような双子のトランスジェンダーの事なんてネットにはないと思うから、これからも二人で考え二人で模索して行こうと思っている。

こうして僕たちの高校生活はスタートした。始まってしまえば入学式直後の事は抜きにして、基本的には普通の他の高校生と、そう大差のない、ありふれた高校生活は送れるようになっていた。理解のある先生や友人のおかげで……。

ただ一つだけ心配事が残っていた。それは梨衣の生理が来た時にどうなるのかが分からなかった。入学前、中三までは梨衣の最初の生理の興奮状態の時以外は、梨衣は生理の時には僕を抱きしめて「躰を交換して」と哀願して、紛らわせていたけれど……。

その心配は、やはり起こった。それは入学から三週間目、休みの日の出来事だった。

7

土曜日の午後、僕たちは僕の部屋で宿題を片付けていた時、例によって梨衣が「トイレ」と叫んで慌てて階段を駆け下りて行った。僕は梨衣のその様子と日数で、あれが来たのが分かっていた。なので一抹の不安を抱きながらも、梨衣の帰りを待つしかないとも考えていた。

「まったく、ろくに集中しないでふざけてばかりかりで、全然進まないんだから」そう言ってペットボトルの紅茶で喉を潤した時だった。「あれ？」何故か経験した事のない、変な鈍痛を下腹部に感じた…が、それは気のせいなのか？　すぐに消えて感じなくなった。

「何だったんだろう？」僕は梨衣が散らかし放題のノートや教科書を整理する。ただ十分たっても梨衣が戻らないので、不安になり様子を見に行く事にして立ち上がった時に又下腹部に鈍痛を感じた。

「何だろう？」躰の中の奥の方から感じるその痛みは肌を怪我した時のような鋭い痛みではなく、正に鈍痛と呼ぶのが相応しい感じで、鈍く重く、何か冷たい物を躰の奥、下腹部の奥の奥に押し当てられているような、何とも言えない、じわじわっと中からこじ開けられるような、今までに感じた事のない鈍い痛みだった。ただ動けなくなるような激しい痛みではないので、僕は鈍痛を我慢して階段を下りて行く。階段を下りて右にはトイレや風呂場や洗面台がある。僕が一階に下りると、トイレの前の廊下で、躰を丸めるようにうずくまっている梨衣がいた。

「梨衣！」僕の不安が的中していた、僕は慌てて駆け寄ると、梨衣は頭を抱えて苦しみもがいている。「梨衣、大丈夫？　梨衣」もしかしたら？　とは思っていたけれど、実際にそれが起こってしまうと、適切な対応方法が思い浮かばない、なので僕は声を掛けるしか出来ないでいる。

例によって看護師の母はシフトの出勤日、ただ今までの梨衣の生理の時の事は、やっぱり二人だけの秘密で、梨衣は母にも話していなかった。梨衣は母に話す事よりも、僕を抱きしめて自分を鎮める方法を選んで実行していたから。

「梨衣、梨衣」僕が梨衣の躰を揺すったからと言うよりも突然、梨衣はカラクリ人形のようにスッと変なバランスで躰を起こした。躰を丸めて突っ伏していた状態から急に廊下に座り、前を凝視するように見つめている。

「梨衣」呼んだが僕の声が届いている訳ではなさそうだ、その証拠に梨衣には僕が見えていないみたいだ。

それでも僕は梨衣を呼ぶ事しか出来ないでいた時、梨衣が不意に僕の方を見ると一瞬顔が合う…が、次に梨衣から出た言葉は予想外だった。「あっ私だ！　私がいた」ほぼ同じ顔の僕を見てそう言うと笑顔になる。

「何々？　言ってるの？　梨衣、僕だよ琉衣だよ」梨衣には僕の言葉はまったく届いていない。「私！　私！　私！」梨衣はそう言いながら正面に膝を突いて座っている僕の両肩を急に摑んで来た。

「痛い」梨衣の力とは思えない物凄い力で両肩を摑まれて、僕が後ずさりをすると、梨衣がそのまま膝歩きで距離を詰めて来る。梨衣の目が見開いて血走っている、梨衣の呼吸が荒くなっている、休日でポニーテールはしていないから、乱れた長い黒髪が顔にかかり恐ろしさを増幅させている。

僕は膝立ちから後ろに尻もちを搗き、必死で後ずさるが梨衣との距離は開かない、それどころかすぐに追いつかれて、又物凄い力で両肩を掴まれる。

「痛い！　梨衣お願い、梨衣に戻って」僕も梨衣の両肩を持って思いっきり揺する、梨衣の黒髪が揺れる、梨衣と同じ長さの僕の黒髪も揺れる。二人で取っ組み合いのように相手を揺する。「梨衣」「私」「梨衣」「私」「お願い」「助けて」「痛い」「怖い」僕の声掛けと梨衣の意味不明の言葉が交差しながら揉み合っている内に、二人でバランスを崩して廊下に崩れ落ちる。僕は躰の右側から、梨衣は正面から廊下に同時に落ちた。

「痛っ！」右肩を打った僕は顔をしかめているのに対して、梨衣はそのまま廊下に突っ伏して動かない。呼吸だけが荒く肩で息をしている。それに合わせて肩が上下している。激しい運動で息が上がっているのではない。梨衣は興奮を抑えられずに呼吸が荒くなっているのだ。

「梨衣、お願い戻って来て」僕が梨衣の背中に手を置くと、梨衣がビクンと躰を引きつらせてから、廊下に臥せったまま顔だけ上げて僕に訴えかけて来た。

「あいつが言ってる」呼吸が荒い。「あいつが…この躰は自分の躰じゃないって」僕が梨衣に触れた為なのか梨衣が戻って来た、ただそれは微妙なバランスの上でかろうじて戻って来ているだけなのも理解出来る。それでも、梨衣が少しでも戻って来ている今がチャンスだと思った。「梨衣、落ち着いて、言ってるのはあいつでしょう？　梨衣じゃないでしょう？」」僕は梨衣の背中をさすりながら呼びかける。

「違うの」梨衣が叫ぶように声を絞り出す。そこで梨衣は躰を横に向けると、両手で自分の躰を抱くようにして躰を丸め、母親の胎内の胎児のような姿勢になって訴える。「あいつが私の中で広がって行くの、私の躰の隅々まで満ちて行くの、私とあいつが同化して行くの…ああ…もう…私……琉衣イ助けて」可愛い顔をぐちゃぐちゃにして泣いている。

あいつ…梨衣の中にいる、躰とは違う性を持つもう一人の梨衣、ただそれが自分なのかもしれないし、それと同じ感じは常に僕の中にも潜んでいて時々感じている。ただ、今の僕のそれは梨衣に共鳴しそうでもあり、拒否もしている感じがする。理由は分からないけれど、そこが梨衣と僕の違いだとしか言いようがなかった。

それに今の僕は、時々増幅して来る下腹部の鈍痛の方が気になっているが、今は我慢して梨衣の心を戻す事を優先出来る。「梨衣、大丈夫、大丈夫だから」僕は梨衣の頭を撫でる。撫でながら考える。（どうしよう？）

「琉衣、嫌、私は私で…」そこで声が切れる。梨衣が言いたい事は分かる。（私でいたい）梨衣はどんな事があっても逃げ出さない強さがある、だから自分は自分、それだけを貫いているだけだ。

僕は梨衣の頬を、嗚咽を漏らして躰をよじって耐えている梨衣の頬をさすりながら考えている時に閃いて「そうだ！」思わず声が出ていた。

「梨衣、聞こえる？」梨衣の頬を軽くたたいて、梨衣の心を引っ張り出す。「梨衣、僕の躰、使うでしょう?」」その瞬間、梨衣の動きも呻きもピタリと止まった。

「琉衣イ」梨衣は必死の形相で僕を見上げたので、もう一度伝える。「僕の躰、使う?」」優し気に問いかける。

「貸して」僕が床に付いている左腕を梨衣が伝うように、必死にそしてゆっくりと起き上がると、「貸してくれるの?」」僕の左肩に右手が摑むように乗ると、二人で床におっちゃんこ座りで向き合う。僕たちの顔は近い、梨衣は左手も僕の右肩に食い込む様に乗せて来るので、更に二人の距離が縮まる、キスが出来そうな程に。

「貸すよ、梨衣、だから落ち着いて」僕は優しく梨衣の両頬に手の平を添えると、少しだけその瞳に安堵の光が射した。梨衣が安堵の表情をしそうになった時、それを阻止するかのように更なる激情が湧き上がって来た。

「ダメ～!」梨衣が両手で自分の頭を抱えて激しく振る。

僕の両の手のひらが梨衣の頰から離れるが、僕はそれでも優しく包み込む様に梨衣の頰に両手を当てて叫ぶ。「早くこっちに来て」梨衣の動きがピタリと止まる。僕は梨衣の黒髪に語り掛ける。「梨衣、この躰、梨衣のだよ」梨衣の頰を両の手のひらで優しくさすっていると、梨衣が僕の両手を摑んで、その両の手の平に自分の頰を強くこすり付け始めた。行動は荒々しいが、大好きなフワフワのバスタオルに頰をこすりつけて、その匂いと感触を楽しみながら癒しを求める子供のように。

「梨衣」もう一度声を掛けると、それを合図のように梨衣の動きが一瞬止まり、そしてゆっくりと顔を上げる。さっきまでの鬼気迫る形相は消えていたが、悲しい表情は続いている。自分の躰が自分の躰でない、自分で自分の躰を制御出来ない、そう瞳で訴える。

梨衣は一度、耐えるように俯いた、又衝動がぶり返して来たのか？

しかし、今度の梨衣は耐えていた。耐えて頭を軽く振り、自分を落ち着けるように両の拳を固く握っている。

「梨衣？」やはり僕の声が合図だった。梨衣が顔を上げた瞬間、両の手のひらを僕の胸に添える。梨衣と僕が真正面から対峙して座っている、休日の部屋着は色違いの同じTシャツ、まるで鏡の中の自分を見ていると錯覚した時に梨衣が訴えた。

「鏡の中の私！」梨衣は静かに、でも唄うように、そう言った。

「えっ!?」初めての言葉、僕は最初その意味が理解出来なかった。

「私、鏡の中の私」梨衣が深く呼吸をしている。「私、ここにいた」声が嬉しそうだ、顔も薄くだが笑顔が混ざり始めている。

ようやく理解出来た、男性が心の中にいる梨衣、生理でその男性の心が騒ぎだして、梨衣が制御出来なくなるが、梨衣は自分でいたい、ただ、さっきまでは自分に戻る術がわからなくって苦しんでいた。今は対応方法を発見したんだと、男性の躰を持つ僕の胸、乳房の無い僕の胸に手を当てる事で、これが自分の躰だと少しだけ錯覚をおこさせて、自分の中の暴走しているあいつを鎮めさせる。

瓜二つで、別の性を持つ僕だから対応出来る事。「鏡の中のもう一人の自分」を認識する事で、梨衣は自分を鎮める術としている。

ただ、この梨衣の行動は僕の中の情動も動かし始めていた。僕は左手で梨衣の右手を摑んで、更に僕の胸に強く押し当てる。そして右手は…梨衣の乳房にそっと寄り添うように当てて梨衣の女性の躰、自分の心が希望する性を感じて、僕も自然に言葉になっていた。「鏡の中の僕、鏡の中のもう一人の僕」僕の心が、満ち足りて行く。何故か嬉しくなって行く。僕の心が高揚するのに共鳴するかのように梨衣の言葉も高揚して行く。さっきまでの不安な表情は消えてなくなり、穏やかな顔になっている。

「ああ！　私が帰って来た」蕩けるような梨衣の言葉、蕩けるような梨衣の瞳、蕩けるような妖艶な笑顔。一瞬誘われているのかと思えるくらい、艶やかな女性の影が通り過ぎて、梨衣がストンと脱力して両腕がダラリと下がると座ったまま下を向き動かなくなった。

梨衣が落ち着くと、僕もそれに合わせるように落ち着きを取り戻していた。梨衣も僕も落ち着いて数秒、不意に梨衣が僕の胸に顔を埋めるように懐に入って来た。僕の胸の感触を確かめるように頰を当てる。

僕は黙って梨衣を抱きしめると、梨衣は僕の胸を指先でなぞりながら言った。「これ、私の躰だよね」

「そうだよ、いつか交換しよう」僕は自然にそう答えていた。

梨衣が僕の懐で落ち着きを取り戻した時、僕の下腹部の鈍い痛みもいつの間にか霧散するように消えていた。「何だったんだろう?」「えっ?」僕の小さな呟きに梨衣が微かに反応する。「ううん、何でもない」「そう」それで終わった。

　甘える梨衣を抱きしめながら考えた。中学生の頃は「琉衣の躰を貸して」だった、今は「いつか躰を交換しよう」になった。やっぱり耐えるのが難しくなったのかと不安になったが、僕自身も何処か望んでいる気持ちで、今にして思えばあの時もその言葉を聞いて何故かワクワクしていた事も事実だった。

「ありがとう、琉衣」梨衣は僕の懐でそう言っている、きっと少しずつ落ち着いて来ているのだろう。中学の時までは、正確には前回の生理の時までは「琉衣始まっちゃった」とおどけるように僕に伝えて、僕を優しく抱きしめるだけで、梨衣は安定を取り戻していた。そう言う儀式だったけれど、今日以降、梨衣の儀式が二つになったのを理解する。

「始まっちゃった」と僕に告げるのが第一の儀式に変わりはなかった…そして次に、僕の正面に来て、僕の胸に手を当てて「鏡の中の、もう一人の私」と僕に自分を透過して、僕に自分を置き換えて心を落ち着かせる…第二の儀式。

　僕は僕で、この第二の儀式に共鳴して、同じように梨衣の胸に触れながら鏡の中の自分を見つめていた。

　そして何故か梨衣の生理の時に、僕の下腹部にも鈍痛が起こるようになっていた。理由は分からないけれど、梨衣の生理を知らせるように現れる。多少の強弱はあるが、まるで梨衣の心の慟哭と一緒になって、何かに抗うように鈍痛を感じるようになっていた。

　僕たちはトランスジェンダー発露の日以降、僕の部屋の僕のベッドで一緒に寝るようになっていた。昔は一緒に寝ていたけれど、流石に小学生の高学年くらい、そう梨衣が先に成長した頃からは、それぞれで寝るようになっていたけれど、あの発露の日以降、一人で寝るのが不安になっていた。

僕が二組に編入した日の夜、僕が悶々として眠れないでいた時、梨衣が静かに現れた。「琉衣？　寝れる？」暗闇に枕を抱え、ひっそりとたたずんでいる梨衣が天使に見えた。「ダメ、怖くて寝れない」僕は上半身を起こして梨衣に訴える。「私も…」そう言う梨衣は、何処かの洞くつで迷っているお姫様にも見えた。「梨衣もなの？」僕は同じ不安を梨衣も持っていた事が嬉しかった。梨衣が微かに頷いてから続けた。「一緒に寝ようヨ」恥ずかしさで目が泳いでいる。「勿論！」僕の心が不安から歓喜に一気に変わって行く。梨衣は僕の言葉が終わる前に近付いて来て、僕の右隣に滑り込む。「梨衣」「琉衣」二人並んで天井を見上げるだけで、さっきまであれほど不安だった心が一気に落ち着いて行くのが分かる。「梨衣」「琉衣」僕たちはお互いを呼び合い、確かめ合い、安らぎを感じていた。肩と肩が触れるだけで心が落ち着いて来る。「お休み」二人で自然に眠りに落ちて行くのが分かる。

僕たちは、あの日以降、二人で枕を並べて寝る事にしていた。

僕たちは二人だけの秘密の儀式と二人で一緒に寝る事以外は、至って普通の高校生活だと思っている。もっと言えば余りに二人で一緒にいるので、姉弟で出来ていると揶揄する人がいる一方で「仲、良いね、羨ましい」と言ってくれる友人も沢山出来ていく。そんな温かい友達や大和先生を始めとして多くの仲間に恵まれて、何とか高校生活を楽しむ事が出来るようになっていくのだった。

いずれにしろ高校生活は三年間だけなので悩みながら、でも自分たち自身の事も考えながら、二人で楽しむ事も忘れないで過ごして行く。兎に角、悩みは有るけれど、それに押し潰されるのではなく、二人で越えて行こうと手を取り合う事は二人で誓い合っていた。

何より嬉しく感じたのは僕たちは心も躰も強い絆でつながっていると感じた事だった。

僕たちは恋人同士のように寄り添い、そんな感じの振る舞いもするけれど、勿論恋人同士ではない。だけど、ある意味ではお互いが恋人以上の存在であり、姉弟以上の存在、唯一無二の存在なのを感じられて嬉しかった。僕は梨衣に成りたい、梨衣は僕に成りたい、それは現実的には叶えられない事だけれど、何故か叶えられそうな気にもなる存在。

お互いを正面から見ると鏡の中の自分を見ている気持ちになれるのが、今は一番幸せな事だった。

8

普通の高校生活を送れている…と考えていたら、梨衣が僕たちならではの、よく似た双子の姉弟だからこそ出来る悪戯を仕掛けて来た。それは高校一年生の夏休み前、梨衣が誘い僕が共鳴して突然に始まった。

一学期の期末試験、前日の教室が始まりだった。

「じゃあ、そろそろ終わりにして帰ろう」僕のこの提案に「やったあ」と梨衣が両手両足を思いっきり伸ばす。制服のスカートから伸びる、少し子供っぽい丸みのある両足が綺麗だ。「もう、見えるよスカートの中」僕が梨衣の太ももを軽く叩く。

期末試験を明日に控えた一年二組の教室には、僕たち二人しかいなかった。

「だ〜〜れもいないねえ」梨衣がシャーペンを鼻と尖らせた唇の間に挟みながら教室を見渡す。家に帰って勉強をすると、梨衣がふざけてばかりで一向に試験勉強が進まないので、僕の発案で強制的に、教室に残って二人で試験勉強をしていた。

「さあ、早く帰って、ご飯食べてシャワーを浴びて、早く寝なくっちゃ」僕はテキストやノートをカバンにしまう。

「校庭も、だあ〜れもいないイ」校庭を見つめる梨衣の瞳が妖しく光る。

「何か、悪い事考えているでしょう?」こんな時の梨衣は大抵、悪戯を考えている。

「別に悪い事なんか考えていないもん」僕に振り向き、両手を腰に当てて天使の笑顔で首を傾げるのが益々妖しい。

「でも、良からぬ事を考えてるでしょう?」腕を組んで薄く微笑み返しをする。

「分かるぅ〜〜!」そのまま、噴き出すように小さく笑う。「さっすが琉衣!」梨衣はそう言うと僕の腕とカバンを掴んで教室を後に走り出す。

「何処に行くの?」と聞いても「行けば分かる」と言われて着いたのが、B棟二階奥の美術部室だった。「ここ…?」僕の息は軽く弾んでいる。

梨衣は美術室のドアのガラス窓から中の様子を窺っている。試験前なので基本的に部活動はないけれど、元々一人活動の美術部は、この時期も部室は開放されている。「気分転換をしたい部員は自由に使って良い」が佐川先生の方針だけど、多分殆ど使っている生徒はいないはずだと僕は考えていた。

そんな事を考えていると梨衣がドアを開けて、頭だけ入れて中を静かに見渡している。

「誰もいないでしょう?」僕から声を掛けると梨衣が振り向いて、ニッコリ笑いながら人差し指を口元に当てて「シー」をする。そうして、ゆっくりと、ひっそりと僕を部室に招き入れると、誰もいない美術部室は、少しだけ恐怖心をあおられる気がして来る。それがデッサン用の胸像のせいなのか、誰かの魂が宿ったかも知れない古い油絵のせいなのかは分からないけれど、幽霊部員宣言をしているとはいえ、仮にも美術部員の僕がここに入るのは悪い事ではないはずなのに、梨衣のような振る舞いで入ると何故か後ろめたい気持ちになるのは不思議な気がした。

「どうするの？」僕は声を潜めて聞くが梨衣は答えないで、そのまま奥の美術準備室まで僕を引っ張って行く。誰も居ない美術室の奥の誰も来ない美術準備室に入ると、梨衣はドアを閉めてようやく声を出す。「よし！　誰もいない」と言って僕の正面に立つ。

「うっ、うん、いない誰も」僕はそのままの回答をする。

「制服交換しよう」

「へっ？」梨衣の唐突な言葉に意味が理解出来なかった。

「制服、交換」梨衣はそう言うと後ろ向きになって、女子用のブラウスのボタンを外し始める。「琉衣も向こうを向いて」呆気に取られている僕は、梨衣のその言葉でバネ仕掛けのように後ろを向く。

　実は僕たちは発露のあと着替えも同じ部屋でしている。但し今みたいにお互いに後ろを向きながら。それでも下着だけは別々に替えているけれど。流石に裸になる入浴までは一緒にはしていなかったけれど、でも何故だか普段の着替えの時、下着以外は背中合わせで着替えるようになっていた。

「早くシャツ脱いで、人が来るかも、私の裸を人に見させたいの」梨衣の裸を人に見させたくなんかないけれど、勝手に脱ぎだしたのは梨衣で、それも僕の了解も取らないままに、いや僕は未だに何が起こっているのか理解不能と言っても良いくらいだった。「兎に角、ほら」と言って梨衣のブラウスを頭から掛けられるので、僕は仕方なくシャツを脱いで梨衣に背中越しに渡すと、その手に梨衣の制服のスカートを持たされる。

「梨衣ィイイ」の言葉は「早く早く」の言葉に遮られるので、僕は仕方なく梨衣のブラウスに袖を通して、ズボンを脱いで梨衣に背中越しに渡すと、梨衣がひったくるように持って行く。

僕は仕方なく梨衣の言いなりにするしかなかった。言われるままブラウスの前のボタンを留める、体型も似通っているので特にきつくもない。スカートを穿いて、ブラウスの裾を入れて、横のジッパーを上げるとスカートの中が涼しくって、気持ち良いような何とも心もとないような感情と一緒に、スカートを身に着けた喜びのようなものまでが込み上げて来た。最後に梨衣の白いハイソックスと僕の男子用の靴下も交換して、僕の薄い脛毛を隠しながらスカートとのバランスを整える。

「どう?」そう言った梨衣と僕は一斉に振り向いて、お互いを見つめ合う。

それは不思議な光景だった。僕の男子の制服を身に着けた梨衣のはずなのに、そこに僕が立っている錯覚を起こしている。ただ梨衣がポニーテールをしている分、かろうじて梨衣なんだと理解が出来た。そんな僕の思いを感じてか、それとも予定の行動なのだろうか、梨衣はポニーテールを留めているシュシュと留めゴムを外して、首を左右に振る。自分の髪を両手で整えて僕を見つめて微笑むと、そこには紛れもなく僕がいた。

「琉衣、向こうを向いて」自分のような梨衣の言葉に操られるように僕が梨衣の反対側に向くと、梨衣がカバンから出したブラシでブラッシングをして、僕の黒髪を束ねて留めゴムとシュシュを付けてポニーテールに仕上げてくれた。

そうして梨衣の手に操られるように、又梨衣に向き直ると、梨衣も僕を見ながら不思議そうな顔になっていた。

僕たちは、しばしの間そのまま向かい合い見つめ合うと、やっぱり不思議な気分になる。そこにいる梨衣が自分のようであり、女子の制服を着た僕が自分のようであり。女子の制服を着た自分が嬉しくもあり、やっぱり少しだけ恥ずかしくって戸惑っていた。きっと梨衣も同じなのだろう、愁いの瞳で僕を、自分を、いや僕の中の自分を見つめて、ある種のざわめきと、ある種の戸惑いと、小さな喜びを感じているのが伝わって来る。

「琉衣」「梨衣」同時だった。梨衣が右手を微かに挙げるのと、僕が左手を挙げるのも同時だった。僕たちは自然に、導かれるように右手と左手の手のひらを合わせていた。「鏡の中の私」「鏡の中の僕」感動に心が震えている。心が最高潮に高揚している。自分を見つめているのか？　もう一人の自分を見つめているのか？　それさえも定かでない倒錯の中に僕たちは迷い込んでいた。

「鏡の中のもう一人の私（僕）」心が共鳴するように同じ言葉でもう一人の自分を呼ぶ。

「梨衣なの？」僕が聞くと肩まで伸びる黒髪を揺らして梨衣が答える。「ううん、琉衣だよ」…と。

「じゃあ僕は？」戸惑う僕を尻目に、梨衣は妖しく答える。「梨衣だよ」…と。その瞬間、僕の心が揺れ動き何故か甘美な世界に流されて行く。僕を言葉で惑わせた梨衣は、自分のその行いに酔っているのだろう、艶めかしい瞳を僕に投げかけながら、自分の心の中で酔っているのが分かる。梨衣にも僕のこの心の揺らめきが伝わっているのかと思うと、余計に心がつながっている事を感じ、更に一緒に迷宮に迷い込んで行くのが嬉しかった。

「躰…交換したの？　僕たち？」梨衣の生理の時の哀願する言葉が蘇る。

「交換したヨ、私たち！」梨衣が嬉しそうにそう言った。…その時だった。

「誰かいるか？」そんな僕たちの魂の揺らめきの時間を止めたのは美術顧問の佐川先生の声だった。僕たちは一瞬で正気に戻るが、制服を交換している事実を思い出して慌てていた。

「どうしよう？」梨衣の丸い目が更に丸くなっている。

「どうしようって」僕は胸に手を当てて呼吸を整える。ガタン、その時梨衣が何かにぶつかり、音を立ててしまった。

「誰かいるのか？」音に気づいた佐川先生の声が近づいて来る。「少し早いけれど、今日は閉めるぞ」ようは教室の戸締まりに来ただけだった。ガタンと準備室のドアが開いた瞬間、僕たちは飛び跳ねるようにドアの方に向かって並んで立っていた。

「何だ」佐川先生は特に気にした様子もなく「二人とも来てたのか、悪いが閉めるぞ」と言って、固まって返事のない僕たちに普通に声を掛ける。「どうした？」…と。

僕は僕の制服を着ている梨衣を、佐川先生から見えない場所で突っつくけれど、梨衣は

（何て言えばいいの）と僕を見つめ返す事しか出来ないでいる。

「そう、琉衣に」と切り出したのは梨衣の制服を着ている僕だ。「琉衣に聞いてたんです、絵を始めるのに…そうパレットを選んでもらっていたんです」僕はその辺に雑多に置かれた古いパレットの一枚を適当に拾い上げて、かざすように両手で佐川先生に見せる。「ねえ、琉衣」固まった梨衣が返事をしないので、僕は肘で突っつきながらもう一度言う。「ねえ、琉衣」…と。

「うん、するの私が…絵を」大胆だけれど少々パニックに弱い梨衣が舞い上がっている。僕は思わず顔をしかめて横を向いてしまったが、佐川先生は呆れたように真面目に答える。「琉衣は描いてるだろうに、始めるのは梨衣の方だろう?」と佐川先生は梨衣の制服を着た僕を見る。「いいぞ梨衣、好きなのも持って行け、どうせこのままじゃあ捨てるしかないんだから、絵筆はどうだ琉衣に選んでもらって何本か持って行っていいぞ?」

僕の制服を着た梨衣を突っつくと「はい、どうしましょう?」と意味不明な回答をするので、僕が慌てて割って入る。「ああ、絵筆は当分梨衣の…」さすがに僕も慌てている。

「いえ、琉衣のを借ります、パレットだけは別々の方が良いと思って」

「そうか、まあ期末試験が終わったら、又ゆっくり選びに来ればいい」そう言うと、不自然に立ち尽くしている僕たちにカバンを渡して帰る事を促してくれた。

僕たちは何となくぎこちない歩きで、もつれるように美術部室を後にする。これで終了…とため息が漏れた時に佐川先生に呼び留められた。「琉衣」…と。

「はい！」と振り向いて返事をしたのは、梨衣の制服姿の僕だ。一瞬、緊張の糸が切れた時に不意を突かれたタイミングになっていたので、もうどうしようもなかった。僕がカバンを抱きしめるように立ちすくんでいた時、助けてくれたのは少しだけ落ち着きを取り戻した僕の男子の制服を着た梨衣だ。

「もう、梨衣ったら」と僕を肩で軽く押す、そして佐川先生に聞こえるように「何慌ててるの」…と僕に向かってウィンクをしてから答えてくれた。「何ですか？　先生」

「ああ、岡田だけど、ほら琉衣が、お預けしてるみたいと言ってた」

僕たちは顔を見合わせて思い出していた、佐川先生に部室を案内してもらった初日に一悶着あった三年生の事だった。

「岡田、美大を受ける事になった、琉衣の言葉で目が覚めたみたいだ、ありがと…な」そう言って、あの時のフルーツの盛り合わせの絵を指差す。

少し遠いけれど、あの時のような冷たさは感じない、温かく美味しそうなバランスの良い、果物の瑞々しさが伝わって来る絵を佐川先生が僕たちに見せてくれていた。僕たちは何となくだけれど、人の役に立てたような気持ちになり、少しだけ嬉しくなって、先生にお礼を言って美術部室を後にした。

着替えた直後に佐川先生が来て、慌ててしまい大汗を掻いてしまったが、それでも一回そんな事を乗り切ってしまうと気持ちは慣れて来る。校舎の外に出るまで生徒二組三人に、校門に出るまで更に三組七人とすれ違うけれど、幸いな事に僕らを知っている生徒に逢わなかったのもあるけれど、誰も僕たちを気にする生徒もいなかった。

「凄いね！　まだドキドキしてる」いつもの堤防の道を歩きながら、僕の制服を着た梨衣が、軽く飛び跳ねるように躰で表現する。

「うん、何だか宇宙大戦争と、スパイ心理戦と、ストリートファイトとでんぐり返しをいっぺんにした感じ」僕も興奮が冷めない。

「何最後の、でんぐり返しって、意味分かんない」梨衣は笑いながら、突っ込んで来るが、僕も意味が有って言った言葉ではなかったので笑うしかなかった。

「でも、佐川先生でも全然気づかなかったのね」梨衣の声は弾んでいる。

「たしかに、あんなに間違っていたのに」僕は詳しい事は覚えていない、慌てていたしそれなりにパニクッていたのだから当たり前だけれど、でも兎に角答える内容を間違っていた事だけは覚えていた。梨衣のところを僕が答えて、僕のところを梨衣が答えて、それで余計に舞い上がっていたのも覚えている。そんな印象的な事だけが記憶に鮮明に残っていた。

「まあ制服は男子と女子を、それだけでそう見れる効果があるから、先生も分からなかったんだと思う」少しだけ冷静になれた僕がそう言うと梨衣も楽しそうに続ける。「そう、それに何てったって、私たちは双子だしィ！」双子を口にする時の梨衣は嬉しそうだった。

「でも、良いね」僕は自分のスカートの裾をつまんで、ひらひらさせる。

「いいでしょう、たまには楽しいでしょうワクワクするよね」梨衣は新しい遊びを発見した子供のように目をキラキラさせていた。

「又、する?」そう言う梨衣の瞳には（ＮＯは許さない）と書いてある。

「しないって、言わせる気…ないでしょう?」と言い終わる前に「当たり」と言いながら、僕のスカートをめくる。

「きゃあ」僕は自然に小さな悲鳴を上げて、内股になってスカートを両手で押し下げる。

その仕草は自分で言うのも何だけれど女の子そのものだ。

「か〜〜〜わいいよ、琉衣!」そう言って、僕の男子の制服を着た本来は女の子の梨衣が、僕から素早く離れて駆け出す。

「バカァ!」そう言って追うけれど、梨衣の素早さに追いつけないのが梨衣の女子の制服を着た僕だった。

「「冷や冷やしたけれど、楽しい一日だった」」…は僕たち二人の素直な気持ちだった。

この日以降、二〜三カ月に一度、梨衣が誘い、僕が共鳴して制服交換の悪戯をするのも、僕たちの高校生活の密かだけれど、僕たちにしか出来ない遊びになっていた。

ただ勿論バレないようにルールは有る。まずは下校の時だけ、それも生徒の少ない遅い時間。そして母が仕事で家にいない日だけ。

第6章　高校三年生・冬休み前

1

　窓から夕陽が差し込んでいる三年二組の教室で、僕は一人自分の窓際の椅子に座り、ボーッと夕暮れに染まる街並みを見つめている。夕陽が街並みに消えて行くには、まだ少し早いけれど、弱々しい冬の日差しは街全体を滲ませていた。高校三年生にもなれば、選択科目や講習の関係で授業時間も人それぞれになるので、クラス全員がそろう日も少なくなっていた。まして進学の、それもレベルの高い大学を受験する生徒は塾や冬期講習会等で慌ただしく帰宅して行く。なので今教室に残っているのは僕一人だけだった。

　梨衣はと言うと、大和先生の頼み事で職員室にいるはずだ。一緒に手伝っても良かったのだけれど今日は何となく一息吐きたくて、こうして梨衣の来るのを待つ事にしていた。

　それにしても僕たちの高校生活は、梨衣の生理の時に秘密の儀式をする事以外は、特に大きな問題もなく過ぎて行ったけれど、それでもやっぱり僕たちならではの悩みもあった。何かと言う程のものでもないけれど、それは物理的な距離の問題だった。ある日気づくと僕たちは基本的に一定以上、離れられない状態になっていた。昼も夜も一緒にいるのが普通。少なくとも、もう一人の自分が見える距離と場所が安心出来た。

　だからと言って四六時中その距離を保つのは難しかったが、それでも自宅とか学校のように自分達が理解出来る場所なら多少は離れていても問題はないけれど、駅ビルのように知らない人が多かったり、自分達が良く知らない場所では一気に不安になり離れる事が出来ないでいた。電車等で別々の街にいる事なんかは想像しただけで躰が震え出していた。

　なので僕たちは大学も一緒に通う事に、二人で相談して決めていた。その大学は自宅から一時間と少しの距離で、二人の今の学力なら無理なく行けるレベルの大学に早々に決めていたので、試験はこれからだけれど余りムキになって勉強はしていなかった。

　大和先生は僕たちに「もう少し上でも大丈夫だろう？」と後押しをしてくれたけれど、僕は無理ない大学生活の中で、実はやりたい事があって、それを実行する事を決めていた。ただ、そのやりたい事は、まだ梨衣にも話してないけれど、梨衣も必ず理解してくれると信じてもいた。

「琉衣、お待ち」黄昏て行く街に心を奪われていた僕に梨衣のおどけた声が心地良い。

「大和先生の手伝い終わったの？」梨衣は僕の問いかけには答えずに、僕の横の椅子にチョコンと座る。

「だあ～れもいないねえ？」僕と同じ黄昏時の街並みを見つめる。

「結局三年間、大和先生が担任で良かった」僕も梨衣の呟きとは別に思っていた事を伝える。

「本当、大和先生で良かった良かった」梨衣が座面に両足の踵を乗せて、膝を抱えながら僕に微笑む、ようやく話題が一致する。

「先生は偶然だって言うけれど、やっぱり作為的だよね」僕は同じ顔の梨衣に頷く。

「でも桜も圭吾も、最近全然連絡もくれないね！」膝に顎を乗せて不満そうに、勝手に話題を変える。梨衣の話題転換には僕は慣れている。いやむしろ、梨衣のこんな自由奔放な性格が羨ましいとさえ感じている。

「仕方ないヨ、圭吾が行きたいスポーツ心理学部なんて結構なレベルだから、僕たちみたいな考えで行ける所じゃないし」梨衣を見る、横顔が素敵だと感じる。

「まあ、余裕もないんだろうけれど」そう言って梨衣は僕を見る。（寂しくないの？）と心で聞いている。

「別に…」（仕方ないもん）は言葉にしなかった。「それより、桜の方が大変だよね、寂しくないの？」僕は言葉で聞いた。

「そりゃあ…ねえ…」はきはきした梨衣でも言葉を濁す。「それこそ仕方ないもん」そう言って夕陽を見つめる。

実は桜は、今年の春までは僕たちと同じ大学に行く事を何となく決めていたのだけれど、元々医者の家系で両親は医者お兄さんもお姉さんも医学部に通っているので、当然末っ子の桜も行く事を勧められていた。ところが桜は生来血を見るのが大嫌いで「大量の血を見ると卒倒するの」と言っていた。実際に圭吾が野球部の練習で手を切った時、大した怪我でもなかったのに、滴る血を見て震えあがってもいたので、大量の血で卒倒すると言うのにも頷ける。

そんな事も有り桜の両親も諦めていたようなのだけれど、三年生になって風向きが何故か変わってしまった…と桜は話していた。両親は内科とか心療内科とか、血を見る機会の少ない科を勧めるのだけれど、それでもまったく見る機会がない訳でもなく、ましてや研修など行けば好き勝手も言えないのは明白だろう。なので、ギリギリの話し合いの結果、薬剤師になる事で決着はしたと話していた。ただ薬剤師の学校だって、かなりのレベルで今まで気楽にやっていた分、今年の桜は必死に勉強に取り組む羽目に陥っていた。

「お嬢様だけれど、いい子だよね」

「うん」梨衣が嬉しそうに頷いた。梨衣は桜に、僕は圭吾に、心の中の異性への淡い恋心は今でも続いている。

「そろそろ帰ろう」僕が梨衣の横顔に語り掛ける。

「ねえ、久しぶりに、あれして帰ろう！」梨衣が跳ねるように立ち上がり、僕を見下ろして微笑む、悪戯っ子の笑みで。

「あれって、あれ？」

「そう、あれ！」顔を近付けて来る。

「久しぶりって、確か先月もしませんでしたっけ？」

「あれェ？　そうだっけ？　忘れちゃったぁ」梨衣が反転して黄昏を見つめている。

「もう…しょうがない、梨衣も好きだねエ」そう言う僕も本音を言うと好きだった。最初、梨衣に持ち掛けられた時には戸惑ったけれど。「いつもの場所？」僕が立ち上がる。「勿論！」梨衣が楽しそうに歩き出す。

2

制服を交換して下校する、二人だけの秘密。一年生の一学期、期末試験の前に梨衣が誘い僕が共鳴して始まった悪戯。あの日以来二〜三カ月に一度のペースで行っているので、既に十数回制服交換をしていた。なので僕たちも手慣れたもので、もうあまり抵抗も無かった。ただ抵抗はなくなっていたけれど、ワクワクとドキドキは今でも変わらずに感じるし、お互いの心の中の性の服を着る事も楽しかった、そして何よりも自分の中の異性の服を着る、もう一人の自分に会える事が嬉しかった。

何故ここまで興奮するのか、それは一年生の夏休みに直ぐに分かった。普段着を交換して着ても、制服を交換した時の高揚感を余り感じなかったからだった。制服交換が刺激的だった為なのか、どうかはもう理由も分からなくなっているけれど、この高揚感は心の中から歓喜を呼び起こし、その不思議な気持ちには特別な興奮が伴っていた。

僕たちは、既に着替えのベースにしている美術部室の奥の準備室に行く。三年生になっても出入りは自由だ。僕たちは手慣れた手順で、背中合わせで制服やハイソックスを交換して身に着けて行く。最初の頃の僕は梨衣にポニーテールにしてもらっていたけれど、それも次第に慣れて来て、今では手早く自分でポニーテールに出来るようになっていた。

「Ａｒｅ Ｙｏｕ ＯＫ？」梨衣がスパイ映画のように、銃のようにした指先を僕のこめかみに当てて聞く。

「勿論」僕は小さな手鏡で髪を整えながら答えるのも手慣れた物だった。そうして心のドキドキを沈めながら二人で準備室を出ると、二人で窓から夕陽を見つめる。

「楽しかったネ、高校生活」僕が感傷的に話す。

「まだ、終わってないよ」梨衣はコロコロと楽し気に笑う。

「勿論、でももう数カ月だし」

「まあ…ねえ」梨衣もそれなりに感傷的になった時だった、僕は下腹部に軽い何かをヒクっと感じると同時に、梨衣が叫び出した。

「やばいやばい、来た来た！　急に来た！」

「えっ!?　来たの？　って少し早くない？」僕たちは二人で梨衣の生理を理解している、計算ではもう四～五日あるはずだったが…。

「だって、来ちゃったんだもん」僕の制服を着た梨衣が下腹部に手を当てて、少し内股になって出血を我慢する仕草をする。

「それにしても、急過ぎない？　予兆は？」の疑問詞は梨衣の声にかき消される。「それより、あれ出して、あれ、早くぅ！」梨衣が僕に手を差し出す。

「はいはい、今出します」僕はそう言いながら、僕のカバンの中から黄色のポーチを出して梨衣に渡す。「まったく、自分で持っていればいいのに」と渡したのはナプキンが入ってるポーチだ。

「やだもん、こんなの持ちたくないんだから」梨衣はそう言いながら、ナプキンの入った黄色いポーチを奪うように受けとり駆け出そうとするが、直ぐに引き返して来て僕の手を取って引っ張って行く。「琉衣も来るの、近くにいるの！」そう言いながら思いっきり引っ張られる。元々人気の少ないB棟のトイレ付近に人影はないけれど、それでも念のため僕が見張り、男子の制服姿の梨衣がコッソリ男子トイレに入る。女子と男子の間に女子の制服を着た僕が立っていると、一年生が一人通り過ぎて行った。僕は持ち合わせ…の雰囲気でやり過ごすと、程なく梨衣が出て来た。「間に合った」と大きく息を吐く「はいこれ！」梨衣が差し出したのは、さっきの黄色いポーチだ。

「今ぐらい持っていれば？」と言いつつ僕は受け取ってしまい、持っていた自分のカバンにしまう。

「んふふ〜〜ん♡、ヨロシクネ♡」梨衣のこんな一言が可愛いので、ついつい許してしまう僕がいる。

「でも、大丈夫？　生理始まっちゃって？」

「何が？」梨衣はあどけない笑顔で疑問を返して来た。

料金受取人払郵便

新宿局承認

2523

差出有効期間
2025年3月
31日まで
（切手不要）

郵便はがき

1 6 0-8 7 9 1

1 4 1

東京都新宿区新宿1－10－1

(株)文芸社

愛読者カード係 行

お名前《ふりがな》		明治 大正 昭和 平成	年生 歳
ご住所《ふりがな》	□□□-□□□□		性別 男・女
お電話 番 号	（書籍ご注文の際に必要です）	ご職業	
E-mail			
ご購読雑誌（複数可）		ご購読新聞	新聞

最近読んでおもしろかった本や今後、とりあげてほしいテーマをお教えください。

ご自分の研究成果や経験、お考え等を出版してみたいというお気持ちはありますか。

ある　　ない　　内容・テーマ（　　　　　　）

現在完成した作品をお持ちですか。

ある　　ない　　ジャンル・原稿量（　　　　　　）

「何がって、制服元に戻…」「大丈夫大丈夫、家に帰るまでだし」梨衣はそう言うと僕から自分のカバンを受け取って先に歩き出した。まあ梨衣が大丈夫って言うなら大丈夫なのだろうと、僕も梨衣を追うように歩き出す。

「それにしても、あれかなあ」いつもの堤防を歩きながら梨衣が小声で聞いて来た。

「あれって？」夕陽が建物に重なり人と物の見分けが出来なくなり始めている。

「やっぱりタマには、逢いたいって拗ねたような連絡をした方がいいのかなあ？　桜にも圭吾にも」梨衣の顔が半分闇に溶けている。

「なあに急に、圭吾も桜も今は集中したいからって言って、自分たちから連絡するまで待ってて…って言われているでしょう」

「そうだけれど…やっぱり、我慢ばっかりって変じゃない？」梨衣が妙にイラついているように感じるのか気のせい？

「もしかして、自分が逢いたいの？」梨衣が遅れ出すのは気づかないで続ける。「僕たちは安全圏の大学…？」

「琉衣イ！」梨衣の叫びが後方から聞こえて、僕が振り向くと梨衣は数歩後ろで立ちすくみ、顔半分を右手で覆っている。暗く闇の部分が多くなって、表情は見えにくいけれど悩ましい様子は伝わって来る。「琉衣、やっぱりダメ、こっちに来て」そう叫んだのは、僕の男子の制服を着て男子のふりをしている梨衣だ。僕はスカートをなびかせて、梨衣に駆け寄ると梨衣の正面に立つ。梨衣の顔半分は夕陽に照らされているけれど、夕闇に吸い込まれている残り半分の表情は、既に余裕がなくなっていた。

　自分の手でおおった指の隙間から見える目が見開いている、唇が小刻みに震えて何かを話したそうでいて何も言葉になっていない、血の気の引いた顔色が生理の時のアンバランスな状態の梨衣で有る事を僕に教えてくれている。

「琉衣ィイイ！」それは生理の時の、いつもの小さな悲鳴だった。梨衣の心臓が高鳴っている事を、共鳴している僕の心臓が教えてくれている。梨衣の心がざわついていて、心の中のもう一人の自分がかき乱しているのが、共鳴した僕の乱れた心が教えてくれている。

　梨衣が切迫しているのが伝わって来る。梨衣が生理の時に起きる心のパニック。ただ、今日はいつもと違い着ている制服が違っている。梨衣は僕の服を着て男子学生のまま、生理の時の興奮に抗っている。

「梨衣、落ち着いて、家まで頑張って」僕もざわめく心を抑えながら梨衣に声を掛けるけれど、いつもと違い男子の制服を着ている梨衣を見ている僕までが、いつもより高揚して心を鎮めるのが難しくなっている。

「ダメ、琉衣、もうやばい」梨衣も同じなのだろう女子の制服姿の僕を見て、いつもより切迫感が高いのが伝わって来る。「ああ〜〜〜」男子の制服を着て男子学生に見える梨衣が、女子の制服を着て女子学生に見える僕の胸に手を当てる。「鏡の中の私」いつもの儀式、いつもの言葉、でもはた目には男子が女子の胸を触っているように見えている。

　今までも時々、通常の制服の時に外でもこの儀式は行われたけれど、僕が梨衣の胸に手を当てる事はしないでいたけれど今日は違っていた。男子が女子の胸を外で堂々と触る構図。そして僕も今日はこの制服の交換で、気持ちを抑える事が出来なくなっていた。

「鏡の中の僕」僕も自然に梨衣の、男子の制服を着た梨衣の胸に手を添えていた。

「「鏡の中の、もう一人の私（僕）」」同時だった。僕たちは周りを見ていなかった。いや見る余裕がなかった。自分の制服を着た、もう一人の自分に。梨衣も僕もざわつく心を抑えきれずに、お互いの胸に手を当てながら、乱れる心を共鳴させながら、お互いを呼び合っていた。「「鏡の中の、私（僕）」」そうして僕たちは僕たちを見つめる一人の少女にも気づけなかった。

　女子の胸を、姉の胸を人の見える場所で堂々と触る男子、そんな構図の僕たちを見つめていたのは僕に淡い恋心を抱いている……羽生桜だった。

　僕たちは桜が流した涙を知る事すらなく、そうして僕たちの高校生活は儚い恋心と共に静かに終わっていた。

第7章　大学一年生・春（羽化）

1

大学の入学式の朝。僕は先に朝食を済ませて歯を磨いてから二階に上がる。

「蘭、今日仕事だよね？」梨衣が僕の部屋で外出着を着ながら聞いて来た。

「うん、お母さんもう出かけてる、朝食は作ってあったヨ、梨衣も早く食べて」そう言いながら僕は外出前の最後の確認をする。

「分かってるヨ〜〜、琉衣も早くネ！」梨衣はそう言って、大学用にお揃いで準備した大きめのレザーのショルダーバッグを肩に掛けて部屋を出て行く。

梨衣はカジュアルでシンプルなベージュのゆったりしたズボンを茶のサスペンダーで吊っている。ブラウスも首元がL字でシンプルなデザインなので、茶のサスペンダーがいいアクセントになっていた。シンプルなコーディネートなおかげで、梨衣の少しだけ大きくなった胸がより目立っていて、梨衣はそれに春用の薄いコートを羽織っている。

「あっ梨衣、今日服借りるね」梨衣の後ろ姿に声を掛ける。

「また私のTシャツ着るの？　まあいいけど」梨衣は別に嫌なのではなく、チョットだけ意地悪を言いたいだけだ。「でも、こないだ買ったばかりのＭＡＸの新作はダメだよ、私がまだ着てないんだから」そう言って下に駆け下りて行く。「は～～～い」の僕の声は届いていないだろう。

　僕は、兼ねてから大学生になったら、ある事を実行する計画を立てていた。

　僕たちが自分の中の違和感、別の存在、異性の心を持つ自分、表現の方法はどれも中々しっくりこないけれど、あの発露の日にトランスジェンダーと仮の答えを出したまま、僕たちは過ごしている。なにしろ二人でいれば何事もなく過ごせるので、取り立てて慌てて何かをする必要もない、まして二人のトランスジェンダーが一緒にいる事で症状が抑えられると言う事例は、少なくとも僕たちの手に入る情報の中にはなかった。

　なので、二人で答えを探そう、が今でも二人の合言葉になっている。それでも発露から三年もたてば、僕の中でも少しずつだけれど変化は起きていた。

　僕はそれを実行に移すべく、梨衣の洋服ダンスの前に立つ。

「よし」壁に掛けた鏡で髪を整えていると、タイミングよく下から梨衣の大きな声が聞こえて来た。「琉衣、行くよ～、もう火の元確認したから、早く下りて来て！」せっかちな梨衣が玄関を出て行く音が聞こえる。僕は梨衣とお揃いで用意したショルダーバッグを肩に掛けて玄関を出ると、梨衣は向こうを向いて気持ちよさそうに伸びをしていた。

「お待たせェ」僕が玄関の鍵を掛けて梨衣を追い越して歩き出した時、梨衣の驚く声が後ろから聞こえて来た。

「え〜〜！」その声は驚きを通り越して叫びに近かった。「チョッチョット、琉衣、何何？　え〜〜〜っ？　どうして？」驚きが強いのか、質問にもなっていない。

「梨衣に断ったよ、服…借りるねって」僕は涼しい顔で先を歩く。

「借りるってTシャツじゃなかったの？」

僕は一瞬止まり、梨衣に振り向いて「うん」と澄ました顔で頷いて、又駅に向かって歩き出す。僕が梨衣の洋服ダンスから選んだのは、薄い茶色のワイドで長めのパンツに、白地だけれど胸元の薄いピンクのフリルが特徴的なブラウスに、やはり同系色の淡いピンクのロングのカーディガンで、梨衣よりは少し派手な感じでまとめていた。

「だから、借りるって、こう言う事？」梨衣が僕の頭からつま先まで見渡している。

「うん、そう言う事」僕は今度は立ち止まって、梨衣に向いて微笑んだ。

「どうして？」梨衣も僕の前に立ってそう聞くが、梨衣が僕のこのスタイルを嫌がっていないのはその表情で読み取れる。

「決めてたの！」僕はクルッと横に一回りして、弾む様に歩き出す。

「決めてた？」梨衣も続いて歩き出す。

「大学生になったら、自分の好きな…今着たい服を着よう。今、自分がしたい表現をしよう」そう言って梨衣に向いて止まる。「そう決めてたの」

「決めてた？」追い付いた梨衣の疑問に僕が頷く。「表現したい事を？」同じく頷く。

「そう、今の自分を自由に表現するの、自分らしく生きていくのに、今自分で出来る事を考えて行動するの」僕は又先に歩き出す。

「考えていた？」梨衣がついて来る。

「そう色々と考えて今は、まずこう言う表現をして行こう、女性の素敵な洋服を着ようって、ねっ！」僕は少し首を傾げるようにして、女性っぽい首の角度で梨衣に伝える。

「ふ〜〜ん！　それで、このお揃いのバッグを買う時、女性っぽいけど『別に良いよ』って言ってたんだ」梨衣が自分の肩のバッグを軽く叩いて聞いた。

「まあ、それもあるけれど、それより梨衣はもうポニーテールにしないの？　僕とおんなじになってるよ、髪形」僕はそう言って梨衣のサイドの髪に手櫛を通す。

「まあ、そう言う意味では琉衣と同じかな。今の自分の表現したい事。少しだけ大人っぽくしたいと思って」梨衣はそう言いながらサスペンダーの肩ひもを指でなぞった。

「うん、同じだよネ」そう言った時に駅までの途中にあるバイパスに差し掛かると、あいにくと赤になったばかり、当分青に変わりそうにない。

　家から最寄り駅までは歩いて三十分。近くにバス停も有り本数も多いのでバスを利用すれば十分程度で駅に着く事もある。ただ、それも今みたいな通勤時間帯では違っていた。昔はバスを使って駅に出ていたけれど、僕たちが小学生の時にこのバイパスが開通して様子が一変していた。そう、朝夕の通勤通学の時間帯には渋滞になって、交通量の多いバイパスを抜けられずにバスが中々駅につかなくなっていたのだ。なのでタイミングが悪いと三十分以上駅までかかる事もあるので、僕たちは駅まで二人で色々と話しながら楽しんで歩いて行く習慣になっていた。

「でも、こうして梨衣が髪を下ろして、僕が梨衣の洋服を着ていると、益々同じになっちゃった…ネ！」

「まあ、双子だし」梨衣はこの言葉を言う時は決まって嬉しそうな表情をする。

僕たちの身長は余り変わらない、僕の方が数センチ高いけれど、それも梨衣がパンプスを履くと解消される。ようやく横断歩道の信号が青になって揃って歩き出す、梨衣が右で僕が左、この位置関係は変わらない。バッグ類はお互いがいる反対側で持つのも、高校生の時と変わらなかった、ただ学生カバンが大学生用に買ったショルダーバッグに変わっただけだった。

「じゃあ、これからも私の洋服を使うの」梨衣の素朴な疑問に僕は「勿論」と拒否を許さないニュアンスと笑顔で答えていた。

「ズーッと？　全部？」

「勿論、でもその内自分でも買うけれど、でも梨衣も沢山洋服を持ってるし、着ないと勿体ないでしょう？」

「私だって着る、これから沢山」

「だから梨衣が着ていない服を僕が着れば、良いのかな？　って」

「洋服だけ？　靴は」梨衣はサスペンダーと同系色の茶のローファーパンプスを蹴り出すように僕に見せる。

「靴は無理だよ〜」僕は白のスニーカーを小さく横に出して見せる「梨衣は確か二十三センチ、僕は男子として小さい方だけれど、それでも二十五センチだもん、靴は買わなくちゃ、今度買うの付き合ってネ」僕の笑顔に梨衣は呆れ顔でため息をついている。

「まさか、スカートも穿くの？」梨衣はスカートの裾を持つような仕草をする。

「勿論、だってそのために、梨衣と一緒に、お母さんから貰った脱毛器でお手入れしてたんだから」

「ああ」梨衣がハッとした顔を一瞬だけして続ける。「だって、あの時は別に女性の服を着るなんて一言も…」梨衣はそこまで言って言葉を切って「まあ、いいか！」と自分で納得させていた。

元々男子としては体毛の薄い僕だけれど、それでも梨衣と制服を交換するようになって、その薄い体毛が何となくだけれど嫌になっていた。なので、その当時、梨衣が母から貰って使っていた脱毛器で一緒に脱毛していた。もっとも悪戯好きの梨衣は遊び気分も手伝って、僕の脱毛にも積極的に協力をしてくれたのだった。

「でも、梨衣も女性としてお洒落は楽しんでいるよね高校生の時から、服も沢山持ってるし、お母さんから貰ったり、ショッピングしたり」僕の脱毛の話が一段落して、僕は話題を変えた。

「それはそうよ」梨衣は自分の胸に手を当てて続ける。「ここには、よく分からないのがいるみたいだけれど」（梨衣はよく分からないもの…と表現する事が多い）「たとえそれが男性だったとしても今の私は私だし、今の私はこんな感じの女性だし」自分の胸を二度手のひらでなぞるように叩く。「今出来るお洒落を放棄する気はないから。折角楽しめる事が目の前に有るんだから、それはそれで楽しまなくっちゃ勿体ない、少なくとも何か分からないものに押し潰されるのはそれ以上にイヤだから」梨衣は胸に当てていた左手を僕とつなぐと「琉衣がそばにいてくれるし」そう言ってつないでいる手を目線まで上げて、つないでいるその手を見つめる。僕も見つめると梨衣が笑顔になって僕もつられて笑顔になった。

「でもさ、お洒落の仕方は変えないの？」

「仕方？」梨衣の小首の傾げ方は自然で可愛い。僕の作為的な仕草と違って、躰に染み込んだ仕草は自然だ。

「そう、なんて言うのか、もう少し男性の服とか着ないの？」その瞬間つないでいた手を解かれて手を叩いて笑われた。

「そんなに笑わないでよ、言った僕の方が恥ずかしくなる」

「だってエ」梨衣は涙を浮かべながら続ける。「この顔、この躰だよ」自分の胸に手を当てる、「私がどんな男性の服を着ても、ただのボーイッシュな女の子になっちゃうもん、そんな風だと余計に女の子を強調する事になっちゃうと思うヨ、それに」ひとしきり笑って、呼吸を整えながら続ける。「琉衣だからそう言う格好が似合うんだから」そう言って最後に舌を小さく出してべーをする仕草が女性よりも少女を思わせていて、梨衣の中に男性が潜んでいるとは、考えられないくらいの可愛い少女に見えた。

「いいの？　僕だけ楽しんで？」

「そりゃあ今でも悩んでるし、アレ（生理）は煩わしいし、違和感だって消えない、でもクヨクヨしてても始まらないし。どうするのか？　どう生きるのが一番良い事なのか？　チャンと勉強して、チャンと考えて、生き方や目標が決まるまでは、自分が出来る事は楽しみたい。答えがどうなるかばっかり考えて何もしないのだけは絶対にイヤ！」梨衣は笑顔を僕に向ける。「琉衣が一緒だから一緒に楽しんでるヨ！」梨衣の瞳は真っ直ぐ前を見つめていた。

「そう言えば…」駅に近付く頃、梨衣がおもむろに話題を変えた。

「なあに？」僕は小首を傾げて聞き返す。

「圭吾だけれど」梨衣が言葉を区切った時に、僕は少しだけ心が揺れた。「引っ越しで忙しいって連絡があったっきり…だね」梨衣はそう言いながら近くなる駅を見上げる。そして続ける。「圭吾と桜が付き合っているって…」改札口の前、人の流れから外れた場所で二人で立ち止まる。「知ってた？」

僕は梨衣に向き合いながら小さく頷く。

「そう、やっぱりイ！」梨衣は泣き笑いのような笑顔で何かを振り払うように改札に向かい僕も続く。

「やっぱり、あのメールだよね」僕たちは並んで改札口を通り抜ける。僕が言ったあのメールとは……。

それは僕と梨衣が制服を交換した後に、梨衣が予定より早く生理になり、堤防の上で梨衣が自分の気持ちを抑えられなくなって、僕の男子の制服を着た梨衣が、女子の制服を着た僕の胸を触ってしまった、逆の儀式の日の夜に桜から僕に届いたメールだった。

（私とは、手もつないでくれないのに……）それだけが書かれた短い、なんのデコレーションもされていない味気ないメールが届いていた。そう梨衣が生理の時にだけ、僕の胸に手を添える僕たちだけの秘密の儀式を、制服を交換した状態で図らずも行なってしまい、それを何処からか桜に見られていたのだった。

当然、メールを返しても既に拒否をされていて、僕は数日間悩んでから梨衣に打ち明けた時、梨衣は静かに涙を流していた。いつも勝気で陽気な梨衣が、淡い恋心を砕かれた、その原因が自分自身にあるのだから、それは泣くしかなかった。

「考えたら…」僕たちはホームで並んで電車を待つ。「圭吾が引っ越す事になったから、それが落ち着いたら連絡する…のメールが来たのもあの頃だった」僕は青空を見上げていた。僕はあの時の梨衣みたいに泣く気持ちはなかった。それは多分、僕がやりたい事を見つけていたからかも知れない…あの時は、そう漠然と思っていた。それとも高校生の淡い恋心に、一定の距離を置く事が出来たのだろうか？　少しだけ大人になったのか？　確かな答えは出ないけれど何処かサバサバとした気持ちだった。

この気持ちって？　脱皮？　違う…羽化？

僕はいつしか蛹から羽化して、羽を乾かした蝶が大空に向かって羽ばたいて行く気持ちになっている。

「梨衣、電車…来たよ、行こう」僕は何かを楽しむ様に電車に乗る。

梨衣の表情は僕を心配していたけれど、僕の晴れ晴れした表情を確認すると、梨衣も何か吹っ切れたのだろう、何も言わずに電車に乗り込む。兎に角、僕たちの大学生活は始まったばかりだ。「梨衣、兎に角楽しもう」

「モチ！　でないと勿体ない」二人で自然に笑顔になれていた。

2

僕たちは、まずはお洒落を楽しんでいる。二日目の梨衣はお臍まで隠れるハイウェストで金色の大きな釦が目立つデニムジーンズに、やはりシンプルなデザインのブラウスで少しだけ胸を強調させていた。そこに着崩したような長めのカーディガンがお洒落だった。

僕はベージュのカジュアルスーツの上下に、大きなリボンが胸元で結べるブラウスで、少しビジネス調にしてコーデしてみた。

昨日とはまったく違うコーデに、二人で歩いていて余計に楽しかった。

3

三日目の朝、前日の課題のレポートを仕上げていて少しだけ慌ただしい朝。僕が洗面をすませて二階に上がって来ると、梨衣が既に外出着に着替えていた。

「蘭、今日はいた？」母の姿はここ二日間程見ていなかった。

「さあ？」階段を下りて右が洗面台やトイレで、左がダイニングでその奥が母の部屋の間取りの為、ダイニングを覗きに行かないと母の所在は確認出来ない事も多い。

「見て来ればいいのに！」皮肉と言うより愚痴のように言って下りて行く。甘えん坊の梨衣は母の顔が見えない事が寂しいのだけれど、もっとも勝気な梨衣はそれを否定する。

「いたよ～、蘭、今日はいた！」下から大きな梨衣の声が聞こえる、やっぱり嬉しそうだ。

僕は梨衣のクローゼットからあの服を出して着て、一階に下りる。

「蘭いっつもいないんだから、本当に仕事なの？」僕がダイニングに近付くと梨衣の大きな声がいつものように聞こえて来る。

「そうだ、聞いてよ蘭、琉衣ったら私の…」「お母さんおはよう！」梨衣の言葉を遮るようにダイニングに入った瞬間、梨衣が声を上げた。「え～～～!?」僕はそれも気にしないで朝の会話を続ける。「今日は紅茶だけでいいや」僕はそう言うと母が用意してくれていた、紅茶にレモンスライスを泳がせて立ったまま口に運ぶ。

「あらそれって私が梨衣にあげた…」母は平然と聞いてきた、僕の姿に驚きもせずに。そう僕は中学の入学式で母が着ていた、ベージュ地に上品な藤色や薄い黄色のリボンのような柄が流れるように描かれているマキシロングのかなり上品なワンピースを纏うように着ていた。胸元には少女を感じさせる大きめのフリルが付いている。中学の入学式の日、元々綺麗だと思っていた母が、より綺麗だと感じていた憧れの服。僕は女性のお洒落を楽しむと決めた時から、着たいと思っていた憧れのドレスを身に纏っていた。

「何で何で？　私が着たいからって、蘭にお願いしてようやくもらったのに、何で先に琉衣が着るの？」梨衣はマジで怒っていた。「ねえ蘭、蘭からも言ってよ」そこで梨衣はハタと気が付いた顔になり言い分を変える。「そう、琉衣ったら私の服…を…」抗議口調の梨衣を尻目に母は当たり前のように言葉を挟む。

「そのドレスって、やっぱり梨衣よりも琉衣の方が似合うわねエ」ダイニングの椅子で優雅に足を組み、右の人差し指で自分の頬をなぞりながら物憂げに綴る。

「えっ？　何々、何なの？」梨衣だけが浮いていた。僕は僕で当たり前のように返事をする。「ありがとう嬉しい」…と。

「私にはもう、ちょっと派手かなあって思って、梨衣にあげたんだけれど」可愛い口元をなぞっている。

「でも、まだお母さんの方が似合うと思う、このドレスは、やっぱり本当の大人の女性の方が、より引き立つと思う」僕は胸元のフリルを弄ぶ。

「ヘエ〜〜！　琉衣がそう言ってくれるのなら、また着ちゃおっかなぁ」楽し気な回答。

「ちょっと待って待って待って、待ったぁ〜！」梨衣が両手を広げて、ドヤ顔ならぬドヤ声で僕と母を制して立ちはだかる。「何々、蘭は琉衣が私の服を着る事、知ってたの？」いきなり核心をついて母に詰め寄る。

「知らないわヨ、そんな事、今日初めて見てるのよ」母は目線を梨衣から僕に移して質問をする。「今日が初めてじゃないの？　何時からなの？」

答えたのは梨衣だった。「一昨日、入学式の日にいきなりヨ、自分を表現したいって、私の服を着始めたの」梨衣は抗議するように答えている。

「ああ、そうなんだ」母は何処か楽しそうだ、そうして梨衣の頬を優しく撫でる、甘えん坊の梨衣をなだめる時の母の得意技だ。

「いいの？　琉衣が女性の服を着ても」頬を撫でられて梨衣は嬉しそうに抗議をする。

「だって、琉衣が自分をそう表現したいんでしょう？　なら、それで良いんじゃない？」母は僕に向き直り、「その服を着るのならスニーカーはダメよ、履けるパンプスか何かは買ったの？」梨衣と僕の靴のサイズが違うのを母は知っている。まだ買っていない僕は首を振る。昨日も一昨日もスニーカーで通学していた。

「そう、それなら梨衣のレザーのクロスのサンダルを履きなさい、今日は暖かいしサンダルならサイズも大丈夫だろうから」

「ああ、あの踵紐付きの」と同時に「あれは私が買ったばかり…たしかに少し大きめだけど…」梨衣が抗議をするが「貸してあげなさい」と言いながら母は梨衣の両頬を撫でて可愛がっている。まるでペットの仔猫を可愛がり手なずけているように。

「もう、しょうがない、貸してあげる」の梨衣は完全に母の術中にはまっていた。

「それより、大丈夫？　じ・か・ん？」母の艶めかしい声に酔いそうになりながら、二人で慌てて玄関を飛び出していた。

「もう、悔しいけれど確かに琉衣の方が似合うかも」梨衣は足を前に投げ出すように歩く、ちょっとだけ拗ねてる感じが可愛い。僕は梨衣の一歩前でクルッと回るとスカートの裾が広がり、一瞬アンブレラのようになる感触を楽しんだ。

「憧れていたんだ、これ」「これ？　って、それ？」「うん、梨衣が時々していたの見てて、何か良いなアって…」僕はもう一度回る。「やっぱり、あの頃から憧れていたんだ」

「憧れてたって、高校生の頃だって制服を交換してたじゃなあい？　スカートも穿いてたよね？」

「あの時には、こんな自由な気持ちにはなれなかった、あの時は…そう悪戯が見つからないかオドオドしていた。今とは違うワクワク感はあって楽しかったけれど」梨衣に向いて続ける。「何処か違っていた」

「琉衣は、これからスカートにするの？」それは多分、普通の疑問だろう。

「両方、スカートもズボンも、でも本当はスカートを穿きたいって思ってるの」僕と梨衣は並んで歩く、梨衣の歩き方も普通に戻っている。「でも、最初っからスカートを穿くのは少しだけ抵抗があったから、昨日一昨日はパンツルックで通学したんだ」スカートのサイドをつまんでなびかせると、スカートの中に春風が舞い込んで来て、少しだけ涼しさを感じながら、まとわりつく生地が少ない開放感が心地良かった。

そんな開放感を楽しんでいると甲高いキーで梨衣に呼ばれた「琉衣!?」…と。

「ん?」僕は女性の仕草を意識しながら小首を傾げる。

「まったく、女っぽい」僕の仕草に一瞬ひるむがすぐに切り替える。「下着は? まさか私の下着も着ているの?」僕の胸やお尻のあたりを見る。

僕は噴き出すのをこらえながら答えた。「下は僕の下着だよ、小さめで薄い色のだからもしかしたら女性用に見えるかもしれないけれど。そっかあミニスカート穿く時には梨衣のショーツ借りちゃおっかなあ?」

「えっ? やっぱり下着も私の使うの」少しだけ慌てていた。

「大丈夫! 必要なら下着ぐらい買うから」少しだけ早足になり梨衣の前を歩く。

「買うって? やっぱり下着も女性物を身に着けるの?」梨衣が慌てて追いついて来る。

「分かんない、まだ決めてないから」

「決めてないって事は、買う事も考えているんだ」逃げる僕に梨衣が追いすがる。

「かもね」「かもねって?」「その時は相談するから」「相談って」通学も二人なら楽しみの一つだった。

4

入学して四日目、僕たちは梨衣のドレッサーの前で背中合わせで着替えをしていた。

「琉衣、今日は何を着る？」

「昨日の僕が着た、このワンピース梨衣は着ないの？」母から梨衣が貰ったドレス風のワンピースの袖をつまむ。

「もう、それは琉衣にあげる。悔しいけれど確かに似合っていた、すれ違う人も何か琉衣に見惚れていたし」梨衣はチョットだけ悔しそうにしながらも、白地に黒の幾何学模様が描かれたワンピースを引っ張り出して身に着ける。

「あ、それいい、僕も着たい！」僕がそのワンピースのスカートを引っ張ると、「ダメ！今日は私」と引っ張り返される。

「ブー」「ブーじゃない」「じゃあこれにする」僕は入学初日に梨衣が着ていた、シンプルなデザインの首元がL字のブラウスと、サスペンダーで吊るベージュのカーゴパンツを引っ張り出す。

「それは、私が初日に着たコーデ？」僕は頷いて手早く身に着ける。「いいの。ズボンだよ？」梨衣は不思議そうに見る。

「別に、スカートもズボンも穿くよ、それに…」「それに？」「梨衣が大学で最初に着たコーデだし」「そうだけど…？」僕が先に階段を下りて梨衣が続く。最近は高校の時と逆のパターンが増えて来た気がする。

「それに僕は梨衣に憧れているんだよ」そう言って自分の言葉に照れた僕はダイニングに逃げ込む、後ろで梨衣が赤くなっているのが視野の端で確認出来る。

「お母さん、おはよう」今日も母は家に居て朝食を作っていてくれた。

「あらあぁ琉衣ったら、そのブラウスはダメよ」母が僕を見るなりの第一声だ。

「ダメ？　入学式の日、梨衣が着てて素敵だったから」そう言ってる間に母が僕の胸に手を当てた瞬間、まだ少し赤ら顔の梨衣が入って来て、その様子を見て又赤くなって行く。

「このブラウスじゃあ、ペチャパイが丸わかりじゃない、あなたみたいなペチャパイは、それを誤魔化すコーデをしなきゃ、ちょっと待っていて」そう言って母は僕の胸をつるんと撫で上げて自分の部屋に入る。

「ペチャパイって…琉衣は元々…」梨衣はそこまで言うのが精いっぱいで、ただ口を開けてポカンとしながら立ちすくんでいた。

「何だろう、蘭のあの対応」梨衣が腰に手を当てて鼻から息を出している。

「さあ？」僕が座ってゆったりと紅茶をすすっていると、程なく母が戻って来た。

「取り敢えず、上はこれに変えなさい」と言って着替えると、白地だけれど胸のあたりが黄色で、更に大柄の刺繍が立体的に施されている派手めのブラウスだった。

「その方がペチャパイがバレないから」母はそう言ってウィンクをする。

「だからペチャパイじゃあなくって琉衣にはないの」梨衣のこのセリフは二人でスルーしていた。

「琉衣、私の服も自由に着ていいから、私のドレッサーの中からよく選んで着なさい、お洒落をするなら妥協しちゃダメ、よく考えなさい」母はそう言いながら僕以上に優雅にモーニングコーヒーを楽しんでいた。

「ありがとう」と言いかけた時に梨衣が割り込んで来る。「ちょっと待ってよ蘭、私には勝手に見るなって言ってたのに、何で琉衣は自由に見ていいの？」これはマジな抗議だ。

「あらぁ」母はコーヒーカップを置くと、足を組み片肘を突いて手の甲に顎を乗せると、甘い声で続ける。「だって梨衣は私のドレッサーの中、適当に掻きまわすでしょう？　片付けるの大変なんだから」僕は自分で言うのも何だけれど、母に対しては二人も子供のいる母親に見えない優雅さを感じていた。

「でも〜〜〜」逆に梨衣は駄々っ子のように訴えている。

「分かったワ、梨衣も私の服、自由に使っていいわ」しょうがないと僕を見る、梨衣が喜びで飛び跳ねたのも束の間、「但し琉衣と一緒にねぇ」とウィンクする。

「え〜〜、琉衣とォ！」口が尖っている。

「いいでしょう、琉衣は丁寧に扱ってくれるから、それに…梨衣の方が女性として先輩でしょう、コーデのアドバイスしてあげなさい」梨衣は素直に頷いていたけれど、母の女性の先輩と言う言葉が妙に可笑しくて、不思議と笑顔になれた。もっとも梨衣はその言葉を自然に受け流していたのも楽しかった。

「琉衣、お洒落をするなら憧れだけじゃダメヨ、しっかりと調べないと、そうね、胸の小さな女性の服…とでも調べてみなさい」

その日、通学の電車で母の言っていた内容で検索して、僕はスマホを見ながら噴き出してしまった。

「何笑ってるの？」隣の梨衣が覗き込む。

「だって〜〜」そこには（貧乳女子）とそのままが出ていて、二人で顔を見合わせて笑いが込み上げて来て、笑いを抑えるのに苦労してしまっていた。それにしても、貧乳とストレートに出て来る事は少ないが、他には（小胸女子）（おっぱい小さい女子）等々。

兎に角、NGな着方としては躰にフィットしている服、深いV字はNGと書かれていて、逆に胸にアクセントのある服がお勧めと書かれていた。今日母に貸してもらった、このブラウスのように。

「よし私は躰にフィットする服と深いV字を着よう」と梨衣は言っていたが、嘘か本当かはこれからの事だった。

第８章　大学一年生・春（出会い）

1

「…で？　どうすんの？　私たち、双子の姉妹になっているよ、いつの間にか」ここは体育館の二階の観覧席、女子バスケットボール部の余り上手くない練習を見下ろしながら二人で並んで梨衣がぼやいている。胸まであるサロペットのデニムのジーンズと大柄な模様の長そでのＴシャツをダブダブに着て、座席に胡座をかいてそこで頬杖を突く、梨衣独特のポーズで。

「そうだね、美人の…双子姉妹…ネ！」僕は薄い黄色のフレアのロングのワンピースで胸には首元からレースのスカートが伸びていて、胸をスカートで隠すようなデザインの女性らしい服をフワリと着ていた。

「自分で言う？　美人って？」梨衣が横目でにらんでいる。

「僕が言ったんじゃないもん、人が言ってる言葉をそのまま使っただけ」僕は梨衣を優しく見つめ返す。

「あのねえ…？」「それに僕は性については何も言ってないもん、皆が勝手に勘違いしているだけだから」「でも、否定しなかったじゃない」「いつ?」「よく似てますね、どちらがお姉さん……ああ、それじゃああなたが妹さんネ」数日前の講堂での休憩時間の会話だ。

「ああ、そう言えば…そうそう、そんな事もあったね」

「あったねって、それならイッソの事、琉衣もみんなの前で『私』って言っちゃえばいいのに、もう誰も琉衣の事は女性だと思って疑っていないみたいだし」梨衣は少しだけ意地悪そうに言う。

「言ってるよ」僕はあっさりと言い返す。

「へえ!?」かなり間の抜けた梨衣の反応。

「言ってるヨ私って、梨衣とお母さんと話す時以外は」

「言ってる? いつから?」

「入学式の日から、気づかなかった?」僕が笑顔を向けると、梨衣は呆れたと言う表情で首を振る。「梨衣と一緒の時は、そう今までの習慣かなあ? 自然と僕って出るんだけれど、他人と話している時には自然と私って出るの、やっぱりこの服のせいかしら?」僕は自分のスカートを少しだけつまみ上げる。

「あっそう」梨衣はもう、ご自由に…と言う感じで前を向いてため息を吐いている。「何か琉衣が遠くなって行くみたい、置いて行かれるのかなあ? 私」

「それは気のせいだと思う」僕は梨衣に肩を寄せる。「本当に遠くなって居たら躰が何かしらの反応をすると思う、何か反応してる?」僕は更に近づいて梨衣の耳元で囁くように聞いた。梨衣は自分の躰中を見渡してから、Ｔシャツの首元から中を覗いた後に僕を見て、ゆっくりと首を横に振る。

「でしょう？　それに、梨衣に置いて行かれたのは僕が先だよ」

「いつ私が琉衣を置いて行ったのよ！」梨衣は胡座から下ろした両足をばたつかせて抗議する。

「小五で梨衣が急に大きくなった時、あの時は梨衣に置いて行かれた気持ちだった、だから中三の秋に身長で追いついた時には嬉しかった。素直に喜んだんだ」

「ああ、もう下手糞だなあ！　又、ファンブルして」梨衣は一階の女子バスケの練習試合を見ながらそう言っている。僕の昔話とその言葉に照れているのが分かる。単純だけれど素直な反応の梨衣がいた。

　そんな風に二人の時間を楽しんでいると、梨衣の向こう側に一人の男性が現れた。「ねえキミ、君はバスケ好きだよね？」そう言いながら好感の持てそうな、笑顔が爽やかな男子学生は梨衣の横に当然のように座る。

「はい？　まあ、好きですが？」突然の闖入者に梨衣は少しだけ身を引いていたが、確かにバスケが好きなのでそう答えていた。

「一年生でしょう？」質問を畳みかけて来る、親し気な言葉で。

「はい」さすがの梨衣も雰囲気に飲まれているようで、素直に答えている。

「もう大学にも慣れた頃でしょう？」肩を寄せて、それでいて正面で対峙しないようにしながら巧みに距離を縮めて来る。

「まっまあ、そこそこ」梨衣の回答を聞いている内に僕は気が付いた、全部「うん」と言うように質問をしている事に。

「今度、近くの美味しいお店を紹介…」そこまで言った時、梨衣がその男子学生の右頬を押して向こうを向かせて「ナンパは結構」の一言を言う時には男子学生の顔も見ずに、ムッとした顔で前を向いていた。

「あれえ！　つれないなあ」その男子学生もそれで諦めるタイプではないようで、直ぐに切り替えて続ける。

「せっかく美人の双子の姉妹とお近づきになれたんだし、少しだけ話したいなあ…って」その笑顔は嫌味もなく、やはり爽やかと言うのがピッタリで、多分そのファーストタッチで、それなりになびく女性が多いのも感じる事が出来る、きっとこれも一つの才能だとは思うけど多分梨衣には…無駄だろう。

　美男子ではないが優し気な目鼻立ちに、バランスの取れた体形、身長も手頃な高さで、会話も軽妙で彼氏にするのに申し分はないと思う、但しこのナンパ慣れした所だけが頂けない感じがしていた。

「俺は東晴弥《ひがしはるや》今三年生、どうこの後食事でも、パスタの美味しいお店近いんだ」

「残念、間に合っています」男子に興味を持てない梨衣相手に善戦している方だろう。そんな事を考えていたら梨衣が僕を見る。

僕は……その東晴弥と名乗る男子学生を見つめている事に、梨衣の目線を受けて、今まさに自分で気が付いていた。

「私は興味ありません、宜しければこちらに」梨衣はそう言うと東晴弥と躰を入れ替えて僕の隣に座らせる。そうして梨衣は少し離れてバスケを見下ろしているけれど、聞き耳は立てているのが感じられる。

「あっ」僕は慌てて座り直し、スカートを整えるように撫でつける。

「妹さんの方？」優し気な瞳で聞かれて、少しだけ心の中の女性の自分がときめいた気持ちになり小さく頷いていた。

「お姉さんと同じに美人だ、素敵だ…でも」東晴弥はそう言うと、L字にした右手を口元に当てて、真剣な眼差しで僕を見つめる。そんな東晴弥の優し気な雰囲気に僕の心が揺れている時だった。

「君…男の子だよね！」その瞬間、僕の心臓が止まる思いがして、梨衣は一瞬で振り向いて僕たちに歩み寄る。「うん、素敵だよ、君も良い線いってる」東晴弥は、態勢は変えずに僕の全身を見渡している。

僕は別に隠していた訳でもないけれど、裸を見られたとか躰を触られたとか、そんな何もない状態でいきなり看破された事に、かなりのショックを受けていた。それくらい今は女性らしい振る舞いが出来ていると思っていたし、事実周りの学生はそう信じていた。なので……言葉が出ない。

「あんた、何言ってるの」梨衣がムキになっているが東晴弥は相手にしていなかった。

「君（僕の事）って心の優しい人だね、大丈夫僕は理由は聞かないから、誰にも言わない、でもゴメンね僕は純粋に女性が好きなんだ」

「何、この握り拳は！」梨衣が東晴弥の右手の拳を人差し指で突っつく。

「ああ、ゴメン」そう言って晴弥は強く握っていた拳を、開花する花びらが弾けるように大きく開いて笑った。

「あんた、変な人ね！」梨衣は男性としてではなく、人として興味を持ったようだ。

「よく、言われる」屈託なく笑うと、周りも自然と笑えるおおらかさを感じる。

「こう言う生き方もあるんだ素敵だよ、自分の信じた生き方を大切に…ネ」そう言って東晴弥が立つと同時に、梨衣がその腕を引っ張って、女子バスケの練習がよく見える一番前の場所に移動する。

僕は、まだ少しだけ、時めいている心を鎮めながら二人を見つめていた。

2

「あの人、誰？」梨衣が指さしたのは、バスケ部の女子の中で一番大柄な女性で、他のバスケ部員より目立っていた。バスケには素人の僕でも周りとのレベル差が大きくて、一人だけ異次元の動きに見えていた。更に細身で手足が長く、目鼻立ちもはっきりした美人なので、プレーでもスタイルでも別格に見えているので自然と目に付く存在だった。

「何で俺に聞くのかなあ？」梨衣と並んで見下ろしている東晴弥は、梨衣との会話を楽しんでいるようだ。

「だって、あんたチャラけているけど、それなりに女性の情報は持ってるでしょう？」

「まあ、それは言える、でも少ししか…」

「だったら教えて、なんでこんなレベルの部に一人だけあんな人がいるの？」

年上の先輩をいきなり、あんた呼ばわりの梨衣も凄いけれど、それを気にもしないで会話を楽しむ、この東晴弥と言う男性も凄いと思う。きっと女性の特性や性格を見抜いて、それに合わせる術を身に付けているのだろうと素直に感心する。

「そう…名前は相羽桃香《あいばももか》、現在情報システム学部の四年生、趣味はバスケに読書…何とかって言う探偵小説のファン」僕が一瞬ドキッとしたのには二人共気づいていない。「見ての通りのスタイルなので、モデルのバイトもしていたけれど『自分のやりたい事じゃあない』と言って今はやっていない、信州のどっかの老舗旅館の一人娘で長い休みの時には手伝いに帰る、女将の修業も兼ねて」少ししか知らないと言いながら、梨衣の質問以外の事柄をよく知っている…が僕の素直な感想だ、やっぱり桃香さんに興味があったのだろう事が推測出来る。

「四年間特定の彼氏はいない、成績も常に上位、見ての通り美人で才女……ああ君は別のタイプの美人だけど」そう言って梨衣の肩に手を回すが梨衣はするりとかわす。「私の事はほっといて」と笑顔だけを向けるが、心はこもっていない。

「まあ」東晴弥は宙に浮いた右手を見つめながら続ける。「男性を寄せ付けない態度から…レズビアンの噂も」

「それは確かな事？」梨衣が怒って東晴弥を睨みつける。

「いや、単なる噂」両手を上げて降参の意思表示は（俺に他意はない）の意味だろう。

「根拠もないのに勝手な噂を流すものじゃあないでしょう！」正義感の強い梨衣は正論を言っている。

「別に俺が言ったんじゃないから」梨衣の怒りを自然なしぐさで受け流す、女性の扱いが上手いと思う。

「でも、こうやって話す事が噂を広めて行って、そうして本人が傷つくんだから」

「でも、まあ…言ってるのは本人だから…なあ」

「えっ!?」梨衣が東晴弥を珍しく見る。「自分で？　レズビアンって？　本当なの？」梨衣がむきになっている。

「違う違う」東晴弥は軽く首を振って会話を楽しんでいる。

「どう言う事？」

「ようは、五月蠅い蠅」東晴弥は自分を指さす、飄々と、「…を追い払う方便」

「…と、言う事は、あんたも声を掛けたの？」

「もちろん」手すりにもたれ掛かり楽しそうに話す。「あなたは何か真剣に取り組んでいるの…？　って興味も持ってもらえなかった」

「フ〜〜ん、……で、話が逸れてるわ」

「バスケの事ね…」東晴弥は今度は手すりに背中でもたれて続けた。「正直言って、二年までの彼女は特に上手くはなかったんだ、それこそ今の周りの選手と同じレベルだった。でも身長もあったから、地区選抜の強化合宿に参加して急にレベルが上がって来たかな？　ほら若いアスリートは急に何かの刺激で上手くなる事が有るだろう、きっとそれ」

梨衣が続ける。「…で、一人急に上手くなったおかげで、逆に周りとの連携に難が出来て来た…訳ね」そう言っている矢先に、桃香さんの鋭いパスに追いつけないでボールがファールラインを越えて行った。

「君、詳しいね、やっぱりやっていたんだ、バスケ…」懲りずに梨衣に近づいて耳元で話す。「やらないの？　バスケ？」

「や・ら・な・い」梨衣はそう言いながら肘で顔を押し戻す。

東晴弥は顔をさすりながら苦笑いで続ける。「でも、彼女はもう女子バスケの強い大手食品メーカーに内定しているから、強化合宿を見に来ていたスカウトの目に留まって」

「じゃあ、そこに行けば少しはマシなバスケが出来るんだ？」梨衣が嬉しそうに聞く。

「でもね」東晴弥が少し寂しそうに話す。「何か今年の彼女、去年程の切れがないんだ」

「あれで？」一人気を吐く桃香さんがスリーポイントシュートを決めていた。

「う～～ん！　そう、もしかしたら何処か怪我してるのか？　それとも何か悩んでいるのか？」東晴弥はそこまで言って跳ねるように手すりから離れる。「少し喋り過ぎた」そう言うと一階に下りる階段に向かう。「今度おいしいラーメンでも」と梨衣に向いた瞬間、梨衣は「イー」をしていた。僕は少しだけ時めいていた。

「まったく、あれは絶対に桃香さんに気があるよ、その話をしながら他の女性を口説くなんて」梨衣はバスケを見ながら言う。

「でも優しい人だよ。女性の気持ちを分かっている」僕が言い訳っぽく話した時、東晴弥がコートに現れて桃香さんと何かを話している。

二人が親し気に手を振り、東晴弥がコートから姿を消えた時、桃香さんがこちらを向いて声を掛けて来た。「鏡原梨衣さん、お願い少しだけ一緒にバスケ、やって～」

「あいつ～～」あいつとは勿論、東晴弥の事だ。「私を売ったわね」多分、梨衣のこの言葉に深い意味はないと思う。

僕は薄く笑いながら近づく。「まあ、コーヒー一杯分かしら？」勿論、他意はない。

「お願い」下から桃香さんの声。

「安い」そう言いながら梨衣は長そでTシャツの袖をまくりながら一階に降りて行く。

「何か、高校一年生の時と同じ事、やってるよ…梨衣」一階に降りた梨衣は例によって、着替えずに桃香さんと軽く打ち合わせをしてコートを走り回る。

梨衣がゲームをコントロールして、桃香さんが決めるパターンで梨衣のチームは得点を重ねて行く。二人の息はピタリと合っていた、まるで長年コンビを組んでいたのではないのか？　と思わせる程に相手のプレーの先を感じて自らのプレーを組み立てていた。僕は改めて思った、スポーツが好きな梨衣は、やっぱりバスケのコートの中が似合う…と。

程なく試合が終わった、終わってみれば梨衣と桃香さんのチームの圧勝だった。桃香さんは久しぶりに安定した試合運びが出来た事に喜び、無邪気に梨衣に抱きついて来たが、梨衣はスルリと軽やかに身を翻して桃香さんをかわしていた。

「あの顔」上から見ていて梨衣が戸惑っているのが分かる。「仕草が…」モジモジしてる。

「さては梨衣…」やってらんない、みたいな拗ねた態度。「ははあん」僕は理解した。

戻って来た梨衣にキャップを外した水のペットボトルを渡しながら悪戯っぽく聞く。

「持ってかれた？」…と。

「何が？」梨衣は一階を見下ろしながら水を飲む、下からは桃香さんが見上げている。

「こ～こ」僕が梨衣の胸に手をあてる。

「なっ、何言ってるの？」と言いながら、少しだけ赤くなっているのが分かりやすい。

「まったく、桜に振られたばっかりなのに、懲りない人」僕は肩で肩を押す。

「いいじゃない、人を好きになるのは自由」梨衣がおもむろに立ち上がる。

「勿論自由だよ」梨衣からペットボトルを受け取ると僕も一口飲む。

「それがたとえ…憧れているだけだって」梨衣は練習に戻った桃香さんを目で追う。

「憧れ…だけでいいの？」僕も桃香さんを見つめる。

「分かんない」梨衣が寂しそうに首を振る。「でも相手の気持ちだって大切にしないと、自分の事だけ考える人間になんかなりたくないから」梨衣はそう言って前を見つめる。

「でも、無理に諦める必要もないよね」

「モチ！」やっぱり梨衣は寂しそうに前を向く。最近、梨衣の表情を見ていて時々感じる事がある。梨衣は何について悩んでいるのだろうか？　…と、単に恋愛に迷っている、と言うより何か別の事を考えているように感じる時がある。梨衣は普段何でもない事はペラペラ喋るのに、肝心な事は絶対に言わない。それは僕にも母にも余計な心配を掛けたくない。その芯の強さは群を抜いている。

それとは別に、僕と桃香さんの好きな本が同じ探偵小説だったのを知った事を切っ掛けに何気なく交流が始まる事になっていた。勿論、僕たちの事は姉妹と思ったままで。

ただ、これが運命の出会いだったとは、この時の僕たちは知る由がなかった。

第9章　大学一年生・春〜夏（色々な挑戦）

1

僕たちは部活やサークル活動への参加は当面見送る事にしていた。別に他者との交流を避けるつもりもないし、普通に友達も出来て来ているが部活やサークルだと、どうしても断り切れない事が出てきそうなので、それは夏休み以降に考える事にしていた。

それに僕たちにはそれぞれ別にやりたい事があった。

「私、バイトしたい！」と梨衣が言ったかと思うと、次の日には近所のコンビニのバイトを決めて来た、それもどんな交渉をしたのか知らないが、制服を着て帰宅の許可を取っていた。

僕は脱毛エステに通い本格的に躰の手入れを開始していた、しかも費用は母持ちで。

「何で琉衣にばっかりお金出してあげるの？」例のごとく梨衣の抗議が母に向かうが「あらあ、梨衣はこんなにお肌が綺麗で、これ以上綺麗になったら必要以上に男が寄って来るわ…いいの？」艶めかしい口調で猫をあやすように両頬を撫でて、いつものように梨衣を手なずけるが、今回の梨衣は「男が寄る」の言葉に嫌そうに反応していた。

母には僕たちの秘密は言っていないはずだけれど、もしかして梨衣の事には気づいていて、気づかないふりをしているのか…？　とも勘ぐってしまう。僕の事はどう思っているのかも分からないけれど、母は気にもしないで女性の服の相談にも乗ってくれるし、脱毛エステにも通わせてくれていた。

あと大学生になって僕たちは少しだけれど別々に行動が出来るようになっていた。理由は僕たちが少しだけ大人になった事もあるけれど、スマホのアプリでお互いの位置情報が分かるようにしたおかげでもあった。ただ、それもやっぱり同じ町内位の距離が限界で、電車に乗って離れるのは出来ないでいた。ようは何かあっても走って逢える距離の範囲なのに変わりは無かったが、それでも二人の自由度は増していた。

別に二人一緒の行動が嫌になった訳ではなく、むしろ今でも二人一緒の行動の方が落ち着くし楽しい。だけど別々の行動の利点もある、ようは二人での行動の方が安心出来るのを再確認する事になっただけでもあった。

2

「もう、何で琉衣はそんなに絵になるの」休日の朝食後、梨衣が僕の部屋に入るなり僕を覗き込む。僕が母に買ってもらった、化粧箱の初心者セットの前でアイシャドウをひいている時だった。

「何が絵になるの？」僕は化粧箱の蓋裏の鏡を覗き込みながら聞き返す。

「何がって、その仕草…座り方が」僕は室内着にしている赤いサロペットを着て化粧箱を置いた小さなテーブルの前に立て膝で、足先を少しだけ交差させて、膝を抱えるように座ってお化粧の練習をしていた。

「ああ…これ？」僕は手を止めて化粧道具を持ったまま両手を小さく広げる。

「それも…琉衣は何でそんなに女っぽい仕草が出来るの？　本っ当、何か悔しい、意識してるの？」梨衣はそう言うと僕の横に座り、僕の膝を開かせて胡座に無理矢理変化させる。

僕が肩をすぼめて小首を傾げると、梨衣は片立て膝に顎を乗せてため息をついた。

「意識しているかって聞かれれば、一応意識してるよ僕は。女性らしい仕草をスマホで検索して、見て、研究して、気を付けてもいるし自然に出来るようにしている」「あっそう！」「梨衣は女の子で、どんな仕草をしても自然だけれど僕はやっぱり躰は男だから、注意しないとって思ってる。別に女おとこって揶揄われても自分がやりたい事をやっているんだから気にしないつもりだけれど、それでも避けられる軋轢なら避ける方が利口だと思う。そのために気を付けるべきことは気を付けるのが、僕が今やりたい事だから」

「ハイハイ」梨衣は降参のように両手を上げて、左右に首を振る。

「それより」僕が梨衣に顔を近付ける。「梨衣もお化粧しよう、スッピンも素敵だけど」

僕はアイシャドウを手に、梨衣に顔を近付ける。

「結構」梨衣が軽やかに僕から離れる。「乳液でお手入れはしているし、私はこのままが好き」そう言って丸くて弾力の有る両頬を両手で潰して変顔をする。

「まあ、そう言わずに」僕は梨衣の上半身にのしかかるように床に押し倒す。次に梨衣の右手の自由を左腕で奪いアイシャドウの基本ベースのベージュを付けたチップを近付けると梨衣が左手で僕の右手の自由を奪う。

「お・ね・が・い」僕がウィンクをする。

「ウフフ」梨衣が微笑む。「ダ〜〜メ」

「お願い、練習させて」

梨衣は答える代わりに横を向く。

「駅前のカフェのあのお洒落なパフェ、沢山フルーツが乗っている…」僕の言葉が終わる前に梨衣が僕に顔を向ける。「食べたいでしょう?」

「おごり?」梨衣が笑顔になる。

「もっちろん!」

「何々?　あのお店限定の特性のモンブランも付けたいって?」目尻が下がりまくっている。

「ハイハイ、付けたいです」

「ならOK」梨衣の左手の呪縛が解かれる。僕は、そのままの姿勢で、初心者コースのベージュ、ピンク、ブラウンを重ねて行く。ついでにアイライナーで目尻を整える。

「どう？」横になったままの梨衣に手鏡を渡す。

「あれ？」「どうしたの？」「何か琉衣に似てる」僕がどいて上半身を起こして、化粧箱裏の鏡を覗き込む。

「見て！」僕は僕の目を梨衣に寄せる。「梨衣の目は丸いから、少し切れ長にひいてみたの、逆に僕は切れ長の目が少しだけ丸くなるようにひいてみたの」

「まあ、元々双子だし」二人で言って二人で化粧箱の鏡を覗くと、今まで以上に見分けがつきにくいと二人で感じていた。

口紅も基本のピンク系を塗る。少しだけ唇に厚みがある梨衣は輪郭より細めに塗り、少しだけ唇の輪郭が薄めの僕は心持ち厚めに塗ると、益々見分けがつきにくくなってきた。

「これなら面白い」と梨衣も一気に気に入ったようで、僕たちは一つの化粧箱を共有して、一緒にお化粧の研究しながら楽しむようになっていた。

このお化粧以降、大学では、「益々見分けがつかなくなった」と妙な抗議を受ける事が増えていった。更に僕が梨衣と呼ばれても返事をし、梨衣が琉衣と呼ばれても返事をして、お互いのままで答える事を自然にするようになっていった。そしてその事に何の支障もない事に僕たちは気づいていた。

3

二人で母の部屋で今日着ていく服のコーディネートをしている。梨衣が身に着けたのは、薄いグレーのミニのツーピースで、ビジネスでも着れそうなデザインで大きな釦にインパクトがあった。僕は濃い緑のかなり細めのミディ丈ペンシルスカート、前には膝上まで達する深めのスリットが特徴的なスカートを身に着けた。その大人っぽいスカートに対してブラウスは、三匹の兎の刺繍が胸元にある少し子供っぽいのをチョイスして、ワザとアンバランスにしてみた。それに春っぽいピンクのストールをはおり、梨衣に付き合って貰って買ったベージュのショートブーツを合わせる。

母の部屋から借りた母の服を着て家を出ると今日は僕から梨衣の腕に抱きつく。

僕たちは最近、腕を組んで歩く事が多くなっていた。梨衣が僕の腕に腕を回す事もあれば、今日みたいに僕が梨衣の腕に腕を回す事もある。どっちがどっちと言う事はなく、その時の気分次第だった。ただ梨衣が右で僕が左の位置関係だけは変わらない。

「でも蘭の服って昔のも沢山あるけれど、今着ても全然古臭く感じない」梨衣が僕の胸の刺繍の兎をつっつく。

「古臭いどころか、今の流行に乗ってる感じがする」僕が梨衣のスカートの裾を揺らす。

「今になって時代が蘭のセンスに追いついたかな？」

「お母さんはそれ程意識していないと思うなあ？　単純に自分が好きな物を自由に着ているだけだと思うけれどなあ」

「まあ、こうして着る服が増えると、もう私たちの事を服で見分けるのは無理だね。最近お化粧も分からなくなったって言われるし」梨衣が楽し気に話す。

「言ってた言ってた、梨衣が穿いたスカートを次の日に僕が穿く事もあるし、その逆もあるし」僕も楽しくて自然に笑顔になる。

「琉衣は私以外の人には『私』って言うし」梨衣が僕の頬を突っつく。

「どうやって見分ければいいの？　…だってエ」梨衣が昨日の友人の質問を吹き出しながら繰り返す。その時は二人で首を捻って答えなかったが…。

「一つだけあるよね！」僕が真顔になる。

「えっ有るの？」梨衣が立ち止まって僕を見る。「足のサイズ」僕がショートブーツの右足を前に出した瞬間、二人で吹き出した。二㎝だけ僕の足が大きいが「分かる訳ないじゃん」梨衣が涙を浮かべて笑っている。やっぱり二人が楽しい、そう思えるひと時、きっと梨衣もそう思ってくれていると自然に信じられる…今がある。

　何気ない通学の一時、電車に乗っても楽しい事が続く。約二十分利用する車内は混んでいてギリギリ二人並んで座る事が出来た。

「梨衣、これ見て」僕がスマホで見つけた記事を梨衣に差し出す。

梨衣も覗き込むと、そこには籠花月菜《かごはなつきな》二十歳のヌードと特集記事が出ていた。

「この子」梨衣が驚き二人で見つめ合う。

この籠花月菜とは、三年程前の僕たちが高校生の時に天才美少女ピアニストと呼ばれて、一躍脚光を浴びた少女だった。雑誌やテレビにもよく出ていて、その愛くるしい笑顔に誰もが自然に癒されていた。そんな月菜に梨衣も心奪われてしまったようで「可愛い」と言っては彼女のフォトエッセイやピアノのＣＤを購入していた。「一生懸命な所が可愛いだけだから」とムキになって言い訳をしていたが、梨衣の心の中の男性の梨衣が憧れていたたのは、どう見ても明らかだった。

ただ、その後すぐに籠花月菜は表舞台から姿を消した。誹謗中傷からの心神衰弱とも、ピアノのスランプとも、親が口を出し過ぎて各方面から干されたとも言われていたが、どれも噂でしかなく結局はいつの間にか忘れ去られていた。勿論梨衣も程なく忘れていた。

「ヌードねえ」梨衣が頬に手をあてながらため息まじりに覗いている。特集には数カット、写真集に載っているだろう写真が掲載されていた。無論、この時点ではフルオープンにはなっていないけれど、何処かの部屋で裸でピアノを弾いている姿の写真があった。

「どうしたのかなあ？　急に」スマホを覗き込む梨衣の横顔が何だか寂しそうだ。

「あまり考え込まない方がいいんじゃない？　彼女なりの生き方を見つけただけかも知れないし、ほら近日発売だって、買うの？」僕は少しだけ悪戯っぽく聞くと…。

「買う訳ないでしょう！」と梨衣は少しだけ赤くなりながら、必要以上に否定する。

素直な梨衣…と、僕が考えていたら、「お祖母ちゃん、どうぞ」と梨衣が勢いよく立ち上がり高齢の女性に席を譲る。

「ありがとう」そう言いながら座るなり「可愛い娘さんたちだ」と僕たちを交互に見ると梨衣が高齢女性に耳打ちをする。

「この子」僕を指差す。「男の子ですから」僕がキョトンとする横で、高齢女性は僕を見てニコリとして、「バカな事言って～」と返していた。

「勿論、冗談です」と言うと向かい側の男子高校生の横の席が空いたので梨衣が元気よく座る。

「あっちの子の方が元気一杯で男の子みたい」と同意を求めたので、僕は何て答えれば良いのか分からずに、苦笑いを返していた。そんな僕を尻目に梨衣は何故か僕の足を見て腕組みをしているが、大学の有る駅で降りて、その理由を僕は直ぐに知る事になる。

「琉衣って綺麗に座るよね、膝も揃えていて、やっぱり女性の仕草のお勉強、伊達じゃあ無いネ」ホームを歩きながら絡んで来た。

「な～～にイ、何か皮肉？」

「そうじゃあなくって、向かいに座ってた男子高校生…気づかなかった？」

「何の事？」僕は小首を傾げる。

「そのスカートのスリットよ」梨衣がスリットの片方を軽くめくって僕の脚を見る。

「スリットが何か？」僕はスリットを戻して二人で階段を上がる。

「気づかなかった？　私の隣に座ってた男の子、何気に琉衣のスリットから見える脚の奥の方を気にしていたの。勿論、琉衣は綺麗に座っているから見えなかったけど、それでもスリットから覗く脚は魅力的だから。若い男子には毒だし」二人で改札を抜けると駅前広場に出る。

「だって梨衣が言ってたでしょうスカートで行動する以上、見られる覚悟はしといた方が良いよ…って、だから多少の事は仕方ないと思ってるよ」僕の訴えに梨衣は立ち止まり、両手を腰に当てながら、したり顔になり、「違う違う」…と梨衣が首を横に振る。

「じゃあ？　なぁ～に？　焦らさないで」焦る僕に対して余裕の梨衣、何を言いたいのか？

「琉衣はア」僕の額に人差し指を当てる。

「僕は？」僕は僕を指差す。

「若い男の子の夢を壊しちゃうかもしれない」と言った瞬間、僕のスカートのスリットをめくって、そのまま駆け出して行く。

「スカート？」僕は自分のスリットから覗く脚を見て、ようやく梨衣が言いたい事を理解した。理解すると少しだけ恥ずかしくなって、「梨衣～～～～！」と叫んで、スリットを両手で合わせて自然に内股になっていた。

「おはよう、琉衣」そう後ろから僕に声をかけながら肩を叩いたのは相羽桃香さんだ、彼女だけは僕と梨衣を間違えずに呼ぶ。

「あっおはようございます」と僕が言うのと同時に梨衣を呼んでいた。「梨衣イ～～」と、そしてそれと同時に梨衣からも帰って来た言葉、「入りませェ〜〜〜ん」これが最近の二人の挨拶になっていた。

4

　ＧＷ明け、僕が風邪をひいた「三十七・五℃、今日大学休むネ」

「琉衣が風邪ひくなんて久しぶりだね、いつだっけ前にひいたのって？」梨衣が冷えピタを貼りながら聞いて来た。

「覚えていない、多分中学生の時！」流石にダルさは隠せない。

「そんな前だっけ？」梨衣は僕の布団に乗っている。

「軽いと、病院には行かない時もあったでしょう？　高校生の時には」そう、トランスジェンダーを発露してからは、人に躰を見られるのが嫌で多少の事なら我慢していた。

「それより、梨衣は大学どうするの？　行くの？」

「勿論」笑顔で数秒ためを作る。「休む」

「そう来ると思った」僕は天井を見ながらため息を吐く。

「だって〜〜〜」梨衣が躰をくねらせながら続ける。「琉衣が寂しいって、私に行かないでって泣きながら訴えるし」

「ハイハイ、寂しくって、泣きながら訴えました」

「行かないで、置いてかないでって、泣いてすがるし」感情豊かに小芝居が入る。

「そうそう、行かないで下さい、置いてかないで下さい」僕はボー読みで続ける。

「まあ、そう言う事なら仕方ない、そばにいてあげるから」僕の額の冷えピタを叩く。

「あ・り・が・と」これは本音だ。小さい頃から、どちらかが学校を休む事になっても、二人で休んでいた僕たち。それは今でも続いているようだ。

ただ、その現実も実は決して嫌ではなく、むしろ二人共お互いの存在がかけがえのない、唯一無二の大切な存在である事の証明になっている事が嬉しかった。

「梨衣」僕が右手を布団から出すと、梨衣が両手で握りしめてくれて嬉しかった。

「梨衣」「なあに？」「女性って大変だね」「どうしたの急に？」「だって毎日毎日お化粧して、洋服もコーディネートして、振る舞いも気を付けて」今の僕の正直な気持ちを伝える。

「琉衣イ～」梨衣は苦笑いで首を振る。「そんな事ないよォ、お化粧しない子も沢山いるし、服だって適当な子いるし、仕草だって…ねえ！」梨衣はそのまま転がるように僕の横で寝転がる。「私から言わせれば、みんなはもっと琉衣を見習うべきだね」自分の腕枕で僕を横から見る「その一番は私だけど」と言って笑顔になると、その笑顔が一番女の子らしかった。

「ところで、どうするの？　蘭も仕事行っちゃったし、風邪薬買って来ようか？」今度は僕の上に乗りながら聞いて来る。

「大丈夫、医者に行くから」僕は梨衣を丁寧に下ろして、上半身を起こす。

「ああ、そう」梨衣は当たり前のように答えながらベッドを滑り降り切ってから一瞬遅れて、「医者ア！」とお尻が床についてから素っ頓狂な声を上げる。

「うん」僕は涼し気に答える。

「行くの、医者に？　行けるの？」梨衣は自分のTシャツの前をパタパタさせながら聞き返す。ブラがチラチラ見える。

「うん、考えたんだ」僕はベッドに座る。「これから先、やっぱり医者にかかる事はあると思う」向かい合った梨衣が床でペッタン座りをしながら殊勝に頷く。「だから、必要な事は割り切って行く努力が必要だと思うんだ」梨衣が頷く。「必要な事と不要な事をちゃんと分けて、必要な事は必要な事と受け入れるようにして行く…ただ、それだけ」僕は熱でボーッとなった頭をフル稼働させて梨衣に説明をする。「それに、今の自分を表現しているから、行ける気がするんだ…医者くらいなら」見ると梨衣は口を一文字にして俯いている、少しだけ寂しそうな表情で、「梨衣？　大丈夫？」僕が梨衣の肩に手を掛けると、「大丈夫」と無理に笑顔になるのが分かった。

　同じ悩みを持つ僕たちだから、同じ気持ちで心配してくれているのだろう。

「琉衣って強いね」梨衣が呟いた。

「強くなんかないよ、梨衣がそばにいてくれるから」僕は梨衣と手をつなぐ。「一緒に行ってくれるよね、医者」梨衣の答えが来ないので強く握って「お願い」と哀願する。

「しょうがないなあ」梨衣が泣き笑いのように顔を上げる。「行ってあげる、一緒に」そう言って僕の膝に頰を乗せて来た。

「どうしたの？　甘えてるネ」梨衣のサラサラの髪を撫でる。

「何でもない」そうして梨衣が顔を上げる。「あの禿医者の所に行くの？」と聞いて来た。

禿医者とはいわゆる地元の開業医で、小さい頃からお世話になっている主治医のような先生だけれど、もう随分行っていない。「内科のくせに自分の禿頭を撫でて、儂の所に来れば怪我はないだって、バッカみたいだよね」そう言った時には普段の梨衣に戻っていた。

「行こう」僕はゆったりしたセーターにミディ丈のスカートに着替える、梨衣はシンプルな分派手に見えるワンピースを着て。

「鏡原琉衣さん」順番が来たので診察室に入る。

最初は一人で入る決断をして梨衣には待合室で待っててもらい、中に入ると小さな頃の思い出が残る、雑然とした昔懐かしい診察室そのままだった。隅で壁に机を付けた椅子に、禿頭の痩せた医師が座っている。年齢は多分七十を超えていると思うのだけれど、今でも矍鑠としていてそれも定かでない。僕たちが物心がついた頃には既に禿げ上がっていて、梨衣が楽しそうに撫でていた記憶がある。ようは年齢不詳なのだ。

「うん？」先生が僕を見て丸い眼鏡をつまみ上げる。そうして昔ながらの手書きのカルテを見て、「お〜い、カルテが違うぞ！」受付に向かって叫ぶ、とても七十過ぎには思えない大きな声だ。「これは琉衣坊（この医院では、昔から僕はそう呼ばれていた）のカルテだ、りいり（梨衣の呼び方だ）のカルテを持ってこい、まったく」僕に向かって、「すまんな」と一言。

「先生、その子が琉衣君です」すぐさま受付から返事が返って来た。

「何をバカなこと言っとる、ふざけてないでさっさと持って来い」又僕を見て、「なあ」といわれても…。

「先生、僕です琉衣です」多少予想はしていたが、ここまで信じてもらえないのは今の僕にとっては嬉しい事…？

「なあに、りいりまでふざけておるのだ」これもまあ当然の反応だろう。

「先生、間違いなく琉衣君です、私たちも最初は信じられませんでしたから」受付の人と看護師の人が頷き合っている。

「すみません、梨衣を呼んで下さい」仕方ないので梨衣を呼んで二人並んで医師の前に座ると、丸い眼鏡の奥で目を丸くしながら僕たちを見比べる。

ひとしきり見比べた後、僕に向かって「お前さん、お○ん○んはサヨナラしたのか？」と真顔で聞いて来て、それに最初に反応したのは梨衣だった「エッチイ」と。

「まあまあ」僕が梨衣を制して答える。「躰は特にいじっていません、これが今の僕の表現方法です」と自分の胸に手を当てながら伝える。

「表現方法ねえ」と言って顎髭を撫でるのが何故か懐かしかった。「まあ良いわい、診察するぞ」そう言って聴診器を耳に入れる。その瞬間、僕はセーターの裾を両手で握りしめて上げるのを躊躇っていた。自分なりに決心して、ここに来たはずなのに、やはりいざとなると心が揺れてしまう。自分の胸を他人に見せると言う行為に尻込みをしている自分がいて自然に俯いている。

そう俯いていると、「大丈夫じゃ」微妙ににやけながら聴診器を近づけて来る。「これは最近買った優れものでな、服の上から音が聴けるんじゃ」僕が顔を上げる。

「先生、又自慢ですか？」横から看護師がチャチャを入れて来るのが楽しかった。

「先生」僕がそう言うと七十年の皺が刻まれた笑顔で頷いて、静かに聴診器を服の上から当ててくれた。

「まあ普通の風邪だ、抗生剤と頓服用の解熱剤を出しておくから三十八℃を超えた時に飲みなさい」と以外に真面目に診断をする。

「しっかし、見分けるのが大変じゃ」とため息をつく。「昔っから似ていたが、これほどとは…って？　りいりは良いのか？　診察？」と梨衣に聴診器を向ける。

「何で私まで？」「昔から、琉衣の診察の後『私も診て』と言って自分でシャツをめくりあげていただろう。どれ、しっかり診断するからシャツをめくりなさい」と梨衣の胸を指す、少しだけ目尻を下げながら。

「助平！」梨衣がそう言いながら立ち上がり医師の禿げた頭をペシャリと叩く。

「ぬを〜〜！　間違いない」声に力が張っていて、震える指で梨衣を差す。「りいりだ、間違いないぞ、昔っから儂のこの頭を撫でたり、ピタピタするのは、りいりお前だけだ。

こ～のおてんば娘が」そう言って自分の頭に手を当てる。

「五月蝿いこの禿」睨み合った所で看護師が慣れた手つきで間に入る。「ハイ、お終い」そのまま僕に向かって、「琉衣君お疲れ様、お大事に」と定番の声掛けで退出となる。二人の掛け合いはこの医院の定番でもあった。

「先生、ありがとうございました」と一礼した時だ。

「琉衣坊」真面目な声で飛び留められた。「…っと、この呼び方は不味いな！」と顎髭に手を当てて考え込んでいた。

「構いません、その呼び方は僕の大切な想い出ですから」

「そうか、分かった。なら琉衣坊…まあなんだ」慎重に言葉を選んでいる。「いつでも安心して来い、儂はこれでも医者のはしくれだ、何も聞かんし誰にも喋らん」そう言って僕のカルテに診察の内容を書き始めた。

　僕はもう一度頭を下げてから診察室を後にする。正直嬉しかった、初めて他人に今の自分をさらけ出して、それをそのまま受け入れてくれた事が。もしかしたら医者なら当たり前の事なのかもしれないけれど、それでも何も聞かず、多くを語らずにいてくれた事が嬉しかったけれど、それでもまだトランスジェンダーの事には触れられない自分もいた。

5

それはサッカー日本代表の国際親善試合が始まろうとしている時に突然起こった。

梨衣はバスケ以外にもスポーツ観戦は好きだけれど特に好きなのがサッカー日本代表の応援だ。例によって日本代表のレプリカのユニフォームを着てテレビの前に陣取り胡座で座った時に梨衣のスマホに連絡が入った。「な〜〜んだ！」梨衣はそう言いながら、すぐに返信をしている。

「どうしたの？　何かあったの？」梨衣ほど熱狂はしないけど、梨衣と一緒なら楽しむ程度に一緒に観戦する僕が隣で聞く。

「うん、店長からでバイトの高校生が二人、急に休むって」両国選手の選手入場から目を離さずに当たり前のように答える、開始前の一番興奮する時間帯だ。

「それは大変だね」僕も他人事のように梨衣とテレビを同じ位に見る。「それで、もしかして？」選手入場から相手国の国歌斉唱。

「そう！　夜勤のバイトが出て来るまで二時間だけ入れないか？　って」

「それは仕方ないよね、梨衣だって楽しみにしていた試合だしね」続いて日本の国歌斉唱が始まると、梨衣も選手を真似て胸に手をあてる。テレビを通しても一番一体感を感じる、梨衣の一番大好きな時間が始まった。

「行くって回答したヨ」梨衣は歌の途中で、そう言った…確かに。僕は聞き違いだと思い目を丸くして梨衣を見つめる。

「行くの？　これから？」梨衣が胸に手を当てながら頷く。「じゃあ、試合は見ないんだ」意外だった、店長の為にバイトを優先する梨衣に感心した…が、次の回答がその僕の感心を打ち砕く。

「見るよ、テレビ」両チームの選手が握手を交わして記念撮影をしている。

「見るの？　録画で？」僕はいぶかしむ。

「まさかあ！　サッカーはライブでなくっちゃ意味がない」そう言って画面に食い入る。

「どう言う事？」僕は意味が分から無いまま梨衣の横顔を見つめる。

「だから、私の影武者が行くの」

「影武者？」意味が分からない。

「だから～！」梨衣は立ち上がり、無造作に椅子にかけてあったコンビニの制服を引き寄せて、僕に放り投げて来て僕の頭にかかる。この時点でも理解が出来ていない…僕に対して「店長には日頃からお世話になっているから無下に出来ないの」制服から顔を出すと、ようやく梨衣が僕に向き合っていた。「なのでヨロシク」と言って肩を叩かれる、笑顔と共に。

「ヨロシクって？　……え～～～～！　僕が行くの？」僕は僕を指差す。多分相当驚いた顔をしているはずだ。

「そう、頑張ってね」梨衣がそう言った瞬間、試合開始の笛が聞こえて梨衣はまた画面に食いつく。

「ちょっ！　ちょっと待ってよ、出来る訳ないでしょ」僕は制服を梨衣に差し出すが受け取ってくれない。

「大丈夫大丈夫、手順は教えてるでしょう？　いらっしゃいませって言って、バーコード通して、ありがとうございましたって笑顔になればいいんだから」余りにも軽い乗り。

「大丈夫な訳ないでしょう、兎に角ふざけないで」

「風邪の時、一杯介抱してしてあげたでしょう？」「……」「洋服も一杯貸してるよねえ」

「……」返す言葉が出ない。「大丈夫、琉衣は賢いから、店長も優しいから」「でも、そう言う意味じゃあ…」の言葉尻を取られる。「お願い」と手を合わされて哀願する。

「本当に大丈夫？」情にほだされてスキを見せたのがまずかった。

「絶対大丈夫」と言っている内に、強引に腕を掴まれて玄関から押し出され、制服を持たされる。「店長今行きます、待っててね」とスマホを切って、梨衣の笑顔と雰囲気で追い込まれて、「行ってらっしゃい」と手を振られて玄関のドアを閉められた。

そこには、あっけに取られた僕が玄関の外で立ち尽くしていた。ヒュー、風もないのに風が吹き抜ける音が聞こえるのは気のせいか？　と考えていたら、玄関が開いて梨衣が上半身をのりだしている。「はいこれ」笑顔で差し出されたのを自然に受け取る僕。多分顔は呆けていると思う。差し出されたのは、近所の買い物の時に使うお揃いの小さなレザーのポシェットだった。「中に財布とスマホを入れといたから、呆けてると怪我するから、気を付けてね」梨衣はそれだけ言うと再び玄関を閉めて鍵がかかる音がした。

ここまで見事にお膳立てされると従うしかない、僕は何故かいつの間にか梨衣がバイトをしているコンビニ向かって歩いていた。お化粧を落とす前だったのがせめてもの救いだと思っている内にコンビニにつくと、レジには長蛇の行列が出来ていた。自動ドアから入る僕を見つけた店長が声を掛けて来た。「鏡原さん悪いね急に、助かった、ありがとう兎に角そっちのレジ打ちをお願い」僕は見よう見まねで兎に角レジの前に立つ。確かに梨衣がバイトを始めた時に、手順を聞いていた、梨衣の体験は僕の体験でもあり、僕の体験は梨衣の体験でもあり、僕たちは色々な事を共有していたので多少の事なら、もう一人の自分が体験していれば、初めてでも何とかなるところもあるのだ…が？「やるしかない」そう小さく呟いて自分の気持ちをＯＮにする。「いらっしゃいませ」コンビニスマイルの僕の笑顔は人にどう映るのか、少々不安になりながらバーコードを読み取り支払いを受ける。「ありがとうございました」三十分程して一段落した時、店長から声を掛けて来た。「梨衣ちゃん、ありがとう本当に助かった」店長は両手を合わせて拝んでいた。

到着直後は感じなかったけれど、今になって急にドキドキしてきた僕は何と答えていいのか分からずに、「はあ!?」と言う気の抜けた返事をしていた。

「でもやっぱり、急な呼び出しは疲れるのかな?」店長の言葉の意図が摑み切れずに、僕の頭の上に？　マークを立っていると思う。

「いやあ、いつもの元気がなかったからね、でも逆にとっても丁寧な接客だったから…あっいや、いつも丁寧だけど、そういつも以上に、ネ！」店長の言葉に僕はドキッとするしかなかった。同じ顔で同じコンビニの制服、そもそも入れ替わっていると思わなければ、いやそもそも双子の事を言ってなければ、入れ替わっているなんて露ほどにも思わないだろう、だから多少の行動の違いも疑ってはみないのだと思うけれど…そう考えた時、僕は瞬間冷却のスピードで背筋が凍りついていた。

「あの…商品の整理をしてきます」そう言って僕は、梨衣から聞いていた、レジが空いている時間の店内作業の為にレジから出て店長からさり気なく離れて行く。

僕が雑然となっているおにぎりやその他商品を並べ直す。店長は少なくなった揚げ物をあげたり、パラパラと来る客のレジ対応を行っている。僕もレジが並べばもう一台のレジに入り、空けば商品整理を繰り返している内に更に一時間程が過ぎて行く。

僕が雑誌コーナーの雑誌を整理している時にお客様から声を掛けられた。「すみません、雑誌SANSANの今月号はありますか？」横目で見ると黒のトレーナーに黒いズボン、黒いキャップをかぶり、黒ぶちの大きなメガネをかけた、いかにも私、ボーイッシュに決めてます…と言う感じの女性が立っていた。

「申し訳ありません、生憎売り切…れ」お客の顔を見ながら頭を下げようと向き合った時、その笑顔を見て声が出ていた。「梨…」の瞬間黒ずくめの梨衣が人差し指を口元で立てて

「シー」と同時にウィンクをする。

「…衣」の言葉を辛うじて飲み込んだ僕は気を取り直しながら雑誌の整理を続ける。「何しに来たの？　試合はどうしたの？」背中に冷や汗を掻きながら聞くと、梨衣はビニール袋に入っている雑誌を手に取って、表紙を読むふりで回答する。「だってェ、開始早々、相手に退場者が出て前半で5対0、日本の勝ちは決定したから」手にした雑誌を僕に押し付けて、自分は別の雑誌に手を伸ばす。

「だから入れかわりに来てくれたの？」僕はその雑誌を受け取りながら聞く。

「まさかぁ！」新しく手にしていた雑誌を僕に渡す。「琉衣が私の代わりに、しっかりと働いているか見に来たの」そう言って無意味に三冊目の雑誌を僕に押し付ける。

「はあ？」僕の声が高くなると梨衣が無言で口元に指を立てる。「じゃあ何？　揶揄いに来たの？」僕は三冊の雑誌を戻しながら聞く。

「まあ、そうなるかしら」黒ぶちメガネの奥で目を細めて楽しんでいるのが伝わって来る。

「結果の出た試合より、いいかなあって」

「梨衣ィィ」僕は怒っている訳ではないけれど、それでも文句の一言ぐらいは言いたいが、仮にも店員の立場上へタな行動はとれない僕は普段のように何かを仕掛ける事も出来ないでいる。梨衣はそんな僕を見て余計に楽しんでいるように見えるから悔しい。「あっ、店員さんその雑誌はここね！」と僕が戻した雑誌の棚の隣を指差す。

「もお、ありがとうございます」むすっとして答えると梨衣が追い打ちをかけて来る。

「あれえ？　この店員、態度悪いィ」そう言って口元に両手を当てて、笑っている仕草はいつもの無邪気な梨衣だけれど、黒ずくめのこの少しだけ男の子っぽい姿には、不思議な魅力を感じていた。

「梨衣」僕がそう言った時、レジの店長に呼ばれた。「梨衣ちゃん」と、目の前に梨衣がいる情況で僕は返事を忘れていたら梨衣がウィンクをしながら顎でレジを指して、ようやく返事をしなければならない事を思い出す。

「はっはいィ」少しだけ上ずっているのを自覚する。梨衣に促されてレジに行くと、もう一人店員がいた。「梨衣ちゃんありがとうネ、夜勤の彼が少し早く来てくれたから、もう大丈夫だよ」店長はそう言いながら笑顔でお礼を繰り返し、試供品だとか、販促物やら、賞味期限間近の物や、揚げたての総菜を、これでもか…と言う程持たせてくれた。僕は言われるままに、それを持って外に出ると梨衣が待っていてくれた。

「お疲れ様、琉衣」眼鏡は外したスッピンの梨衣が可愛かった。

「こ〜れ」僕が膨らんだレジ袋を見せる。

「楽しかった？　バイト？」梨衣が中を物色しながら聞く。

「まあ楽しかったかな」実際に楽しかったけれど、始まりの状況を考えると素直には答えたくないので拗ねるように目線をずらす。

「ふ〜〜ん、楽しくなかったんだ？」そう言いながら肩を寄せて押して来る。

「楽しかった」肩を押し返す。「そう楽しかった」梨衣の真似をしてイーをしてやった。

「じゃあ、琉衣もバイトしたら？」

「バイト？」僕が聞き返すと梨衣が頷く。

「でもォ」僕の躊躇う理由は言わなくても梨衣は知っている。

梨衣の性と着る服は同じだけれど、僕の場合は今身につけたい服と躰の性は合っていない。なので色々な事を考えると、やはり躊躇ってしまうのは仕方のない事だろう。脱毛のエステに行った時には梨衣が一緒だし、そこではお客の立場だった。ただ、バイトで接客をする方となれば同僚との関係や着替えの事も考えなくてはならない。

「まあ、ゆっくり考えれば？　今日は単なるきっかけだから」梨衣はそう言うとレジ袋から揚げたてのポテトフライの箱を出すと僕の口に一本運んでくれる。

「切っ掛けかぁ」僕はそれを食べながら少しだけ上を向く。

「そう、切っ掛け」梨衣は自分の口にもポテトフライを運んで食べている。

「切っ掛け」僕は梨衣に顔を寄せる。「作ってくれたんだ」そのまま、梨衣が手にしているポテトフライを自分から食べに行く。

「まあ、そう言う事になるかな」もう一本続けてポテトフライを僕の口に押し込む。

「やっぱり、僕を出汁に楽しんだだけ？」

「ん〜！」梨衣が思案顔になり僕が正面から睨むと「両方」と言って直ぐに駆け出した。

「やっぱり楽しんでたんだ」そう言って僕も追いかける。

最初から梨衣には追いつけないのは分かっている。レジ袋も大きくて重くて邪魔だからすぐに追うのを諦めると、梨衣もすぐに戻って来るのが二人のパターン。最後はレジ袋の手提げ部分を一つずつ持って並んで歩くのも、いつものパターン。

「梨衣、ありがとう」「私こそありがとう、店長を助けてくれて」二人で自然に笑顔になれるのも、いつものパターン。今日確認出来た事、梨衣と僕を見分けるのは難しいと言うなくても良い変な自信。そして僕たちを完全に見分けられるのは二人だけ。母親の蘭は当然としても、何故かもう一人は桃香さんだった。

6

来週、前期の試験を控えて追い込みの勉強をしている時に梨衣が思い出したように叫んで立ち上がる。「いっけない！」

「どうしたの？　急に？」梨衣を見上げる。

「授業で使うノートがなくなってたんだ、買ってこなきゃ」梨衣が外出着に着替える。

「ノートって？　明日行きがけにコンビニで買えばいいじゃない？」

「や〜〜だ！　私は中学の時から使っているＭＯＪＩのノートじゃなければ、勉強する気にならないの」

「ＭＯＪＩのノート使っても、真面目に勉強しない癖に」と皮肉を言ったら「言ったな」

と梨衣に後ろから両脇をくすぐられて床をのたうち回る僕。

　ひとしきり無理矢理笑わされた後、仰向けで寝転がりながら肩で息をする僕に馬乗りになったまま梨衣が聞く。「一緒に行く？」と今度は可愛く合わせた両手を片頬に当てて小首を傾げて聞く。

「駅ビルでしょう？　もう夕方だし、メイク落としちゃったし、悪いけど」僕も梨衣を真似て可愛く小首を傾げる。笑顔を添えて。

「もうしょうがないか、自転車でひとっ走り行って来るか、それが一番早い」梨衣が弾む様に僕から飛び降りる。

「そうそう、梨衣は元気元気」僕は乱れた髪を直しながら起き上がる。実際に梨衣の自転車のスピードは速くて、小さい時から一人置いて行かれていてそれは今も変わらなかった。

「じゃあ、チャチャっと行って来る」梨衣が僕の部屋から出ようとした時「お願いがあるの」と僕が梨衣を呼び止める。「お願い？」「うん、いつもの本屋さんに寄って来て欲しいの、頼んだ本が届いたって連絡が来ていたの、明日学校帰りに寄ろうと思ったんだけれど早い方が良いかなって」「了か～～い、届いた本って言えばいいのね？　お金は？」「あれば、立て替えといてくれる？」「いいよ～～」梨衣は楽し気に出て行く。

「本当、腰が軽いと言うか、身が軽いって言うのか、兎に角元気な梨衣…さてと」僕は一休みでペットボトルの紅茶で喉を潤す。いつもの本屋とは、僕たちが小さい時から通っている街はずれにある小さな町の本屋さんで、今でも店のご主人が一人で切り盛りをしている。お気に入りの探偵小説を初めて手にしたのも、この本屋さんだけれど、やはり時代の流れと言うのか、僕たちは駅ビルの大きな書店も利用はしているし実際そこで買う方が多くなってきている。それでも懐かしさや昔ながらの気楽さもあり、定期購読の雑誌や取り寄せる本などはお願いする事が多い。ただ大学生になっても僕は時々寄っているけれど、梨衣は行かなくなっていた。何となく疎遠になるとは、こう言う事なのだろう。

「しっかし、よくこんな小さな本屋さんが潰れないわね?」MOJIのノートを駅ビルで買った私は、琉衣の依頼でこの小さな本屋さんの前に自転車を止める。「そう言えば、琉衣が言ってたっけ、地元の高齢者の見守りも兼ねて配達してあげているから、意外と売れてるって」そんな事を言いつつドアを開けると、中は意外と整然と本が並んでいて、何とも落ち着く空間になっている。中には常連っぽい年配のお客が一人、雑誌を物色しているだけで閑散としていた。

奥のレジから少し頭の薄くなった初老の店主が私を見つけて懐かしい笑顔を向ける。「おじさん、ごぶ…」(久しぶりの私が、ご無沙汰してます)…と挨拶するのを遮るように店主が声を掛けて来る。「やあ梨衣ちゃん、いらっしゃい、いつもありがとう」昔から優しい人だったけれど歳を重ねてより優しさが増して、それが笑顔に刻まれているようだ。「いえ~?」店主の挨拶に違和感を持ちながらも私は近くの運動系の雑誌に目を移す。「そう、それにしても嬉しいね、あんなに本嫌いだった梨衣ちゃんが、大学生になって急に本を読む様になってくれて」

「？」何か言ってる意味が分からない。

「こないだも、何かお勧めの本はありますかって言って紹介した、あの新刊は良かったでしょう？　あの主人公の最後の……あっゴメン、不味いよね最後の答えを言っちゃあ？でも、もう読み終わった？」

「？」益々分からない、お勧めも何も私は来ても居ないのに。あれ、でもそう言えば琉衣が言ってた、本屋の叔父さんに勧められて読んでるって言って、分厚い本を見せてくれたっけ、たしか二週間位前？

「そう言えば、最近琉衣ちゃんが来ないんだけど、元気かい？」

「来ない？　琉衣が？」私は思わず大きな声で聞き返して、私の声に驚いた店主がビックリしている。「ごっごめんなさい、大きな声を出して」私は声のトーンをさげるが、私自身が混乱している。

「そう言えば、梨衣ちゃんが前回来た時話してくれたよね、琉衣ちゃんが大学生になってコンビニでバイト始めたってね、どう？　順調なのかな？」

「琉衣が？」私はそこまで言って考え込んでしまった、話が何か変だ。コンビニでバイトしているのは、この私、梨衣で…確かにこないだ一回だけ代わってもらったけれど。でも私は本屋に来てないのに、ここに来ている事になっていて、本も読むようになっていて？？？？？

「あっ!?」そこまで考えて閃いたものがあった、もしかして…琉衣が。琉衣が大学生になって女性の服を着るようになって、お化粧までするようになって、私（今ここにいる梨衣）と見分けが付かなくなった事を良い事に、私（梨衣）のふりをしてここ（本屋）に…。

そこまで思考がまとまった時だった。

「そう言えば梨衣ちゃん、今日は取りに来たんだよね、欲しいって言ってた写真集」店主はそう言うと後ろの棚を探し始める。

「写真集？　私が？」私は顔を上げる。確かに今日来たのは、琉衣が頼んでた本が届いたって連絡が来て代わりに取りに来たのだけれど。

「はいこれ、でもまさか梨衣ちゃんがこの手の写真集を見るとは意外だったなあ？」店主に悪気はなく、昔馴染みの気楽さ半分に呟いているだけだ。「念の為、中は確認するかい？」皺の深い笑顔には安心できるが、差し出されている中の見えない紙袋の中身には警戒感が増して来る。

「いえいいです、お支払いを早く…」そう言って、急ぎ支払いを済ませた私は、紙袋を持って店から出て一人なのを確かめて封を開けた。

「籠花月菜・二十歳のヌード、ピアノの調べとともに」それは少し前、琉衣と一緒にスマホで見つけた、この美少女の初めてのヌード写真集だった。私の頭は恥ずかしさと興奮と、それとは別の心の揺らめきで完全にパニックになってしまい、訳も分からないまま慌てて自転車に飛び乗った。「琉衣ィイ！」と叫んだが誰も聞いてはいなかった。

「琉衣ィイ！」階段をドタバタと駆け上がる梨衣の足音を聞いて、僕は「やっぱり」と余裕で待っていた。

「何ヨ、この写真集」ドアが開くと同時に梨衣が僕に押し付けるように見せつける。

「ありがとう」そう言ってスルッと梨衣の手から抜き取ると、梨衣が「ダメ」と取り返しに手を伸ばして来る。

「だって、これは僕が買ったんだから、いくらだった？」僕は写真集を抱きしめて後ろを向く。梨衣が月菜を気にしているのは先刻承知なのでこのシチュエーションは僕の想定内だったから。

「違う、私が、梨衣が取り寄せて買ったの」梨衣が僕の前に回り込む。「そうだ、何で私を騙ってるの、あの本屋さんで」

「別に、偶々だよ、おじさんが僕を見て「梨衣ちゃん」って呼んだのを訂正しなかっただけ」今度は写真集を高々と上げる。

「また、否定しなかったんだ」梨衣がジャンプするのに合わせて僕もジャンプする。

「まあ、肯定もしていないよ」後ろを向いて梨衣をお尻で押してやった。

「私が本を読むのは良い」そう梨衣が言った瞬間、後ろからわきの下をくすぐられる。

「でも何で、ヌードの写真集を取り寄せなきゃいけのよ、この私が」くすぐられて膝から落ちた僕から、難なく写真集を奪い取る梨衣。

「要らなかった?」僕は笑い過ぎで息を弾ませ、床に座りながら聞き返す。

「要るに決まってるゥ」そう言うと、写真集を抱きしめて、イーと変顔をする。

「こないだのバイトのお礼」「お礼?」「楽しかったから、少しだけ勇気が出たから」僕は少しだけ恥ずかしくて横を向いて言った。「梨衣も欲しいって思っていると感じたから」

……「おせっかいだった」

「ば〜か!」梨衣はそう言って写真集を抱きしめながら、僕の横に座る。「ありがと」と短くはにかんでいた。

「いつ、見るの?」表紙の月菜をなぞる。

「いつにしようかなあ?」両手で掲げる。

「今見よう」手を伸ばす。

「だ〜め」梨衣は再び両手で抱きしめる。

「大切だから?」僕のこの言葉に、梨衣が躊躇いながら頷く。

表紙のピアノに向き合う美少女の瞳は、どこか切なそうで、寂しそうで、何かを求めているようでもあり、既に全てに見切りをつけたようにも見える。

その瞳が何を物語っているのかは今の僕たちには分からないけれど、でも僕たちの今の心の揺らぎを映し出しているように感じて、どこか他人事には感じられなかった。この美少女に梨衣も僕も、何を感じたのか? 答えは慌てて出したくなくって、今は本棚の奥に大切にしまう事にした。

7

前期の試験も終わり、僕たちは夏休み前の試験休みを家でくつろいでいる時、僕が無地のTシャツを着てミラースタンドの前で軽くポーズを取っていたら、梨衣が茶化しも含めて聞いて来る。「な～に、気取ってポーズ決めているの？」

「別に気取ってない」躰を左右に回すと、フレアのロングスカートが広がり、微風を感じて涼しかった。

「そう、では何かお悩みでも？」梨衣はベッドに横になりながら興味なさそうに聞く。

「胸が寂しい」僕が呟くと「えっ!?」と梨衣が上半身を起こして僕を見る。

「やっぱりこうしてるとアンバランスだよね？」僕が梨衣に向いて訴えるように聞く。

「なら、いつか見たシリコンのアレでも使ったら？」梨衣が言ってるのは高校一年の時にスマホで見た、男性器や女性の胸を型どった物の事をいっていた。

「あれは違うの、僕のしたい事じゃあない」僕はそう言って、自分の胸に手を当てながら少女のようなポーズでミラースタンドを見つめる。母の教えで胸にアクセントのある服を着て貧乳（？）を誤魔化しているが、それでも夏は薄着になるので、着る服がかなり限定されていた。それで今無地のTシャツを着て改めて見てみると胸がない分、やはり全体的にアンバランスに見えていて梨衣に訴えるようにアドバイスを求める僕がいる。

「なら、思い切ってブラすれば？　試しに私の貸す？」梨衣はいつの間にかベッド上で胡坐になっている。

「でもねえ、何もない所にブラは、何となくハードル高い気がする」女性になりたい、なりたくないではなく、今の躰にブラが似合うかどうかが自分としては微妙だった。

「じゃあ、これしかないよォ」そう言うと梨衣は一度自分の部屋に行って、ある物を持って来て僕に投げて寄こす。僕が受け取り取り広げるとそれは、今流行りのブラトップだった。

「ああ〜〜」その瞬間、僕の悩みが一気に氷解していく。「そう！　そうだよね」

「何々？　どうしたの？」僕の興奮に梨衣の方が驚いている。

「うん、これこれ」僕は梨衣が貸してくれたブラトップを手早く身に着けて、その上からさっきの無地のTシャツを着る。

するとと小さいけれど自然な胸のラインがTシャツの胸の部分に出来て、僕の髪の長さやスカートとのアンバランスが一気に解消されていた。それでいて胸だけに着けるブラジャーとは違い、下着のように身につけられるので、ブラの時に感じた微妙な違和感も殆ど感じないでいる。「うん、これこれ、何で早く気が付かなかったんだろう？」僕はそれこそ、ミラースタンドの前で、いくつものポーズをとって自分自身を見つめてみる。そんな、より女性らしくなった自分を見ていると余計に心がウキウキして、余計に何かが込み上げて来るのが分かる。

「梨衣買い物行こう、付き合ってくれる？」「買い物？」「そう、駅ビルのあそこ」「ああ、MOJIね、了～解」こんな時は梨衣の方が乗ってくれる。梨衣はカラフルな色のTシャツにショートパンツの、へそ出しルックに着替える。「これも、いいなあ」僕が呟くと、「琉衣もしたら、へそ出し、涼しいぞ！」「でも、僕には腰のくびれがないから」ちょっと苦笑い。「ないけど着てる女の人も多いよ」「そうかな？」「そうだよ」「考えとく」


「まったくあの女性店員ったら琉衣の事、微塵も疑っていなかったよね、女として」駅ビルで買い物をして帰宅するなりの梨衣の言い分だ。「そうね」僕は空とぼけて答える。

「何が、そうね…よ、琉衣も琉衣よ、よりによって何で女性用のショーツまで買うのかなあ？」

「だって～～」僕はブラトップの他に女性用のショーツも一週間分、一緒に購入していた。

「こんなの欲しかったんだもん」と小さく舌を出す、少しだけ恥ずかしくって。

「こんなのって？　今までだってそこそこ可愛いの穿いてたじゃない」梨衣は怒っている訳ではないけど、僕の行動が少しだけ梨衣の許容範囲を超えたようで、ようは理由が知りたいだけだった。

「うん、でもね男性用って今は殆どがボクサーパンツで、色も地味なのか逆にキャラ物とか、もしくは何が描かれているのか分からない物か、ビキニパンツに至っては、それこそ趣味の悪い色だったり、模様だったり、あそこを強調したい人向けのデザインばかりで、僕が身に着けたい物を探すのって、すっごく大変なんだから。それこそお店を何軒も回っても中々ない上に、今のこのスタイルだと余りゆっくり見て歩くのも…ねえ」そう言って僕は肩をすぼめる。

「まあ、分かるけど…ねえ」結局二人で見つめ合う。

「でも、見て見て、これが今、僕が身に着けたい感じの物」そう言って僕はショーツを袋から出す。僕が買ったのは、ボーイズレングスのショーツと言って、裾がヒップの下で水平にカットされているタイプのショーツで、ローレッグとも言う。このタイプの無地のショーツをピンクや薄い黄色等、色々な色を五枚と少しだけ冒険用にノーマルレッグタイプの一番女性としてノーマルなタイプのショーツを二枚購入していた。「僕は美しい物、可愛い物を身に着けたいだけ」今の自分を表現するのは何も外見ばかりではなくて、内面も大切だし、人に見せない所のお洒落はそれ以上に大切な事だと思う。

「何か、これからは下着も間違えそう」梨衣は、ベッドの上で胡坐になりそこで頬杖をついてため息をついていた。

「大丈夫だよ、間違えないヨ！」

「何でよ、ＭＯＪＩは私のお気に入りだぞ、私だって何枚か持ってるんだよ」

「あれ？　そうだっけ？」

「そうでしょう？」ベッドから降りて僕の買ったショーツを一枚拾い上げる。「まあ、間違っても、いいけど」と言いながら買ったばかりの水色のショーツをヒラヒラさせて遊んでいる。

「まあ、洗濯の時にネットで分ければ？」

「ああ、まあそうだね」梨衣はそう言ったけど、どっちでも構わないと言っているのは明らかだった。下着くらい、と思うのか、下着だけは、と思うのかは人それぞれの気持ちであって、そこに正解はないと思う、少なくとも僕たちは、そう感じていた。

買って来たばかりのショーツは柔らかくて、肌触りが良くて、軽くて、それまで男性の下着を身に着ける事に、少しだけ気持ちが重かった僕の心を、言葉通り軽くしてくれる存在になっていた。以降、ブラトップとショーツで更に心に開放感を感じる事が出来るようになった僕は、今までより少しだけ自由になれた気がして少しだけ気持ちが前向きになったように感じる事が出来て、自分が一歩前進した気持ちになれていた。

8

八月末、僕たちは信州の老舗温泉旅館に一泊旅行に向かう為に、特急あずさ号に乗っていた。女性用の下着を身に着ける事で、心と躰が軽くなって積極性が出て来た僕。それに呼応するように梨衣もより積極性が出てきていたので、僕たちは二人で相談して、この夏にバイトをした。それで稼いだお金で、二人で旅行に行く計画を立てていた。

　高校時代、性の悩みから遠出が出来ないでいた僕たち。二人で離れて人の中に入る事が出来ないでいた僕たち。ただ大学生になって少しずつだけれど色々な事を経験して行き、僕は女性の服を着て新しい自分を表現する事で、梨衣はそれを一緒に見つめて応援する事で、少しずつだけれど出来る事が増えて来た気がしている。いや、それ以上に心にゆとりと積極性が芽生えていた。そこで、僕たちは初めて自分達でバイトをしたお金で、僕たちだけで旅行に行く事を決めて、この夏バイトに汗を流したのだった。

　梨衣はコンビニのバイトの時間枠を広げて、僕は夜の居酒屋でバイトをした。もちろん、時々入れ替わる事もしながら、僕たちだけが出来る楽しみを含めて楽しんでいた。

　当然バイト代が入るのは来月なので、母に立て替えてもらい、自分達で旅館と特急の手配もした。二人の計画は大体決めてある。あずさで松本に着いたら、まずは戦国時代が好きな梨衣の希望の松本城に登る、そうして少し郊外にある温泉旅館に早めにチェックイン。

　何故早めにチェックインかと言うと、この旅館はチェックインの時に貸切温泉風呂を予約出来るシステムで、他人に裸を見られたくない現状は今でも続いているし、いくら僕が女子的でも流石に梨衣と一緒に女性のお風呂に入る訳にも行かないので、今回のメインイベントとして貸切温泉風呂がある、この老舗旅館に宿を決めたのが理由だ。

　二日目は食べ歩きと僕の希望の市内の美術館や博物館を巡って歩き、夕方には東京に戻る手はずになっていた。

梨衣は気軽な白のチノパンに最近お気に入りのへそ出しのシャツ、僕はお気に入りの水色と青のワンピース。勿論ブラトップを身に着けた僕の胸には小さいながらも女性らしいバストのラインが出来て、それまで大学ではノート等で何気なく隠す事が多かったのだけれど、今日はそんな仕草をする必要もなく、さり気なく胸を強調して歩いている。

僕たちはお化粧用具とか二人で共有出来る物は極力一つにして、荷物をコンパクトにした、なので小さな一人用のスーツケース一つを交互に引く事で、あとはリュックだけの軽い気持ちで初めての旅に出かける。

二人だけでバイトをして、二人だけで計画して、二人で楽しむ初めての旅行…のはずだったのだ……が。

「もう〜〜〜やってらんないィ」梨衣が苛立っている。

「ちょっとこれはないよね」さすがに僕も、心穏やかでいられない。東京から山梨に入って間もなく近くの駅で人身事故が起こり、僕たちが乗ったあずさは山梨の端っこの駅で足止めをされて数時間待たされた。更に悪い事は続くもので、今度は乗っていたこのあずさから異音がすると言う事で、緊急車両点検の為に足止めをされた。その上、他の車両がつまっていると言うアナウンスで、特急列車が各駅列車並みのスピードで信州に到着した。

僕たちは最初の計画の松本城を明日にして、急ぎ温泉旅館にタクシーを飛ばして着いた時には既に午後四時を回っていた。

「え〜〜！　もう貸切風呂の空きがないの？」梨衣が驚きと、怒りと、悲しみのこもった悲鳴のような声をあげる。「本当に？」僕も追従する。

「申し訳ありません」フロントスタッフは丁寧に頭を下げる。「本日は平日にもかかわらず満室でして、一時間単位のお風呂のお申し込みが早々に終了してしまいました」更に深々と頭を下げる。

「あのう〜、何とかなりませんか？　私たち、貸切風呂が目的で、ここに決めたんです」梨衣が食い下がる。

「そう言われましても」フロントスタッフはハンカチで汗を拭き、謝罪するしかない。

僕も確認する。「予約した時も、貸切風呂の予約は受けていないけれど、平日に一杯になる事は殆どありません…って言ってましたけど？」これは予約した時の先方の言葉だ。

「確かに仰る通りでして、ただ偶々今日がその…数少ない一杯の日に…」係の人も恐縮するしかないのだろう、平身低頭している。

「お願あ〜い、何とかして下さい」梨衣が両手を合わせて哀願している。

「そう言われましても…」更に頭を下げている。

「いいよ梨衣、仕方ないヨ、ネ！」僕がそう言った時だった。

「梨衣ィ琉衣ィ」僕たちを呼ぶ声に二人で振り向くと、そこには背の高いスマートな美人が女将の着物を着て立っていた。

「「桃香さん」」同時に叫んで驚く。

「お知り合いですか？　若女将？」フロントスタッフも同時に叫ぶ。

桃香さんは「そうよ」とだけ答えてから、僕たちに向くと「今日の予約簿見て驚いたわよ、まさかうちの旅館に泊まりに来てくれるなんて」親しそうに話すが、仕草は旅館の若女将の仕草を崩さない。

「若女将？」梨衣が聞くのと同時に「桃香さんの実家の旅館？」僕も質問をしていた。

「そうそう」桃香さんは、僕たち両方の別の質問に一言で答える。若女将の少し濃いめのお化粧の笑顔で。

僕たちはこの予想もしていなかった人物の登場に、顔を見合わせて驚くしかなかった。

東晴弥の妙な仲介で梨衣が桃香さんと一緒にバスケをしたのが切っ掛けだけれど、僕と桃香さんの好きな探偵小説が同じだった事で縁が深まり、僕とは本の話題で梨衣とはスポーツの話題で時々お茶をする仲になっていた。僕と梨衣を呼び間違える友人ばかりの中、桃香さんだけは完全に見分けているのも、三人の交流が増えている理由だけれど、それでも桃香さんも僕を女性と信じていた。どうやら、唯一僕を男性と見抜いた東晴弥も、その事は伝えていないようだった。

「それより、どうしたの？　何かあったのかしら？」若女将の貫禄か、少しだけ厳しい口調でフロントスタッフに確認する。「実は…」とフロントスタッフも簡潔に回答している。

「貸切風呂の予約枠がなくなったの？」

「はい運悪く特急が遅れに遅れて到着が今の時間になって…」僕が理由を告げる。「そうそう」横で梨衣が猫のように頷いている。

「確かに、さっきついたお客様も、中央線でえらい目に遭ったって言ってたわ」僕たちに同調してくれる。「それより、露天風呂の予約簿を見せて」と差し出された予約簿を受け取り目を落とす。桃香さんは僕たちより少し長めの髪を、旅館の若女将らしく頭の上でまとめている、その髪を軽く撫でつけると、「梨衣・琉衣、少し待ってて」と笑顔を向ける。「取り敢えずチェックインしちゃって」そうフロントスタッフに申し伝えると「じゃあ」と、足早に奥に消えて行く。その素早い行動に呆気に取られた僕たちはチェックインを済ませると、旅館の貸し出しの可愛い女性用の浴衣を借りて温泉街を散策する。

「まさか桃香さんの実家だったなんて驚いたよね。でも素敵だね、桃香さん！」僕の言葉に梨衣が恥ずかしそうに頷く事しか出来ないでいる。「やっぱり、梨衣は心…持ってかれているね」温泉が湧き出る場所が見下ろせる長椅子に座り、名物の大きな温泉まんじゅうと抹茶のソフトクリームを交互に食べながら僕が梨衣の胸を突っつくと「そんな事ない」と、梨衣がムキになって否定する。

「そうかなあ？」僕は梨衣の可愛い口元についたソフトクリームを指先で拭い取って自分の口に運ぶ。「でも、やっぱり梨衣がムキになるって事は…」梨衣が僕を睨むが気にせず続ける。「そうとしか…ねえ！」実際、三人でお茶している時の梨衣の態度は妙にぎこちなく、どこか危なっかしいと感じていた。

梨衣がソフトクリームを僕に突き出す、受け取れと言っているのだが、やっぱり態度に出てると感じる。僕がソフトクリームを受け取ると、ワザと手荒く僕から温泉まんじゅうを奪い去って大きな口でかぶりつく。

「琉衣はいないの？」僕は梨衣の可愛い口元についた餡子を指先で拭い取り、又自分の口に運びながら答えた。「いないって何が？」

「琉衣が好きな人、以前の圭吾のように心ときめく人の事」少しだけ遠くを見ながら聞いて来る。日常から離れての旅行、そこには非日常があり、見知らぬ街並みの見知らぬ雰囲気に心が躍り、心が解放されると普段は気にならない事が気になったり、普段は蓋をして聞かない事、忘れていた事など、そんな様々な事が自然に聞ける時が有る。特急の遅延でイライラしてた今日一日、それでも浴衣に着替えて、知らない温泉街に身を置けば、素直に話せる事も出来る。

「僕は…」僕も梨衣と同じ方を見る。「僕は、恋愛は…今はいいって思う、ううん」軽く首を振るとサイドの黒髪が心地良く頬を撫でる。「今は、女性らしい自分の表現を楽しんでいるから。別に恋愛を諦めた訳じゃないよ、人を想う気持ちは大切だし、忘れるつもりもない。だけど今は、もっともっと自分を見つめて行きたい、どう生きるのか？　どう世間と関わって行くのか？」

「じゃあ、琉衣はそうやって女性として生きていくの？」梨衣が自分のサイドの黒髪を指先でクルリと巻きながら僕を見つめる。

　僕は少しだけ首を横に振る。「まだ揺れているよ、やっぱりこの男性の躰は自分の躰ではないって思うけれど、でも何故かそう感じる感覚が減って来た気がするんだ」

「じゃあ、そんな感じで女性としてとか、女性の服を着て生きていくの？」

僕は同じく軽く首を振る。「まだ、本当の意味では決めていない、今はこう言う生き方・表現を試して生きている…ってところかなあ？　でも色々有る選択肢の中の一番なのも確かかなあ？」僕は手元を見つめる。「でも、まだ決めてない」僕は少しだけ悲しい笑顔を梨衣に向けている。「って言うか、まだ決めなくっても良いと思う。もっと自分を見つめて、もっともっと自分の悩みに向き合って、もっともっともっと考えて、自分の納得出来る生き方を見つけるまで。まだこれからだと思うし、まだ時間は有る」僕はそこで一旦言葉を切って続けた。「少なくとも僕はそう思ってる」

「あ〜〜あ、ソフトクリーム溶けてる」梨衣の心が揺らめいているのが伝わって来る。そして梨衣が雰囲気を変えるように、僕の持っていたソフトクリームを取り上げると、そのまま半分溶けている残りにかぶりつく。僕は、その梨衣のガサツを演じる自然な女の子の仕草に思わず声が出ていた。「可愛い」と。

「ば〜か」は恥ずかしさの裏返しだろう。

「本当だヨ」僕は三度、梨衣の口元のソフトクリームを拭い自分の口に運ぶ。

「でも、琉衣の言う通り、まだ時間は有るよね」そう言って、立ち上がった梨衣の心が前向きなのは、僕だけは理解していた。

「あるよ」僕も自分自身に言い聞かせる。

「「旅館に帰ろう」」二人同時だった、僕たちは大学に入って腕を組む様になって、最近しなくなっている手をつないで旅館に向かう、しばし高校生の時の気持ちで。

9

僕たちは部屋で軽くシャワーだけ浴びて食事処に行く。午後六時前、席は半分程埋まっているが僕達は指定の席に通される。貸切温泉風呂の件は残念だけれど、ここのコース料理が評判なのも確かなのでここに決めていた。なので気持ちを切り替えて食事を楽しむ事にする。

まだ未成年の僕たちは信州産のリンゴを絞った特製りんごジュースで乾杯をする。

先付、お椀、向付は並んでいるが、焼き物や煮物が次々に運ばれて来る。最初は、こんな物か？　と思って食べていたけど、どうも思ったより高級な物が出て来るし、心なしか量も多い気がしていて、その不安はメインの信州牛のステーキの時にはっきりと確信に変わった。予約の時に特別コースにすると、メインのお肉やその他のメインの料理が違って来ると案内を受けたけれど、予算との関係で一般的なコースを予約していたはずだが「梨衣、コースの変更してないよね？」僕は少しだけ不安になった、まさか手違いで高いコースの料金を請求されないかと。

「してないヨ」梨衣は余り気にせずに、好きなステーキを続けて口に運んでいる。

「あのう」不安になった僕がお給仕のスタッフに聞いた。「何か、予約の物より、お肉とか多いんですけれど？」

「ああ〜、聞いてませんか？」その人は笑顔で聞き返すので僕は頷いた。するとその人は僕の耳元に近付いて、「若女将からの指示で特別コースにしています、大学の親しいお友達なので」他のお客には言えない事なのは確かだろう、それだけを小さく手早く言うと、そのまま去っていく。

「何々？」梨衣が箸先を口元にあてたまま聞いて来た。

「桃香さんのサービス」と答えた所で、当の本人が颯爽と現れる。

「桃香さん、すみません。聞きました料理の事」僕が丁寧に頭を下げている横で、梨衣が「ゴチで〜す」と気楽にお礼を言う。

「ああ〜気にしないで、それより」桃香さんはその話題は過ぎた事と言わんばかりに話題を変える。「それより、貸切温泉風呂の予約入れたから」

「えっ!?」二人で箸が止まる。

「この後、八時からだから、食事が終わったら直ぐにね」桃香さんは何でもない事のように言う。

「八時か、やったあ」梨衣は素直に喜んでガッツポーズをすると桃香さんとハイタッチで喜びを共有する。

「あの、でもどうして？　キャンセルでも？」僕も嬉しいがやはり気にもなる。

「うん、名簿にね常連のお客様の名前があってね」「常連さん？」「そう、ここをご贔屓にして下さっている方で、よく来て下さるんだけれど、ただ露天風呂はどちらかと言うと気まぐれで入る方なの」梨衣はよっぽど嬉しかったのだろう、聞いているのかどうかも怪しくて、桃香さんと両手を上下左右ランダムにタッチを続けている。桃香さんと梨衣は長年の相棒のようにそんな複雑なタッチを交差させながら、桃香さんは僕の疑問にも答えていた。「…で、事情を話したら気持ち良く譲ってくれた…だけ」最後に大きな音のハイタッチを梨衣と交わしたタイミングで説明も終わらせる。「そんな、お礼を…」と言う僕を制して、「大丈夫、夜の生ビールので貸し借りなしにしてあるから」そう言うと呼ばれたのか僕たちの元を足早に去って行く。「八時よ、忘れないでね。私も遊びに行くから」と言い残して。「やったね！」梨衣が乗り出して喜びを表現する。「うっ、うん」僕は少しだけ戸惑いながらも、やっぱり嬉しかった。

10

「やっぱり気持ち良い、料理も美味しかったし」ポニーテールに髪をまとめた梨衣が温泉の中で思いっきり手足を伸ばしながら歓喜のような声を上げると、その声が貸切風呂の中で響いて返って来る。貸切風呂と言っても十人はゆったりと入れる広さの洗い場と、少しなら泳げる程の大きさの木目調の湯船で、二人で入るには勿体ないくらいの広さだ。

　そんな広い空間は昔ながらの木の壁で三方が覆われていて、一面だけが全面ガラス張りになっていて、外の小さな緑の庭が自然を目でも感じさせてくれていた。露天の解放感はない代わりに、少しだけ薄暗くした空間は自然を感じる落ち着いた雰囲気を醸し出している。「本当、幸せだね、桃香さんに感謝しなくっちゃ」髪留めクリップで髪をアップにした僕は温泉の中で、少しだけ胸を隠すようなポーズでゆったりと浸かっている。

　静かなひと時、僕たちは幸せを噛みしめている。

ただ、こんなにゆっくりお風呂に入れるようになったのも実は最近の事だった。発露した頃は、お風呂も僕たちの悩みの一つだった。最初は自分の躰を見るのも嫌で嫌で、でも何日もお風呂に入らない訳にも行かないので、二人一緒に手早くシャワーを浴びて済ましていた。さすがに相手の躰を洗い合ったりはしなかったけれど、それでも苦痛の時間の一つだった。ただそれも次第に落ち着いて来て、高校二年になる頃には二人で前後して入浴出来るようにもなっていた。そして僕が女性の服を着るようになると、自然に一緒に入浴するようになって落ち着いた入浴が出来るようになっていた。

　温泉の流れる音だけが聞こえるマッタリとした時間を楽しんでいると、「琉衣ィ」梨衣が近づいて来る。「見せて」言葉を単体で聞くと、ちょっと嫌らしくも聞こえるけれど、これが僕たちの新しい儀式の合図になっている。

僕が湯船の上に上半身だけを出す、胸がない事に少しだけ寂しさと恥ずかしさを感じながら顔だけは横を向いて。すると梨衣も上半身を笑顔で晒すと二人静かに向かい合う。

「私…」と梨衣は僕の胸に右手を当てる。

「僕…」僕は左手で梨衣の頬を撫でる。梨衣のまだあどけない乳房を見つめると温泉でほんのり上気している。そして見つめ合う。

「私…」「僕…」優しく呼び合う。梨衣の生理の時のような切羽詰まった儀式ではなく、もう一人の自分と言う存在を確かめて安心をする為の儀式として、時々湯船の中で求めるようにする時がある。これにはいくつかのバリエーションがあって、隣同士で行う時もあれば、腕を組む方法もある、僕が梨衣の胸を直接触る時もあるけれど、その時は少しだけ背徳感を感じている、梨衣が僕の手を握って、自分の胸に強く押し付ける事もある。でも一番大切な事は、お互いを見つめて、お互いの中に自分の存在を感じる事で、もう一人の自分を通して自分を見つめられる事が一番安心して、心が休まるひと時になっていた。

「梨衣、琉衣、桃香だよう。入るね！」そんな静かな二人の儀式に割り込んで来た声と共に浴室のドアが勢いよく開かれた。

静かな儀式で、まったりと見つめ合っていた僕たちは事態が飲み込めず、驚きの顔で見つめ合うしかなかったが、開いたドアに人影を感じた時、二人でそちらを向き二人同時に声に出していた。「「桃香さん!?」」そこには見事なまでに一糸纏わない姿の桃香さんが立っていた。

「ゴメンね、合鍵だから。せっかくだから二人とゆっくり話したくって、仕事お母さんに押し付けて来ちゃった、まあ私お金貰ってないし」そう言いながら、湯船のお湯を桶ですくい上げて手早く躰を流している。それに対して僕たちはどうすればいいのか、何の発想も出来ずに兎に角湯船に肩まで入る、近くに掛けていた旅館の手ぬぐいを引き寄せて、梨衣は胸を隠す、僕は胸と下半身を隠して後ろを向く。梨衣も釣られて後ろを向いた。「入りま〜〜す」桃香さんはそう宣言するように言うと、あまり飛沫を立てずに滑り込むように湯船に入って来る。「あ〜〜、気持ち良い」両手を伸ばして伸びをしているようだ。「うちの温泉、滑らかでしょう？　お肌にとっても良いんだから」無邪気にはしゃいでいるのが声からも理解出来るが、僕たちは桃香さんに背中を向けて固まるしか出来なかった。僕と梨衣の、そうせざるをえない理由は微妙に違ってはいるが二人の対応は同じになる。「梨衣と琉衣が、うちの旅館を選んでくれたのを宿帳で知った時は嬉しかったなあ！　旅館の事、余り話してなかったのに何か運命感じるよねえ？」そう言った時、ようやく僕たちを見たのだろう、言葉が止まり動きも止まったのが音と水面の動きで感じられた。「どうしたの？　そんな隅っこで？」僕たちは顔だけで桃香さんを見ると、桃香さんは不思議そうに小首を傾げている。普通に女性同士だと思っている桃香さんにとっては、僕たちの行動の方が奇異に映っているのだろう。「もう、なーにィ、何恥ずかしがっているの、銭湯とか温泉初めてじゃないでしょう？」この反応も、基本的には普通だと理解は出来るが。

「どうしたのォ」桃香さんが静かににじり寄ると、まずは僕が益々躰を丸く固くして更に湯船のへリに寄る。梨衣は動けない。「女性同士なのに？　恥ずかしいの？」桃香さんは僕が女性なのを微塵も疑っていない。

「驚かせたのは、ゴメン。でも二人とゆっくり話したかったし、それには裸の付き合いが一番かなって。ネ、ゆっくり入りながら話そう」そう言う桃香さんはとっても無邪気な笑顔を向けていた。コートでの大胆なプレーや、モデルを思わせるしなやかな仕草、若女将の繊細さと威厳を兼ね備えた態度とは裏腹に、そこには二十歳そこその、まだ可憐で無邪気で、少女を思わせる化粧っ気のない繊細な少女の、それでいて好奇心旺盛な無垢な笑顔があった。

　普段から桃香さんと親しくしている僕たち、僕たちを最初っから見分けられる桃香さんには、何か惹かれる物も感じているので、この状況で怒る気持ちは当然湧いて来ないけれど、兎に角どうすれば良いのか、まるっきり思い浮かばないのが現実だった。

「桃香さん、桃香さん」それでも今の状況に動けない僕を庇うように先に梨衣が動く。梨衣は無駄に繰り返して呼ぶ事で桃香さんの気を僕に向けさせないで、梨衣自身に引き寄せる為にだ。そして梨衣は肩まで深々と入りながら僕の盾になるように、ぎこちない笑顔で対峙する。

「ねえ～、梨衣！　元気？」桃香さんは大胆に近づいて来る。

「元気、ああ食事とってても美味しかった、そうだ特別コースにしてくれて、ありがとうございます」梨衣の言葉もどこかぎこちないけど、桃香さんは気にもしていない。「いいの、気にしないで私が勝手にした事だから」そう言いながら何気ない動作で湯船のへリに寄りかかる。つまり梨衣をスルーした形で僕の横に来たのだ。桃香さんはそのまま気持ち良さそうに天井を見上げるが、僕は桃香さんに背中を向けるように回って座る。梨衣が慌てて僕たちの間の隙間に躰を入れて、桃香さんと並んで天井を見上げる。「勝手になんて、とっても感謝しています」やっぱりぎこちない受け答えになっている。

梨衣は何とか話を合わせているが、それでも小さな手ぬぐいで胸とYスポットを隠し、その上で精一杯両手両足をすぼめている。心惹かれている桃香さんを身近に感じるのは嬉しいのだろうけれど、梨衣の心が望んでいない躰を持っている梨衣の顔はかなり複雑な表情を浮かべていた。

「もお、梨衣ったら、ビックリさせてゴメンね」そして次に梨衣の後ろの僕にも声を掛ける「琉衣も、ゴメンね驚かせて」梨衣を越えて僕の背中を軽くタッチをすると、その瞬間、僕がビクリと反応してしまい、桃香さんは一瞬戸惑いの表情を浮かべた。

「変なの？　琉衣どうしたの？　こっち向きなよ」それでも僕の性については微塵も疑っていない桃香さんは、梨衣に自然に躰を寄せてから僕にも近付く。「ねえ梨衣！　女同士でねえ！」梨衣に同意の言葉を投げかける。

「そっ、そうですね」梨衣は同意とも否定とも取れる回答をしながら、何気に僕の盾になるように位置取りをする。

「それとも、人とお風呂に入った事ないの？」ここに来てようやく疑問の方向性を変えてくれたが、それでも（まさかね！）のニュアンスは言葉に含まれている。

僕たちは実際に中学の修学旅行までは他人と入っていたけれど、高校で発露してからはなかった。僕も梨衣もそんな事を回想しながら、やっぱり自分の躰にコンプレックスを感じて躰を固くしていると、さすがに桃香さんも様子が違う事を察していた。

「どうしたの？　二人共？」桃香さんは大胆にも前を晒すように僕たちを向いている。梨衣は手ぬぐいを使って前を隠しながら僕の盾になる位置に身を置いている。僕は梨衣の陰に隠れるように後ろを向いて、更に前を隠して躰を固くしている。これも一種の三すくみとでも言うのか？

「何かあったの？」桃香さんも静かに聞いてくれる。「そりゃあ、友達だからってお客様の貸切風呂に入るなんて、従業員としてはいけない事だけれど…」桃香さんのこの言葉には梨衣も僕も下を向きながら首を横に振っている。そんな事を問題にするつもりはないから。「じゃあ？」さすがの桃香さんも困惑しているようだ。

僕たちはお互いの背中越しにアイコンタクトを取っていた。僕たち共通の秘め事はトランスジェンダーで、今の自分の躰に違和感がある事、そして人に見られたくない事。

そして、それにプラスして僕だけの秘め事が一つ。成り行きとは言え男性である事を隠して女性の服を着て女性として大学生活を送っている事。みんなが勝手に勘違いして、僕たちが否定していないだけだけれど。

なので時が来れば男性である事は、いつでもカミングアウトするつもりでいた。実際に東晴弥は既に知っているけれど、それでもこんなシチュエーションで、その時が来るとは思いも寄らず、慌ててしまっていると言うのが正直なところだ。梨衣に至っては単純に僕を助けようとしているだけで、誰かに対峙するつもりもないけれど、やはり慌てていると言うのが正直なところだろう。

「いいよ、梨衣」僕は梨衣を押しのけるように、湯船に躰を沈めて背中を向けたまま桃香さんにソッと近付いて行く。

「いいの？」梨衣の言葉に僕が頷くと、梨衣もソッと盾になるのを止めた。

小首を傾げて見守っていた桃香さんに背中で近付いた僕がようやく声を出す。「桃香さん」「ん？」「すみません手を貸して下さい」僕は後ろを向いたまま左手を桃香さんに差し出すと、桃香さんは静かに自分の左手を乗せてくれた。そうして僕は桃香さんの左手を静かに引き寄せて、そ〜っと僕の胸に導いた。

「えっ!?」桃香さんの手のひらが僕の胸にふれた瞬間、小さな驚きの声が聞こえると同時に、桃香さんの左手が僕の胸を滑るようにまさぐっていた。そうして「るっ！　琉衣！　あなた？」と生唾を飲み込む音が聞こえた。

「そうです」僕は桃香さんの左手を残して湯船から上半身を出すと、ゆっくりと桃香さんに向いた。

「琉衣」桃香さんは僕の胸と、成り行きを見守っている梨衣を交互に見ている。梨衣は湯船に揺らめく置いてきぼりになった桃香さんの左手を見つめている。

「僕は躰は男性です、驚きました？」一度口に出して言ってしまえば、ある意味ではいつか起こる事で有り覚悟していた事でもあるので、僕は落ち着きを取り戻す。ただ、あれ程他人に見られたくないと思っていた自分の躰だけれど、何故か素直に桃香さんに晒せるのか、それだけは不思議だと感じながら。

「僕は、訳があって大学生になってから女性の服を身に着けて生活をしています。その、自分らしくって言うのか…。桃香さんをだましたつもりはありません、ただ…その成り行きで」嘘は言っていない、けれど上手く説明も出来ない。

「琉衣は悪い事してないもん」今では梨衣の方が恥ずかしそうに手足で躰を隠しながら一緒に言い訳をしてくれる。

「あらあ」少しだけポカンとした顔つきだった桃香さんが楽しそうに話し出した。「素敵じゃない」そう言って、リラックスしたように湯船の中で手足を伸ばす。

「「えっ？　素敵？」」二人同時に聞き返す。

「そう、素敵ィ、私も自分らしく生きる事に賛成だよ」桃香さんは湯船から出して伸ばした左の腕に右手ですくった温泉を掛けながら普通の事のように続ける。「琉衣って、とっても女性らしくって、仕草も話し方もおしとやかで私が憧れていたのよ。あんな風な女性になりたいって、それが男性だったなんて、なんかショックゥ」桃香さんは温泉の中で胡座になって梨衣に向く。「ねえ、梨衣もそう思うでしょう？」

その言葉に梨衣の心が一瞬でほぐれたのが分かった。「うん、うん、そう、そうだよ、琉衣は女性以上に女性みたいだし、仕草も話し方も、私も憧れる」梨衣は桃香さんの言った言葉をそのまま使っていた。

「そうでしょう？　琉衣のほうが、私よりズーッと色っぽい」桃香さんはそう言って、楽し気にそれでもおしとやかに笑い出した。

「本当本当！」梨衣が釣られてクスクス笑い出すと僕までが笑い出せて、貸切風呂の中が自然に笑い声で溢れ出す。反響する笑い声で三人とも自然に心も軽くなり、僕も今の自分を晒す事が出来た。

「でも、桃香さんは大丈夫なんですか？　僕（男性）に裸を見られて？」これは素直な疑問だ、僕は自分を男性と見ていないけれど。

「全然平気、琉衣に見られても恥ずかしいって感じない」一瞬アッと言う顔になる。「そう言う方が失礼だった？」これには僕は自然に首を振れる。梨衣も釣られて振る。「じゃあ、いい？　私、ここにいて？」

僕たちは同時に笑顔で頷いていていた。

「良かった～～」桃香さんが僕たち両方の肩に手をかけると、スポーツで円陣を組むような態勢になり、三人で気合を入れると何故か盛り上がり始める。そしてそこからは、桃香さんも入って三人での自然な入浴が続いた。

桃香さんは僕の事について余計な詮索はしなかった、人それぞれの事情を理解してくれているのだろう、余計な事には触れずに大学生活の話、バスケの話、お気に入りの本の話、松本観光の話がランダムに続く。

桃香さんを含めた三人での話は楽しかった、ただ就職が決まっている実業団の話になると、何故だか話をずらしているようにも感じたけれど、その核心に迫る前に桃香さんが上手に話を転換していた。僕たちにも触れられたくない話があるように、桃香さんにそれがあってもおかしくなくて、僕たちもあえて触れる事はしなかった。

結局、僕たちは貸切風呂から出た後も僕たちの部屋で盛り上がり、夜中まで話は尽きる事はなかった。そんな中、僕たちは一つだけ法律違反をしていた。かなりいける口だと言う桃香さんが持ち込んだ、地元信州産の大粒のブドウをふんだんに使ったワインは白と口ゼで両方とも「程よい甘さで飲みやすい」と言われて、僕たちは初めてのお酒を少しだけ口にしていた。

当然「三人の秘密」と顔を見合わせていたが、ほんのりと酔いの回った桃香さんはとても色っぽくて大人の女性を感じさせていた。そして少しだけ酔った瞳が妖しく僕を見つめているのに、僕は何故だか魅入られていた。

「ほえ〜〜、良い気持ち」梨衣は梨衣で、ほんの数口で借りて来た猫のように僕たちにじゃれついて来る。「梨衣可愛い」桃香さんはそう言って猫をあやすように梨衣をあやす。

それを見ている僕は、こんなに自分に対して素直になれる梨衣を羨ましいと感じながらも、一緒になってあやす。そして時々桃香さんと触れる指先にドギマギする自分に少しだけ気づいていた。日付が変わる頃にようやく眠りについた僕たちは、やはり二組並べて敷かれている布団のうちの一組に二人で枕を並べて寝ていた。

「楽しかった」僕は梨衣の手のひらを探して指を絡める。

「うん、料理も美味しかった」梨衣も絡めて来る。

「温泉も良かった、お肌スベスベ」僕は空いてる手で梨衣の頬をさする。

「桃香さんに感謝」そう言う梨衣の声が落ちそうだ。

「明日も楽しみだね」僕も引きずられるように睡魔に襲われる。

「う…ん、桃香さんと一緒……」梨衣は既に寝に入っている。

「そうだね」僕も……。

　明日は桃香さんが車を出してくれて、車で観光地を案内してくれる事になっていた。特急のドタバタから一転、僕たちには思いもかけない嬉しい展開になっていたのだった。

11

「凄い、高い」梨衣が叫ぶ、ここ松本城の天守閣は松本の市内が一望出来る。桃香さんお勧めスポットの高ボッチ高原に行く前に、梨衣の強い希望で午前中に松本城観光を楽しんでいる僕たち。松本城を降りると武者の格好の人と一緒に記念撮影。

更に松本市街を離れる前に、信州そばの有名店で少し早めの昼食。大盛りの天ざる蕎麦に、鴨だし蕎麦を食べつくす梨衣の食欲に桃香さんは驚くばかりだ。ここの天ぷらは山菜が中心で、やはり特産の舞茸の天ぷらは大きくて、それだけでかき揚げ天に見える程の大きさに、僕が食べきれないでいると「頂きます」と僕の答えも聞かずに梨衣が持ち去って行く。そんな僕たちのやり取りを見ながら桃香さんの一言。「やっぱり姉弟って良いわね」「桃香さんは一人っ子だよね」これは東晴弥の情報で、梨衣は桃香さんの残っている舞茸天にも手を伸ばしながら聞く。

「そう！」別に嘆いている訳ではないが、何処となくボヤキには聞こえる。「だから、女将の修業中…なの」テーブルに突く頬杖も大人を感じさせる。

「若女将姿、とっても素敵」梨衣の素直な言葉に、「ありがとう、可愛い仔猫ちゃん」夕べから梨衣の事をそう呼んでいて、梨衣も満更でもない様子だ。

「ニャン」そう答える梨衣の横で、僕はほんの少しだけど、桃香さんの瞳に迷いが通り過ぎたのを感じたのは、ほんの一瞬で直ぐに気のせい？　と思って忘れてしまった。

地方都市では車の運転は必須と桃香さんは話すように、十八歳で直ぐに免許を取得したとの事で車の運転は安心が出来た。桃香さんが運転する小型のファミリーカーの助手席には梨衣が座り、僕は梨衣の後ろの後部座席に座って高ボッチ高原に向かう。国道の混雑を避けて高速道路で岡谷まで行き、そこで国道二〇号線に降りる。それまで高速道路とほぼ並行していた国道が、急に山奥に向かって峠道に変わり、右に左にかなり激しいワインディング道路を桃香さんは滑るように車を走らせると、その左右の揺れに合わせて、助手席の梨衣が大げさに左右に躰を揺らす。

「いた～～い！」梨衣が助手席のドアにワザとへばりつく。「大げさ～」は僕と桃香さんが同時だった。

「助けて～～」桃香さんの肩にもたれ掛かるのを「運転の邪魔」僕が梨衣を押し返すが「平気平気」桃香さんは意にも介さない。

そんな事を繰り返して楽しんでいた時だった。「痛い」梨衣が桃香さんの左膝に大げさに手を付いた時だった。

「えっ！」梨衣が両手を引いて更に目を見開くが「ゴメン、何でもない大丈夫」と笑顔の桃香さんの声が返って来る。

「本当に大丈夫なんですか？」二人の様子を後部座席で見守っていた僕が乗り出して聞くと、「ゴメン、本当に大きな声を出して、そう、ちょっと古傷がね、もう大丈夫だから」桃香さんは運転を続けながら、僕たちに一層の笑顔を送ってくれる。

桃香さんはジーンズの上から左膝を軽くさすりながら続けた。「そう、膝を痛めたのは去年だったかなぁ？　一昨年、急に背が伸びた後くらいから少しずつ痛む様になって来たんだ。でも大した事ないのよ、直ぐに痛みも引くし、医者に見せても無理しないようにって湿布出されるくらいだから」桃香さんは殊更何でもないように話を持って行く。

「大丈夫なんだ？」梨衣もジーンズの上から軽くさすっている、何処か仔猫のように。

「そう、心配しないで」そう言って軽快にハンドルを切ると、国道から逸れて更なる山道を走らせて行くが、途中すれ違いも出来ない程の幅しかない山道を、桃香さんはスイスイと走り抜けて行く。「ねっ！　こんな所、車じゃないとこれないでしょう?」桃香さんは楽し気に聞いて来るが、免許も取っていない僕たちからすると「「車だとかえって無理です」」と少し震える声で同時に答えていた。そんな会話を楽しみながら山頂の展望台に到着する。

「わおう〜！」梨衣の感嘆の叫び声が聞こえて来た。三六〇度見渡せるパノラマは、物凄い開放感を僕たちに運んで来る。「すご〜〜い！」僕も思わず叫んでしまう。

「特に、この眺望はこの高ボッチ高原の中でも最高よ」桃香さんを中心に三人並んで見下ろすのは諏訪湖を一望出来る場所だった。

「すっご〜〜い」梨衣が更に感嘆の声を出す。「さっきの松本城よりすごい」梨衣は素直に言っただけだけど「比べる対象じゃないわよ」桃香さんが楽し気につっこみ「ねえ琉衣」と僕に向き直る。「そうですね」僕がそう言った時「あれ何?」見ると梨衣が諏訪湖の遥か向こうを指差していた。

「な〜に?」僕もその方向を見るが霞んで何も見えない。すると「あら、富士山が見えるわ」そう言ったのは桃香さんだ。

「「富士山?」」二人同時に聞き返す。

「二人共運が良いわね、もっと空気が綺麗な時期ならもっとよく見えるけど、でもこんな時期に霞んでいても見えるなんて」そう言って桃香さんは目を細める。確かに見慣れた富士山の形が微かだけれど見て取れた。

「でも、寒っ！」梨衣が大げさに叫ぶ。

「ここは夏でも二十℃に届かないのが殆どだし、その恰好じゃあ流石の梨衣でも寒かったかしら」桃香さんはそう言いながら、梨衣の臍出しルックから覗いている可愛いお臍のあたりを突っつく。

「確かに寒いですね」僕が手にしていた薄手のショールをワンピースの上から羽織ると、梨衣まで潜り込んで来る。高原と言うだけあって山頂は散策にも適していた、寒いけど三人で話を楽しみながら眺望を見て回ると自然に時間も過ぎて行く。

いつの間にか梨衣に奪われたショールにくるまりながら、梨衣が僕に小さく声を掛ける。

「桃香さんの歩き方」そう言われて見ると、桃香さんは軽く足を引きずっているように感じたのだけれど、それも一瞬だった。

「もっと運が良いと、雲海も見えるんだから」と踊るように振り向いた桃香さんのステップは軽やかで、今のは気のせいではないかと感じる僕たちだった。

高ボッチ高原を堪能した僕たちはパワースポットでもある諏訪大社を巡る事になった。

諏訪大社と言っても巡る場所は四か所もあり、梨衣は「車だから全部回ろう」と意気込んでいたが、慌ただしく巡るのもいやなので、結局はその中で最大規模の上社本宮と少し離れた、その次に大きな下社秋宮の二カ所を巡る事にした。諏訪大社を巡りながら諏訪大社にかかわる事を桃香さんが説明してくれるが、僕は途中で気づいた。桃香さんが僕に向かって説明をしている事に。説明の時に僕の目を見ている事に。ただ、僕の方が梨衣より興味有る事だからと、僕は高を括って笑みを返すだけだった。そんな桃香さんの案内を聞きながら、三人でゆっくり時間をかけてお参りをする。

「梨衣、琉衣、九月からも宜しくね。大学で逢おうネ」より親しくなった桃香さんに上諏訪駅に送ってもらい、僕たちは上りのあずさ号で東京に向かう。梨衣は桃香さんが見えなくなるまで手を振っていた。

「昨日は本当、どうなるかと思った」僕はリクライニングを少しだけ倒して、ゆったりと座席に身を委ねる。

「桃香さんのおかげで楽しかった」梨衣は列車の窓にもたれるように夕闇に覆われ始める車窓の景色を見つめている。

「やっぱり素敵な人だよね、桃香さんって」僕は梨衣の背中にもたれ掛かる。

「素敵…だよね」梨衣の躰が反応しているのが直に伝わって来る。

「やっぱり…」僕は後ろから梨衣の胸に左手をあてる。「持ってかれている？」

梨衣は黙って僕に振り返ると、僕の左手を両手で包み込む。そして聞いて来た。「琉衣は何か感じない？」…と。

「感じる？　何を？」僕は小首を傾げると梨衣は困ったチャンの顔になり、僕の胸にもたれ掛かる。「桃香さん、琉衣に気が有るよ」その瞬間僕の胸が高鳴った。それを僕の胸にもたれていた梨衣が僕以上に察知する。

「なんだ、気づいていなかったんだ」僕の胸から離れて僕を見てる。僕は相当驚いた顔をしていたのだろう、梨衣が僕の顔を見て楽し気に笑い出した。

「えっでも？　でも？　え～、いつから？」僕は正直に言って、気が付いていなかった。今でもあたふたするだけで心の整理が出来ていない。

「温泉の時から」逆に梨衣は冷静だ。「温泉？」「そう、琉衣の事を男性と知った時から、気づかなかった？」梨衣が覗き込む。

　僕が首を振ると梨衣は続けた。「諏訪大社を巡っている時、琉衣に向かって話していたでしょう？」梨衣は少し拗ねたように、窓に目をやりながら両足をブラブラさせる。

「あれは…僕の方が興味のある話題だから」僕は梨衣の横で梨衣の横顔に訴える。

「そうね、それもあるよね」「うん」「でも、やっぱり琉衣の目を見て話していたし」足のブラブラを止めて梨衣も僕に向き直る。

「そう…だけど」

「桃香さんは絶対に琉衣を好きだよ」

「そうかなあ？」正直戸惑っている…僕。

「そうだよ」梨衣は言い切る。

「……」考え込む…僕。

「いいじゃない？　好きになってみれば？　それとも、やっぱり女性は好きになれない？」

「えっ？」その時、少しだけ心が揺れた。

「だってえ、女性が女性を好きになってもいいんだよ！」そう真剣な眼差しで話す梨衣の事が、僕は急に大人に見えていた。

　行動や仕草、話し方全てが子供っぽくて双子とはいえ姉である梨衣を、どこか子供に感じていたけれど、今の言葉、今の表情、今の伝え方に触れて急に大人を感じていた。

　そんな梨衣の大人の雰囲気に僕は気後れしていると「慌てない慌てない！　私たちには、まだまだ色々な選択肢があるんだよ。今から一つに決める必要はないと思う」梨衣が笑顔になると「あっ！　これって琉衣のセリフだよね」と舌をチロっと出す。その仕草は又大人の女性から生き方に悩む少女に戻っていた。

「梨衣…」僕がそう言った時、梨衣は真っ暗になった窓から外を見ていた。

「楽しかったね」梨衣が呟いて、僕もその横から外を見ると外は既に暗くなっていた。

　信州から甲州へ深い山の中をあずさは走る。平地から山間部に入り夏の長い日差しも急激に暗くなっていた。そんな真っ暗な窓には僕と梨衣、見分けのが難しい顔が二つ並んで映っている。梨衣がポニーテールにしている事だけの違い。それだけが僕と梨衣を見分ける方法。

（もう一人の僕）車窓に映る僕たちを見つめながら心の中で呟いた時、梨衣が笑顔で頷いた。そうして僕の頭の中にも梨衣の声が直接聞こえて来た（もう一人の私）…と。

第10章　それぞれの決意（スタートライン）

1

「あ〜〜、久しぶりの大学疲れたぁ」乗客も少ない昼下がりの帰りの電車、梨衣が座席で両手両足を伸ばしながら引きつるように言う。

「はしたないし、見えるよ」僕は最近お気に入りのロングのワンピースだけれど、梨衣は最近お気に入りのへそ出しのシャツにミニスカートとかなり人目を惹く服で、今の仕草では見て下さい…と言わんばかりに大胆だ。

「まあまあ、減る物じゃあないし。こんな閑散とした電車じゃあ、見る人もいないし」

「まあねえ」僕はため息を吐く。今日の講義は午前中だけ。昼間の各駅停車では確かに見る人も乗っていない。

「それより琉衣、この夏に何か色々と描いていたみたいだけど、私に隠れて何かこそこそやってたでしょう?」キスが出来る程に顔を寄せて来る。

「あれっ?　気づいてた?」僕は空とぼけて聞き返す。

「あったり前じゃない?　琉衣があんまり真剣に取り組んでいたから、黙っててあげたんだから、そろそろ教えてくれてもいいんじゃアなあ〜い？」悪戯っ子の顔で聞いて来る。

「う〜ん、そうだね」僕は口ごもる。

「やっぱり隠してたんだ」梨衣はそう言うと拳銃型にした人差し指を僕のこめかみに当てて、「吐け！」と気取って聞いて来た。

「本当は実績が出来てから話すつもりだったんだけど」僕は梨衣の拳銃型の手を下ろして続ける。「そう、イラストのコンテストに応募してるんだ、最近色々と」

「イラスト？　応募？」梨衣は興味は持ったようだけれど、ピンとは来ていないようだ。

「これ」僕はお揃いのショルダーバッグからスマホを取り出して、画面に張り付けているアイコンを開くと、そこにはイラストの応募要項が出て来る。「これとか！」別のアイコンを開く。僕は続けざまに四つのアイコンを開いて梨衣に見てもらう。

食い入るように覗いていた梨衣が、「色々あるんだ！」と顔をあげる。「賞金も出るんだ」と少々現金な話も混ぜて来る。

「うん、イラストっていっても色々とあって、ロゴマークのような小さな物から、絵のように一枚の紙面に描くイラストまで、大きさや描く物も場所も様々で、描き方もパソコンを使ったり、鉛筆だけだったり、かと思えば絵画のように絵の具を使ったり、それらを組み合わせたり。それこそアートに近い物からアートその物だったりと、組み合わせも自由だし、表現方法も描き方も無限にあるんだ」僕の声は自然に高くなっている、自分で高揚しているのが分かる。

それに対して梨衣は少しだけ戸惑っていた、僕が一気に話を広げ過ぎたせいだろう。ただ僕は今の自分がやりたいと思える事に気づいて、取り組めている事に話が向いていて、この高揚感を止められないでいる。「僕は、僕なりの表現方法で、色々な物を表現して人に伝えてみたいって思っているんだ」

「表現!?」梨衣が理解出来る言葉を聞き返して来て、それが僕の心に火を点けていた。

「そう、男性と女性…って言うか、男らしい力強いタッチとか、女性らしい繊細なタッチって言うでしょう?」僕は質問形にしてはいたけれど聞いた訳ではないので話を続けて梨衣は辛うじて頷いている。

「力強いっていっても男性の力強さと、女性の描く力強さってのおのずと違って来るよね」梨衣が頷く。「同じ力強い表現って言っても、男性と女性の表現が違うように、繊細なタッチと一口に言っても、やっぱり男性らしい繊細さと女性らしい繊細さは、やはり表現が違うと思うんだ」ようやく梨衣も僕の言いたい事が理解出来て来たようで「確かに違うと思う……で?」と聞き返すが、それでも顔には?マークが浮き出ている。

「だから、そう…例えば」僕は胸の前の空間を画用紙を見立てて手の平を動かして行く。

「この一枚の絵を描く時、全体を男性のタッチで描いて、中心になる物、人でもいいの、それを女性のタッチで描いて一枚の中に男性らしさと女性らしさを表現して見てくれる人に訴えるの、同じ絵でも逆に全体の構成を女性のタッチにして中心を男性のタッチにすれば違う表現になるし」僕は止まらない。目の前の空間に見立てた画用紙を指でなぞるように続ける。「例えば絵を半分にして右側全体は男性のタッチで中心が女性、左半分には逆に全体が女性で中心が男性。まだあるんだ、全体を女性にして男性のタッチを点在させる。その逆も表現出来る。そして……時に男性とも女性とも取れる表現方法のタッチだったり、そのどちらでもないと思えるタッチで表現方法を変えて人に訴えかけるの」僕が梨衣を見ると目を丸くして僕を見つめている。

「出来るの？　そんな事？」梨衣が呟くように聞いて来る。

「出来るヨ」僕は両手を自分の胸に当てて上を向く。「ううん、出来る気がするんだ。そう、きっと僕にしか出来ない表現方法だと思うんだ」そう言って梨衣を正面から見ると、キョトンとした顔で僕を見つめているので心配になって聞いた。「無理かな？」…と。

梨衣の瞳が二度三度と瞬いた、まるで新しい何かに触れて喜びを隠せない少女のように。

「ううん、出来る…出来るヨ、そうよ琉衣にしか出来ない表現だと思う」目一杯の笑顔で頷いていた。

「応援してくれる？　イラストレーターになる事？」梨衣に理解してもらえるのが一番嬉しくて、そう聞いていた。

「勿論、当たり前じゃない、私が琉衣のイラストの一番のファンになる…」「ありがとう」「でも、いつ分かるの、そう入選とか」梨衣はもう一度僕のスマホを見ながら聞く。

「まだもう少し先、応募したばかりだし発表には二〜三カ月はかかるみたい」「入選したら賞金…」「もう、梨衣はそればっかり、それより入選してもしなくても、企業の担当者の目に留まればイラストやカットの仕事を貰えたりする事もあるんだって」「そんな事もあるんだ、なら仕事料が入って来るんだ」「もう、お金じゃあないの、そう言うつながりで、実践で勉強したり、先輩に教えてもらったり、まだまだ勉強する事は沢山あると思うんだ。特に最近のイラストは専用のソフトでする仕事も多いから、僕はもっとパソコンの勉強をする必要があるし。でも挿絵や絵本みたいに手書きの仕事も有るし。手書きの良さ、パソコンの良さそれぞれの特徴が生かせて使いこなせるように、いっぱいいっぱい勉強しなくっちゃ」

「なら、イラストの学校とか行かないの？」梨衣は普通の疑問を聞いて来た。

「だってェ、応募を思いついたのって最近だし、まだこれから考えて行く事だし、まずは自分の今の実力を知りたいから…」

「「降りなくっちゃ」」話に夢中になって、いつの間にか降車駅に着いていて、二人同時に叫んで電車を飛び降りた。

「黙っててゴメンね！　隠すつもりじゃあなかったんだけれど、何かの賞でも貰えてからって…」改札を出て歩いていると、梨衣が遅れ出したのに気づいた。「梨衣？」振り向くと梨衣が手にしていた雑誌を抱きしめるようにトボトボと歩いていた。普段なら元気に前を歩く梨衣にしては珍しい事だ。「梨衣？」僕の呼びかけにようやく気づいた梨衣は、考えながらゆっくりと近付いて来る。何かを探るように。

「琉衣」そう言って辺りを見渡す。発展している南口と違い、あまり開発されていない北口は商店街も直ぐに途切れ人影もまばらになる。小さな畑や手入れのしていない空き地も目立つ僕たちの帰り道。「琉衣」梨衣がおもむろに僕を呼び止めた。

「なあに？」僕も振り返って、立ち止まっている梨衣と向かい合う。

「私」少し俯く梨衣。

「？」梨衣は何を言おうとしているのか？

「私……」僕を見る、そして少しだけ間があって思いもかけない言葉が続いて聞こえて来た。「私…男性になろうと思う」

「えっ!?」直ぐには飲み込めなかった。

「やっぱり、この躰は嫌。本当の私の躰じゃあない」寝耳に水だった、僕よりも自分の躰に対して折り合いをつけて、普通に楽しそうに生きていると思っていた梨衣から余りにも突然なカミングアウトに。

「でも…」「言わないで」梨衣が右手で僕を制した。「蘭の事、手術やそれまでの長い検査の事でしょう？」僕は黙って頷いた。

「蘭にはちゃんと話すトランスジェンダーの事。勿論、琉衣の事は言わない。琉衣が蘭にカミングアウトするかどうかは、琉衣の問題だから」

「でも～～」僕のこの中途半端な言葉は、梨衣の笑顔に掻き消された。そして梨衣の笑顔と同時に出た言葉は少しだけ残酷だった。「私たち…」又、少しだけ言葉が途切れる。「いつまでも一緒にいられないいんだよ」梨衣の言葉が続く。「いつかは別々の道を歩くんだよ。

その時になって、慌てたくないから」泣いていないけれど泣き笑いの笑顔だ。

「どうして？」突然の梨衣の言葉に、僕は軽いパニックに陥っていて上手く言葉が出ない。それにしても梨衣はいつからこの事を考えていたのか？　いつでも一緒にいたはずなのに梨衣がここまで考えていたとは、今の今までまったく気付かなかった。

「勿論、性転換は一つの大きな答え、それが正しい判断かどうかを、しっかり病院で診察してもらって、その上で自分にとって正しいと思える決断をするの。だから私は今の自分を正直に伝えて、自分の今の想いが正しいかどうかの判断をするんだ。今の琉衣みたいに…だよ」そう言って梨衣は笑顔になる。東京郊外と言っても畑も多い帰り道には人影はない。そんな車も通らない小道で二人向かい合ったまま、動く事が出来ずに見つめ合っている。「琉衣はどうするの？　性転換？」梨衣は当たり前のように聞いて来た。梨衣の言葉が当たり前に感じる分、梨衣の強い決意を感じている。

「僕は…まだ分からない」力無く答える。

「分からないかあ」梨衣は目をそらして、はにかむ様な笑顔で歩き出す。僕と交差して家の方に向かって「そうだよね、そう簡単には決められないよ…ねエ！」一度振り返り僕に笑顔を見せて、又家に向かって歩き出す。

「そうだよ、簡単に決められない」僕は梨衣を追うように小走りで動き出す。「決めるもんじゃあないよね？」梨衣に追いついて梨衣の後を同じ歩調、同じ距離感で続いて歩く
「いつ決めたの？　こんな大切な話？」僕は梨衣の後ろ姿に語りかける。昔、小五で急に

梨衣の身長が伸びて急に大人っぽくなった梨衣を遠くに感じて、置いてけぼりにされないように、必死で梨衣の後ろ姿を追っていた、あの頃が蘇る。

　梨衣は立ち止まり俯いて少しだけ考えている。僕は梨衣の前に回り込んで向かい合う。

「あの日！」梨衣が顔をあげる。

「あの日？」梨衣と見つめ合う。

「琉衣が女性の服を着るようになった日」

「あの日？」僕は同じ言葉を繰り返す。

「そう」梨衣が笑顔で頷いて続ける。「琉衣が自分らしさを表現するっていった日」梨衣が又、家に向かって先に歩き出したけれど今度は僕も遅れずに歩き出す、いつものように梨衣が右で僕が左で一緒になって歩いて行く。ただ、最近の二人のお気に入りの腕を組む事はせずに、二人共自分のショルダーバッグの肩ヒモを少しだけ強く握りしめていた。

「あの日」歩きながら梨衣が続きを語り始める。「あの日、琉衣の自分らしさ…を聞いて漠然とだけれど考えるようになったんだ。でもね、その時はまだ直ぐに考えがまとまる訳ではないし、その時は単純に琉衣を応援しようって考えていたの」

「分かってた、感じてもいたヨ、梨衣が応援してくれていたの」

「でもね、そうやって琉衣が少しずつ自分のやりたい事、出来る事を見つけているのを見ている内に、だんだん置いてきぼりにされている気持ちになって来て」

「置いてきぼり？　…それって僕が梨衣に」僕の歩みが止まる。

「最初はね」梨衣も立ち止まって上半身だけで後ろを振り向く。「でも、今は逆だよ」そう言って前を見て歩き出したので僕も続く。

「そうして、ある時気づいたんだ」「気づいた？」「私たち…」僕は自分で棚の奥にしまい込んでいた言葉を梨衣はもう一度、普通の事のように話す。「いつまでも一緒にはいられないって」そうして、少しだけ後ろを歩く僕に微笑みを向ける。そして、「いつかは別々の道を歩くんだ」呟くように言葉を結んだ。

「梨衣…」バイパスの大通りに差し掛かった。丁度横断歩道側が長い赤に変わり、止まった梨衣に追いついて横に並ぶ。

「琉衣は…大丈夫なんだね？　性転換しなくっても？」

「僕は…」少しだけ自分の言葉を整理してから今の自分を伝える。「僕は大丈夫だと思う。自分のしたい表現をして梨衣やお母さんがいてくれるから…それに」「それに？」「前までは、この躰に感じる違和感と同じくらい躰にメスを入れる事にも違和感を抱いていたんだ」

「前？」梨衣が僕を見つめて聞く。「今は？」

「今は以前より、躰の違和感が薄らいだ…」一度首を傾げてから続けた。「…ような気がする…から」

「自分らしい表現でしょう？」梨衣が僕のスカートをつまんでヒラヒラさせて聞いてくれたので僕は素直に頷いた。

「良かった、そう言うのが一番だよ」梨衣が自分の事のように喜んでくれているのが理解出来て、それが何よりも一番嬉しかった。

それにしても、トランスジェンダーの発露が同じ高校一年生の時で、その時から他の兄弟姉妹以上に一緒に過ごして来た僕たち。同じ想いで同じように悩んでいると思っていたのに、こんなにも違っていたなんて、今日の今日まで考えてもいなかった。それにしても梨衣はいつから今日の告白を考えていたのだろう？　大学に入っても梨衣の生理の時の儀式は続いていた。でも僕が女性の服を着るようになった頃から少しずつズレ始めていたような気もするけれど、やっぱりあの時なのか？

僕がブラトップを身に着けるようになった最初の生理の時に、梨衣は僕の胸に手を当てられずに我慢していた。後になって「大丈夫」って笑ってくれたけれど、その顔は寂しそうで、やっぱり辛そうだった。あの時に梨衣は決めたのだろうか？

「もし！」梨衣が上を向く、希望の明日を見つめるように。

「もし？」僕は俯いて下から梨衣を見る。

「私が男性になったら、お兄さんって呼んでくれる？」「お兄さん？」「そう」梨衣が屈託のない笑顔を向けるのが眩しくって、更に俯いてしまった。

「嫌だよ、梨衣は梨衣で、男も女もない」梨衣が横断歩道を歩き出して青になった事を悟る。「たとえ性別が男性になっても梨衣って呼ぶよ」僕の声は届いていたのか？　梨衣は横断歩道の中ほどまで歩いていて、ようやく出遅れた僕に気づいて笑顔で振り返った。振り返った梨衣が今日は何だか少しだけ大人に見えたのは気のせい？「でもそうだ！」梨衣は急かさずに僕の歩き出しを待っているので、僕はゆったりと横断歩道を歩き出す。「そうだ名前も変えるの？」その瞬間、梨衣が必死の顔で僕に向かって走り出して来た。

「琉衣！」梨衣の険しい声が耳に届く。

「何が？」その瞬間、僕は梨衣に胸を押されて、後ろに突き飛ばされる。後ろに突き飛ばされた僕は倒れた瞬間、後頭部を強打した。痛い…と言う間もなく僕の意識は暗くて深い闇の中に引きずり込まれて行く。意識が落ちる！　意識が飛んで行く！　何も分からなくなりながら聞こえた言葉。

「暴走車だ……！」

2

「琉衣、起きて」梨衣の優しい言葉で意識が戻ってきたけれど？　ここはどこ？　心の中でそう呟いていた。

「琉衣ィ！　早く！」梨衣の優しいけれど、少しだけ甘えたようないつもの声で僕は覚醒する。…と言っても、まだ自分が目をつぶっているのがわかる。真っ暗だ。

「そうだ！」僕は唐突に思い出す、梨衣に突き飛ばされて後ろに飛ばされて意識を失って…。

今は？　そう心の中で呟いた時に目が覚めた。目が覚めると、そこは四角く区切られた白い空間だった。「ここは？」かすれるような声は声になっていなかったけれど、僕自身の覚醒を促すには充分だった。覚醒と同時に少しずつだけれど周りも見えて来る。白い天井を向いて僕は寝かされていた。いつもと違うベッドと、白い綺麗な薄い掛布団も僕のではなく妙に嫌な感じがする。そして寝ているベッドを取り囲むように長方形で仕切られたカーテン？

左側のカーテンの向こうから数人の人の気配がする「それでは」物静かな男性の声に続いて、ピーーーっと何かの発信音がした。その瞬間に聞こえて来た声。

「梨衣ィィィィィイイ！」母の声、いえ叫び声……悲鳴……が。

「どうしたの？」僕の声は母の悲鳴に掻き消されるけれど、低音の男性の声は隙間を縫うように僕の耳に届いて来た。「ご臨終です」

「梨衣？　ご臨終？」僕は覚醒の途中なのか？　何処か頭の中に霞がかかったように今の状況を正確に把握出来ていない。それでも無理矢理上半身を起こすと、掛布団がずり落ちると昼間のワンピースを着ていた。

「梨衣ィ」再び母の叫びが聞こえて来た。

後頭部に痛みを感じて手を当てると後頭部に何かを貼られている。ズキッと後頭部が痛み逆に頭がはっきりして今の状況を認識すると、ここは病院だと、ようやく理解する…そして。母の叫び、いや悲鳴とご臨終の言葉に、悪い予感を抱きながらベッドから静かに降りる。立つと少しだけふらつくが、母の嗚咽のする方に向かい音もなく、気配もなくカーテンをすり抜けて、カーテンの囲いの外に出ると、そこには数人の男女、白衣の医者に看護師が立っていてベッドに少女が寝ていた。

そして、その少女にすがるように泣いて嗚咽を漏らしている後ろ姿。背中まで届く長いしなやかな髪が震えていた。赤いシャツを着た華奢な肩が震えている。

「梨衣ィィイ」母の横に僕は静かに立った時、医者も看護師も驚いたのだろう少しだけざわついた。僕が少女を見下ろすと、その顔はとても透明感があり、とても静かで綺麗で、まるで寝ているかのように見えた。

「梨衣？」僕がそう声にした時、母の叫びが止まり、ハッとした顔で僕を見つめると驚いた顔になる。普段から、あまり驚いた顔を見せない母、少女のような見てくれや華奢な線とは裏腹に、かなり肝の据わった母の驚いた顔を僕は殆ど見た事がない。なので平素の僕なら今の母の顔に僕が驚いていたと思う。

「梨衣なの？」僕は少女を見つめながらもう一度呟く、そして「寝てるの？」あまりにも美しすぎるその顔に、僕は死を連想する事が出来ないでそう聞いていたが、母は唇を噛みしめながら、そして梨衣にしがみついたまま静かに首を横に振る。

「えっ？」それでも僕は今の状況が飲み込めずにいて、もう一度梨衣を覗き込む。「梨衣、起きて」優しい声で、さっき梨衣に起こされた言葉をかけるが反応がないのでもう一度声を掛ける。「梨衣ィ早く」さっきの梨衣と同じ言葉で。それでも反応はなかったので、僕は呆けたように母を見ると、やはり辛そうに首を振る。

それでようやく禁断の言葉が頭に浮かんだ。「死んでるの？」母が涙だらけの顔を僕に向けて動かない。首を縦に頷こうとして、それを拒否するように、動かさないようにする何か別の意志が母を支配している。

僕が顔を上げて看護師を見ると、看護師は静かに器材の片づけを続けるので医師を見る。医師は長い沈黙の後、「残念ですが」悲痛な面持ちで一言だけ、絞り出した。それでも現状の認識が覚束ない僕は、もう一度母を見る、母は歯を食いしばって頷いた。

そして…その瞬間、僕は床に崩れ落ちて、再び意識を失っていた。

第11章　虚無

1

事故から三日目、梨衣の告別式がひっそりと行われている式場で僕の思考は完全に停止していた。僕の目前では、ただだくだくと式が執り行われている。母と僕だけの告別式は母の強い希望でお通夜もせず少ない親戚も呼ばない小さな小さな家族葬。

ただ、そんな事自体にも僕の心は動かず周りの事全てに関心を示す事はなかった。

祭壇の梨衣の遺影は先日の信州旅行の高ボッチ高原で僕が撮ってあげた一枚で、広々とした高原で梨衣が弾むような笑顔を見せていたのを引き伸ばして飾っていた。梨衣の笑顔はみんなの心にも何かを伝えるものがある。人を幸せにする魅力がある。そんな笑顔の遺影が余計に僕の心に寂しさを募らせている。

一昨日、梨衣の死を知って再び気を失った僕が意識を取り戻したのは昨日のお昼頃。僕は頭は打ったけれど、後頭部にコブが出来た程度でCTの診断でも特に異常はなく「当分は無理をしないように」と言うお決まりの医師の言葉で即日退院になったが、退院した僕は全てが虚ろだった。何かに動揺する事もなく、何かに反応もしない、涙も流れない、僕の心はあてのないまま宙を彷徨い、どこにもたどり着けないまま、虚ろな眼差しで母に言われるままに動いていた。

　喪服に至ってもそうだった。喪服を持っていない僕に母が着せたのは自分のワンピースの喪服で、母は自分の母（僕の祖母）が晩年に着ていたと言う、少し型の古いツーピースの喪服を引っ張り出して着ていた。僕は僕で母に言われるまま何の抵抗もなく母の喪服を着て黒のストッキングを穿き、梨衣と一緒に買った、何にでも合うと言う濃紺のレザーの靴を履いて告別式に参列していた。

　虚ろな僕は悲しくもなく、涙もなく、ただ式が過ぎて行くのを、どこか傍観者のように見ているだけだった。他人事のように過ぎて行く短い葬式の終盤、梨衣の納棺の時、色とりどりの花を敷き詰めている時、棺の中で浮かび上がる梨衣の顔は今でも寝ているように穏やかで綺麗だった。「・衣」……あれ？　僕は今なんて呼びかけたの？　梨衣って言ったの？　琉衣って言ったの？

　僕は、そっと自分の胸に掌をあてる。胸がない。ああ、だから僕が琉衣で、ここに寝ているのが梨衣なんだ？

あれ？　でも梨衣は男の子になりたかったんだから、僕が梨衣になればいいのかなぁ？

そして、ここに寝ているのが琉衣って事にすれば、みんな喜ぶのかなあ？

　そんな僕の考えを読み取ったのか、母が僕に寄り添うように、静かに声をかける。「琉衣、梨衣は綺麗だね！」

僕も釣られて反芻する。「うん、梨衣は綺麗だ」

「それだけ」耳元で囁いて僕を誘導する。

「天使かな？　ううん、妖精かな？」そうして、僕の心は母に引き戻された。

式の間中、殆ど感情の表出がない僕も最後の最後、焼き場の扉が閉まった瞬間、僕は何かが抜け落ちるような脱力感に見舞われ、僕はその場にへたり込んで座ってしまっていた。するると、へたり込んだ僕を係の人が助けてくれたけれど、僕には立つ気力もなく、すぐそばの長椅子に壊れた人形のように座るしかなかった。

母は、係の人に促されても扉の前から動かないでいた。横から見る母の顔は、どちらかと言うと無表情に見えた。悲しむでもなく、泣くでもなく、嘆くのでもなく、怒りも悲しみもなく、ただ一点、梨衣が消えて行った扉を、ジッと見つめているだけだった。


後になって母から聞いた話では花と服の下の梨衣の躰は、とても見られる状態ではなかったと聞かされた。梨衣の胸から下は暴走車の下敷きになり内臓破裂も酷く、ほぼその時点で蘇生は難しい状態だったようだけれど、それでも母の到着までは命をつなぐ為に、救急救命措置から病院ではかなり強い薬で心臓を無理矢理動かしていたと聞かされた。

そんな状態なので生命維持装置も最低限だけでつながれて、それを止めるか否かの、母の決断を待つだけの状態だったとも聞いた。

母が生命維持の終了を決断した直後に僕が現れて、そこにいた全員が驚いたと話していた。つまり梨衣は自分の命が途切れる直前、最後に僕に逢いたくて、気絶していた僕を起こしに夢の中で声を掛けに来たのだった。

2

梨衣が骨になり骨壺に収められて、僕たちは梨衣の遺骨と一緒に自宅に帰って来た。

短い、小さな小さなお葬式。今は繰り上げ初七日と言って葬儀の日にまとめて初七日のお経もあげてもらうのが主流のようで、梨衣の葬儀もそれに従い行われ、あとは納骨するだけとなっていた。ただ納骨の日取りは特に決めずに「もう少しだけ、三人で暮らす」のが母の希望であり、僕が反対する理由も無かった。

三人で過ごすダイニングの食事やお喋りをする食卓テーブル。その横に梨衣の遺骨に遺影、そしてやはり母の強い意志で戒名は付けずに生前の名前「鏡原梨衣」と彫られた位牌を並べて置く。

以降、僕は完全に虚無に包み込まれる。

虚無・放心・抜け殻・空っぽの心。どの言葉が今の僕を表すのに適切なのか？　その表現の全てが当てはまっているようで、それら、どれ一つとして僕を言い当てていないようでもあった。ただ、強すぎる衝撃は感情も思考も全てをなくしてしまうようで、僕は自分で自分をコントロールする事が出来なくなっていた。いや正確にはコントロールすること自体を忘れている、放棄していると言っても良かった。三人で帰宅して以降の僕は、壊れた操り人形となっていた。

いや今のＩＴ技術であれば人の言葉を理解して、人の希望に合わせて色々な対応をする分、今のロボットの方が、今の僕より人間のような対応をするだろう。今の僕は、母に言われるままに動き、母の言葉にのみ反応する、それ以上の行動も行なえない出来損ないのカラクリ人形のような状態だった。母がご飯を出して、「食べなさい」と言えば食べる。「歯を磨きなさい」と言えば歯を磨き、「寝なさい」と言えばベッドで寝る。「起きなさい」といわれ、「朝の歯を磨きなさい」と言われ、「食べなさい」と言われて又食べる。そうして母の声掛けがない時の僕は、僕の意志なのか、それとも何かに導かれているのかは分からないけれど、梨衣の遺骨の前にペタンと座り、ただジッと梨衣の遺影を見つめていた。

朝から晩まで母の指示がない時はいつの間にかそこに座っている。偶に僕がモジモジしている事に気づいた母が声を掛ける。「トイレに行って来なさい」それで初めて僕は生理現象の対応が出来る始末だった。三日目四日目と過ぎていき、五日目の昼過ぎまで僕はその状態のままだった。五日目の午後、僕は変わらずに放心したまま、梨衣の遺影の前でペッタン座りをしていた時、玄関のチャイムが鳴った。

応対に出た母の少し驚いた声が遠くに聞こえるが、僕の心は変わらずに虚無の中をさまよっている。母が戻って来て、母に続いて入って来た一人の男性を見て、僕の心が少しだけ揺れた気がした。

「琉衣」僕を呼ぶ声に目を上げる。

「先…生!?」そこには高校の三年間お世話になった大和先生が立っていた。高校一年で僕たちがトランスジェンダーを発露して、まだ生き方が見つからずに周りの人全てに秘密にしながらも、僕たちを見守り続けてくれた担任の教師。大和先生がいてくれたから普通の高校生活を送れたと言っても過言ではない。その恩師は梨衣の前で両膝をついて、僕を正面から見つめる。「今は、そう言う風に生きているんだな」僕は今日は母の声掛けで、赤いサロペットの普段着を着ていた。「話には聞いていたけど、綺麗だ…」そこで少し慌てて、「あっ! 良いのか? そう…言って!」大和先生のその少しだけ困った顔が可笑しくて、僕は微かに微笑んで微かに頷いた。多分、梨衣が死んで初めて微かに心が動いたみたいだ。

「先に…」大和先生はそう言うと、梨衣に向かいお線香をあげて両手を合わせてくれた。最後に深々と頭を下げてから、もう一度僕に向き合う。「すまんな遅くなって、新聞の地方版で見た事故の記事には『姉妹』って載っていてなあ、琉衣の事は知っていたけれど、まさか新聞が性別を間違えているとは思わなくってな」そう言って大和先生は新聞の切り抜きを取り出して見せてくれた。「まさか、琉衣たちの事とは思っていなかったから、遅くなってしまった。すまん」そう言って大和先生が僕に頭を下げると対応に困っていた僕の代わりに母が答えてくれた。「いいんです、伝えなかったのはこちらですから、来て頂けただけで」母はそう言いながらお茶を出す。

　その後、大和先生と母は無難な話をしていたようだけれど、大和先生が新聞の切り抜きを忘れて帰宅した後、僕の心は又、元の虚無に包まれていた。ただ大和先生の出現で初めて揺らされた僕の心は、何かを探しているようにも感じたけれど、感じただけで何を考えればいいのかが分からずに、結局は母の言葉の通りに、出来損ないのカラクリ人形のように夜を迎えていた。ほんの少し、自分のカラクリ人形の状態の自分に気づいた以外は…。

　六日目の午後、僕の心を揺さぶる人が来た。昼過ぎ、梨衣の遺影の前で僕け変わらずに虚無に包まれている時、チャイムが鳴り母が出た。母の説明に驚いているような声が遠くに聞こえているかと思えば、急にドタバタとダイニングに迫りくる足音がする。

　ダイニングのドアから現れたのは「桃香さん」それまで何にも反応しない僕の心、ある意味では穏やかに過ごしていた僕の心を大きく揺さぶる人がそこに立っていた。

　僕は桃香さんを目にした瞬間、梨衣の前で膝立ちになっていた自分の意志で。いや条件反射で。

「琉衣？　あなた、琉衣だよね？」桃香さんも僕と同じように膝をつくが、桃香さんのほうが背が高くて僕の方が少しだけ上を向いている。

「は……い」やはり壊れたカラクリ人形のような回答。それもかなりアナログチック。大学入学当時にチョットしたきっかけで梨衣と桃香さんがバスケをして以来、梨衣が桃香さんに心を奪われていた。ただその事を桃香さんは知らないまま、僕とは好きな推理小説の話で、梨衣とはスポーツの話で三人で、一緒にお茶をする機会が増えていた。

そうして先月の信州旅行。僕たちが知らずに泊まった温泉旅館が桃香さんの実家で、色々とお世話になった反面、強引に貸切風呂に飛び込んで来た事で、僕のカミングアウトの機会が出来て、僕の事を唯一知る人物になっていた。更に梨衣曰く、桃香さんは僕に気があると言った梨衣は、より桃香さんに心を奪われていた、そんな矢先の交通事故だった。

「もう驚いたわ、まさかこんな事になっているなんて」桃香さんが僕の両肩に両手を乗せると、僕はどこか安心したような脱力感を感じて、そのまま座り込み、桃香さんも同じように座り込む。

「桃香さん？　何で？」僕は僕の感情が動き出したのに気づいていないけれど、母が敏感に感じていた。桃香さんの出現で動き始めた僕の心を母は目ざとく見守っている。

「何でって」ここ数日の僕の虚ろな心を知らない桃香さんは普通に語り掛けて来る。「信州で言ってたでしょう、上諏訪で別れる時に、又大学で会おうって」桃香さんはいつの間にか涙を流していた。

「そう…そうですね？」覚えている、僕は小さくそう呟きながら頷いた。

「それが、何回電話しても出ないし、メールの返信もないし」

「電話？」そう言われてスマホの存在自体に今気がついた。あの事故の日以来、バッグの中に入れっぱなしのはずだ。最後にそこに入れた記憶があるだけで確かめた訳ではない。

ただ充電してもいないはずだから、充電切れになっているのは理解が出来た。

「そうよ、もう一週間近くつながらないし、大学にも来ないし、大学で聞いても誰も見てないって言うだけで…仕方ないから実家の旅館に連絡して住所を教えてもらって来たら」

そこで桃香さんは一瞬固まった。僕の肩に両手を置いたまま。

「御免なさい、連絡しないで」僕が所在なげに下を向く。

「そうだ」そこで気づいたのだろう。「梨衣！」と梨衣の遺影に向き直る。梨衣の遺骨、梨衣の遺影、梨衣の位牌を確かめた桃香さんは声を失っていた。

しばらくして絞り出すように聞いた。「本当に梨衣なの？」…と、僕に。

僕は、その時初めて梨衣の死を実感して、初めて涙が溢れて来た。梨衣の死を知って尚、梨衣の葬式で焼香をしても、梨衣の棺にお別れを言っても、目の前の遺影を見つめ続けていても。梨衣の死を物理的に理解はしていたけれど、梨衣の死を受け入れていなかった。いや死と言う言葉が僕たちを引き裂くものとは思い至らず、梨衣が目の前にいないだけと思い込むようになっていた僕は、結局は梨衣の死に目を瞑っていたのだろうか？

今、桃香さんに問われて、それに自分の意志で初めて考えた事によって、初めて梨衣の死を理解して、そして初めて悲しさが込み上げて来た。初めて喪失感が身近に迫って来た。初めて大切な人を失う悲しみが全身を覆っていた。僕が涙を流し梨衣と向き合いながら泣いている時、桃香さんも一緒に泣いてくれた。桃香さんはヘタな慰めは言わないでいてくれた。ただ静かに一緒になって泣いてくれて、僕の右手に静かに左手を添えてくれた。

母は静かに僕たちを見守ってくれていた。

どれくらいの時間そうしていたのか？　夏の遅い夕暮れが西の空に現れる頃に、桃香さんは静かに立ち上がった。「琉衣、大学で待っているから」そう言って優しく抱きしめてくれて、涙の残っている精一杯の笑顔で帰って行った。

桃香さんが帰る時だった。「その…」僕が桃香さんの後ろ姿に呼びかけると「何かな？」桃香さんが涙顔の笑顔で振り返る。

「桃香さん…」僕は、きっと色々と話したかったんだと思う、お礼が言いたかったんだと思う、今日の事のお礼、旅行の時のお礼、一緒に涙を流してくれたお礼。でも、その全ての整理が出来ずに口ごもっていたら、その全てを察した桃香さんから言ってくれた。「待ってるから、大学で待ってるから、又ゆっくり話そう」そう言って、最高の笑顔を向けて、でもとても悲しい瞳を乗せて、僕に語り掛けてくれた。

「はい」それは短いけれど、僕の素直に出た言葉だった。紛れもなく僕の意志で答えた返事だった。

ただ桃香さんが帰った後の僕は、又虚ろなまま梨衣の遺影の前でペタンと座っていた。例によって、「ご飯を食べなさい」という母の声掛けで食卓についた僕は、ただ食べるカラクリ人形のように夕食を食べていた。それでも今までなら、そのまま二人の食事は、黙ったまま何も話さずに終わり、僕は次の母の指示があるまで、梨衣の前に座るだけだったけれど。昨日大和先生の出現で心を揺さぶられ、今日の桃香さんとの出来事で、心が戻って来ていた僕は、夕食の途中で今の状況を理解し始めていた。

いつものダイニングにいつもの食卓テーブル、母の作ったいつもの料理。見渡せばいつもの家の中。但し僕の右隣に梨衣がいなくて、代わりに梨衣の遺影が無言で笑っていた。そして何より僕が違うと感じた事、それは……静かだった。

気が付くと、僕たちの食卓には音がなかった。聞こえるのは箸が茶碗や食器に触れる微かな音、それどころか僕たちが沢庵を食べればその噛む音までが聞こえて来る程にダイニングを静寂が包んでいた。ここ数日と変わらない事だけれど、今日は、いや今は、先月までの食卓のそれとの違いに、大きな戸惑いを感じている僕がいた。

先月までの食卓、梨衣が生きている時の食卓は明るかった、楽しかった、いっつも笑いが絶えなかった。三人でいる時はムードメーカーの梨衣が先導していた。梨衣がおどけたり、弾けたり、拗ねたりしながら、僕が受けて、母が楽し気に笑う。僕と母が二人の時にも普通に話すけれど、それでも折に触れ梨衣は話題に上る。なので今の静けさが物凄く奇異で奇妙で、何か僕が悪い事をしてしまったのか…と僕は身の置き所を見失ってしまい、そしてとんでもない事を口走ってしまった。

「お母さん」持っていた箸と茶碗を置いて戸惑いながら母を呼んだ。

「えっ!?」それまで、食事中には一言も話さなかった僕に対して小さな驚きと、小さな期待を持って母も箸と茶碗を置いて聞き返す。「なあ～に？」…と。

「御免なさい」僕は下を向いて絞り出す。

「御免？　…何が？」母は首を傾げる。

「僕が」僕は顔を上げる、梨衣が死んで初めて母を正面から見ると、そこに梨衣がいるかのような錯覚に陥る。つまり鏡の中の自分にも話しかけているような錯覚にも陥るけれど、実はそれは僕たちには普段から感じる事であり、そう感じたと言う事は僕の感情が戻って来たという事にもなるが、今の僕にはそんな事を考える余裕はなかった。ただ、やはり言うべきでない言葉を発してしまっていた。

「僕が」やはり下を向く。「僕が死ねば良かった」母の表情が変わったのに僕は気づいていない。「その方が食卓が楽しいから…」そう言って梨衣の遺影を見た時、ダンっと机を叩く音がして、そっちを向くと母が立ち上がり両手をテーブルについて俯いて震えていた。

「お母さん？」僕には母の意図が汲めずに呟いた時、テーブル越しに母の平手が飛んで来た。強烈なその一撃を受けた僕は、痛いとも言えずその場で左の頬を押さえながら母を見上げると、母は涙を流しながら険しい顔で僕を睨みつけていた。母の激しい怒りと溢れる涙を見て僕は直ぐに後悔した、言うべき言葉ではなかった…と言う事に。

　母は母で多分、僕のそんな心の揺れを理解しているのだろう、深く呼吸をして自分の心を静めて、自分の食事途中の茶碗とお椀を持って、後ろの流しに置く。そして黙ってそのまま手荒に洗い始める。

「お母さん…」僕は続く言葉が見つからずに固まってしまい、そこで言葉を切っていたら母から声を発してくれた。

「明日…」少ない食器洗いが終わって、母がタオルで手を拭きながら僕に向き直る。流しにもたれ掛かる仕草、手を拭いた後の腕を組む仕草も妖艶に、いつもの母のような妖しい言葉使いで、「休みは初七日までもう一日貰っていたけれど、明日から仕事に行くね」

「仕事？」僕が母に見とれるように見つめて聞き返す。

「そう、琉衣ももう大丈夫そうだから」母はそう言うと卓上用七五〇㎖のいつもの焼酎の瓶を取り出す。

「僕が？　…大丈夫？」僕は正直に言って自信はなかったけれど、母は僕の疑問には気づかないふりでグラスを取り出していた。

「明日は早く行くね、一週間休んだから患者さんの申し送りも溜まっているし、職場の注意事項も一杯あるから」母は半分くらい残っている焼酎の瓶を目の高さで揺らして楽しんでいるようだ。「琉衣は…無理をしなくって良いから」そう言って僕に向いて、揺れてる焼酎越しに僕を見つめる。

僕は何も言い返せないでいる。ハイとも、嫌だとも、出来るとも、出来ないとも言えずにいた。焼酎の揺れの向こうに見える母は、母と言うより、一人の女性として仄かな色気を感じているが、母はそんな僕の心の揺れには気付かない振りで続ける。「でも…目覚ましはセットして寝なさい、朝は一度起きてから大学に行くかどうかはその時に考えなさい。少なくともダラダラだけはしないでネ♡」母はそう言うとウィンクをして自分の寝室に消えていった。

母の焼酎の飲み方は、今も手にしていた背の低いグラスに大きな氷を一つだけ入れて、そこに焼酎を少しずつ入れて、氷が溶ける様子を楽しんだり、カラカラとグラスを揺らして音を楽しんだりしながら、このダイニングで僕たちがいれば僕たちの会話を楽しみながらゆっくりと飲む。飲み方も優雅に脚を組んでいたり、妖艶に頬杖を突いて大人の女性を思わせていたかと思えば、椅子に脚を乗せて、合わせたその膝を抱えるようにして子供のようにしてお酒を楽しんでいる。

それが今夜は違っていた。鷲掴みにした焼酎の瓶に氷の入っていないグラス、そして自分の部屋。どう見ても、焼酎を飲み下すだけの行動にしか思えなかったけれど、それも当たり前の事なのかもしれない。僕は自分にそう言い聞かせると梨衣の死後、僕は初めて自分の意志で自分の部屋に戻ったけれど、僕自身はその事には気づいていなかった。

気づくも何も、そもそもカラクリ人形の時の僕には、意志の有る無いの自覚すらなく、何もかもが流れていただけだった。

それが昨日、大和先生の出現で心が揺れて、今日は桃香さんと泣いて心を取り戻していた。少なくともカラクリ人形ではなくなった僕に気づいた母が、この事をキッカケとして僕の立ち直りを促したのも事実だろうけれど、今の僕が気づいていた話ではなかった。

僕は久しぶりに自分の意志で行動している。梨衣とお揃いのTシャツと白のショートパンツに着替えて、ベッドに横になった僕は「寝れるのか？」と自問自答をしているがそれも当然だと思う。自分以上に大切な梨衣を失った事実に変わりはなく、僕はまだそれを受け入れ切れていない。なので悶々とする夜を覚悟して横になったが、それはあっさりと、良い意味で裏切られた。横になって直ぐに激しい睡魔が襲って来たのだった。

僕は睡魔に抗う事も出来ないまま、たまっていたメールを確認する間もないまま、深い眠りに陥って行ったのだった。

第12章　エーーーーーッ！

1

スマホのアラームがなって目が覚めた。タオルケットから手を伸ばしてスマホを止める。タオルケットの中に引きずり込んで時間を見ると、いつも起きる時間の七時だ。「あ～～～～」タオルケットから両手両足を思いっきり伸ばして伸びをすると爽快な気分だった。「よ～～っく寝た」上半身を起こして頭を軽く掻く。「なんか、一週間くらいタップリと寝た感じ」そう言って、もう一度伸びをしてベッドから飛び降りる。

「一人？」何気に呟きながら、無造作に寝巻用のTシャツを裏返しに脱ぎ捨てた。そのまま勉強机の椅子に掛けてある室内用の白地のシャツを取りに移動した時に違和感を覚えた。二人で使用している化粧箱の蓋裏の鏡を見た時に、何故か違和感があったからだ。

「あれ？」そう言いながら鏡の中の自分の顔を見ても、いつもと変わらない顔が映っていた。ただ鏡に映る自分に若干の違和感があって、更に近づいて目をこすって見るけれど、やっぱり変わらずに自分だと思った。「寝過ぎかな？」そう呟きながらも少し寝ぼけているのかな？　…そんな感じでもあった。なので何気なく鏡からフェードアウトしている途中で裸の自分の胸を見て驚いた。

「ない！」思わず叫んでいた。「嘘！」そう叫びながら直接胸を見てもなかった。手で撫でてみても「やっぱりない」いつもの、そんなに大きくはないけれど弾力があって、形の良い胸・バストが綺麗になくなっている。

「マジ〜〜〜」何度胸を撫で回しても虚しく滑り、膨らみもその間の谷間もなかった。

「まさか？」今度は自分のズボンに手を入れて、股間にぶら下がっている物を確かめると
「ある！」確かに何かの感触があった、ブラブラした物があった。ただ本当に今の自分の躰に付いているものなのか？　ようは本物なのかを確認する為に、もう一度手を入れて握ってみた瞬間「痛い！」と叫んでいた、初めてで加減が分からずに強く握り過ぎたらしい。ただ、おかげで確認出来た。長い物が一つに丸い物が二個ついていた。「え〜〜！私」壁に掛けてある鏡の中の自分に叫ぶ。「私、男になっている」鏡から目を逸らして部屋の中を見るが誰もいない。

「琉衣！」呼んでも誰もいない。

「チョット待って、待って、梨衣、落ち着け」私はそう言って再度、壁の鏡を覗き込む。覗き込んで鏡の中の自分に聞いて見る。「あなたは誰」もう一度両手で両頬を叩きながら聞く。「あなたは誰？」そのまま答える。「私は梨衣、鏡原梨衣」そう一人問答して、「うん、そうだ梨衣だ」と一人合点をして自分の胸を見ても、やっぱりなかった。

「ああ、もう」私はそう言いながら兎に角、室内用の白いシャツを着てボタンを留めなが

ら階段をドタドタと下りて行く。

「琉衣」「蘭」家じゅうに叫んでも返事は帰って来ない。「まったく、蘭は仕事かもしれないけれど、何で琉衣までいないの？」私は家じゅうを探して歩く、再度二階の全て、１階の洗面台からトイレ、蘭の寝室に元の祖母の部屋まで琉衣を探して走り回ったが誰も見当たらず、少し息を弾ませてダイニングに戻ると見慣れない物に気が付いた。

「何？　あれ」私は恐る恐る近づくと、一つは骨壺を入れる葬式用の白い箱（名前は知らない）なのを認識した。

（誰の？）そう心の中で呟きながら近づいて遺影を覗き込む、笑顔の「琉衣！」私は声を詰まらせて小さく悲鳴のように声を出していた。それと同時に悲しみが溢れ出していた。琉衣が死んだ事実をいきなり突き付けられて、大きな悲しみと同時に、どう対処したら良いのか分からない混乱を起こしていた。

「何故…」何故琉衣が死んだのか？　と、考えようとした時に位牌に刻まれている名前に気が付いた。「鏡原梨衣？」息を飲んだ。「私？」そう引きつるように声を出していた。

「えっ何で、何で、私が死んだの？」「私？」「だって、私はここに？」そう自分の頬を叩いて気が付いた。「そうだ、私の躰」そう言って胸を触る。「ない」もう一度覗く。「やっぱりない」「じゃあ、私は誰？」「私はどうしたの？」「何があったの？」「琉衣は何処にいるの？」私は完全にパニックになっていた。何をどうしたら良いのか、何をどう解釈すれば良いのか？　まったくわからないままフローリングに両手を付いた時だった。遺影を置いた家具の足元に一枚の紙が落ちているのに気が付いた。「何これ？」拾い上げると、それは新聞の切り抜きだった。

読んでみる「9月1日午後3時頃、○○号バイパスの光二丁目交差点で交通事故がありました。右折の車が横断歩道を渡っていた地元に住む双子の女子大生を跳ねて死傷させた疑いで、運転手は駆け付けた警察官に過失運転致死傷罪で緊急逮捕されました。取り調べに対して運転手は前方不注意を認めています……」私はそこまで読んで改めて遺影と位牌の名前を見る。

遺影をよくよく見ると、私の顔なのが理解出来た。いっくら瓜二つの双子でも私と琉衣の違いは見分けられる。さっきは寝起きで混乱したのか？　今改めてダイニングの鏡で見れば、そこには琉衣の顔が映っている。

「そう…言えば」私は思い出した、いつも通るあのバイパスの信号が青になって歩き出したけれど、琉衣が気づかないでいたのを、道路の中間の緑地帯で待っていた後、遅れて横断歩道を渡り出した琉衣に車が迫って来ていた。なので私は琉衣を助ける為に琉衣を。

そこまで考えて私はもう一度記事に目を落とす死傷と書いてあった。つまり一人死んで一人が怪我？　そこまで考えて私は二階に戻り、慌てて放り出していたスマホで日付を確認する。「9月7日」声に出して確認して、記事を見る。「9月1日」つまり事故から一週間が経っていて、私にはその一週間の記憶がなかった。「まさか一週間も寝てたの？」「それに私がここにいるなら死んだのは琉衣？」記事には死傷とだけしか書いていない。「でもこの躰は？」とにかく分からない事だらけだ。

その時、手にしていたスマホにメールが届いた。「桃香さんから？」

（琉衣、昨日は私も驚いちゃった。でも琉衣の方がもっと…ゴメン何て書けば良いのか、よく分からない。兎に角、大学に来る時には連絡してね、絶対だよ、お願い）

メールの内容をそのまま解釈すれば、これは琉衣宛ての連絡で、驚いたのは遺影の事で、それは私の事。桃香さんが昨日この家に来てその全てを知った。でも今ここにいるのは私だけれど、躰は男性の琉衣の躰で…？

「ああ〜〜〜もぉ！」私は頭を掻いて立ち上がり決心した。「大学に行って桃香さんに逢おう」そう決めると琉衣と私、共通のお気に入りの夏らしいミニのワンピースを着て、お揃いのショルダーバッグに琉衣のスマホを押し込んで私は家を飛び出した。

2

さっきの新聞記事で知った、私が事故に遭ったと言うバイパスの横断歩道を渡りたくなくて、バスにして学校に向かった。朝のラッシュ時間でやっぱり時間がかかったけれど、それでも今日は講義に出るつもりはなかったので気にはしていなかった。ただ、やっぱりジリジリとして落ち着かない。

そんな中、バスの横向き座席に座っている時に向かい側に座っている中年男性の視線を下半身に感じた。これまでにも時々ある事だったけれど、そんな時の私はかならずキッと睨み返してやる。ただ、そんな時に決まってたしなめてくれるのが琉衣だった。

琉衣は「まあまあ」と言って、わりと大胆に振る舞う私の脚を優しく揃えてくれる。そうして「そんなぞんざいな態度も梨衣だから似合うね、僕がしたら変だから」と言って大人びて笑いかけてくれる。

「琉衣」そう呟いて今の状況に思い至る。「やばい」私は大きく開いていた脚を合わせて、目線をあげると向かいの中年男性と目が合い、引きつった笑顔のまま直ぐにずらす。そして琉衣が言っていた、おしとやかな振る舞いを意識する。

琉衣が言っていた。「女性らしい仕草を意識している」…と。

「女性らしい仕草を意識するって、どう言う事？」琉衣の言ってた言葉で自問自答するが、今まで全くと言っていいほどに意識していなかった私としては、いきなり超難問を突き付けられた気分になった。「しまった、せめてパンツルックにすれば良かった」と考えている間に駅に着いた。

顔は女性っぽいとはいえ躰は普通の男性なのだから、些細な行動に注意しながら電車に乗って大学に向かう。乗り方、立ち方、座り方、階段の上り方、意識すればする程に肩に力が入り、余計にギクシャクしている気がするけれど、それでも何とか大学についた。

知り合いと話す時にどうしようか考えていたけれど、バスが渋滞で遅れた分、一時限目には間に合わない時間になっていた。なので幸いな事に知り合いには合わなかった。

桃香さんからのメールから察すると、私たちの事故の事を知っている人もいないような
ので、いきなり聞かれる事はないだろうけど、多分それも時間の問題だろう。いつも二人
で行動している私たちが一人なのだから。

大学につくと校門の所にスリムのデニムジーンズにピッタリの小さめのTシャツでへそ
出しルックの桃香さんが立っていて、私に気が付いて手を振っている。私は電車の中で
メールをしていた「何時でも良いから逢いたい」とのメールに答えてくれていたのだった。
「琉衣」桃香さんが駆け寄って来て私の目の前に立つ。「良かった、来れたんだね、大
学」背も高く、大人びた感じの桃香さんは優しく頷いていた。
「桃香さん、講義は？」なるべく琉衣っぽくおっとりした感じで話す。
「一時限目はサボるわ、せっかく琉衣が逢いたいって言ってくれてるんだし、それにもう
私、単位は取る目途がついていて、今日だって暇つぶしに来ているだけだから」二人で話
しながらキャンパスの中の日陰になっているベンチに並んで腰掛ける。

逢いたいと思った桃香さんだけれど、いざ会ってみても何をどう話して、何を聞けば良
いのかまったく思い浮かばない。それこそ考えてもいなかった。まさか私は梨衣です…と
言っても、きっと笑われるだけだろうし、ヘタすれば変人扱いされるかもしれない。そん
な事を考えていたら、桃香さんから切り出してくれた。「琉衣、頭は大丈夫なの？」

いきなり何の事か分からなかった。

「昨日、家に行った時にお母さんに聞いたよ、梨衣が琉衣を助ける為に琉衣を突き飛ばして、その時に琉衣が後頭部を強打して、一日以上寝ていたって。CTの検査結果で脳には異常はないみたいだけど、最初は大きなコブがあったって言ってたでしょう?」桃香さんはそう言うと私の顔を覗き込みながら後頭部に手を伸ばす。

私は心の中で（そうなんだ）と起こった事を理解しながら慌てて答える。「人丈夫」と、言いながら桃香さんより先に右手で後頭部をさすり場所を確認するが何も指先には触れない。「うん、頭は大丈夫」そんな上ずった回答をしている時に私の髪の中で、私と桃香さんの指先が触れて、胸がドキッとなる。

「えっ!?」私がドギマギしている時に、桃香さんも、「ごめんなさい」と慌てて手を引き、ジーンズのポケットに手を突っ込んだ。

「でも〜」桃香さんは脚を組みながら続ける。「なんだか琉衣、明るい感じで良かった」

「明るい? 私が?」琉衣は大学に入ってから、私以外の人と話す時には自分の事を「私」と表現していた、なので私が「私」と表現しても桃香さんは普通に受け止めてくれていた。いずれにしろ、この一人称は私にとってはラッキーだった。

桃香さんは組んだ脚に肘を乗せ頬杖を突きながら私に語り掛ける。「何か、もっと悲愴感を持って来るかと思っていたから、何か私の方が拍子抜けしてる」と言って笑顔になる。

「悲愴感?」私のオウム返しに桃香さんが頷いた。確かに状況を考えると悲愴感しか生まれないはずだった。なのに、そうならないのは、当然それ以上の異常事態が現在進行形で巻き起こっているからで、そしてそれを確かめる為に私は桃香さんに逢いに大学に来たのだった。そして当の私は何の考えもなく、バカな質問を桃香さんに向けていた。「私？琉衣ですよね？」バカな質問と知りつつ、もしかしたら気がふれたと思われるのも覚悟して聞いてみたら、桃香さんの対応は意外なものだった。

桃香さんは私を優しく抱きしめてくれた。親鳥が雛鳥をその翼の下で慈しむように優しく包む様に抱きしめてくれた。そして「可哀相な琉衣！　そうだよ、あなたは琉衣ヨ」私に頬ずりをしながら続ける。「お母さんが話してくれたの、梨衣があなたを突き飛ばさなかったら、車に轢かれていたのは間違いなく琉衣だったって」一度私を見つめて、次に反対側の頬に変わる。「混乱してるんだよね。信じられないんだよね」そのまま、自分の胸に私の顔を埋めさせる。豊満な胸に息が詰まりそうになる。「大丈夫だから、私がそばにいてあげるから心配しないで」そう言いながら更に強く抱きしめられた。

桃香さんは混乱…と表現してくれて助かったけれど、逆に真実は突き付けられていた。梨衣が事故で死んだと言う事実が。ただ不可解な事実も現実になっていた、琉衣の躰の中にいるのは私…梨衣と言う事実。その直後、急に疲れを感じた私は桃香さんに駅まで送ってもらって帰宅する事にした。

桃香さんは、「まだ心が休まらないのね、ゆっくりして。又連絡してね」と慈愛に満ちた聖母のような笑顔で私を見送ってくれた。桃香さんに見送られた私は、電車の中で何も考えられないでいた。何か頭に霞がかかったような、深い靄の中を歩いているような心もとない感じに頭と躰が支配されて、今の現実を正確に理解出来ないまま、ただ漠然とその場にいるだけだった。

　降車駅に着いたら今度は幽霊のように静かに降りて、何かに取りつかれたように、何かに導かれるように駅舎を後にして二人で歩いた道を歩いて帰る。何処をどう歩いているのか分からない、多分いつもの道を歩いているのだと思うけれど、それを確かめる為の思考もままならない。

　そんな状態の私もバイパスの横断歩道の脇の電柱の下に枯れかけの花を見つけた時には心が揺れた。一週間前の事故の後に飾られている私の為の花。

　バイパスの赤信号に佇んで長い信号も琉衣と二人なら楽しい時間だったのを思い出す。

　大学に入った頃、この交差点で一緒に信号が変わるのを待っている時の出来事だ。「いいなア」と言う琉衣の声に「きゃあ」の私の声が同時だった。

　信号待ちで立っている私。その後ろで膝を抱えるように座っている女性姿の琉衣が、私のお尻を急に突っついたのだ。

「何よ～」私は怒った訳ではないけれど、意図が汲めずに琉衣に向いて問い質す。

「だって、いいなあって梨衣のお尻が」立ち上がった琉衣が、上半身だけで私のお尻を覗き込むので、私は後ろ手にお尻を隠す。

「私のお尻が、どうかしたの？」

「丸くって、可愛くって、女の子らしくって」そう言いながら又突っつく。「顔は梨衣にそっくりで女性っぽいけれど、躰は男性だから、だからいいなあ、可愛いなあ…って」

ふとよぎった琉衣と私の思い出に涙が溢れ出す。そして少しだけ心が揺れたけれど信号が青になった瞬間、私の心には靄がかかったようになり、何かに導かれるように家に向かって歩き出す。

家に着いて自分の部屋に入った時には既に思考は停止していた。もう何かを考えられる状態ではなかった。そして部屋のベッドを見た瞬間、急激に睡魔に襲われた私は、抗う事も出来ずにベッドに倒れ込むと、ミニのワンピースを着たまま深い眠りに吸い込まれていった。

3

スマホのアラームが鳴った。アラームを止めて見ると自分でセットした七時だった。「あ～～よく寝た」僕はベッドの上で思いっきり伸びをする。その瞬間「あれ？」何故か梨衣と二人でお気に入りのミニのワンピースを着ているのに気が付いた。

昨日は普通にTシャツと白の短パンを穿いて寝たと思っていたのだけれど？「夜中に、

寝ぼけて着替えたのかな？」そんな事を考えながら皺の目立つワンピースを脱いで、ブラトップにシンプルな白のブラウスとハイウエストのデニムのジーンズを着る。よく寝た気分とワンピースを着ていた事実、自分が大学に行く気持ちになっているんだ…と解釈して大学に行く用意をする。

一階に下りると母は既に出かけていた。昨日の夜「明日から仕事に行く」と話していたのを思い出す。

「おはよう、梨衣」梨衣の遺影に手を合わせる。一週間ふさぎ込んだせいなのか？　大和先生のおかげか？　それとも桃香さんのおかげなのかは分からないけれど、少しだけ心が軽くなっている気がしていた。無論、梨衣がいない現実は寂しいし、今でも信じられない、ともすれば心が押し潰されそうにもなるけれど、いつまでもクヨクヨはしていられなかった。少なくとも梨衣はもっと前向きだった。

仮に僕たちの生死が逆だったなら、梨衣は母や周りの人の為に人一倍元気に振る舞うと思えたから。少なくとも梨衣に叱られるような自分ではいたくなかったから。今、自分に出来る精一杯をしよう…そう思うようにした。

僕はいつものように軽い朝食を一人ですませると大学に向かう。学生の僕がまず行うべき事を行う場所へ。僕は歩いて大学に向かうが、僕たちが事故にあった交差点だけは避けたくて少しだけ遠回りで駅に向かう。

（もう少し落ち着いたら行こう）そう考えただけで涙が出そうになるのを必死でこらえる。

こらえるのに上を向くと青空が眩しかった。まだ真夏の太陽が降り注いでいる。

電車で桃香さんにメールを送ろうとして妙な事に気が付いた。送った記憶のないメールが送られていた。…それも昨日？

僕は慌ててカレンダーを開くと、九月八日になっているのに気が付いた。

僕は記憶を引っ張り出す。梨衣が死んで以降、僕の記憶は混沌としているけれど、桃香さんが来た日は何故か鮮明に思い出せる。桃香さんと泣いて、母に叩かれて「明日の初七日」と言う言葉、あの日が六日で僕はアラームをセットして寝て起きて、だから今日は7日のはずだけれど？

昨日の僕から桃香さんへの短いメール（これから大学に行きます。逢えますか？）。それに対する桃香さんからの返信メール（校門の所で待っているネ）。

僕は恐る恐るメールを送る（今日、逢えますか？　今大学に向かっています）。程なく返信文が返って来た。

（今日の講義は二時限目だったけれど、直ぐに出るネ琉衣の講義は？）（講義は構いません、早く逢いたいです）（了解じゃあ、昨日のベンチで待ってて）（分かりました）

「昨日のベンチ？」電車の中で小さく呟いていた。やっぱり昨日があったんだ。そしていつの間にか過ぎていた、昨日の七日に僕は桃香さんと逢って大学の何処かのベンチで話していたんだ。なのでワンピースを着ていた事には説明は付いたけれど、それ以外の事について僕は混乱していた。

僕は大学の校門の所で桃香さんを待っていた。理由は昨日のベンチが分からないから。大学の広いキャンパスには何十個ものベンチがあり、僕には分からないからだった。

僕がついて程なく桃香さんの声が聞こえた。「琉衣」桃香さんが笑顔で駆け寄って来る。「待っててくれたの?」少し息が弾んでいる。

「早く、逢いたかったから」ベンチの場所を知らないと言う物理的な嘘は言っているけれど、実は満更嘘ばかりでない事に今気が付いていた。

昨日と同じかどうかは分からないけれど、僕たちはキャンパスにあるベンチに腰掛けると桃香さんから切り出した。「昨日なんか急に（私、琉衣だよね?）って聞いて来て、私も少し琉衣が混乱していると思って心配してたんだから、今日もう大丈夫なの?　それとも、まだそんな感じ?」膝を組んでそこに細い右手で頬杖をつきながら聞いて来た。

僕は（昨日、そんな事を聞いたんだ）…と同時に（そんな事を聞くのは、梨衣しかいない）と有り得ない事が閃いていた。

「混乱って…?」僕は口ごもってしまった。混乱と言えば混乱している、丸一日時間が過ぎている事、その間僕自身は寝ていたのか記憶がない事、その一日に桃香さんと僕は逢っていて、その桃香さんと逢っていたのは…僕の躰を使った梨衣ではないのか?　…と思える事全てに。

ただ混乱はしてはいるが焦ってはない、今は桃香さんに不審に思われないように、情報を引き出して整理出来るのかを考えていた。

それに梨衣とは死別と思っていたのに、何故か梨衣が僕の躰の中にいるのではないのかと、普通では有り得ないのにそうと思える事実、もしかしたら又梨衣に逢えるのではないのかと言う細やかな想いに、混乱よりも奇妙な期待感も湧き上がって来ていた。

僕は咄嗟に考えて演技を入れて聞く。

頭を抱えて少しだけ俯く。「私は昨日」下手な演技だと自分で感じつつ、ワザと少しだけ間を置いて続ける。「何を話したんですか？」

「覚えてないかあ？」桃香さんは片膝を両腕で抱えながら上を向いて話す。「しょうがないよね」軽く頷いている。「私と少しだけ話したら直ぐに『疲れた』って言って帰ったし」

そう言いながら桃香さんが昨日の僕に伝えたのは、一昨日僕の家に来た時に母から聞いた情報を話した事、僕の後頭部で指先が触れて、桃香さんがドキッとした事、そして梨衣と思える僕が「私、琉衣ですよね」っと聞いて来て僕を抱きしめた事。

「こんな風にだよ」桃香さんは僕を優しく抱きしめてくれた。親鳥が雛鳥を慈しむように、そして桃香さんのその行為を自然に受け入れている僕も心がドキっとして言葉を失っていた。

「琉衣」親鳥を演じ終えた桃香さんが僕の正面で、僕の両手を取って僕を見つめながら語り掛ける。「昨日の琉衣は、悲愴感はない代わりに戸惑っていて、話し方は少しだけ梨衣っぽかった。今日の琉衣も悲愴感はやっぱりないけれど代わりに何かを深く考えているところが、いつもの琉衣っぽいよ」

僕は答え方が分からなかった。答え方が分からずに、どう答えようか？　そしてこの後、桃香さんに何を話すのが良いのかを考えていた時に、やっぱり桃香さんから切り出してくれた。「琉衣ゴメンね、昨日も話した通り私はもう単位は大体大丈夫で、講義なんて出ても出なくても構わないんだけれど、この二時限目だけはゼミの先生の講義で、これだけは義理で出なくっちゃいけないの」そう言ってチャイムと一緒に立ち上がる。「琉衣は講義に出るの？　終わったら、お昼ご飯一緒に食べない？」桃香さんの誘いは嬉しかったけれど。

「すみません」僕は力なく首を振る。「その、やっぱり少し疲れて…」半分本当で半分は嘘だったけれど桃香さんは信じてくれた。

「そうだね昨日も眠たそうに帰ったから、じゃあ食事は又次の機会に。やっぱり琉衣に逢えると嬉しいから、また連絡頂戴ね。約束だよ」そう笑顔で強引に決めた桃香さんは講堂の方へ走って消えた。

「強引な所、なんか梨衣みたい」僕は苦笑しながら呟いていた。

桃香さんとの会話から、ある確信を持った僕は、「そんな事、ある訳はない」と思いつつも「もしかしたら？」の期待を込めて、夜寝る前に小さな行動を起こす事にした。ＭＯＧＩのＡ４のノートに手書きで僕はある事をしたため始める。

9月8日　梨衣へ

もしかしたら梨衣は僕の躰の中にいるの？

――とても信じられない書き出しだと自分でも思う、けれど僕は僕なりの確信を確かめる為にそう書き出していた。

だって僕に7日の記憶はないのに、いつの間にか8日になっていて、八日に逢った桃香さんは七日にも僕に逢っているって言うし、それに桃香さんが言っていたよ。七日は梨衣っぽくて八日は琉衣っぽいって。桃香さんは僕たちの事をお母さん以外で一番理解してくれている人だから信用出来る言葉だと思うし。もし、もし本当に梨衣がいるのであれば。こんな嬉しい事はないよ。もし僕の躰の中に梨衣がいるのなら自由に使っていいから。だからお願い、梨衣、いて、いるよね、お願いだから「いるよ」って、このノートに書いてあって欲しい。

梨衣　梨衣　梨衣　お願い……。

――文章になっていなかった、最後はお願いになっていた。でもこれは僕の願望でもあり、もしかしたらの小さな希望を込めた祈りに近い物だった。僕は勉強机にノートを開いたまま置く。梨衣が気づきやすいように。

第13章　梨衣の大冒険

1

いつものスマホのアラームで目が覚めた。朝の七時なのは先刻承知で、僕は日付を確認する。確認した瞬間飛び起きた、九月十日になっていたのだ。

「梨衣」僕は叫びながら飛び起きて例のノートを置いてある勉強机に向かうと、目をつぶって椅子に座り、祈るように姿勢を正す。

そして、ゆっくりと目を開けてノートを見た。

9月9日　琉衣へ

いるよいるよいるよいるよいるよ〜〜〜！

私は、ここにいるから、やっぱり琉衣は冷静だね、ちゃんと連絡方法を見つけて私に教えてくれるんだから。嬉しいィ！

——そこには、懐かしい梨衣特有の字が綴られていた。梨衣の字は丸っこくって可愛いだけでなく、ね・や・わ・はの字は左側の縦線が極端に短くって、右側の丸く書く部分が逆に大きくて、寝ている猫を思わせる字だった。その特徴的な字も行中に見えて、僕は一気に懐かしさと嬉しさが込み上げて来た。

もおびっくりだよ、まさかこんな事になっているなんて、一昨日もそうだったけれど、今日起きた時もびっくりで何をどうすればいいのか分からなくって、琉衣はどうしたのか？　琉衣が死んだんじゃないのか？

そう、私死んだの？　でもここにいる私はどうなの？　何なの？　私どうすればいいの？

いいえ、落ち着け梨衣、梨衣落ち着け。

――梨衣はそう書いて自分を落ち着かせようとしているのだろう。

琉衣、何かよく分からないけれど、色々考え過ぎていても仕方ないし、それより琉衣を身近に感じられる事の方が一番嬉しい。良かった、兎に角よかった。

驚いたけれど、お腹空いたからまずは朝ごはん食べて来る。

蘭は今夜夜勤みたいでまだ寝てた。私、どんな顔で蘭に逢えばいいんだろう？

でもまあ、いいか？　少し、おっとりした動作でおっとり喋れば何とかなるかしら？

――知的な話し方も忘れないでね

メールも見たよ、桃香さんには逢っても良いよね、昨日琉衣も逢ってたみたいだし。一人で悩んでばかりいるより、一緒にいたいって想う人といても良いよね？

じゃあ取り敢えず行って来ます！

――なんか梨衣、今の状況喜んでいない？　いっくら桃香さんに心を寄せていたからって、悲愴感なさ過ぎるんですけど。

一行空いて梨衣の手紙が続く。帰宅後の様子だ。

今日、桃香さんとランチして来た。大学の近くのイタリアンのお店で、私が牛肉のアラビアータで桃香さんがきのこの和風スープスパゲティ、とっても美味しかった。桃香さんが言っていた。思ったより元気で嬉しいって。でもそうだよねえ、琉衣と一緒って思うだけで、私なんか嬉しくって嬉しくって。

――それだけじゃあないでしょう？　桃香さんと一緒なのも嬉しいの一つだよね？

ああ、それと私講義にもちゃんと出たから。何か夏休み前よりしっかり勉強しなくっちゃって思うのは琉衣のせいかしら？　苦手な文章の読解も、何かスラスラ出来るし、やっぱり琉衣は頭良かったんだって、改めて感じる。うん、勉強出来る事が楽しい。ただ……。

私たちが一人なのをみんな、いぶかしんでいる。事故の事も噂になっているみたいだから桃香さんといる時以外は俯いて、悲しそうな顔をして過ごしたから。色々聞かれるのも面倒だよね。

でも何だか楽しい。いいね琉衣の躰って、何か私に合っている気がする。大丈夫ちゃんと琉衣のイメージ壊さないように振る舞っているよ。でもお願い、これからも少しだけ、したかった事をさせてね。お願いします。

――一行空いた。

前後が目茶苦茶な文章はここで終わっていた。

「したかった事？」この言葉に僕は少しだけ不安になりながら、梨衣がいる現実と、梨衣が元気そうな事実を確認出来て、安心している僕自身を実感していた。

なので何だか梨衣の行動がいじらしく感じる僕は、梨衣の行動に対して否定が出来ないでいる。
性転換を決意して、せっかく自分らしさを表現しようと決意した矢先の梨衣の死。決して同情した訳でも、不憫に感じた訳でもなく、ただ梨衣がなりたかった、求めていた性、男性の躰を手にいれた梨衣がどんな事をしたいのか？　どんな事に興味を持つのか？　何が出来るのか？　自然に梨衣の行動に興味が出て来た僕は梨衣に短く返していた。

9月10日　梨衣へ
了解！　梨衣を信じてるから。自由にして良いよ。いっぱい楽しんで。でも、一つだけお願い。梨衣が何をしたのか、簡単で良いから教えて欲しい。僕も伝えるから。

以降、僕と梨衣の交換日記は続いて行く。
僕と梨衣の躰の入れ替わりは、基本的には一日交代のようだけれど、一度だけ僕が二日続いた時があったけれど、梨衣が二日続く事はなかった。梨衣と桃香さん、僕と桃香さんは一緒に食事をしたり、ショッピングをしたりしては、お互いに報告をしたり楽しんでいた。それにしても最初の頃の梨衣には戸惑いもあったのか、借りて来た猫のような行動パターンで、僕が逆に心配していたけれど、交換日記を初めて十日程たったある日、僕が今までに経験した事のない事を、梨衣が突然日記に書いて来た。

2

9月19日　琉衣へ
今日、とんでもない事が起こったの。

——とんでもない事？　この出だしだけで僕は警戒していた。

大学で講義を受けていた時なんだけど。何か最初の頃の緊張感がなくなって来て、何となく周りを見渡していた時。不意に目に飛び込んで来たのが、前に座っている女子大生の白のTシャツに透けて見えるブラジャーの紫のストラップが急に気になって。

——「はあ？」自然に声に出ていた。

何故か急に、こうドキッとしたかと思った瞬間、こう…ムラムラって言うのか？　そうしたら、私の横に座っていた別の女子大生のへそ出しルックの腰のくびれが綺麗だなあ…って感じたと思ったら…。

急にあそこが大きくなって来たの。

――「はあ？」僕は奇声を出していた。

何とかこらえようとしたんだけれど、今日に限ってスリム型のデニムのジーンズを穿いていたのが仇になって、ズボンの中で琉衣のあれが大きくなって行って、ジーンズの中で行き場をなくしてしまって…。

おまけにジーンズの中で左足の方に伸びて行ってるのに、あれは上に向こう向こうとするもんだから、もう擦れるわ、潰されて痛いわ、根本もそれ以上に痛いし。でも痛いからって全然小さくなってくれないどころか、益々、何か気持ち良くなってきて、それで更に痛くなるのに又絞められる刺激が気持ち良くなって。座席で左足を不自然に上げてみたら、少しだけ落ちついた感じがした時、横に座っていた女子大生がミニスカートで脚を組み直した時に、そのミニスカートからショーツが見える所までスカートが跳ね上がったのを見た時に、またあれが感じて、又痛くなって。兎に角もう私にはコントロール出来なくなって、もうどうする事も出来なくなって、急いで講堂を飛び出したの。

ただ下半身に変な引っ掛かりがあるもんだから、まともには歩けないし。ゴメン、かなり変な歩き方しちゃった。

周りの人たちが変な目で見てた。ほんとゴメンなさい。

――人型の謝罪の絵が描かれていた。

外に出て何とか落ち着くように深呼吸をして心を静めて、どうにかこうにか小さくなって。今日は途中で帰って来たの。それにしても、こんなのは初めて、琉衣はそう言うのあったっけ？　なかったよね？　確か？　私、琉衣から聞いた事なかったし。ねえ、今度こうなったら私どうすれば良いの？　琉衣、知ってたら教えて。

梨衣の日記を読み終えて、僕は上を向いて目を点にしていた。そして自分の下を向いている男性器をスカート越しに見る。「どうりで今日は朝から痛いと思っていたけれど、そう言う事だったんだ」僕はため息を吐くしかなかった。

僕自身は梨衣が書いている通り、男性器が大きくなって自分で制御出来なくなった事はなかった。心の中に女性がいる僕は、少なくとも女性の下着や色香で僕の男性器が大きくなる事はなかったので、今日梨衣に起きた事は逆に驚きであり新鮮でもあった。もちろん男性の躰に感じた事もない。なので「どうすればいいの？」と質問をされても、僕自身が経験が無いので答えようもなかった。なので一日中考えて僕は、その事には触れずに今日の出来事だけを日記に綴っていた。

一日置いた梨衣の日記にも特に触れられていなかった代わりに、僕にとってはかなり衝撃的な事が書かれていた。

9月21日　琉衣へ

今日、男子トイレに入って来た。

——「はあ？」又又声が出てしまった。

僕自身は高校一年生の時から男性トイレに入れないでいた、かと言って女子トイレにも入れないので水分と時間を調整して回数を少なくしたり、コンビニやカフェの男女共用のトイレをウォッチして上手に利用していた。

大丈夫だよ、私たちが行かない遠くの駅のトイレに行って来たから。それに、ジーンズにTシャツに黒のキャップに大きな黒ぶちの伊達メガネにして、万が一知り合いに会っても、琉衣とは分からないように変装しておいたから（>▽<）／

——それを変装と言うのかしら？

確かに女性っぽい男性になった感じだけれど、大丈夫誰も気にしていなかった。いやあ、正確にはまじまじと私を見る人もいたけれど、睨み返してやったらワザとらしく目を逸らすんだよ。

ただね私が小便器でオシッコしてると、隣のおじさんが珍しそうに私のあそこをマジマジと見ていたの。

――僕がまさか？　と思っていたら！

その中年の白髪交じりの冴えないおじさん、顔を上げて私を見ながらニコってして声を掛けて来たの。「時間ある？」だって。

私、急に背中に悪寒が走って慌ててオ○ン○ンを仕舞ってトイレを飛び出したんだよ。

もお、二度と駅のトイレには行かない！

――僕もゾゾっとしたけれど、考えられるシチュエーションだとも感じた。

いやあ、それにしても立ってオシッコ出来るなんて爽快だね。今度はどこか高い所から思いっきりオシッコしてみたい。

――僕自身は小さい時からそう思った事はなかった、多分無意識の内に心の中の女性がそう言う衝動に制限を掛けていたのだと思う。それでも梨衣の気持ちは理解が出来る。

男性トイレは入ったし、今度は銭湯に行ってきます。大丈夫、私たちの事を知らない所を探すから。お願いします。許してね。

人顔型のお願いマークで終わっていた。

それにしても梨衣は僕の躰で僕以上に楽しんでいるのが嬉しくも有り、でも少しだけ羨ましくも感じている自分に気が付いていた。

「梨衣、余り弾けないでね」梨衣へ日記を書いて、僕はベッドの中でそう呟いていた。

9月21日　琉衣へ

今日、銭湯に行って来た。

――「もう、行って来たんだ。早！」さすが梨衣だとも感じた。

ちゃんと私たちの事の知らない、遠い銭湯に電車で行って来たから。

――銭湯に行くのに電車に乗るのも、何処か不思議なものを感じる。

でね、銭湯に入って受付でお金を払って男湯に入ろうとしたら、おばさんが「お嬢ちゃんそっちじゃないよ」って女湯を指すから「僕は男だ」って言ってTシャツをまくりあげてやったら、おばさん目を白黒させていた。

――「やってくれますね、梨衣」僕は顔を半分手で覆って、呟いていた。

でも銭湯って気持ちいいね、広いし色々なお風呂があって。ウチにはお風呂があるし、蘭も連れて行ってくれなかったから、初めてだよね。私たち銭湯って。

――確かに銭湯に行った覚えがない。

薬湯にジェットバスに寝湯、電気風呂にサウナもあるんだよ、もうビックリ。でも楽しくって楽しくってのぼせる程、お湯に浸かって「さあ躰を洗おう」と思った時にある事に気がついたんだ。何だと思う?

――僕の頭には?マークが飛び出す。

オ○ン○ンの洗い方が分からないの。

――「そう」僕はため息を漏らす。

それで、洗い場で隣に座っている幼稚園位の男の子が、お父さんに洗って貰っていたのを覗いていたら。

お父さんに「あの~何か?」って、ちょっと不審な感じで声を掛けられたの。

私は私で焦っちゃって「その、すみません、その可愛いお子さんだなあ…って」苦笑いを返すしかなかったの。

それでも横目で見よう見まねでオ○ン○ンを洗っている内にどうなったと思う?

――僕は悪い予感しかしなかった。

そうなの、石鹸を付けて洗っている内に急に大きくなって来たの、大きくなってもどうすれば良いのか分からなくって、小さくしようと思って絞れば何とかなるかと思って、ギューっと握ったら逆に気持ち良くなってきちゃった。私、慌てて両足の下に隠すように挟み込んでも全然収まらなくって。

その上、更に上を向こうとしているのを上から足で押さえるのも痛くなって来て、両足を開いたら、おっきくなったオ○ン○ンがビヨンと上を向いて来て、まるでオ○ン○ンが私を下から指しているようになって「下を向け」って言って、指先ではじいてもビヨ～～ンって感じで、上下するだけだし、そしてそれがまた何か気持ち良い感じになるの。どうしようって焦っていたら、隣のお父さんが男の子を抱いて急に洗う場所を変えちゃって…これって、あれだよね私、完全に誤解されたよね？

――僕は頭を抱えていた。自分の下半身の様子に。そして隣の親子連れに誤解されたであろう、その事実に打ちのめされながら、自然に呟いていた。「あのお父さん僕の事、幼児愛好者と思ったかしら？」…と。

まあ、その後なんとか元に戻ったから。

隣に座ったおじいさんのあそこを見せられた時に、いっきに萎んじゃった。でも不思議だよね、オ〇ン〇ンって、全然私の言う事、聞いてくれないで勝手に大きくなったり小さくなったり。気持ち良くなったりするし男性って大変だね。

――男性も女性もそれぞれ大変。これが僕の実感だった。

でも銭湯で飲むコーヒー牛乳は最高だね。

これは立ったまま、腰に手を当てて一気に飲み干すのが最高だね。美味しかった。

梨衣の日記はそこで唐突に終わり、最後には頭を抱えた僕が取り残されていた。梨衣が楽しんでくれているのは分かるし嬉しい。でも梨衣の行動力に少々戸惑いや不安を感じながらも、心の中では応援している僕がいた。

「梨衣、無理はしないでね」無難な内容で日記には書いていたが、この後も梨衣の脅威の報告は止まらなかった。

9月23日　琉衣へ

今日起きて、大変だったの。

――早速何？　僕はその場で覚悟を決めていた。

今日の朝起きて、オ〇ン〇ンが（数コマ程不自然に開いてた）おっきくなっていて、それが中々縮まないの。

――そう来たか、僕は既に頭が痛くなっていた。本当に痛い訳ではないけれど。

でもね、それだけじゃないの！　大変な事って、オシッコが溢れそうだったの。オシッコが溜まりに溜まって、もう膀胱が破裂しそうなの。でもオ〇ン〇ンはおっきいまんまで私を睨む様に益々上を向いて来るし。

仕方なくそのままトイレに行って、便座の前に立っても一向に下を向くつもりも無いみたいだし。無理に洋式便座に向けようと、先っぽを下に向けると根本が折れそうになって、痛くって下に向けられなくって。

でもっ、でもオシッコはもう我慢出来ないし。琉衣、私どうしたと思う？

――「分かる訳無いでしょう？」経験の無い僕には想像すら出来なかった。

仕方ないから便座の横に左手を付いて躰を座面と平行にして、のけ反ったオ〇ン〇ンをそのまま便座の中に向けてしたんだよ。

――情けない格好の自分を想像して、僕は再び頭を抱えてしまった。

そんなアクロバットみたいな恰好でようやくオシッコしていると……。

数行空く。僕は固唾を飲む。

ビンビンにおっきくなったオ〇ン〇ンの中をオシッコが通っているのが分かるんだけれど、その流れて行くのが（又、不自然に空いてる）何だか気持ち良くなって来て（又、数コマ空く）その、オ〇ン〇ンが（今度は「・」が十個程あって、続いて書かれていた言葉が…）気持ち良くなって感じちゃった！

梨衣の今日の日記はそこで終わっていて、僕は頭を抱えたままそのまま動けないでいる。躰はいたって健康な僕は、朝は一応は立っている事が多い。ただ起きてその事を感じた時、心の中に住まう躰とは違う性を持つ僕の心がザワついて直ぐに萎えてしまう。

今の僕にとっては、それが日常で有り普通で有り、当たり前の事なので特に何とも感じないまま生活を続けていた。

小さい頃から、そんな状態が続き、それを当たり前と受け止めていたけれど、高校一年生で発露してからは、その事に理由が付いた位にしか感じていなかった。なので梨衣の日記の報告は、僕にとっては基本的にはあり得ない話であり、無縁で、異次元の話だと思っていたけれど、まさか自分のこの躰に起こった事だなんて正直実感はわかなかった。

ただ、少しだけ心配は残っている。

一つ目は梨衣はあの後どうしたのか？　日記に書いて聞いた方が良いのかどうか？　少しだけ考えて僕は質問を日記に書くのをやめる事にした。理由は書く方も聞く方も恥ずかしいからだった。僕が恥ずかしい事はきっと梨衣も恥ずかしいはずだから、梨衣が書きたかったら自分から書いてくれると思えたから。

心配の二つ目は、ある日の朝、僕が僕の時に起こるのだろうか？　と言う自分に向けての心配だけれど、それについては今冷静に考えてみても「有り得ない」と思えていた。事実、今日の朝の起き抜けには少しだけ立っていたけれど、それは直ぐに力をなくして小さく下を向いてしまい、今も特に反応は見られていないからで、僕にとってはそれが当たり前だったからだ。

それにしても梨衣が目覚めている時とはいえ、自分にそんな男性の性欲みたいなものが眠っていたと言う事には驚きを隠せないでいた。いずれにしろ躰を司っているのは、心なんだと改めて思いながらも、多少の自己嫌悪に落ちいってしまった朝にもなっていた。

僕は少しだけ憂鬱な気持ちを引きずって講義を受けた一日になっていた。

それからの数日は平穏な日々が続いていた。梨衣の日記も僕の日記も講義の事やお母さんの事、食事の事と日々の事ばかりだったけれど、梨衣の日記には桃香さんの事が多く書かれているのが少々気になり始めていた時。

ある朝、いつものように直ぐに萎えていた自分の男性器に安心しながら机を見た時だ。

僕たちの交換日記は置いてあったけれど、珍しくノートが閉じて置かれていたのだった。僕たちの自然に出来たルールは、相手にあてたページを開いておいて置く事が暗黙のルールなだけで、別に悪い訳ではないし偶々なのかも知れない…と思いながら、今日のページを開いてみた。

9月28日　琉衣へ

　それだけが書いてあり、あとは何も書かれていなかった。ただページのほぼ中央部分に黄色いテニスボールより少し小さめの付箋が貼ってあった。この付箋は梨衣が好んで使う付箋の中のお気に入りの一つだ。ただ、その付箋には何も書かれていない。付箋の用途としては、付箋に何かを書いてメモとして相手に何かを伝える事。そしてもう一つ梨衣がこの付箋を使う理由…何かを隠す為に使う方法。僕は恐る恐る付箋をめくり書いてある言葉を読んだ。

「オナニーして良い？」思わず声に出して読んでしまった瞬間、僕は天井を向いて目が点になっていた。多分、相当呆けた顔をしていると自分で感じられるくらい考えもまとまらない状態、いや思考が停止するとはこの事だと思えた。

　実際問題として僕自身はオナニーをした事はなかった、心の中の異性の自分がざわついて、朝とかに立っても直ぐに萎えてしまい、僕自身も興味が持てないので、それはそれで良い…と思って過ごしていた。なので正直に言って僕の心の辞書にはない言葉だった。それが、今日いきなり突き付けられたのだ。

　たとえ、それが梨衣の希望だとしても、間違いなくこの躰に起こる事だと思うと「したい」と思うよりも「出来るの？」とか「本当にするの？」…と、何処か他人事のようなコメントが頭の中を通り過ぎ去って行く。

「オ…ナ……」僕はその言葉が言えなかった。周りに誰もいないはずなのに、その言葉を口にする事自体が恥ずかしくって、言葉を潜めるどころか、いつの間にか身を潜めるような行動をしている僕は、さり気なくドアの外の気配を探る、まさかそこに母がいるのではないか？　とさえ思ってしまっている。

　実際の母は、よっぽどの用事がなければ二階には上がってこない。それどころか勝手にドアを開けたりしない。たとえ昼間でも僕たちの確認をした上で入って来るのが母だった。なので息を潜めてそこにいるはずもないのに、不要な心配をしてしまうくらい僕にとっては恥ずかしい言葉の一つだった。

　その言葉をいきなり、文字として突き付けられたのだから、僕の穏やかなはずの心に大波が押し寄せていても仕方のない事だと思う。恥ずかしさと後ろめたさに耐えながら一階に下りると、仕事なのだろう母がいない事を知って、僕は大きなため息と共にその場にへたり込んでしまっていた。

　その日の僕は講義を受けながらもその事が気になってしまい講義に集中出来なかった。前の女性のブラのラインを見ても、ミニスカートから伸びる脚がしなやかに組み替えられているのを見ても、特に感じるものはないけれど、何故か気になっていて、そんな風にいつの間にか女性を目で追ってしまっていた。

　こんな自分の躰が、あんな事をしたいと思っているのか？　梨衣が書いているように本当に大きくなったり、感じたりしているのか？　僕は或る意味では普通の一日をすごしながら、いつの間にか結局一日中、梨衣の一言ばかりを考えて過ごしている事に気が付いていた。

「どう…しよう?」頬杖をついて講義に出てはいるけれど、何も聴いていない一日が過ぎて行った。

家に帰って「僕は今日何を考えていたの?」化粧箱裏の鏡に向かってメイクを落としながら鏡の中に自分に問いかけるけれど、結局何の答えも返って来ない自分に気が付いて、何故か落ち込んでしまった。

ただ自分の性欲については、不明な自分自身の物差しで梨衣のやりたい事を止める事だけはしたくない…ここ数日の梨衣の日記を読み返して見て辛うじて答えを出していた。まだまだ情けない理由だけれど、そう心に決めて僕は交換日記に向き合った。

僕は朝、貼り戻しておいた黄色い付箋に書いた。

9月29日　梨衣へ　いいよ♡

そう書いてから僕は急に恥ずかしくなって来てしまい、ついつい部屋の中を見渡していた。誰もいないはずなのに、つい自分の後に誰かが、母が立っているのではないかと思う罪悪感に駆られて自然に見まわしていた。

そうして誰もいないのを確かめて、ドキドキする心臓をなだめすかしてから、大きく深呼吸をして付箋の下に追記した。

お願い、お母さんには見られないでね。最後に、お願いのイラストを描いておいた。

それだけを書くと恥ずかしくって日記を閉じた時に朝、日記が閉じてあった理由に気が付いた。昨日の梨衣も恥ずかしくって、こうやって日記を閉じたんだ…と知った！

いつもの時間にベッドに入った僕。でも悶々として直ぐには寝付けなかった。

ドキドキと言うよりモヤモヤと言う方が当たっているのだろう、どこか不安定な僕は一生懸命目をつむり、寝る努力をする。「梨衣のバカ」とか「梨衣のスケベ」とか無意味な言葉を口にしつつ、ようやく眠れたのは空が少しだけ白み始めた頃だった。

3

アラームで目覚めて日付を確認するのが、最近の習慣になっている僕は10月1日なのを確認する。つまり一日過ぎていたので日記を見ると案の定閉じられていた。僕は深呼吸をしてゆっくりと該当のページを開いた。

9月30日　琉衣へ……ダメだったの。

――「えっ!?」何の事だろうと逆に考えてしまった。

立たなかった……の。

何故なの？　何故あんなに何でもない時にはビンビンに立つのに、昨日はうなだれたまま、ウンともスンとも言わないの。

――「いえ、元々何も言いませんが？」

学校でやっぱり女の人の後ろ姿に、あそこが感じて、これなら大丈夫って思って家に帰ったら蘭もいないし「良し！」と思って気合を入れてベッドに横になったんだけれど、横になってズボンを脱いでみたらいつの間にか小っちゃくなってって。

どうして？　ねえねえ？

――「どうしてって言われても？」正直言って僕はオナニーの仕方は知らない。一応一般的な知識として知っているだけで、それ以上は知らなかった。興味もなかった。

兎に角、おっきくなれば何とかなるかと思って、こう引っ張ってみたり。

――「引っ張…？」僕は自分の下半身を見ながら想像するだけで情けなくなる。

原始人が火を起こすように、両手でオ〇ン〇ンをグニュグニュ回転させてみても、全然反応しないんだよ…これ！

――「グニュグニュ…？」滑稽な自分を想像して、又情けなさが増して来る。

僕は恥ずかしくって両手で顔を覆い俯くけれど視覚がなくなった分、逆に想像が鮮明に浮かびあがり自然に目を開けていた。

「もう少し丁寧に扱って…」声に出てたがこれは本音だ。

もお、何回やってみても益々小さくなって行くばっかりで、最後は痛くなって来たし、オ〇ン〇ンは縮こまったままになるし。今日は諦めたの。でも琉衣。琉衣はした事あるの？　どうだった？　どうすれば良いの？　教えて？

ここで日記は終わっていた。

「だからなんだ」僕の男性器には軽い痛みが残っていた。その理由を知って安心は出来たけれど、やっぱり落ち込んでしまった。それにしても、やり方を聞かれても僕も基本的な知識しか持ってないし、ましてや自分の下半身が、そんなままならない物だなんて逆に今知ったくらいだ。それでも梨衣の質問を無視する気持ちにはなれず、僕はどうにも表現しがたい珍妙な気持ちのまま、自分なりに考えて梨衣へのアドバイスを日記に書いた。

10月1日　梨衣へ

僕は一人エッチ（オナニーとは書けなかったので、こう表現した）はした事ないから、詳しくは分からないよ。

ただ基本的には焦っちゃダメだと思うヨ。焦らないで気持ちにゆとりを持った方が良いと思うヨ。

――自分で書いててドキドキして来る。

お母さんの缶チューハイを少しだけ飲んでみたら？　リラックス出来ると思うけれど、未成年なんだから絶対に少しだけだから…ネ！

それと、やっぱりエッチな物を見ると良いと思う（心の中で、少しだけ自己嫌悪が襲って来る）。そう籠花月菜の写真集（ヌードとは書けなかった）を見てみたら？　梨衣、彼女お気に入りでしょう？　そうして、少しだけエッチな気分になってみたら？

梨衣の為とは言え自分で一人エッチをした訳でもないのに、何故か一人エッチをしたような恥ずかしさが込み上げて来る。そして僕は又、悶々と寝れない夜を過ごすのだった。

アラームで目覚めたら十一月三日だった、僕は戦々恐々とした気分で日記を開けた。

11月2日　琉衣へ

出来た…ありがとう。缶チューをチョットだけ飲んで気分が楽になった。月菜の裸を見てたら自然とオ〇ン〇ンがおっきくなって来て……。

数行、何も書いてないけれど何をしたかは想像は出来た。想像出来て僕自身にも恥ずかしさと背徳感が込み上げて来ている。

それで…白いのが沢山飛び出して来て裸の胸まで飛んで来た。

——つられて僕は胸に手を当てる。

胸からお腹まで一杯出たのをティッシュで拭くのが大変だったんだ。

——「あっそう！」としか言いようがなかった。

でもね、終わってティッシュで拭いている内に、何だかスッゴク悪い事している気持ちになって来るんだ。何故？

こう何て言うのかしら？　神様を欺いているような気持ちになって来て、ティッシュをゴミ箱に押し込んで急いで服を着て、月菜の写真集を洋服ダンスの奥にしまって、何事もなかったように振る舞うんだ、誰もいないはずなのに。変だよね？

でも、ありがとう。何かスッキリした。


スッキリした…で終わった梨衣の日記。梨衣の心がスッキリしたのか？　躰がスッキリしたのかは読み取れなかったけれど。僕はその両方の事だと理解した。それにしても僕が梨衣の日記を読んでいる時に感じた事と、梨衣が一人エッチをして感じた事が同じだった事には驚きと同時に、思春期の男の子が普通に感じる気持ちなのかと知る事が出来た気がしていた。

「それにしても」感慨にふけっていた僕を現実に引き戻す物を発見した。「梨衣、ゴミ箱くらい自分でかたづけて」梨衣が僕たちの躰に付いた白い物を拭きとったティッシュがゴミ箱から溢れていた。そしてゴミ袋に移す為に近付くと、独特な香りが鼻について又背徳感が込み上げて来る。

気づくと今穿いているショーツの真ん中下の方にも小さなシミがあった。それが何なのか、初めての僕でも理解出来て罪悪感が増して来てしまい、急いでシャワーを浴びる僕がいた。母が仕事で不在だったのが幸いで、ショーツと昨日、梨衣が着ていたであろう室内着も洗濯したのは言うまでもなかった。

「疲れた！」素直な一言が漏れていた。

4

一人エッチから数日が過ぎたある夜、僕は夢を見ている。

その時、自分が寝ている事を理解出来ていたので、それが夢だと理解していた。そんな不思議な状況は偶にあるが、なぜこれを夢と思えたのかと言えば、それは僕としてはあり得ない状況を目の前にしているからで、あり得ない状況でありながら、とても幸せを感じるシチュエーションでもあった。

何を夢に見ているのかと言うと。

僕の目の前に裸の桃香さんがいて、僕を誘うようにしているからだった。日頃、女性に興味を持てない僕ではあったけれど、何故か桃香さんにだけは憧れのようなものを抱いている。それは女性としてでも男性としてでもなく、単に自分にとっての異性として僕の心の中に存在していた。

ただ桃香さんを好きだったのは間違いなく梨衣であり、僕はそれを見守る存在でしかなかった。それでも信州で三人で過ごした時に梨衣から聞かされた言葉「桃香さんは琉衣に心寄せてる」の言葉は僕の心の中に息づいていたが、悲しい事にその事を確かめる間もなく訪れた梨衣の死が、その事については時を止めていたのだった。

ただ梨衣が憑依して以降、僕たちは桃香さんとのお付き合いは続いているけれど、それが梨衣としてのお付き合いなのか？　僕としてのお付き合いなのか？　答えを出しきれていなかった。桃香さんは琉衣とお付き合いしているつもりだろうけれど、僕たちが分からないでいるだけだった。もう一つ言えば、お付き合いとは言っているけれど、三人とも言葉に出して申し込んではいない。いつの間にか自然にそうなっていたと言うのが正しい表現だと思う。

夢の中の一糸も纏わない桃香さんは美しかった。ここが何処なのかは分からないけれど、ベッドの上なのだけは理解出来た。裸の桃香さんは両腕で胸を、両脚を交差させて陰部を巧み隠していたけれど、僕を見つめる瞳は少しだけ淫靡に僕を誘っていた。僕は異常なまでの高揚感の中、初めて下半身に何か漲るものを感じている。熱いものが漲っていて心と男性器が抑えきれないでいる。

桃香さんが両手を伸ばして僕を誘う。豊満な胸があらわになると、僕の心と下半身は更に高揚して行く。僕は自分の意志で桃香さんとの距離を縮めて行く。

「桃香さん」そう夢の中で呼んだ時、桃香さんが両脚を開いて僕を受け入れる態勢になるけれど、桃香さんの女性器には深い靄がかかっていて、どんな形なのか分からなかった。それでも僕は桃香さんにおおいかぶさるようにキスをした…その時、熱くいきり立っている下半身が桃香さんの下半身に吸い込まれたと感じた時、僕の中から熱い物が飛び出した感じがした。

それは初めての射精の感覚。その時僕は生まれて初めての快感に酔っていた。躰の中から何かが飛び出して行く、そして解放されて行く感覚に。

「桃香さん」快感に夢の中で声が漏れたと同時にショーツの前が濡れた感じも伝わって来る。

射ったの？　僕が？

初めての快感を夢の中で感じた瞬間、僕の意識は深い闇の中に消えて行き。全てが闇の中に霧散して行く。夢も見ない…そんな感覚なのだろう、夢を見ていたと言う事実だけが頭の何処かに残っただけで深い眠りだけが広がっていった。

「あれ？」朝、気が付くと僕は勉強机に突っ伏して寝ていた。目の前の時計を見ると6：30だった。「なんで？」僕は座ったまま辺りを見渡すと、乱れたベッドに不自然に干してあるパジャマとショーツが目に入る。

昨日は普通にベッドで寝たはず…と考えた瞬間、夕べの夢を思い出して少しだけ焦っている自分を認識する。

気づくと最近は閉じているはずの交換日記が開いていて、自然に読み始めていた。

10月5日の早朝　琉衣へ

最初はものすごく慌ててたけれど、洗濯して落ちついたから、ちゃんと伝えるね。

――「洗濯？」今の所は意味不明だけれど昨日の夢と何か関係あるのだろうか？　そう言えばショーツが濡れてる感覚は今はない。

桃香さんが夢に出て来たの。それも裸の桃香さんがベッドの上で私を妖しく誘うの。

――ここに至って僕は理解した、僕たちは同じ夢を見ていた事を、だとすると次の展開を僕は知っている。

両手で私を呼びよせるの、とっても綺麗で形の良い乳房が私を見ているの。

――表現は違うけれど、同じだった。

桃香さんが両脚を開くと、桃香さんの薄い陰毛の下の薄いピンク色のひだが見えた瞬間、ドキドキが激しくなってきて、それと同時に下半身が熱くなって、思いっきり下半身が活きり立っていくの。

――やっぱり内容は一緒だったけれど、一カ所だけ違っていた。僕は桃香さんの女性器の所には靄がかかったようで、ハッキリと見えなかったけれど、梨衣はっきりと描写していたが、その理由は直ぐに理解出来た。

桃香さんの胸は、温泉で梨衣も僕も見ていたから知ってはいたけれど、桃香さんの女性器までは当然だけど見ていない。ただ梨衣は自分の躰を通して女性のそれを知っていたのに対して、躰は男性の僕は見た事がない。ただそれだけの差だった。

でね、桃香さんにキスして桃香さんの中に入ったと感じた瞬間、オナニーの時のような感じがして目が覚めたの。

――梨衣が目覚めて、僕は深い眠りに？

目が覚めた瞬間、穿いていたショーツも濡れていたの、最初はおねしょしちゃったのかって焦ったんだけれど違っていた。こないだオナニーした時よりも薄かったけれど精子が一杯出て、ショーツも着ていたパジャマも濡れていたの。

最初は生暖かかったんだけれど、それがすぐに冷たくなって来て。幸い蘭は夜勤だったから直ぐに洗濯して部屋に干しておいたの。


――「だからか」僕は状況を理解した。

でも何？　何なの？　何であんな夢を見て、オナニーしたみたいになるの？　何かとっても恥ずかしいんだけれど。私たち何かの病気なの？　琉衣は知ってるの……。


日記はここで急に終わっていた。推測だけれど梨衣がここまで書いていて、急に睡魔が襲って来たのだろう。そのまま梨衣が寝てしまい、僕がここで目覚めたようだ。それにしても、初めての日にもあったようだけれど、どうも梨衣には急に睡魔が襲って来る時があるようだ。僕にはない事なのに。

それにしても梨衣は知らなかったんだ夢精の事を。健康な男子には偶～に起こる事を。

そしてこの夢精は梨衣と僕、どっちの心に起こった事なのだろうか？

躰は僕の物だけれど、梨衣が憑依してから男性の躰には普通に起こる事が次々に起こっている。そう考えた時、この躰は本当に僕の躰だったのか？　本当は梨衣の躰だったのではないのか？　いつか日記で梨衣は「私、間借りしているんだ」と表現していたけれど、もしかしたら僕が梨衣の躰に間借りしているのではないのか？　そんな錯覚のような気持ちが今当たり前のように湧き出て来た。

ただ、梨衣にだけ不自然に訪れる急激な睡魔が、今の僕の考えを否定していた。

5

夢精の一件以来、穏やかな時が過ぎていた。梨衣と僕と桃香さんの妙な交際は続いているけれど、最近になって桃香さんとの距離感に微妙な変化を感じるようになって来ていた。それは悪い意味ではなく、又それは僕と言うよりも、梨衣の時の時間が僕の時間に影響を与えているようだった。

僕にとっての桃香さんは親友であり、本と言う同じ趣味を持つ友人であり、梨衣以外で僕の生き方を理解してくれている数少ない人なので自然な感じで心を寄せていた。

ただあの夢精の時から同じ女性でも僕の中で桃香さんの位置づけが特別な人に変化していた。桃香さんは僕にとっても紛れもなく女性だけれど、でも他の女性に感じる違和感のような物は覚えなかった。むしろ以前に圭吾に感じたような傍にいたい、近くにいたいと感じ、そして一緒にいると少しだけドキドキしながらも安心出来る存在になっている事に気が付いていた。そんな桃香さんとの時間を共有していると、桃香さんの話から、梨衣の時の僕の日にはもっと親密になっているのではないか？　と思える話が度々出て来ていたからだった。

　梨衣からの日記には特には何も書いてなくって、どちらかと言えば講義やレポートの事や、桃香さんとの食事などの無難な話ばかりが綴られていた。時に日記で質問をしてみても、何処となくはぐらかされた内容での答えしか帰って来なかった。なので僕は、梨衣と桃香さんの中を疑い嫉妬する感じにもなったけれど、それも直ぐに思い直していた。理由は簡単で梨衣は僕で桃香さんと逢っているのは僕の躰だからで。

　そんな、何処か割り切れない感じだけが続いていたある朝、僕は知らない部屋の知らないベッドで目覚めるのだった。


　朝日が薄い色のカラフルで僕の知らないカーテンを通して部屋を浮き上がらせている。見慣れないその部屋は如何にも女性の部屋を連想させるように、女性好みの装飾品で彩られていて、見ているだけで楽しくなりそうな内装だけれど、一枚だけそれにそぐわない男性のポスターが貼ってあり僕はそのポスターの選手を顔だけは知っていた。

　その選手はＮＢＡのスーパースターで、その選手を誰が好きなのかも知っている。

「起きたの？」見慣れないベッドの見慣れないタオルケットに一緒にくるまっている左側から最近聞き慣れている女性の声がした。

「桃香さん？」僕は疑問詞で呼んだはずだけれど、桃香さんは呼ばれた…と受け取ったのだろう、背中を向けていた状態から自然な動作で僕の方に躰を向けて、僕の横顔を優しくそして少しだけ艶めかしく見つめる。

「おはよう琉衣、夕べは素敵だった」そう言いながら僕の左肩に顔をのせて、僕の長い髪をその華奢な左手で梳いて弄ぶ。

何故だろう？　この突然の状況に、人外魔境的なシチュエーションにもかかわらず、僕の心は凪いでいる湖面のように穏やかに、その全てを受け入れている。まるで、予期していたかのように。

「私、初めてイッたわ」桃香さんが更にすり寄って来て、僕も自然に導かれるように桃香さんに向いて頰を撫でる。「夕べも言ったけれど、私は初めてじゃあないの……」桃香さんの言葉が恥ずかしそうに間延びして止まって、僕が黙って頷くと桃香さんが続ける。

「私、初めて感じたの」その言葉と同時に、恥ずかしい…と言う桃香さんの心の声が、合せている肌を通して伝わって来る。「琉衣は初めてって言っていたけれど、まるで女性の躰の感じる所を知っているみたい」桃香さんの手のひらが僕の胸を撫でまわしている。

当然、僕は知らないけれど、女性の躰を持っていた梨衣だから自然に知っていただけの事で、そうして僕は全てを理解した。夕べ梨衣と桃香さんが男女の関係になった事を。そしてそのまま梨衣が寝てしまい今朝は僕・瑠衣で目覚めていた事を。

「私、二回も感じたわ。でも琉衣ったら急に寝ちゃうんだから。まだ躰が火照ってる」

桃香さんの手のひらが僕のお腹に下がる。

「琉衣が初めてなんて信じられない」そして更に下に下がり、僕の男性器に触れる。触れられて僕の心臓が高鳴り出した。それと同期するように僕の男性器も桃香さんの手のひらの艶めかしい感覚に酔い始めている。

　何故だろう？　自分でも触るのがいやな自分の男性器。トイレは座ってなるべく触らずにすます。お風呂での手入れも息を止めて最小限に手早く済ますのに今、桃香さんに弄ばれている僕の男性器は、嫌な感覚は微塵も感じない、それどころか心臓の高鳴りと呼応するかのように力強さが漲って来ている。

「嫌らしい女って思わないでね」桃香さんはそう言うと身を沈めて行き、タオルケットの中で僕のそれを口に含む。

（立った！）僕のそれは、朝は一瞬だけ立つけれど、僕の中の別の何かがざわついて直ぐに萎えるのに今は違っていた。そして今日僕は初めて、それが立っている事を気持ち良いと感じている。女性と肌を合わせる事に高ぶりを感じている。

　桃香さんはそのまま上になり、僕の熱く硬くなった物を自分の中に導いて行く。「夕べとは逆ね」桃香さんの艶やかな声、昨日は梨衣が正常位でリードした事を知る。

「あああっ！」桃香さんの喘ぎ声にいざなわれるように、高揚した僕は自然に両手が桃香さんの胸に伸びて、その手の平の中で豊満な乳房を弄ぶ。「琉衣」悲鳴のような桃香さんの声に僕の躰も反応する。見上げると女豹のような目つきで僕を見つめていて、より高ぶって行く。

琉衣としては初体験の僕は長くは持たない。「桃香さん」僕の言葉を桃香さんは理解してくれた。

「射っていい、夕べのように」その言葉に、梨衣も夕べ桃香さんの中で射った事を知った瞬間、今は琉衣として初めて女性の中で射っていた。

熱い物が男性器の中をほとばしるのを感じた時「ああっ！」桃香さんはのけ反り、動きが止まり僕の動きも止まる。ほんの数秒の静寂の後、桃香さんが崩れるように僕に覆いかぶさり、激しい息遣いが耳元で聞こえて来た。その荒い呼吸とは裏腹に、桃香さんは僕の長い髪を優しく弄ぶ。

「桃香さん」僕の呼吸も荒いけれど、桃香さんのそれは獣の息遣いのようでもあり、その野生を感じさせる息遣いは美しかった。

「琉衣、素敵！」激しいキスを求められる。「私、夕べから躰の火照りが消えなかったの」そう言いながら求められたキスは濃密な口づけだった。僕は熱いキスを受けながらも頭の片隅で別の事を考えていた。昨夜は梨衣が僕の躰で桃香さんを愛して、今朝は僕が琉衣で桃香さんを愛した。そして、その為なのかは分からないけれど、僕は生まれて初めて女性を受け止めている事実。

それでも僕の中の女性がいなくなったり、男性に変わった訳ではない事は自分自身が一番よく分かっていた。梨衣が憑依して何らかの影響があるのは当然かもしれないけれど、ただ桃香さんを自然に受け入れられている僕がいる事も、又紛れもない事実だった。

その後、僕たちは桃香さんのリードでもう一度交わった。

裸の桃香さんが淹れてくれた熱いコーヒーをベッドの上で肩を寄せ合い一緒に飲んだ。

桃香さんが僕の長い髪を愛おしそうに指先で弄んでくれた。

二人の言葉は少なかったけれど、二人だけの自然な、そして静かな時間が流れて行く。

裸のまま全てを晒している桃香さんは美しく、ただそれ以上に無垢な子供のような、守るべき存在であるかのような、たおやかさも感じる。僕が女性に対してそんな感情を持ったのは生まれて初めて…桃香さんだけだ。

そうして何時間も同じ時を、同じ空間を、同じ空気を共有した後、長い長いキスを交わした後に桃香さんが僕を抱きしめながら、静かに口を開いた。

「じゃあ、そろそろ行くネ！」「えっ⁉」「夕方の特急あずさで、信州に帰るね」

「信州？　って？」僕は桃香さんの腕の中で子供のように聞き返していた。すると桃香さんは抱きしめていた腕を解いて僕に目線を合わせる。

「もう、琉衣ったら時々、変な事言ったり、言った事忘れてたり」笑顔で僕の頭を撫でている、年の離れたお姉さんのように。「まあ、仕方ないよね…まだ」そう言って又僕を抱きしめる。形の良い大きな胸が目の前に有る。桃香さんは梨衣との死別の事で、動揺が残っているのだろうと解釈をしてくれているのが理解出来た。

「ごめんなさい」小さく漏れていた。

「良いって！　気にしないで。前にも行ったけれど、お母さんが手術する事になってさ。

生きるの死ぬのなんて話じゃないけれど、今ちゃんと治療しておいた方が良いって。後々の為にも…ネ！」そうして、又僕と目線を合わせてくれたので僕は小さく頷いた。

「おかげさまで繁盛している旅館の女将不在は、秋の行楽シーズンにはちょっと痛手。なので私が女将の代理で…ネ」桃香さんのウィンクは何故か普段の大人のイメージと違い、背伸びをしている子供のように見えた。

「私は殆ど単位は取れているし、先生にも掛け合ってレポートで許してもらえるようにしたし。まあ二～三カ月で戻って来るヨ。お母さんもそう言っていたから」桃香さんの笑顔は子供のように無邪気な笑顔だった。

「ありがとう、琉衣」今度は同じ目線で恋人同士の抱擁を求められて僕も自然に桃香さんを抱きしめていた。「夕べは無理に誘ったのに、嫌な顔しないでいてくれて」

「そんな」意味のない言葉だったけれど、自然に出た言葉だ。

「琉衣、愛してる」その言葉を合図に、僕たちは又、熱い口づけを交わしていた。


僕は八王子まで桃香さんを見送った。

あずさ号の窓越しの桃香さんは哀しそうでもあり、不安そうでもあり、何かに迷っているようにも感じたけれど、それでもそれ以上に僕に向けた愛情の深さが伝わって来る。

桃香さんを見送って僕は、こんなにも愛おしいと感じる他人がいた事に驚いていた。そしてその愛おしい人が乗って夕闇に消えて行った線路を、いつまでもホームの西の端に佇んで見つめていた。

桃香さんの言葉で、ここ数日の梨衣の時の僕の様子の一端を知る事が出来た。桃香さんとの事を一番望んでいたのは梨衣？　僕？　それとも両方？　色々と考えようとして、僕は考えるのを止める事にした。

それが必然なのか？　偶然なのか？　それとも誰かの罠なのか？　もう理由は要らなかった。別れ際に桃香さんが言った言葉「待っててね」の一言が今の僕の全てだと思えたから。

秋の夕暮れ、山から吹いて来た一陣の風が僕のスカートをなびかせる。僕はスカートが揺らめきを見つめながら、これからもこの装いで桃香さんを愛して行こう。

そう、静かに決意していた。

家に帰って僕は交換日記に今日の事を書いて梨衣に伝えた、そしてここ数日抱いていた疑問についても質問として書いておいた。別れ際、あずさ号の窓越しに感じた、桃香さんの何処か悩んでいるような表情についての疑問、お母さんの手術の他にあるのか？　全てを教えて欲しいと書いておいた。そして翌々日、梨衣が全てを教えてくれた。

ゴメンね琉衣、隠すつもりじゃなかったんだ……の書きだしのあとには桃香さんの今の様子が綴られていた。

梨衣の日記に書いてあったのは。やはり一番はお母さんの手術の事の心配だったけれど、それは知っていた。ただ、僕の知らない事実もその次に書かれていた。それは梨衣のようにスポーツの好きな人だから聞く事が出来た事だと思える内容だった。

桃香さんが大学二年生で急に身長が伸びた時、伸びた身長に筋力が追いつかなくって、両膝を痛めてしまったんだって。元々弱小の女子バスケ部でしょう、余り本気モードの筋トレは少ない部活だったし、桃香さんもそれはそれで楽しんでいたって。でもね高い身長と、モデルをしていたそのルックスも相まって、選抜合宿に参加した時に急にプレーの質が向上した事が、両膝の怪我を悪化させる原因になっちゃったみたい。要は無理したみたいだよ。

近所の医者に診て貰っても湿布を出されて「痛みが引くまでは無理しないように」の無難な言葉で、それ以上の治療はしなくって。実際に右膝は完治したけれど、逆に左膝は長引くようになって行ったって。でもネ、その事を相談しようにも桃香さんのプレーが起爆剤になって、それまで相手チームを喜ばせるだけの存在だったチームが、曲がりなりにも勝てるチームに変わっちゃって逆に言い出しにくくなったって。

それに追い打ちを掛けたのが、実業団チームへの就職内定。そうして誰にも言い出せないまま左膝は悪化して、未だに悩んでいるんだよ。チームは今は引退したけれど実業団の事、桃香さんすっごく悩んでいるんだから。

梨衣の日記を読んで僕は高ボッチ高原での桃香さんを思い出していた。確かに、あの時梨衣が左膝に体重を乗せた時に、悲鳴のような大きな声を出していた。高原を歩いている時にも、少しだけ左足を引きずっているようでもあった事を思い出す。

「そんな事があったんだ」僕は二人に置いてけ堀をされた気分になって梨衣に文句の文面を送ったら、梨衣には一言で終わらされてしまった。

琉衣がおっとりしすぎているからだヨ…と。

そして僕は気が付いた。怪我の事、母親の事、悩んでいるのは何も僕たちだけではない事を。当たり前の事だけれど、人はその時その時で何かに悩みながら生きている事を。そんな当たり前の事を改めて知るのだった。

その他に交換日記で知った事がある。梨衣の時の僕が母と頻繁に外食やショッピングに出かけている事だった。そしてそれは梨衣が本当にやりたかった、ささやかな楽しみなのが理解出来た。

僕は今でも自分のこの男性の躰には違和感があるけれど、大学に入学してから自分らしい表現、自分が自分に求めている表現が出来ている今は、その違和感は躰の何処か奥の方に大切に仕舞っているように感じてるし、それはもしかしたら梨衣のおかげかもしれないけれど、それはそれで何も問題はないと思っている。

ただ桃香さんについてだけは梨衣が桃香さんを愛しているのと同じくらい、僕も桃香さんを愛していると言える。最初は桃香さんが好意を寄せてくれて、ドギマギした事から始まった恋だけれど、今は少しだけ照れながらも、愛おしいと言う言葉も使っていた。

でも今の僕なら素直に言える。

この女性の服を身に付けて、自分らしい表現をしている僕は…。

「相羽桃香さんを愛してる」

第14章　エピローグ

1

10月18日、秋も深まり日中はまだまだ暑いけれど、それでも朝夕は冷え込みが強くなって来ていた。朝起きて化粧箱裏の鏡の中の梨衣に語りかける。「おはよう梨衣♡」僕は梨衣と躰を交代に使う日常に慣れ、それが普通に感じるようになり、そんな穏やか生活が続いていくんだ…と漠然と考え始めていた。

　大学に行く準備を整えて一階に下りると、ダイニングで母が窓から入る朝日の中、モーニングコーヒーを楽しんでいた。

「あれ？　お母さんお休みは明日じゃなかった？」母は僕の好きな紅茶を出してくれる。

「明日は希望休を入れておいたけれど、今日は偶々シフトに入っていたお休み」僕を優雅に見つめる瞳が子供のような梨衣とは違い大人の女性を感じさせる。

「ああ、そう」看護師でシフト制、夜勤もある母の休みは不定期なうえに、急に呼ばれる事もあったかと思えば、その代休だって休みが変更になる事もあって、昔からよく分からないのが本音だった。

「今日、大学は?」トーストを二枚出しながら聞かれる。

「フルにある夕方まで」少しだけウンザリ…の顔で答える。

「夕飯、作っておく?」片腕を腰に当てた、気取った仕草は母がよくするポーズだ。

「お母さん出かけるの?」

「違うわ」今度は自分で自分を抱きしめるポーズをして、横を向く仕草が美しい。「久しぶりに二人で夕食一緒にたべれるかなって」

久しぶりって? 梨衣の日記には昨日、夕食でフレンチを食べに行ったって書いてあったけれど?

そんな僕の思考を余所に「久しぶりに琉衣の好きなサーモンフライを作っておくね」そう言いながらコーヒーを口元に運ぶ。

「僕にもコーヒーを」朝は小食の僕。

「行ってらっしゃい」母の見送りに一度は玄関を出かけた僕は、思いついたように振り返る。

「梨衣が好きなエビフライもお願い」

「エビフライ?」母のアラ? と言う表情は珍しかった。

「そう」僕は何故か弾む様に続ける。「それと僕たち二人が好きな、お母さん特製の刻みラッキョウのタルタルソースもね」それだけ言うと、僕は母の回答も聞かずに家を出る。

大学の講義は相変わらず楽しいとは感じなかった。正直に言って、梨衣と一緒だから楽しかっただけで。視点を変えて言えば、梨衣と一緒なら何をしても楽しかった。

今ではもう梨衣の死の事も、僕の性別の事も知る人は増えて来ていた。僕の性を知っても変わらずに話してくれる人、やはり離れて行く人、興味本位で話しかけて来る人、無関心な人。反応は人それぞれだけれど、少なくとも排除される事はなかった。それに梨衣と交換日記を続けていて感じた事があった。今の世の中、男性にしか出来ない事も、女性にしか出来ない事も殆どない時代なんだっていう事に。

入って良い場所と、そうでない場所だけ注意すれば、後は自分次第なんだ…と。そんな事を考えられるようになってきた自分に、少しだけ自信が持てるようになって来ていた。

元々は引っ込み思案の僕だけれど、梨衣が憑依してから一番影響を受けた所でもあった。

「あ〜〜、疲れた」長い授業の後、僕は電車の座席で小さく伸びをしている。梨衣のように大胆には手足は伸ばせないけれど「ふ〜〜！」っと肩の力を抜くと、何か急に全身が重くなって来た。

「あれ？」ダルさを吹き飛ばそうと首を軽く回す。回して首がほぐれると逆に急に眠くなって来た。「眠っ！」呟くように声が漏れる。それと同時に瞼が重くなって来る。

「ダメ！」電車の乗車時間は二十分程度、終点でもない駅では寝たら乗り越してしまうのは火を見るより明らかだ。僕は必死に頭を振り、目をしばたたかせる。両頬を軽く両手でピシャピシャ叩いてみても一向に睡魔は消えて行かない。それどころか今にも深い眠りの中に引きずり込まれそうな感覚に襲われている。「どうしよう」そんな悲嘆にくれた僕の思考を嘲笑うように、睡魔の波が怒濤のように押し寄せ、一気に僕を飲み込んで行く。「起きなくっちゃ」その言葉さえも一緒に睡魔に飲み込まれて行き、僕は僕の意志とは関係なしに僕の意識はストン…と、落ちて行った。「ZZZ…！」「……あれ?」落ちたと思ったけれど違っていた。僕は電車の中ですぐに目覚めた。さっきあれ程感じた強力な睡魔も去り、それどころか何処か清々しい感じさえする。（さっきのはいったい何だったのか?）そう思いながら躰を動かそうとした時（あれ?）躰が動かない。いや正確には動かせない。

目も見える、耳も聞こえる、周りの雑踏も電車の揺れも感じる。意識はあるのに何故か躰だけは動かせない。「光が丘ァ〜」車内アナウンスに（降りなくっちゃ）と僕の意識が考えた瞬間、僕の躰が動いた。弾む様に立ち上がると「降りなくっちゃ」と僕ではないもう一人の僕がそう言いながら電車を飛び降りる僕。

僕が電車を降りたのは事実。でも今僕の躰を動かしていたのも「降りなくっちゃ」と言葉に出したのも僕ではなかった。それどころか電車を降りて階段から改札を抜ける行動、僕の躰を僕は自分では動かしていない。「何でこんな時間に私になったのかしら?」僕の意志ではなく僕が勝手に話している。

僕の躰がスマホを取り出して日付を確認しているけれど、それは僕の意志ではない。

「あっれェ〜〜〜？　昨日の十七日に私、仕事帰りの蘭と食事したのに。今までなら今度は十九日のはずなのに？　琉衣はどうしたのかしら？」と言ってスマホをしまう僕。

（ええ〜〜〜〜？）今は梨衣が僕の躰を使ってるの？　えっ？　それを僕が見てるの？　いえ、そうじゃなくって意識があるの？

初めてのシチュエーションだった。今までは梨衣が僕の躰を使っている時には僕は完全に寝ていた。

双子だからだと思う、何となく感じる物は沢山あったけれど、今みたいに梨衣が僕の躰を使っている時に僕がそれを見て感じる事はなかった。今日初めてだった。

つまり整理すると僕の意識は起きていて、今僕の躰を使っているのは梨衣で、僕はそれを見て、感じているだけ。でも僕が起きている事に梨衣は気づいていないみたいだ。

どうしてそうなったのかは、まるで分からないけれど、実際にそうなっているのは事実で、どうすれば良いのか分からないのも又事実だった。そんな中、一つだけ気になる事が閃いた。梨衣はどうなのか？　僕を感じてるのか？　僕は思い切って梨衣に問いかける。

（梨衣！　梨衣！　梨衣ィ〜〜）梨衣の返事はない。

（僕だよ。琉衣だよ。お願い返事して！）反応すらない。

（駄目だ！）声掛けは諦めた。

「そっかぁ、今日はフル授業の日だった。そうだそうだ、そんな日に琉衣で良かったって昨日思ってたんだ」そう言いながら再度スマホで時間を確認する。「どうやら。授業は琉衣が受けてくれたんだ、ラッキー」小さなガッツポーズは梨衣の得意な仕草で、梨衣は弾む様に家路についている。

「只今ぁ」梨衣が憑依中の僕は家に飛び込むと二階にあがり丁寧にメイクを落とすと、僕が部屋着にしている赤いサロペットとカーディガンに着替えて一階に下りて行く。

「お母さん、只今お腹空いた」梨衣は母の事を蘭と名前で呼ぶけれど、僕に憑依した状態では僕が普段母を呼ぶように「お母さん」と呼ぶのは自然な事だ。多分、普段からそうしてくれているのだろうと僕は何故か客観的に考えている。梨衣が動かす僕の躰を、僕は同じ目線で見ているけれど、僕には動かせず感じる事しか出来ないでいる。

「ナイスタイミング」フライを揚げ終えた母がお皿に盛ってテーブルに置いて僕を見ると、少しだけ不思議そうな顔で言った。「あら？　初めてじゃない？　あなたたちが一日の中で入れ替わるのって？」母は立ったまま自分の頬に掌を当てて聞いて来た。

「(えっ!?)」僕の躰を動かしている梨衣と、思考だけの僕が同時に動揺した声を出していた。梨衣に至っては持ち掛けていたお箸をテーブルに落とす。

「朝は琉衣で、今は梨衣でしょう？」母は当たり前のように聞いて来た。

「知ってたの？」動揺している梨衣の僕が聞き返す。

「当たり前じゃない、何年あなたたちの母親やってると思うの？」母は艶やかに両腕を組むと妖し気に微笑んでいる。

「…いつから?」動揺は止まない。梨衣と僕の動悸は同期して、動揺が広がっていき、どうでも良い事を質問してしまう。

「いつだったかしら? 私が梨衣に気が付いたのは? 私が仕事に行き始めた三日目の夜に逢った時だけれど、でもその前の日の琉衣も何処か変だったから、あの辺りでしょう?

梨衣が琉衣に入ったのって?」

「蘭…」梨衣の呼び方で母を呼んだ僕の姿の梨衣がガタンと立ち上がる。「知ってたんだ」の言葉に母は黙って頷く。

「知ってて、見守ってくれていたの?」梨衣の瞳から一筋、涙が溢れ出る。

「当たり前でしょう?」母が一歩梨衣に近付く。「あなたたち二人なら、安心して見ていられるから、昔っからそうしていたでしょう? 私は?」母は自分の胸に掌を当てて優しく微笑んでいる。

「らぁ～ん♡」梨衣が母に抱きつくと、母が優しく包む様に梨衣を抱きしめた瞬間、「あ～～～～ん」梨衣が堰を切ったように泣き出した、そして「御免なさい、御免なさい、先に死んじゃって御免なさい」それだけが言いたかったのだろう、それだけを言うと更に強く母に抱きつき、何のてらいもなく幼子のように泣くじゃくっている。それを感じている思考だけのはずの僕の泪も止まらない。

「大丈夫、私は…」母もそこで言葉に詰まっていた。普段から弱みを見せない母の目にも涙が溢れている。母は等身大の梨衣の髪を優しく撫でている。

「蘭」梨衣は涙を流しながら、抱きついたまま何かを告白するけれど「私ね…」そこで言葉に詰まっている。

「私、知ってる」母は優しく頷いている。

「知ってたの？」梨衣が母から離れて、母の目の前で聞く。涙は続いている。

母は再度優しく頷いて続ける。「高校一年生の時でしょう？」

「うん」小さな笑顔。

「悩んでた？」

梨衣は静かに首を横に振る。「悩んではいない、トランスジェンダーの事なんて」泣きながら微笑んでいる。「生き方を一生懸命探していただけ。琉衣に相談しながら、初めから人にばかり頼らないで、まずはちゃんと自分を見つめて行こう…って」

二人共トランスジェンダーで、二人で相談して一緒に考えていたのに、梨衣は僕の事は母に伏せているのが理解出来た。ただ、母の事だから、きっと知っていて気づいていない振りをしているのも、間違いないだろう。

「そうだと思っていた」母が梨衣の頬を優しく撫でる。「本当に困ったら相談しに来てくれるって、あなたたちを信じてた、だから待ってた…それまでは気づかない振りしてた」

「蘭」梨衣が母に強く抱きつく、母の存在を、母の心を確かめるように。

「梨衣」母が梨衣を抱きしめ髪を撫でると梨衣はもう言葉にならなかった、ただただ、母に抱かれながら泣きじゃくる事しか出来なかった。

「ありがとう梨衣。生まれて来てくれてありがとう」母の言葉に僕も梨衣も泣く事しか出来なかった。

「さあ食べよう、冷めちゃうよ」普段感情を表に出さない母の涙声で、二人は食卓に座る。

「今日、琉衣が急にエビフライもって、言った意味が分かったワ」母が茶碗によそったご飯を梨衣に差し出す。

「琉衣が？」梨衣が不思議そうな顔で受け取る。

「そう、琉衣が」もう、それ以上の言葉はいらなかった。梨衣は大好きなエビフライに母特性の刻みラッキョウのタルタルソースを沢山かけて口に運ぶと、サクっと、揚げ物特有の軽い音が聞こえて来る。

「美味しい」梨衣はそう言いながら、又涙を流し始める。「美味しいよ、蘭」もう一口かじって、「タルタル最高…でも」梨衣が一生懸命飲み込んで続けた。「なんか、しょっぱい」泣き笑いの声で最高の笑顔を見せていた。

「梨衣」笑顔でエビフライを口に運ぶ梨衣を、母は涙をこらえながらやはり笑顔で見つめ続けている。食卓には梨衣がエビフライやサーモンフライにかじりつく時の軽やかな音だけが、優しく響いていた。

「梨衣！」母がおもむろに梨衣を呼ぶ。

「うん？」

「今夜、一緒に寝る？」母がそう聞くと、梨衣はこの上ない最っ高の笑顔で力強く頷いていた。茶碗とお箸を握りしめたままの姿は小さな子供そのままに。

梨衣が自分の想いを母に告げ、そして今この一時を喜んでいる事を確認すると、その時を待っていたかのように、安心した僕の意識は急激な睡魔に襲われて深い眠りの中に自然に落ちて行った。何の抵抗も出来ないまま。

2

「琉衣、起きて」梨衣の優しく透き通る声で意識が戻ってきたけれど?

以前、梨衣の事故の直後に梨衣の声で起こされた時には、僕は暗闇の中で目覚めていたのに今は違っていた。

青く澄んだ空に少しだけ薄い雲が浮かんでいる。輝く太陽は眩しくもなく、暑くもなく、優しい日差しを運んでいる。

海なのか大きな湖なのか分からないけれど、僕は水面のような地面に立っている。溺れるでもなく、濡れるのでもなく、ただ少しだけフワフワとした浮いた感じのする水面に立っていた。

「琉衣」梨衣の声はするけれど何処にも姿は見えない。

「琉衣」又呼ばれて梨衣の声に後ろを振り向いても誰もいない。三六〇度、何処まで続くのか分からない水平線の中に僕は一人立っていた。

「梨衣？」呼びかけて振り向いてスカートの裾が翻って気が付いた。僕は高校の時の女子の制服を着ていた。

「琉衣」呼ばれて後ろを振り向いた時、そこに梨衣が立っていた。僕と同じ高校の女子の制服を着て。

「梨衣」安心した僕は、そう呼びかけながら一歩近づいて気がついた。梨衣は何かの枠の中に立っている。

それは、縁のない鏡のように見える。ただ不思議なのは梨衣の姿以外は僕の見ている方向の景色そのままが映っているのを、空に優雅に浮かんでいる雲が教えてくれていて、その透き通る鏡の中で、少しだけ周りと違う平面を感じさせる鏡の中に梨衣が立って僕に語り掛けていた。

そう、僕は鏡の中の梨衣と対峙していた。同じ制服を着て。もう一人の自分と向き合うように。

「ありがとう琉衣、私生まれて来て本当に良かった、琉衣と一緒で、とっても楽しかったヨ」鏡の中の梨衣が微笑んでいる。

「僕の方こそ」…「って、急にどうして？」僕は今の状況は飲み込めている、自然に理解もしていた。ただ穏やかだけれど終わりを思わせるような梨衣の言葉に戸惑っていた。

「時が来たの」梨衣は屈託なく微笑む。

「時……って?」固唾を飲む。

「私、行かなくっちゃ」微笑む梨衣の言葉は禅問答のようだ。

「行くって?」それでも僕には梨衣が何を言いたいのか分かってしまう。そして、それを否定もする、そんな葛藤が心を揺らす。

 そんな僕に梨衣は優しく語りかける。「大丈夫、琉衣には又逢えるから」

「逢える? ……ってどう言う…?」

「琉衣」鏡の中の梨衣が右手を挙げる。梨衣の右手が鏡からスーッと出て来て僕の左胸に届く、梨衣の生理の時の儀式の流れで。

つられて僕も右手を伸ばすと、スーッと言う感じで鏡の中に吸い込まれて梨衣の左胸に届く、あの儀式の時のように。

ただ、あの生理の儀式の時と違うのは、梨衣が穏やかな表情で微笑んでいる事だ。今までの儀式は生理に躰がざわつく梨衣が自分の心を静める為のもので、梨衣も何処か切なそうな表情をしていた。それに対して今の梨衣の表情は穏やかで、晴れやかで、何かに心を時めかせるあどけない少女のように微笑んでいる。

「鏡の中のもう一人の私」梨衣があの言葉を口にすると、僕の口からも自然に言葉が溢れ出す。「鏡の中のもう一人の僕」「鏡の中のもう一人の私」「鏡の中のもう一人の僕」穏やかに、ツインコーラスのように奏で合う。

梨衣が微笑み僕も微笑む。

しばらくの間、僕は穏やかで幸せを感じる今に、しばし心も躰も委ねていたが不意に梨衣が切り出した。「さようなら、もう一人の私」そう言って梨衣の右手が鏡の中にスーッと入って行く。

「えっ？」僕の驚きを余所に、梨衣の右手が引かれるのと合わせて、まるでプラスとマイナスの作用のように同時に僕の右手も自然に鏡の中から引き戻された。

その自然な成り行きに僕が少しだけ右手に気を取られた時に又、梨衣に呼ばれた。「琉衣」…と、鏡を見ると梨衣が少しだけ遠くなっている。梨衣が少しづつフェードアウトしている事に気づく。

「梨衣、行かないで」僕はもう一度右手を伸ばしたが、もう鏡の中には入れなかった、何か目に見えない物を押しているような感触が右手に感じる。

「大丈夫、琉衣はもう一人じゃないから」聖女のような梨衣の声が直接、頭の中に届いている。梨衣は歩いていない。でも又少し遠くなっている。

「駄目だよ、もっと話がしたい」右手を押しても動かない、目に見えない壁を押しているようだ。

「そう、琉衣には直ぐに逢えるから」天使の声が僕の意識に直接語りかける。更に遠くなる梨衣が僕に手を小さく振っている。

「待って、ねえ」

「琉衣、ありがとう」声も小さくなる。

「逢えるって？　どう言う事なの？」

「……」もう梨衣の声が聞こえない。

「梨衣ィィィ！」梨衣の姿が薄くなって行き、背後の景色に吸い込まれるように消えた瞬間、そこにあった鏡のような物も、空間に滲む様に消えていた。そして、穏やかな水平線が何処までも何処までも続く、ただそれだけの風景に戻っていた。

「梨衣」梨衣が去り、僕は梨衣が消えた方向を見つめながら寂しさを噛みしめる。ただ穏やかな日差し、穏やか過ぎる空間に取りのこされた僕の心は、次第にこの空間を鏡に映し出すように穏やかに変わって行くと、穏やかに現実を受け入れると、一つだけ梨衣に伝えたい事を思い出した。

　それは夕べ、梨衣と母が話していて梨衣がカミングアウトした時に気が付いた事だ。

　僕はキャビンアテンダントのように背筋を伸ばし、両手を前で合わせて伝えたかった事を口に出す。「ゴメンね梨衣。梨衣は早くカミングアウトしたかったんだよね、僕が引き止めていたんだよね、僕はトランスジェンダーの事を認めながらも、同じくらい否定もしていたから」

「琉衣」梨衣の声が又、頭の中に直接届いている。「気にしないで、私だって迷っていたんだから、カミングアウトを決心したのも昨日だから」

　たった一つ残っていた小さなしこりを梨衣が持って行ってくれた。穏やかな景色の中、中天を動かない太陽。波も風もない優しさに包まれる空間で、僕は自分の心の中にあった言葉を呟いた。

「自分らしく生きよう」

「前を向いて生きていこう」

今の僕の心は、今いるこの空間を鏡に映すように穏やかに凪いでいた。

3

10月19日
自分のベッドで目が覚めた？

昨夜、梨衣の僕は母と寝てたはずだ。

それに、あれは夢だったのか？

今、目覚めたのだから僕は寝ていて、夢と考えるのが自然だとは思うけれど、それにしても僕は梨衣と話した事を鮮明に覚えていた。これを夢と呼ぶかどうかを考える事をやめる事にする。もとより梨衣の憑依そのものが説明のつかない事であって、これから先も誰かに何かを説明する事もないと思ったから。

ただ、梨衣がいなくなる時の最後の言葉は気にはなっている。

「又逢える」の一言が、そして何故急に、それを切り出したのか？

いくつかの疑問は残っているけれど、考えても直ぐに答えが出るものではないので、今はやるべきことに向き合う事にする。

着替えて一階に下りると、昨日と同じように母が優雅にモーニングコーヒーを飲んでいた。「お母さん、おはよう」僕がテーブルに座るといつものように紅茶を出してくれる。

「おはよう」夕べ、涙を流した事はなかったかのように屹然とした母がいた。

「夕べ…」紅茶をすすりながら、ひっそりと切り出す。「お母さんと寝たよね…僕？」

母は一瞬、ハッとした顔をするが直ぐに何事もなかったかのような顔に戻るとコーヒーカップを見つめたまま聞いて来た。「やっぱり琉衣、あなた起きていたのね？」静かだけど確信を持った声。

「えっ!?」僕の方が驚き、気後れしてしまい声を詰まらせていると、それだけで母は全てを察していた。

「なんだかそんな気がしてたわ」コーヒーカップを置くと、横を向きゆったりと椅子の背にもたれる。脚を組む姿勢にも気品を感じる。「見てたのね？　全部？」顔だけが僕に向くと、僕は素直に頷く事しか出来なかった。

「まあいいわ！」そのまま頬杖を突いて又横を向く。「でも、私が泣いた事は忘れなさい」声は優しいが妥協は許されそうに無いので僕が照れ笑いで頷くと、「良し！」の一言は、とても優しく僕の心に響いて来た。

母は話を変えた。「明け方、梨衣がスーッと起きて言ったわ」

梨衣：「この躰、琉衣に返さなくっちゃ♡」
「そのまま、楽しそうに部屋を出て行ったわ…」

4

そして、僕もトランスジェンダーの事を母にカミングアウトをした。

母はやはり知っていたのだろう、静かに全てを受け止めてくれた。そして言。「私が言いたい事は夕べ伝えた通りよ、琉衣も聞いていたんでしょう?」僕は静かに頷いた。「琉衣はどうするの? もう…答えは出てるの?」母の声は穏やかで、僕を見つめる目は、それ以上に優しかった。

「うん……僕は……」そこまで言って母は遮るように静かに横を向く。

「今はいいわ! 答えが見つかっているならそれで良い。琉衣が自分で見つけたその答えが正しいと思うなら、それを信じて生きなさい」母はゆっくりと立つと、自分で自分を抱きしめながら続けた。「必要な時には相談に来てね」そして上を向く。「梨衣も琉衣も自分の生き方を自分で決められて良かった」上を向いているのは、母が涙をこらえているからなのを僕だけは密かに知っていた。

「お母さん」僕の呼びかけに母は後ろを向く。

「自分で決められる時代になったのね、私の時は…」母はそこで静かに言葉を飲み込んで不意に僕を呼ぶ。「琉衣」母は梨衣の遺骨に向いて話題を変える。「納骨の日って、特に決まりがないの…知ってた？」僕が何も言わずに首を振ると母が続ける。「今日の四十九日で納骨の予定だったけれど、それで希望休にしてたけれど、もう少しだけ」母は悪戯好きの小悪魔のような天使の微笑みで僕に向く。「三人でいよっか？」

その瞬間、僕は力強く頷いていた、溢れんばかりの笑顔で。

「じゃあ、お寺さんにキャンセルの電話して来る」母はそう言うとスマホを持って立ち上がる。「ああ、それと昨日は梨衣だったから渡さなかったけど、琉衣に書留が二通も届いていたから。梨衣の前に置いてあるから」そう言いながら自分の部屋に入って行った。

僕は、梨衣の遺影の前に座る。

「そう、そういう事だったんだ」僕は一つだけ納得する。

四十九日目、亡くなった人の魂が輪廻転生すると言われる今日、梨衣がお別れを伝える為に僕を夢の中で僕を起こした事を。

「梨衣、おはよう」僕は梨衣の遺影に手を合わせてから、梨衣の遺影の前に置かれている二通の封筒を手に取った。

それらは夏に応募した、イラストコンテストの会社からの郵便物だった。

第15章　前を向いて生きる

1

時が流れた。梨衣の死から何カ月も過ぎると、僕と僕の周りには幾つもの変化が起こっていた。

僕は今では全ての人、全ての時に「私」と自分を表現するようになっていた。それは母に対しても同じで、母も自然に受け止めてくれている。

つまり「僕」の事を「僕」と呼ぶ「僕」はいなくなり、変わりに「私」の事を「私」と呼ぶ「私」が存在している。

そして私の身長が五cm程伸びていた。ただ伸びたのは身長だけで梨衣によく似た女性のような容姿に変わりはなく、未発達の小さな喉仏にも変化はなかった。なので優しく話すと女性のような声のトーンも変わりはなかった。むしろ身長に合わせて手足が長くなった分、少女から少しだけ大人の女性の雰囲気に変わっていた。

そして大きな変化があと四つ。

その内の二つ、私は梨衣の死の翌年の一月に大学を中退して、二月に就職していた。

梨衣の四十九日の時に私が手にした手紙は二通とも、イラストのコンテストで入賞を果たした通知だった。そのコンテストは色々な会社からも審査員が出ているようで、それをきっかけにある会社が、私の女性とも男性とも取れる世界観が面白いと言って、声をかけてくれたのがきっかけになっていた。

無論、最初は下請けのような仕事だけれど、イラストの勉強をしたいと考えていた私はバイトのようにその会社に出入りをしていた。そんな矢先、社員を募集している事を知り自分から申し出て採用されていた。

元々大学は梨衣と一緒に過ごしたいが為に通っていただけなので、梨衣と死別した今となっては在籍している理由もなくなっていたし、実際に梨衣の憑依が終わった後は、通う意味をなくしていて殆ど行かなくなっていた。行っても桃香さんに逢えない事実がそれに拍車をかけてもいた。

確かにデザインや絵画の勉強の為に大学や専門学校に入り直す事も考えたけれど、この会社にバイトで出入りする際に、私は自分の事を伝えていたけれど、この会社は普通に受け入れてくれていたのも就職に向けての私の心を後押ししていた事に間違いはなかった。

この会社の少し面白い所が、社員としての出社初日に凝縮されている。

「鏡原琉衣さん、今日から改めて宜しくお願いします」自分のデスクで立ち上がり、そう挨拶をしてくれたのは、このデザイン課二十名をまとめる岩田哲夫《いわたてつお》課長だった。五十も過ぎ、薄い頭に中年太りのお腹と如何にも固そうな名前とは裏腹に、私に対してはバイトの時から理解を示してくれていた。

「こちらこそ宜しくお願いします」私はお気に入りのワンピースのスーツで、少しだけ緊張気味で挨拶をする。

「さてさて、一つだけ困った事に気づきまして」名前は固いが顔は穏やかで口調も緩い。

「香川《かがわ》さん、さっき相談した件だけど」課長の困った…の一言に、少しだけ不安になった私を余所に、若いけれどやり手の香川香澄《かすみ》課長代理を呼ぶ。

「あらその事でしたら、何も心配いりませんわ」ミニのビジネススーツからスリムな脚を強調するように歩く姿に若い男性課員の目が集まるのも気にせずに大胆に歩く。

いぶかしむ岩田課長を尻目に、香川課長代理がその美しすぎる顔で私を覗き込む。「琉衣ちゃん、あなたバイトの時、おトイレ我慢していたでしょう?」

香川課長代理の言葉で岩田課長の困った…の意味が理解出来た。確かに私はバイトの時は偶にいても二〜三時間程度だったので、会社のトイレに行かないように調整していた。ただ社員になればそうは言っていられないので、私は男子トイレも覚悟していた…が。

「琉衣ちゃんは女性用を使えば済む事ですわ♡」香川課長代理があっけらかんと言ってのけるので、私の方が声を詰まらせてしまっている。

「ねえ、みんな良いわよね?」課員に向けて大きな声で聴くと「賛成〜〜」と全員の楽し気な声が返って来る。

「…と言う事ですが?」岩田課長を一瞥した香川課長代理が次に私を見る。「あなたも良いわね？」

「あの…」展開の速さに私の方が逡巡していると。

「反対」山本《やまもと》と言う若い男性社員が手を挙げる。「やっぱ、それ不味いっすよ」如何にもしかつめ顔で前に出て来る。「そんな不純な事を…」と言うのと同時に「不純なのはあんたでしょう？」と雑誌で山本社員の頭を叩いたのは、川田愛理《かわだあいり》と言う若い女性社員だ。それと同時に課員全員が笑いに包まれる。この二人のやりとりはこのデザイン課の名物で、私もバイトの時から度々目にして楽しんでいたし。二人も楽しんでいるようだったが、ただ川田さんに言わせると「あいつ（山本）は懲りない人間」だそうだ。

この山本慎吾《しんご》と言う社員は、私がここでバイトの下請けを始めたばかりで、カミングアウトもしていて少しだけ不安でいた時に最初に声をかけてくれた社員でもあった。初めから分け隔てなく接してくれていたおかげで、ここでの仕事もスムーズに進む様になっていた。なので私にとっては恩人に当たる人なのだけれど、当の本人はまったく気にもしないでマイペースを貫いていた。

「ウチの課はいいけど、他の部署には？」岩田課長の心配はもっともで、支店とはいえ複数の部署に多くの社員が働いている。

「それは私の方から通達しておきます」と香川課長代理は岩田課長よりも、私に向かって言い切ってくれた。

「じゃあ、さっそく洗面所を案内するね」と手を引いてくれたのは、さっきの川田愛理さんで、この後自ら私の教育係を買って出てくれていた。

岩田課長からは一言。「私たちは君の事を理解します。ただ君自身が理解してもらえるように努力はおしまないようにしましょう、まだまだ色々な考えの人がいますから」そう笑顔で諭された。もとより誰かに必要以上に甘えるつもりはなかった、理解を得る為の自分自身の人一倍の努力が必要な事は、私自身が今の生き方を決意した時に一番理解していた事だったけれど、それにしても、たとえ同じ言葉であっても周りの人から言われると重みも違うし、責任の大きさも伝わって来る。

私は改めて自分の生き方に向き合い、責任を持つ事を決意させられた一言になっていた。そして良いところに就職出来た、この縁を大切にしたいとも思える時でもあった。

そして、私の大きな変化は、あと二つ。

2

6月21日の昼前。私はモーニングコーヒーを二つ、両手に持ってダイニングからベッドルームに入りベッドで横を向いて寝ている女性に優しく声を掛ける。「桃香さん、そろそろ起きよう？」

「えっ!?」桃香さんが顔だけで起きる、その横顔が眩しそうだ。

「最近、よく寝るわネ。もう直ぐお昼になっちゃうヨ」ここは桃香さんが大学時代に一人暮らしをしていた1DKのアパート。

「そんなに?」桃香さんは、そう言いながら躰を起こすとベッドに腰掛ける。

そして、このベッドは……。

梨衣と桃香さんがお互いに誘い合い、私が桃香さんに誘われた場所。

梨衣が桃香さんを愛して私も愛した場所。

梨衣が桃香さんを抱きしめて、私が桃香さんに抱きしめられた場所。

私が初めて、女性に対して何の抵抗感も違和感も持たずに受け入れる事が出来た場所。

後になって感じた事、あの時の私は桃香さんを男性とも女性とも感じていなかった。ただ桃香さんを一人の異性として、性別とは関係のないところで、ただ愛し…受け入れ、身を委ねていた。それが、桃香さん個人に対する私の感情なのか? 梨衣の憑依の産物なのかは分からないけれど、桃香さんにだけは梨衣と母以外で初めて、私自身の全てをさらけ出せる人だと感じていたのは、疑いようのない事実となっていた。

私がお揃いのコーヒーカップの一つを差し出すと、桃香さんはやっぱり眩しそうに私を見上げながら受け取る。

「琉衣は最近、そんな感じの服ばかり、お気に入りネ」私は今では家でもスカートを身に着けて過ごしている。今日は可愛い花柄の刺繍の入った白のブラウスに、爽やかなスカイブルーのフレアのミニスカートを身に着けていた。私はコーヒーカップを置くと桃香さんにアピールするように、くるっと横に一回転するとスカートの裾がアンブレラのように広がる。大学入学後女性の服を着るようになった三日目、自分らしい表現をしたいと、初めてスカートを身に着けたあの日から時々するお気に入りのアピール。

「まあ、私よりスカート似合うし」桃香さんは少しだけ拗ねた口調で微笑んだ。

「桃香さんこそ足が長いんだから、パンツスーツが素敵」私はそう言うと、桃香さんの左横に座り桃香さんの肩にもたれ掛かる。

「ああ、取られちゃった」桃香さんは、拗ねるような口調でコーヒーを一口飲む。

　私と桃香さんが並んで座る時、よくお互いの肩の取り合いになる。聞こえは悪いけれど、ようは相手の肩に寄りかかって甘える体勢を求めての攻防戦で、私たちだけの他愛ないじゃれ合い。

「いいでしょう？　夕べは桃香さんがもたれて来てた」私もワザと拗ねたふりで返す。

「勿論」桃香さんはそう言いながら私の長い髪を、その長い指で梳いてくれる。これはどちらがもたれ掛かっていても、桃香さんは私の髪を梳くのが好きで、私も桃香さんにそうしてもらえるのが好きだった。

　そう、私たちは三月に結婚していた。

「早いね、あっという間の三カ月だね」

「早いけれど、楽しい」私は桃香さんの左腕に抱きつく。

「ゴメンね琉衣にばっかり負担掛けて」桃香さんが呟く。

チ流行り会話。
「もう、それは言わない約束でしょう?」昔話のような口調で返すのが、今の私たちのプ
「そうだったわねェ、ゴホッゴホッ!」桃香さんの下手な咳真似で微笑み合う私たちのい
つもの会話がそこに有る。
「そうそう」
「でも琉衣も残念よね、今日で二十歳になって、せっかくお酒も飲めるようになったのに
私に付き合うのって」そう言いながら桃香さんは、大きな自分のお腹をさする。
「別にィ、お酒は余り飲まないから。桃香さんこそ禁酒が続いていて大丈夫?」私も桃香
さんの大きなお腹をさする。
あの日、梨衣が私の躰で桃香さんと愛し合い、翌朝、私が私のままで愛し合い授かった
子が今桃香さんのお腹の中で息づいている。
「それこそ仕方ないわよ、産まれても授乳もあるし、もう少しの我慢、でも、早く信州の
ワインが飲みたいなあ」そう言った桃香さんの笑顔は幸せそうで、その笑顔を見ている私
も一緒に幸せを感じる事が出来た。
「でも、せっかく琉衣が有休取って休んでくれたんだから、今日生まれればいいのに、ね
え誕生日も一緒だし」桃香さんは、そう自分のお腹に語り掛けている。
「予定日は来月ですヨ、自然に生まれるのが一番」
「もう、琉衣って優等生」この会話も最近の私たちの流行りだ。

私が桃香さんの肩に額を当てて「ありがとう桃香さん」しんみりと言うと、桃香さんが優しく頬を撫でてくれる。

私は自分のトランスジェンダーに対しては自分なりに向き合い、自分なりに折り合いをつけて生きているけれど、決して子供が嫌いな訳ではなく、何らかの形で授かれるのであれば授かりたいと考えてもいた。ただ現実を考えた時に諦めていたと言っても良かった。

そんな時に初めて違和感なく過ごせると感じた女性が、私の子供を身ごもり産みたいと言ってくれている今を、とても幸せに感じている。そんな私の気持ちを、桃香さんは何時でも優しく拾い上げてくれる。

仕事と家庭、両方ともスタートラインに立ったばかりだけれど、心は充実感と家族を守る使命感で満たされていた。


そんな桃香さんが私にばかり負担を掛けて…と言った理由は、桃香さんはバスケットボールで就職が決まっていた実業団の採用を辞退していたからだ。

辞退の理由は幾つかあった。

その中でも左膝の古傷が完治しない事が大きな理由の一番なのは確かで、実業団からは将来を見越して「入社して治療して下さい」とまで言って貰えていたけれど、元々大学生になって急に上手くなった自分に対して、自信のようなバックボーンを持っていないことに、桃香さん自身が不安を抱いていたのが事実だった。なので治療前提の入社に対して強いプレッシャーを感じていていたと言うのが、私たちと出会う前から持ち続けていた悩みだった。

そこに去年の母親の手術が重なっていた。

元々一人娘の桃香さんは家業とバスケットボールの間で悩んでいたのも事実で、最初は実業団でプレーして年齢に合わせて引退イコール家業のプランだって持っていたと話していたけれど、先の事は分からないし変なタイミングで辞めて迷惑を掛けたくないと言う事で一度全てをリセットする道を選択して就職を辞退していた。

勿論、子供が出来た事を理由に挙げる事はなく、この事がただ単に辞退のきっかけになっただけで、桃香さんは当然だけれど後悔はしていないし、私も桃香さんが決めた事であれば、口を挟むつもりは毛ほどもなかった。

私は私の今出来る事を考えながら、精一杯生きていくだけだった。


ただ現実として、大学中退の新社会人の給料では生活にゆとりがないのも又事実で「お母さんが言ってたの」私は額を桃香さんの肩から離して桃香さんの横顔に語りかける。

「なあに?」桃香さんはすかさずキスをして来るので、私も自然に受けてしまう。

「もう」口ではそう言うが嫌ではない私は、桃香さんと合わせた唇を軽く舐めて続ける。

「最近おばあちゃんの箪笥預金を見つけたんだって…二〇〇万円」

「二〇〇万円も? 箪笥預金を?」流石に顔が驚いている。

私は母を真似て気取って両腕を組む。「生活大変ならあげるよ…って」母を真似たつもりだけど妖艶な感じには程遠く、おませな子供の背伸びのような言い回しになっていた。

「でっ？」その隙に桃香さんが私の肩にもたれ掛かって来た。

「あ〜〜ん、取られた」は無視されて、「でっ？」と同じように聞かれる。

「今は、いい。大丈夫って」私は両手の指を絡めながら照れくさそうに答える。

「それで、良いわ」桃香さんがもたれて来ても、私の髪を撫でるのに変わりはなく、それが二人の自然な流れだった。

「それに、桃香さんの実家から沢山届くから、贅沢しなければ」私は桃香さんのお腹を優しく撫でる。

実際に桃香さんの実家からは使いきれない程の地元の野菜やら果物やら、乾物やはては名産品までもが毎週届いていた。これは桃香さんが学生で一人暮らしの時から変わらずに続いていて、私と結婚してからは更に量が増えていた。

「琉衣、私は今、幸せだよ」「私もです♡」そうして私たちはベッドに腰掛けたまま、熱く長いキスを交わしていた。

3

私が2月に今の会社に就職した後、ケジメとして桃香さんの卒業を待って、3月20日に婚姻届を提出していた。

「これ、お願いします」戸籍課に二人で婚姻届を提出した。私は外出時にはワンピースが多い、桃香さんは出産を控えて髪を短めにしたけれど、やはりお腹に負担がかからないワンピースを着ていた。

「恐れ入りますが、当市はまだ同性のパートナーの件につきましては検討段階でして…」驚き半分と、戸惑い半分だけれど丁寧な対応をしてくれている係の人に対して、失礼だとは思ったけれど、私たちは見つめ合って苦笑してしまった。

（さあ、琉衣）桃香さんが私の手を握りしめて、心で背中を押してくれる。

「私…」そこで私は桃香さんの手を強く握り返し、深く深呼吸をする。「私、戸籍上は男性です、調べて頂いても構いません」私が胸を張るとブラトップの入った胸が少しだけ強調される。私は胸を張って今の生き方に自信を持ってそう伝えた。

するとしばらく戸籍係の人は、「それは失礼しました」と、相当驚いて汗を拭きながら受け取ってくれた。

係の人が奥に行った時に桃香さんが悪戯っぽく囁いた。「マジに驚いてるね琉衣が綺麗で」私は少しだけ不安顔で桃香さんを見つめる。するとしばらくして係の人が戻って来て、さっき私たちが出した婚姻届を受付台に広げて聞いて来た。「申し訳ありませんが、ここは？」遠慮がちに指である所を指示す。

係の人が指した場所、それは。

婚姻届の、夫になる人と妻になる人の記載欄に私たちは、赤のボールペンで二重線を引いて、そこに二人の印鑑を押して提出していた。

これは私たちが二人で相談して、二人の間では「夫婦」の言葉は使わないようにしたいと考えて、婚姻届にもその意思表示をして提出していた。そして、これから二人でその言葉が必要な時には、同じように「ふうふ」と呼んでも、文字は「婦婦」を使って行こうと決めていた。

「そこですけれど…」桃香さんが屈託ない表情でそう言いかけた時、私は桃香さんの手を強く握って止めると、桃香さんは少しだけ心配そうな顔で私を見るけれど、私は首を振り（大丈夫）の意志を心で伝える。

「分かったワ」桃香さんも手を握り返してくれる。

「あの」私の素っ頓狂な出だしに、係の人は少しだけたじろぐ。「すみません…その…」

私は一度深呼吸をする。「戸籍にはどう入れて頂いても構いません、でもお願いします、この婚姻届だけは、これで提出させて下さいお願いします」私が丁寧に頭を下げると桃香さんも一緒に頭を下げる。「お願いします」と。

「畏まりました」係の女性は優しく微笑んで受け取ってくれて、私たちは初めての婦婦の共同作業で、自分たちの想う婦婦になる事が出来た時だった。

4

「でも、桃香さんの第一声、今でも想い出すと笑える」ベッドでの肩の奪い合いの攻防で、私はキスをした隙に桃香さんの腕に抱きついて、甘えながら数カ月前を思い出して、あの時の桃香さんの言葉を真似る。

「ねえ琉衣、聞いてよ子供出来ちゃったよぉ私ィ…って、すっごくあっけらかんって言うのか、何だか楽しそうだった」そう言って私が桃香さんを見つめると桃香さんも見つめ返してくれて二人で笑顔になれる。

私は、あの時も、そして今想い出してみても、もう一つ重なる言葉がある。「ねえ琉衣、聞いてよ始まっちゃったよぉ私ィ」梨衣の生理が始まった時、自分の中のイライラを溜めない為の儀式、私にそう伝える言葉のトーンや言い回しや言葉の並びが、そして悲愴感のない明るい表情が梨衣と良く似ていて、私は自然に、いえ当たり前に受け入れていた。

「そしたら次の日だよネ、琉衣が大きなキャリーバッグを引いてこのアパートに来て、一緒に暮らそうって言ってくれたの」桃香さんが子供の悪戯を見つけた母親のような笑みを私に向ける。

「あの、言います？　その先？」桃香さんは私の問いかけを無視して続ける。「白いワンピースに白いソックス、それにカチューシャを付けて、まるで家出してきた女子高生みたいに可愛かった」そう言ってクスクス笑い、私は逆に恥ずかしくなって顔を赤くする。

「もう、やめて下さい」と、少しだけむくれてみせる。

「ごめ〜〜〜ん、でもその後の方がもっと可愛いなあって」桃香さんは楽し気に回想を続ける。私は桃香さんの回想をかき消すように、火照る顔を手で隠しながら心の中で桃香さんの回想に抵抗する。


数カ月前、冬休み明けの…ある日！

「あの、お願いします、お腹の子、一緒に育てさせて下さい」私はこのアパートの玄関で、挨拶もそこそこにそう切り出していた。

「えっ!?」まだ午前中、パジャマ姿の桃香さんは驚いて聞き返す。

「お願いします、私も一緒に…」と私がお辞儀をすると桃香さんが私の手を取り、大きなキャリーバッグごと中に引き入れる。

「ここじゃあ…兎に角中へ…」私は１ＤＫの寝室に招き入れられる。「今、コーヒーを淹れるわ、ベッドにでも座ってて」

「ベッドに…ですか?」一人暮らしの1DK、椅子の数も少ない部屋だけれど、多少の躊躇いを感じている私に桃香さんが声をかける。

「今更、遠慮しないで…ネ」ウィンクで促された。

私は桃香さんのベッドに腰掛けて、あの日を思い出す。

梨衣と桃香さんがお互いに誘い合い、私が桃香さんに誘われた場所。

梨衣が桃香さんを愛して私も愛した場所。

梨衣が桃香さんを抱きしめて、私が抱きしめられた場所…そして桃香さんが私の子供を宿した場所。

そんな事を回想していると桃香さんがコーヒーを二つ持って入って来た。「それにしても、家出の女子高生みたい」そう言って一つを私に手渡す。

「ありがとうございます」コーヒーを受け取った私の右側に桃香さんも腰掛ける。「でも、女子高生ですか?」自分で言葉にして、意識していなかった分、恥ずかしさが込み上げて来る。

「何、赤くなってるの? いいじゃない? 琉衣のその雰囲気、私は好きよ」そうしてコーヒーを一口飲む。

「そう…ですか」可愛いは嬉しい言葉だけれど、女子高生は流石に照れくさくって、そう呟いていた。ただ呟いてコーヒーを一口飲んでみると、訪問時の勢いを削がれていて、私は切っ掛けを失っていた。

そんな私を、年上の桃香さんはいつでも優しく導いてくれる。「…で、告白してくれるのかしら？　それとも私が告白すればいいのかしら？」コーヒーを置いて、桃香さんは優しい笑顔を向けてくれる。

私もコーヒーを置いて、少しだけ桃香さんの方に躰を向けて姿勢を正す。

「私の事、トランスジェンダーの事、桃香さんは知っていると思います」

「勿論ヨ、琉衣は言葉にはしていないけれど私はその上で同じ時間を過ごしていたわ」

「ありがとうございます、私も感じていました。感じて…」ちょっとだけ下を向く。「甘えていました…ゴメンなさい」チョコンと言う感じで頭を垂れる。

「別に琉衣が謝る事も、お礼を言う事もないと思うけどなあ？　私が自分で選んだ人なんだから…」クスッと笑う顔には、少しだけ妖しい雰囲気が感じられる。

「でも…私とのお付き合いは…」この私の言葉に、桃香さんが強引に割り込んで来る。

「他人が」と、かなり強い口調に、たじろぐ私を尻目に優しい口調に変えて続ける。「他人が、何て言って来ても気にしない。私は私、琉衣は琉衣。誰が何て言おうと、琉衣もそう生きていくんでしょう？」

私は桃香さんを見つめたまま、黙って頷いていた。

「ならそれだけ！　それでいいんじゃない」

桃香さんの宣言するような強い意志の籠った言葉に、私は自然にもう一度頷いていた。

そして自分の意志で今の自分を伝える。「私はトランスジェンダーを自認しています。今は自分で自分の事をそう理解して生きています」

桃香さんは黙って頷いてくれる、聖母のような包み込む笑みで。

「性転換は考えていません、こんな風に…」私はブラトップで小さな膨らみのある自分の胸に手を当てる。「女性の服を身に纏い、女性の仕草で、女性のように振る舞う事で、自分らしく生きていこうって思っています」

桃香さんは、この言葉にも何も言わずに頷いてくれていた。やはり聖母のように。

「私…桃香さんが好きです。一緒に暮らしたい。そして…」私は桃香さんを強く見つめる。「私の好きな人が私の子供を産んでくれるのなら…」一度生つばを飲み込む。「一緒に育てたい」

「琉衣」桃香さんは私の手を取り両手で包んでくれる。

「あの…以前話した通り」何故か焦り出した私は余計な事まで話し始める。「二月から仕事を始めます。最初は安月給だけれど、イラストレーターの世界は実力次第で仕事も増えます…その…私…」何故だか声が大きくなっている。「頑張ります、お願いします、一緒に暮らして下さい」気が付くと、桃香さんはクスクスと優しく苦笑いをしていた。

「あれ?」我を忘れるとはこの事なのだろう、初めての告白に私は完全に舞い上がっていたみたいで、一瞬の興奮が通り過ぎて静かになると今度は無性に恥ずかしさが込み上げて来ていた。

「琉衣」桃香さんの優しい言葉と、私の「あの…」の恥ずかしさをこらえた言葉が同時に交錯する。

「琉衣」桃香さんはもう一度優しく呼んでくれて、私の左の頬を優しく撫でてくれる。「そんなに頑張らないで、もう少し肩の力を抜いても良いんじゃないかしら？」そうして桃香さんは私の持って来た大きなキャリーバッグを見つめて「ここに一緒に住むつもりでしょう？」私は見透かされたような、恥ずかしいような居たたまれない感じになり、顔が赤くなるのを感じる。

「まったく、家出少女の押しかけ女房なんて、有るのかしら？」私の頬を撫でていた右手が私の顎に移り、私の顔を少しだけ上に向けて、私の瞳を桃香さんが見つめている。見つめられて私が益々赤くなると、今度は桃香さんが優しく抱きしめてくれる。「琉衣」桃香さんが耳元で囁く。「宜しくお願いします」桃香さんが唇を差し出して、私が優しく合わせて私も桃香さんを抱きしめ長いキスを交わす。

「琉衣は子供、好きなんだね？」少しだけ離れた唇の隙間から桃香さんが聞いて来た。「好きです…あっ」私は慌てて少しだけ唇を離す。「その…子供が出来たから桃香さん…」と言いかけて、桃香さんが強引に唇を合わせて私の言葉を遮る。桃香さんのキスは情熱的で隙がなく、それでいて妥協も許さない強さが伝わって来る。私は桃香さんの強さに飲まれてしまい、目を開けたまま固まるようなキスをしていると、不意にキスを解いた桃香さんが私の正面で微笑んでいた。

「大丈夫」悪戯っ子の笑みが混じっている。「感じてるよ、琉衣の私への想い」その言葉に私は瞬きで頷くと「一緒に生きていこう」桃香さんは満面の笑みを向けてくれて、私の目にはいつの間にか、自然に涙が溢れていた。「何で泣くのかなあ？」私の想いも、心の痛みも理解している桃香さんが優しく聞いて来たけれど勿論答えを求めてではない。「私……」私がそう言いかけた時、桃香さんは綺麗な人差し指を立て、私の唇に静かに当ててくれる。そして、私がマイノリティについて言おうとした言葉を止めてくれた。「大丈夫！　大丈夫だから」桃香さんの瞳はどこまでも優しく私を包み込んでいた。

今度は私から桃香さんを抱きしめて唇を寄せると、桃香さんが受け入れてくれる。どちらかともなく抱きしめたり、キスを求めたり、肩に寄り添ったり。それが二人の日常になっている。

二人だけの世界があり、二人で楽しんで、二人で色々な事を乗り越えて行こう。そう、心に誓う事が出来た時でもあった。

5

「琉衣ィ」数カ月前の思い出話から、桃香さんが急に6月21日の現実に引き戻す。

「…ん？」とは言っても、今座っている場所も部屋の様子も変わらない。ただ桃香さんのお腹が大きくなった事を除けば。

　そんな時間軸のズレに戸惑っていると、桃香さんの子供のように甘えた声が聞こえて来た。「お腹すいたぁ。この子もお腹がすいたって」桃香さんはお腹をさすりながら微笑んだ、今度は母親と恋人の混ざった顔で。

「うん何か作るね」私は目尻の涙を指先で拭い、やっぱり幸せを感じているのだろう、少しだけ笑みを湛えてダイニングに向かう。

「宜しくぅ」今度は年下の恋人のような甘え方。大人になったり、子供になったり、自由奔放なところは梨衣によく似ていて私を和ませてくれるし、私もそんな桃香さんが大好きだった。

　私はダイニングに行くと壁の時計を見る。「さて、何作ろうかしら？　それにしてももうお昼だし」桃香さんの実家から送られて来る大量の食材のおかげで食べる事には困らないのだけれど、使いきれないのが玉に瑕だった。私はストックされている中から、信州のお蕎麦と野菜を引っ張り出して台所に向かう。桃香さんも私も麺類が大好きで、信州のお蕎麦は手軽でよく食卓に乗る。

「桃香さあ～～ん、冷たいお蕎麦でいいよねェ？」私はドア越しにベッドルームの桃香さんに問いかけると、「いいよ～～！」と返って来る。

　私はお鍋でお湯を沸かしながら、野菜類を刻み始める。一緒に暮らし始めて半年、私たちにとって普通の会話、私たちの普通の休日がある。

「梨衣」今でも不意に梨衣の事を思いだす。思いだして呼びかけている時がある…今みたいに。無論、亡くなった事実は寂しいし悲しい。でも不思議とそれだけではなかった。そう、何故か同時に梨衣と一緒にいる錯覚にも囚われる私がいる。

何故なの？　そう自分に聞いても答えは出ない。ただもしかしたらあの憑依の時の事を躰が覚えていて、私と梨衣が一緒にいる錯覚に囚われているのかもしれない？　…と考える。

梨衣が私に憑依して私の躰を交互に、一緒に使って生きた二カ月弱…四十九日の日々が、私の心の寂しさをすくい上げてくれていた。

野菜を切る包丁のリズミカルな音を聞きながら一瞬の回想が過ぎて行く。薬味用の長ネギを切り終えた時に包丁を見ながら出た言葉。「私も（包丁の扱いが）上手になった」と剣士のように包丁をかざしていた。

「さて、お湯が沸いた…あれ？」お蕎麦を茹でようとした時に、不意に下腹部に鈍痛を感じて動きが止まる。「えっ!?」包丁を置いて右手を下腹部に当てた時、更にはっきりと下腹部の鈍痛を知覚していた。「この痛み」私は火を一旦止めるとその場にしゃがみ込む。

不意に訪れた下腹部の鈍痛。「これって!?」下腹部に何か冷たい物を押し当てられているようなこの感じ、何か中の方からじわじわと押し付けられるようなこの痛み。そう二人でトランスジェンダーを自覚した後から梨衣が生理の時、時々だけれど私も一緒に感じていたあの痛み、梨衣の躰に共鳴するように感じる鈍い痛みだった。

梨衣が亡くなってからは、当然だけれど感じる事のなくなった痛み。桃香さんと暮らし始めた時には既に妊娠していたので、桃香さんの生理に共鳴するのかどうかは分からないけれど、少なくとも妊娠中の今に生理はないはずなので、その共鳴でもないのだけは確かだった。

「大丈夫」急な痛みに最初は驚き、躰が付いていけずにしゃがみ込んでしまったけれど、慣れて来れば鈍痛その物は耐えられない程の痛みではなく、私は直ぐに立ち上がる。

「今のって？」料理の手を止めて私は腕組みをしながら、しばし考えていると「琉衣ィ」ベッドルームから桃香さんの少し慌てた声が聞こえて来た。

「桃香さん？」私がベッドルームに入ると、少しだけ強張った顔の桃香さんがベッドの前に立ちすくんでいる。

「琉衣」桃香さんが震えるように両手を差し出すので、私は慌てて桃香さんに近付くと、桃香さんは自然の流れで私の肩に捕まる。その瞬間足元にヌルっとした感触を感じて足元を見ると、何かの液体が桃香さんの足元に広がっていた。

「えっ!?」よくよく見ると、桃香さんのパジャマの下も何かの液体で濡れている。

「琉衣、私…」焦っているのだろう私の肩に捕まっている桃香さんの手が震えていた。

「破水した？」私が見つめながら聞くと、桃香さんは私を見つめ返して小刻みに頷く。

「予定日は来月なのに？」私の声が上ずっている。

「分からない、立ち上がったら急に」桃香さんの声も上ずっている。

「大丈夫」私は一度目をつむり深呼吸をして、自分で自分を落ち着かせると桃香さんも何故か私に合わせるように深呼吸をする。

するとと「琉衣、電話を、病院」冷静になるのは桃香さんの方が早かった。

「分かったワ」その言葉に私も次のやるべき事を理解する。きっかけさえつかめれば、慌てる話でもなく、直ぐに病院に電話をかける。病院もこの程度の事は慣れているのだろう、私たちは病院の指示通りタクシーで向かう。

病院に付けば既に準備は整っていた。桃香さんは分娩台に、そして立ち会い出産が認められている私は、使い捨てのガウンとヘアキャップを身に着けて、桃香さんの横に用意されている椅子に座り、桃香さんの手を両手で握りしめる。

分娩台に上がり程なく陣痛が始まると、桃香さんの声が大きくなって行く。そしてそれに共鳴するかのように私の下腹部の鈍痛も強くなっていく。私の下腹部の鈍痛その物は、決して耐えられない痛みではなかった、ただ何故か桃香さんの産みの苦しみを伝えるかのように、桃香さんに共鳴して強く弱く、時に激しく私の下腹部の中を駆け巡っている。なので、まるで一緒に出産をしているかのような錯覚に私は陥っている。そんな錯覚に囚われながら、私は数カ月前の桃香さんとの会話を思い出していた。

6

「女の子なのね、私たちの子供」

「ほぼ間違いないって、オ〇ン〇ンないって、先生が」桃香さんが悪戯っぽく笑う。性別を先に知る事を選択し、今日の定期検診で性別を知った私たち。

「そっかあ、女の子かあ？　どんな名前が良いのかしら？」私はまだ何も考えていなかったけれど、やはり自然と出るセリフだ。

「あらぁ！　私は女の子なら、もう決めてる名前があるわ」桃香さんは涼し気に話す。

「えっ？　もう決めてたの？」私がビックリして桃香さんを見ると、桃香さんはニッコリと、そしてゆっくりと微笑む。「聞きたい？」

「はい、聞きたいで～す」私は教室の生徒のように右手を小さく挙げる。

「どうしようかしら、産まれるまで秘密にするのって、どうかしら？」今度は少しだけ悪戯好きの天使の笑顔。

「え～～！」桃香さんの左腕にすがりつく。「駄目ですよ、教えて下さい」そして振る。

「はいはい、まあ別に隠す話じゃあないし」今度は駄々っ子に困った時の母親の顔。私が自由に甘えて、桃香さんがその時に合わせて気まぐれに私をいなすのが私たちの日常。

「それで！　それで！」私が乗り出すと…。

「もう、そんなに期待されても困るゥ」と困ったような笑顔で私を押し返す。

「焦らさないで教えて下さい！」

私のヤキモキを見て「ハイハイ」と桃香さんが両手を上げる。「もう、琉衣ったら、甘え上手なんだから、羨ましいわ」と、小さく首を振る。

「ハイハイ」私が桃香さんの両手を押し下げると、近づいた私の唇に軽くキスが来た…と同時に桃香さんの両手が私の両手を包み込むと二人の指先が絡み合う。

「言うね」いつも思う、瞳が綺麗だと。

「ハイ」

「あのね」いつも感じる、いい匂い。

「ウン」期待感満載の私がいる。

「リイ！」「リイ？　って！　っえ？」すぐには理解出来ずに桃香さんに見とれながら聞き返す。

「だから、リイ…だよ、私たちの」

「梨衣…ですか？」私は固唾を飲み込む、多分相当ビックリした顔をしているはずだ。

「そう」桃香さんは目を細めて続ける。「私たちの梨衣」私の手を更に強く握る。「ねえ、良いでしょう、リイは琉衣にとっても私にとっても大切な大切な人、だからこの名前を付けたいノ」

「同じ…梨衣？」私は嬉しくもあり、戸惑いもあり、どう反応すれば良いのか分からずに反芻するような会話になっている。

「ううん」桃香さんは首を振る。「漢字だけは少し変えるの」

「変える？」また小さな混乱が出て来た。

「草冠に利発の利に衣で…莉衣」素敵な笑顔が私を真っ直ぐに見つめている。

「草冠に利発の利に衣で…莉衣」そのままオウム返し。キョトンとした顔で。

「そう、良いでしょう？　可愛いでしょう」

「果物からお茶ですか？」私は不意に頭をよぎった言葉を口にする。少しだけ小首を傾げながら。

「果物？　からあ？　お茶あ？」桃香さんも不思議そうな顔で小首を捻る。

「ハイ」ようやく私は自分のペースを取り戻す。「梨衣は勿論、梨ですよね」今度は私が悪戯っ子の顔になり、桃香さんが興味深そうに頷く。「草冠に利発の利の漢字にはお茶…ジャスミン茶の意味があるんです」

「そうなのォ？　知らなかった」桃香さんは目を丸くしている。「琉衣って、やっぱり頭良いわあ」そう言って、また子供の笑顔になって続ける。「じゃ〜あ」

「あの…」桃香さんを遮って珍しく私が割り込む。

「なあに？」

「麗衣《れい》では…」戸惑っている私を桃香さんが瞬きで先を促してくれる。「麗しいの麗に衣で麗衣ではだめですか?」躊躇いながらも、自分の意志を伝えると桃香さんが優しく聞いてくれた。「いいけれど、どうして?」

「あの、お母さんが蘭で、自分のRのイニシャルが好きで私たちの名前を決めたって言ってました」桃香さんは黙って頷く。「ラ行で考えて、私たちの名前を順番に付けたって言ってました」

桃香さんは少しだけ宙を見る。「ああ、そう言うことォ」頭の良い桃香さんは全てを察したようだった。「確かにライとロイの語呂はねえ」桃香さんが頷いて、私も頷いて言葉を続ける。「ハイ、梨衣・琉衣の順番で付けただけって言ってました、もし三つ子なら三番目は麗衣にしたって、酔っぱらいながら話してくれた事がありました」

「男女関係なく?」桃香さんは笑うのをこらえながら聞く。

「多分!」その瞬間、二人で吹き出して笑い合っていた。

そうして、まだ笑いの余韻が残る中、桃香さんは目尻の笑い涙を拭いながら言ってくれた。「了解。麗衣で行こう。この子の名前」親指を立ててウィンクをする桃香さんが、カッコ良くて、一瞬だけ男性に見えていた。

私も名前については少しだけ考えていた。実はリイと言う名前も頭の隅で閃いていた。ただ何故か引っ掛かりがあって、何かモヤモヤっとしたものを感じて言葉に出すのを躊躇っていた。そんな時に桃香さんから切り出してもらって、嬉しかった…と言うのが正直な気持ちだ。ただ、それと同時にモヤモヤの原因にも気づく事が出来た時だった。

モヤモヤの理由、それは。

トランスジェンダーで、最後には男性になる道を考えていた梨衣だから、きっと生まれ変わるのであれば男の子で生まれて来ると思ったから。だからもし、この子が男の子だったら私も莉衣と言う名前に賛成したかもしれない。なので、そう考えを巡らせていくと今の私には女の子をリイと呼ぶ勇気はなかったから自然に麗衣を提案していたのだった。

7

「あ〜〜〜あぁ！」桃香さんの陣痛に耐える声と私の下腹部の鈍痛、そして桃香さんの強く握る手の力で現実に、6月21日の産婦人科の分娩室にいる、立ち会い出産で桃香さんを励ましている自分に戻って来た。

桃香さんが分娩台に乗ってからどれくらいの時間が過ぎているのだろうか？　時間は分からないけれど、目の前の桃香さんは大粒の汗を流していて、私の左手には小さなタオル地のハンカチが握られている。私は無意識に桃香さんの汗を拭き続けていたのだろう、既にハンカチが汗で濡れ切っているのだから、それなりの時間は過ぎているのが分かる。

下腹部の鈍痛も耐えられない痛さではないけれど、それでも長く何か冷たい物を押し当てられているような不快感が続くのは耐え難い物がある。

梨衣も桃香さんも「生理は軽い方」と言っていたけれど、それでもやはり不快なのは不快で、こんな事を毎月耐えている事には、改めて頭が下がる思いがする。

「ああ〜〜〜！」桃香さんのひと際大きな声と同時に「出て来た」近くで看護師の声も聞こえる。

「桃香さん」私は文字通りすがるように桃香さんに声を掛けると、桃香さんは薄目で私を見つめて微笑んでくれる。

（大丈夫）と声ではない桃香さんの声が直接頭に届く。

「うん、分かった」私が頷くと、嬉しそうに微笑みながら苦痛の声を上げる。

「あ〜〜〜！」桃香さんのひと際大きな声に歓喜の混じっていると感じた後、一瞬の静寂が広がる。

「オギャー！」元気な赤ちゃんの声が聞こえて来た。

「生まれましたよ、元気な女の子ですよ」慣れているはずの看護師の声も、心なしか上ずっている。子供が生まれて分娩室の中が急に慌ただしくなって来た。生まれるまでは待つ事しかない看護師たちも、生まれてからの方がやる事は沢山ある。へその緒や胎盤の処置をする医師。新生児の対応をする看護師、桃香さんの体調に気を配る看護師。

そんな慌ただしさの中、私だけが置き去りにされたようにやる事がない。

いいえ、私だから出来る事があった。「桃香さん、お疲れ様」笑顔で桃香さんに向き直ると、桃香さんが笑顔で答えてくれた。「ありがとう琉衣、ずっと手を握っていてくれて」

繋いだままの手を見つめる。「一人じゃないって感じられて、私…頑張ったヨ」

「うん、うん、桃香さん…頑張ってたよ」

「さあ、赤ちゃんと逢って下さい」ベテランらしい、仕切りたがりの看護師が割って入って来て、私は不意に椅子から立ち上がり二～三歩、静かに後ずさっている。

産まれたてで、まだ皺だらけの赤ちゃんは着ぐるみに巻かれて、大きな声で泣いているのが見える。看護師から桃香さんへ、慎重に手渡されるのを見ながら佇む私、気づけば下腹部の鈍痛は霧散して消えている。女性があじわう産みの苦しみとまでは言えない程度の鈍痛だったけれど、それでも子供が生まれた後の躰の中の解放感は実感出来る。

「莉衣」桃香さんが最初に掛けた言葉に、私は少しだけ驚いた顔をしたけれど、桃香さんは気にせずに続けている。「こんにちは莉衣、初めまして…」慈しむ様に頬ずりをして、そして又蕩けるような笑みで見つめて続ける。「生まれて来てくれてありがとう、私があなたのママです…」そうして莉衣と呼んだ、まだ大きな声で泣き続けている我が子を私の方に躰ごと向けると「あそこにいるのが…」桃香さんも私に顔を向ける。出産と言う大きな事を成し遂げた後の会心の笑みで。

桃香さんに見つめられる私は…まだ少しだけ戸惑いを残しながら、躰の前で手を重ねるキャビンアテンダントのポーズで立ちすくんでいた。

「そしてね、あそこにいる人が、あなたのもう一人のママです…綺麗な人でしょう？　自慢して良いわよ♡」頬を寄せて一緒の目線で私を見つめる。「ただぁ」少しだけお道化た口調だ。「戸籍上は男性だけれど」そして、決意の籠った口調に変わる。「女性の心も男性の心も分かる」私を見つめる瞳で、私に語り掛けているのが分かった。「とっても素敵な人なのよ」そう言うと近くの看護師に赤ちゃんを手渡すと、自然の流れで私の手の中に納まる。

初めて抱く我が子。私の心の中に何か温かい物が込み上げて来た。温かくもあり懐かしくもあり何かを思い出させてくれるようで、それでいて初めての物に触れたような感情。様々な想いが一斉に吹き出しながらも、それはとても穏やかで、何故か自然と心が満たされて行くようでもあった。普通の大きさの赤ちゃん。普通の大人の力では軽いはずの体重のはずなのに、何故かとても重く感じるのは実際の手の感触ではなく、心の感触のせいなのを自然と理解する。

ただ、それ以上に私は何と声を掛ければ良いのかが分からないでいる。心の中も頭の中も真っ白になったまま、桃香さんのように気の利いた言葉一つ浮かばないまま、両手の上で大きな声で泣いている我が子をじっと見つめていた。

「あっ！」やっぱり言葉にならない。「えっ？」心が震えながらも、我が子から目が離せない。

そんな時、自然に出た言葉「莉衣!?」…（えっ!?）自分で言って自分で驚いてしまった。ただ、それ以上に驚いたのは今の今まで泣き続けていた莉衣が、私が莉衣の言葉を発して呼びかけた瞬間、ピタリと泣き止んだのだ。泣き止んで、何故か辺りを窺うような仕草を見せ始めていた。目はまだ開かない、代わりに耳や鼻などの、五感を総動員させて、自分の周りの様子を窺っているような仕草をしている。

私は、今度は心を込めてハッキリと声を掛ける「莉衣」…と。すると声のする方を理解したのか、目の開かない莉衣が音だけを頼りにしたのだろうか？　私の方に顔を向けたような仕草をする。それと同時に、それまで握ったままだった小さな小さな両手を広げて私の方に伸ばし始めていた。

私はもう一度、確かめるように呼ぶ。「莉衣」すると心なしか莉衣の顔が穏やかになったように感じた時、私の中で何かが閃きかけている…その時。

「さあ、そろそろ時間です」そう声を掛けて私から莉衣を奪うように抱きとったのは、さっきのベテランの仕切りたがりの看護師だ。「奥さんの処置もありますから、パパ……」看護師はそこで私を見つめて言葉を飲み込んで仕切り直す。「あなたは一度、分娩室から出て下さい、次は新生児室の前になります」そう言いながら、その看護師は莉衣を抱いて、分娩台の桃香さんにもう一度莉衣の顔を見せてから奥に向かって行った。

梨衣との対面に心が真っ白だった私も、ようやく自分を取り戻し、分娩台の桃香さんに労いの言葉をかけて分娩室の最初の扉を出る。準備室で私は使い捨てのガウンとキャップを脱いで、指定の蓋つきポリバケツに捨てると自宅で着ていたスカート姿に戻る。

キャップに髪を入れる為に、頭の上でまとめていた髪留め用のゴムを外し、肩にかかる髪を首を左右に振りながら解くと、近くにいた看護師が感嘆の声を上げていた。この病院に出入りしていて、時々聞かれる声も既に気にならなくなっている。そんな看護師の声を後に分娩室の扉を出ると、廊下の窓から差し込む光は既に夕方に差し掛かっていた。

8

「良い天気ィ」廊下に出て窓から空を見上げると、六月なのに清々しい青空が広がっている。

長い廊下を見渡しても人影は少なかった。この病院の外来は午前中のみで午後の外来は予約診療や検査だけと聞いていた。そんな静かな廊下で私は軽く伸びをする。

そうして、さっきの莉衣との初対面の事を思い返した時、私は大きな勘違いをしていた事を悟っていた。

以前、莉衣が桃香さんのお腹の中にいる時には、梨衣が生まれ変わるとしたら男の子で生まれて来ると漠然と考えていた。だけど今日、莉衣を抱いて短いけれど莉衣と心を通じさせて、それは違う事に気が付いた。何故なら、確かに梨衣は女性の躰に馴染めず男性になりたいと言っていたけれど、生まれて来た事を後悔するような事は一度も言ってはいなかった。

梨衣は常に前向きで、人を照らす位に明るくて、人一倍私や母や自分の周りの全ての人を思いやり、いつでも元気に生きていたから。それどころか梨衣は自分を否定していなかった、自分自身の性については疑問を持っていたけれど、どう生きるべきなのかを貪欲に考えて向き合っていて、それが私自身の生きる心の支えにもなっていた。

そこまで思い至った時、梨衣と夢の中で会話した、あの言葉の意味が理解出来た。「琉衣とは又逢えるから」夢の中の梨衣のあの言葉を思い出すと胸が熱くなる。

空を見上げると午後の光が何故か眩しくて薄目になってしまう。

そんな午後の日差しを浴びながら私は心に誓う。

もし、莉衣がトランスジェンダーだったら、私が導いてあげよう。

もし、莉衣がトランスジェンダーでなかったら、トランスジェンダーを理解出来る人に育てよう。そうやって莉衣（梨衣）と一緒に生きて行こう…と。

今にして思えば、梨衣の憑依その物が本当にあった事なのか？　なかった事なのか？　単に私の願望か？　気の迷いだったのか？　それとも私の中に眠っている異性が、梨衣その物だったのか？

ただ梨衣が憑依したと思える事で、私に梨衣から受け継いだ事がいくつもある。

社交性、積極性、行動力…そう、引っ込み思案でいつでも梨衣のおかげで友人関係を築いていた私。

今はまだ、やっぱり桃香さんに頼っているけれど、それでも以前よりは自分で出来る事は増えて来ていると感じている。

ふと気が付くと廊下の隅に光る物が見えた。廊下の奥、玄関とは反対側の廊下の隅の隅。そこは廊下の突き当たりで、そこには窓もなく少しだけ薄暗くなっている場所の一画に、何かがキラリっと光ったような気がした私は、引き付けられるように静かに歩み寄る。

その薄暗い一画は病院でも忘れ去られた場所のように薄暗い古びた蛍光灯だけがその辺りを滲む様に浮かび上がらせていた。そして、横の壁にはやはり古びた、私の上半身が映る位の大きさの鏡がかかっていた。

ただ、この鏡は既に人を映す機会もないようで四隅は少しだけ削れていて、鏡を覗いても反対側の壁を無機質に映すだけの存在でしかなかった。

何かの弾みで、この鏡が光って見えたのか理由は分からないけれど、何故か私は魅かれるように鏡の前に立っていた。

鏡の前、鏡の中の自分を見つめると、普段アパートの鏡で見つめている自分とは何故か少しだけ違って映っているように見えた。

鏡に映る自分の動きが微妙にズレているような気がして、鏡の中の自分がポーズを変えてみる。

すると瞳の動き方や黒髪の流れ方が、ほんの少し遅れて動いている。髪を梳く腕の角度が微妙に違っている。笑みの浮かべ方までが微妙に違っているみたいに感じた時、梨衣と私が少しだけズレて同じ動作をする想い出とリンクして、私は悟りそして当たり前のように確信していた。

莉衣は梨衣の生まれ変わりだ…と。

梨衣が言っていた。「琉衣には、又逢えるから」…の言葉の意味を悟っていた。

私は、ブラトップで丸みのある自分の胸に手をあてて、鏡の中のもう一人の私に語り掛ける。

「又、一緒に暮らせるネ……梨衣♡」

〜了〜

著者プロフィール

騎士 比呂（きし ひろ）

東京都出身、在住
みずがめ座
取得資格
＊宅地建物取引士
＊介護支援専門員
＊第一種衛生管理者

梨衣と琉衣 ～鏡の中のもう一人の私～

2024年11月15日　初版第１刷発行

著　者　騎士 比呂
発行者　瓜谷 綱延
発行所　株式会社文芸社
〒160-0022　東京都新宿区新宿１－10－１
電話　03-5369-3060（代表）
03-5369-2299（販売）

印刷所　株式会社暁印刷

ISBN978-4-286-25806-5